Karl Gusk

Der Zauberer von Rom

Salzwasser

Karl Guskow

Der Zauberer von Rom

1. Auflage | ISBN: 978-3-84605-446-8

Erscheinungsort: Frankfurt, Deutschland

Erscheinungsjahr: 2020

Salzwasser Verlag GmbH

Reprint of the original, first published in 1869.

Der Zauberer von Rom.

Achter Band.

Der

Zauberer von Rom.

Roman in neun Büchern

von

Karl Gutzkow.

Dritte Auflage.

Achter Band.
(Fünfzehntes und sechzehntes Bändchen.)

Leipzig:
F. A. Brockhaus.
1869.

Siebentes Buch.

1.

In Rom liegt jenseit der Tiber, auf dem Berge Janiculus, das Kloster San-Pietro in Montorio. Vor einer zu demselben gehörenden Kirche, deren erste Anlage sie den urältesten zurechnet, genießt man eine der schönsten Aussichten über die Siebenhügel=stadt und die Campagna. In nächster Nähe schwimmt, von Abendnebeln durchzogen, das unermeßliche Häusermeer, durch= schnitten von den Krümmungen der Tiber. Zahllose Kirchen ra= gen auf, Paläste, das Capitol, mit seinen Trümmern aus der eisernen Römerzeit, die Engelsburg, auf der Zinne mit dem St.=Michael, der sein Schwert senkt. Ein Bild, groß und herr= lich, wie die Vision einer Verheißung —!

Der erste Gedanke jedes Pilgers, der in Rom ankommt, ist die welthistorische Macht der christlichen Idee. Schon von dem Fuß der Alpen her begleiten ihn die Schauer der Erinnerung an die blutige Märtyrerzeit. In Rom endlich angekommen, sieht er die Triumphe des Kreuzes. Kein Tiberius, Nero und Do= mitianus beherrschen noch das Universum. Die Vexillen und blu= tigen Fasces der Imperatoren, unter denen die Bekenner Christi verspottet, gefoltert, den wilden Thieren vorgeworfen wurden, sind zerrissen, zerbrochen. Vom tarpejischen Felsen stürzte jetzt der capitolinische Jupiter selbst; den Rand seines zurückgebliebe= nen Sessels ziert das Kreuz. Das Kreuz triumphirt über Cicero,

1*

Cato, August, Seneca —! Es triumphirt ohne Rache; denn St.=Michael auf der Engelsburg hält sein Schwert nicht drohend empor, sondern versöhnt senkt er es zur Erde.

So allenfalls kann man fühlen, wenn hinauf nach San=Pietro in Montorio Hunderte von Glocken die Klänge des Angelus tragen. Links kommt der nächste Gruß aus San=Onofrio, herüber von Tasso's Eiche; zur Rechten, über die botanischen Gärten, aus Trastevere von Santa=Cecilia. Hier oben bei den reformirten Franciscanern wird es später Nacht, als unten im Thal, wo Hunderte von Lichtern nun aufblitzen. Soeben sitzen die Mönche im Refectorium — essen Polenta — köstlichen jungen Salat aus ihrem eignen Garten, Salz und Pfeffer, nicht Asche darauf gestreut, wie — Petrus von Alcantara, der Stifter dieser — „Reformation" — mit seinem Salat es zu halten pflegte.

Der fromme Pater Vincente, für welchen Bonaventura jetzt in dem piemontesischen Städtchen Robillante wirklich Bischof geworden ist, fehlt heute unter den Brüdern von der braunen Kutte. Er liegt in seiner Zelle und erbittet sich von Gott Kraft und Sammlung zu dem harten Weg, für den gerade ihn heute das Loos getroffen hat. Alle Klöster der von Almosen lebenden Orden sind heute in der Nacht eingeladen, auf Villa Rucca zu erscheinen, um die Gaben des jungen heute vermählten fürstlichen Paars, die Abfälle der köstlichen Tafel zu empfangen. Der alte Fürst Rucca, Generalpächter der Steuern an der Nordküste des Kirchenstaats, will zeigen, daß das Sprichwort falsch ist: „Unrecht Gut gedeiht nicht!" Was kann gedeihlicher sein, als Almosen an Klöster und Bettler austheilen —!

Guardian und alle Brüder wissen es, daß einst Pater Vincente um einen „Kuß in der Beichte", den ihm nur sein Gewissen und seine Phantasie als begehrt vorgespiegelt hatten,

hier oben jahrelang büßen wollte — büßen zu dem Stachel-
gürtel, den Barfüßen und den aus drei Bretern bestehenden
Betten, die hier Regel sind, noch hinzu —! Ein Trost der
Brüder war, daß noch nicht ganz hier gelebt werden mußte, wie
Petrus von Alcantara, der Freund der heiligen Therese, der
Beichtvater des Einsiedlers von St.-Just (Karl V.), gelebt hat, in
einer Zelle, die kürzer war, als seine Leibeslänge! Ging man
über den Hof hinweg, so fand man eine Kapelle, die Bramante
gerade über der Stätte erbaut hat, wo der Apostel Petrus einst
gekreuzigt werden wollte, mit dem Kopf nach unten — St.-Pe-
ter wollte nicht die Ehre haben, zu enden, wie sein Meister und
Erlöser. Der Janiculus ist das zweite Golgatha —! Was
sagten, solchen Leiden gegenüber, die dunklen Zellen mit eisernen
Gittern drüben, in deren einer der selige Bartholomäus von Saluzzo zehn Jahre hinbrachte, ein Priester, der die Dreistigkeit
gehabt hat, schon dem Rom seiner Zeit, Päpsten und Cardinälen, zu sagen: Nicht Einer unter euch ist ein wahrer Priester —!

Pater Vincente war kein so wilder Feuerkopf. Ein Schwärmer
aus dem Thal von Castellungo, gehörte er ohne Zweifel zu jener dritten Art von Heiligen, zu den Geschlechtlosen, von denen
gelegentlich einmal der Onkel Dechant sprach. Im Süden sind
vollkommen schöne Jungfrauen nicht so häufig, wie diese rein
vegetativen, willenlosen, zuweilen bildschönen Jünglinge. Ein
Mönch lebte auf San-Pietro in Montorio gefangen, der diesen
Pater Vincente nur einmal gesehen hatte und sich sagte: „Nun
begreif' ich Horaz und Alcibiades, Plato und — Platen —!"

Wer konnte hier oben anders vom deutschen Dichter Platen
sprechen, als Klingsohr, der Flüchtling aus dem Eichstamm vom
Düsternbrook? Pater Vincente hatte das Loos gezogen, der Hochzeit
seines bösen Beichtkindes beizuwohnen. Er sollte die Speisen in
Empfang nehmen, die man ihm in seinen Quersack schütten

würde, den jedoch ein stärkerer Laienbruder tragen sollte. Dieser Laienbruder war krank. Das Fieber springt in Rom von einem Berg zum andern. Im Monat Mai hockt der unheimliche Dämon auf dem Janiculus. So hatte man beschlossen, ihm einen der beiden gefangenen deutschen Mönche, die hier in Rom auf der Höhe des freien Vogelflugs in strenger Haft saßen, zur Begleitung mitzugeben. Der eine, den die Brüder „den Todtenkopf" nannten, war so stark, daß er im ersten Anfall seiner Ungeduld die verrosteten Eisenstäbe seines Kerkers verbog und fast zerbrach; jetzt war Bruder Hubertus schon lange viel ruhiger geworden. Nach dem letzten Vierteljahr, das er und Pater Sebastus hier noch für ihre Flucht aus dem Kloster Himmelpfort in Deutschland zu büßen hatten, ließ er in seiner Person ein nützliches Mitglied der Alcantarinergemeinde erwarten, falls Pater Campistrano, der General der Franciscaner, und der Cardinal-Großpönitentiar ihm und dem nur noch schattenhaft am Leben hängenden Doctor Klingsohr die Bestätigung gaben, daß ihre Absicht, zu den „Reformirten" ihres Ordens überzutreten, auf einem wirklichen Bedürfniß der Seele beruhte.

Als Pater Vincente gehört hatte, er müßte auf die ganz Rom in Bewegung setzende Hochzeitsfeier der Gräfin Olympia Maldachini mit dem Sohn des reichsten aller Römer nächst dem Fürsten Torlonia gehen und unter den hundert Bettlern, die alle Klöster schickten, auch für San-Pietro in Montorio seine zarte, frauenzimmerliche Hand öffnen, diese Hand, die einen Bischofsstab hätte tragen dürfen, wäre sein Herz nicht voll Demuth gewesen, war er in seine Zelle gegangen, fastete und betete. Dem „Bruder Todtenkopf" hatte man den Vorschlag gemacht, den voraussichtlich heute überfüllten Zwerchsack zu tragen. Bruder Hubertus sang seit einiger Zeit so viel heitere Lieder, daß man den Versuch glaubte wagen zu dürfen, ihn ins Freie zu lassen,

hinaus in die allerdings fieberschwangere Mainacht. Hubertus
hatte erwidert: Wohlan! Laßt mir aber auch den Pater Sebastus
mitgehen! Wahrlich, es ist zu grausam, in Rom angekommen
sein und neun Monate lang nichts davon gesehen haben, als
eine Zelle von zehn Fuß Länge und zehn Fuß Breite! Beim
Kreuz des heiligen Petrus drüben, laßt ihn ohne Furcht mit
uns gehen! Schon deshalb, weil er vielleicht ein Fieber mit-
bringt und ich dann Gelegenheit habe, euch zu zeigen, wie in
Java solche Fieber curirt werden. Der nimmt die Arznei, vor
welcher ihr euch so fürchtet!

Die Mönche lachten über diese Worte aus zwei Ursachen.
Einmal, weil sie aus einem Kauderwälsch von allerlei Sprachen
bestanden, Holländisch, Deutsch, etwas Meßlatein und so viel
Italienisch, als man auf einer Wanderung durch Italien bis
hieher und in dem beschränktesten Verkehr mit der Welt erlernen
konnte. Fürs Zweite, als man zum Uebersetzen den Pater Sebastus herbeigerufen hatte, lachten sie über die Methode des Fie-
bercurirens, die nach Hubertus hauptsächlich in einer nicht eben
normalen Anwendung von Theer und Kuhmist bestehen sollte.

Die Stimmung wurde dem Mitgehen des Paters Sebastus,
sobald er nur in das Refectorium eingetreten war, günstig. Er
sah aus wie ein echter Nacheiferer des heiligen Petrus von Alcantara. Hätte ihn sein General gesehen, er würde gesagt haben: Auch du, mein einst so wilder Kriegsmann, wirst mit der
Zeit reif sein, die Wonne der heiligen Therese zu werden! So
einst mochte der edle Ritter Don Quixote de la Mancha ausgesehen haben! So fleischlos hingen auch gewiß die Arme des
Don Pedro von Alcantara, so voll Schwielen waren gewiß auch
seine Kniee! So sah er aus, als er in der schauerlichen Einöde
zu Estremadura seinen schreckhaften Tractat über den „Seelen-
frieden" schrieb —!

Armes Jammerbild des Wahns! Aber „doch noch ein Glück dabei!" sagt der gute Bruder Lorenzo in „Romeo und Julia". Dinte und Papier hatte man dem Pater Sebastus gelassen. Man hatte ihm Bücher gegeben, um sich zu vervollkommnen in der italienischen Sprache. Man hatte gefunden, daß er ein besseres Latein verstand, als der Pater Guardian, der seit dem Besitz dieses deutschen Pflegebefohlenen seine Sprachschnitzer nicht mehr so oft vom General im Kloster Santa-Maria corrigirt bekam. Zuvor tilgte sie der Gefangene.

Pater Sebastus, fahl, bleich, mit übergebeugter, hohler Brust, hüstelnd, unsichern Ganges, flößte dem Guardian keine Besorgniß ein, daß er entfliehen und dem wahrscheinlich doch nur noch kurzen Rest seiner Strafzeit sich entziehen könnte. Der Guardian betrachtete seine Collegen, wie der heilige Vater im Consistorium die Cardinäle: Quid vobis videtur? Worauf ein einmüthiges Stillschweigen die jahrtausend alte Regel ist. Zustimmung schien auch hier aus Jedes Auge zu leuchten. Gewiß versah man sich bei dem „Bruder Todtenkopf", daß er keinen Schinken, keinen Büffelkäse als zu viel ablehnen, sondern den Sack so vollstopfen würde, wie nur irgend möglich — vorzugsweise um seine Kraft zu zeigen, über welche er etwas ruhmredig und plauderhaft war, der alte Polterer. Man beschloß, den Pater Sebastus mitgehen zu lassen und unterrichtete noch beide, wie sie es anstellen müßten, um von Koch, Kellner, Haushofmeister des Fürsten Rucca mehr, als alle andern Klöster, besonders die nicht blöden Kapuziner von Ara Coeli, zu bekommen. Hubertus begriff schon, das Hauptmittel war auch hier die Faust. Wenn um Mitternacht die große Tafel, welche der alte Fürst Rucca seinem Sohn und der „Nichte" des Cardinals Ceccone ausrichtete, zu Ende war, begann die Austheilung. Brachen die Mönche um die zehnte Stunde auf, so kamen sie wol gerade zu rechter

Zeit. Wogte es dann schon die ganze Nacht in jenen Straßen, die zur Villa Rucca führten, so ging für sie der Weg durch entlegenere Gegenden, wo sich rascher dahinschreiten ließ.

In Hoffnung auf die große Beute waren die Frate so nachsichtig, daß sie heute sogar in dem Verlangen des Paters Sebastus nach Siegelwachs nichts Sträfliches fanden und ihm die Mittel einer sonst an sich unerlaubten Correspondenz an die Hand gaben — erst sollte alles, was die beiden deutschen Mönche auf die Post gaben, hinunter an den General kommen. Heute ging demnach zwischen den Würsten, Schinken, Käsen, den feinern Tafelresten, die man sich erhoffte, unbemerkt auch ein Brief hin, den Pater Sebastus seinem Leidensgefährten Hubertus fast sichtbar zu dem Zwecke zusteckte, daß er ihn vorher läse und mit unterschriebe. Er wollte sich noch eine Weile ruhen, dann den Brief siegeln, mitnehmen und irgendwie suchen „der Post beizukommen" — auf deutsch flüsterte er das dem Leidensgefährten zu.

Klingsohr hatte bisher Rom, sein ewiges, hochheiliges Rom, nur erst aus der Ferne gesehen. Nur seit drei Vierteljahren kannte er diesen magischen Anblick vom Fenster des Refectoriums. Nun sollte er zum ersten mal den heiligen Boden betreten! Die Sonne sank in ihrer goldensten Pracht. An Festtagen hatte er zuweilen durch die Olivenbäume des sich vom Fenster des Refectoriums abdachenden Bergabhangs hindurch, diesen Anblick auf kurze Zeit genießen dürfen. Heute verweilte er länger bei ihm. Sein dumpf gewordener Geist belebte sich, aus den matten Augen glitt ein Schimmer der Erwartung — Er hatte an den Bischof von Robillante geschrieben und Robillante lag dort, wo eben die Sonne so schön unterging! Er wußte es, daß Bonaventura von Asselyn jener Bischof geworden war, der Pater Vincente hier oben hätte sein können, wenn dieser gewollt. Vincente's Geschichte war das große Wunder, das man auf

San-Pietro jedem erzählte, der etwas länger verblieb, als nö=
thig war, um die Bilder Sebaftian's de Piombo in der Klofter=
kirche und die alten paolischen Wafferleitungen zu fehen.

Unbefchreiblich ift die Schönheit des letzten Blicks der fchei=
benden Sonne Italiens, wenn fich ihre Strahlen zuletzt nur
noch leife durch die grünen Zweige der Bäume ftehlen. Ein
Olivenwald vollends ift an fich fchon zauberifch! Seine Schat=
ten find fo licht, das Laub ift fo feltfam graugrün blitzend. Und
find dann feine Stämme hundertjährig, fo find die Geftalten der
Zweige und der über dem Boden herausragenden Wurzeln fo
phantaftifch, daß fie fich im purpurnen Dämmerlicht der Sonne
zu bewegen fcheinen, wie die Bäume in den „Metamorphofen"
des Ovid. Durch einen folchen uralten Olivenhain gaukelt ein
magifcher Sommernachtstraum. Sieben, acht Stämme find zu
Einem zufammengewunden! Wie Polypen von Holz find fie,
aufgefchnitten, das Mark ift heraus und nur die Rinde ift noch
zurückgeblieben, doch trägt diefe die graugrünen Blätterkronen
mit den blauen kleinen Pflaumen der Frucht ganz fo, als wäre
noch drinnen Herz und Seele. Diefe groteske Welt, voll Fratzen,
als hätte fie ein Höllen=Breughel gefchaffen, fie ift es, die nun
im Lichte fchwimmt und zu purem Golde wird; die untergegan=
gene Sonne läßt am Horizont einen riefigen Baldachin der
glänzendften Stickerei zurück, flimmernde Goldfranzen hängen in
Himmelsbreite an violetten und rofa Wölkchen. Während nach
der öftlichen Seite hin fchon die Nacht urfchnell und tiefblau, mit
fofort fichtbaren Sternen aufleuchtet, fteht im Weften diefe Phan=
tasmagorie der Farbenmifchungen noch eine wunderbare Weile.
Endlich wird auch fie röther und röther; die goldnen Franzen,
die Stickereien von Millionen von Goldperlen erbleichen; dann
wird der weftliche Himmel tief dunkelblauroth, der Olivenwald
fchwimmt wie in einem Meer von aufgelöftem Ultramarin; im

Osten ist indessen die Nacht schon tiefschwarz heraufgezogen. Man möchte fragen: Lehrt das alles nicht — die Ewigkeit des Schönen?

In seiner dunkeln Zelle hatte Hubertus heute eine zinnerne Oellampe. An sich war sie armselig, aber ihrer Form nach konnte sie in Pompeji gestanden haben. In der Mitte gleichsam eines Tulpenkelches brannte der Docht aus vier Oeffnungen.

Hubertus las mit einiger Anstrengung jenen Brief, der von ihm mit Pater Sebastus verabredet worden war, um vielleicht durch Bonaventura's Vermittelung für sie beide ein besseres Loos zu erzielen, als ihrer durch den Spruch aus Santa-Maria unten harren mochte und selbst für den Fall harrte, daß sie sich diesem römischen oder sonst einem Kloster der Alcantariner dauernd einreihen durften. Zugleich mußte der Brief so geschrieben sein, daß er auch allenfalls in die Hand des Generals hätte gerathen können, ohne sie aufs neue zu compromittiren, ohne zur Fortsetzung ihrer Leiden Anlaß zu geben. So hatte denn ein weiland göttinger Privatdocent, Dr. Heinrich Klingsohr, ganz im gebührenden Ton, wie etwa Pater Vincente gethan haben würde, wörtlich an Bonaventura geschrieben*): „Vivat Jesus! Vivat Maria! Halleluja! Friede sei mit Ihnen, hochwürdigster Herr und hochgnädigster Herr Bischof! Hat unser Ohr recht gehört, so ist ein Wunder geschehen! Hochgeehrtester Herr, Sie verweilen nicht mehr auf der deutschen Erde, wo das Salz dumm geworden ist, Sie führen den apostolischen Stab im Lande der Verheißung —! Hochgnädigster Herr und Bischof! Wir sind die beiden Flüchtlinge aus dem Kloster Himmelpfort, die wir schon einmal durch Ihre gnädigste Frau Mutter Schutz gefunden, als wir unter den Thieren des Waldes und in einer Hütte von

---

*) Vielen dieser Einzelzüge, auch in diesem Briefe, liegen Actenstücke zum Grunde.

Baumzweigen lieber wohnen wollten, als in der üppigen Völ=
lerei der entarteten Minderbrüder des heiligen Franciscus. Lieb=
losigkeit, Zank, Mangel an gottseliger Gesinnung haben uns von
einer Stätte getrieben, wo unser allerheiligster Herr Jesus von
seinen eigenen Jüngern noch täglich gekreuzigt wird! In dem
großen Feldzug, den die Kirche gegen den Belial der Aufklärung
gerade in unserm Vaterlande zu bestehen hat, sind diese Klöster,
in denen sich nichts als der Schein der alten Regeln erhalten
hat, nur zu Verschanzungen des bösen Feindes nütze. Provin=
zial Maurus hat an unsern General eine Liste unserer Verbre=
chen geschickt und so müssen wir denn, da man uns ohne Rich=
terspruch verurtheilte, unser sehnsüchtiges Verlangen nach der
reformirten Regel der Minderbrüder durch eine Gefangenschaft
büßen, die hier auf San=Pietro in Montorio bereits drei Vier=
teljahre dauert. Freilich schmachten wir in der Nähe des Kerkers,
den der selige Bartholomäus von Saluzzo zehn Jahre lang inne=
hatte. Aber die Krone des Himmels zu gewinnen wird, denn
doch ach! zu mühselig für die schwache Kraft unsrer Sterblich=
keit! Hochgnädigster Herr Bischof! Wol schöpfen wir Muth
aus dem Vorbild der Märtyrer und heiligsten Apostel, aber un=
sere Kräfte schwinden, unsere Hoffnungen auf die Macht der
Wahrheit erlöschen; was wir seither erlitten, ist zu schwer für
menschliche Schultern! Von dem unterzeichneten Pater Sebastus,
hochgnädigster Herr Bischof, wissen Sie aus einer denkwürdigen
Stunde mit dem gefangenen Kirchenfürsten, daß er die Rettung
seiner Seele dem «Bruder Abtödter» verdankt, der sich im Ge=
gentheil, im Lebendigmachen auch hier schon mannichfach bewährt
hat. O daß ich in einem einfachen, schlichten Menschen mehr
fand, als in meinen weiland Genossen, in Hochgebildeten, die
mich durch die sophistische Moral der heidnischen «glänzenden
Laster» zum Tödten eines Mitmenschen, Ihres Verwandten, rei=

zen konnten! Oft hat mich Nachts meilenweit Hubertus auf
seinen Armen getragen, wenn wir auf unserer Flucht mit nackten Füßen den Häschern zu entrinnen suchten. Vom Düsternbrook an, von der verhängnißvollen blitzerschlagenen Eiche bis
zu den trauernden Cypressen dieses heiligen St.-Peter-Kreuzes-
Hügels, verfolgte uns das Concil von Trident, nach dem «ein
entsprungener Mönch seinem Kloster zurückzuführen ist». Wir
lebten von Wurzeln und von Beeren, suchten die einsamsten
Straßen des Rhöngebirges, des Schwarzwaldes und der Alpen
auf. Nie legten wir unser hären Gewand ab, unsers heiligsten
Franciscus Ehrenkleid, das ich einst, Sie wissen es, im schnö-
den Rückfall um jene Lucinde verleugnen konnte. Nie gönnten
wir uns eine andere Erquickung, als unsern blutenden Füßen
die kühlende Welle des Waldbachs. Die durch Steckbriefe auf-
gewiegelten Häscher ergriffen uns auf der Schweizergrenze. Der
Kraft des Bruders Hubertus, die er indessen nur seinem Gebet
zuzuschreiben bittet, gelang es, daß wir auf dem Transport aus
einem Polizeiwachthause entsprangen und uns drei Tage und
drei Nächte, dem Verhungern nahe, unter dem Heu einer Scheune
verbargen. Zu unserm Uebergang über die Alpen wählten wir
die einsamste Straße, die des Großen St.-Bernhard. So ver-
schmachtet und verkommen waren wir, daß wir den Gerippen
glichen, die dort von verschütteten Wegwanderern aufbewahrt
werden —!"

Sebastus ahnte nicht, wie auf Bonaventura, wenn er den
Brief empfing, gerade diese Worte wirken mußten!

„Nur die Hoffnung auf Rom belebte uns. Rom! Rom!
rief es in unsern Herzen und gestärkt erhoben wir uns, wie einst
die verschmachteten Kreuzfahrer mit dem Feldruf: Jerusalem!
Aber auch in diesen heißersehnten Gefilden verfolgte uns die Hand
des Pater Maurus. Jedes Kloster unsers Ordens drohte für

uns zum Gefängniß zu werden. In den Reisfeldern Pavias mußten wir uns in giftigen Sümpfen verstecken und mich ergriff das Fieber. In der Nähe jener prachtvollen Certosa, einer architektonischen Wunderblume deutscher Baukunst in einer Oede voll Trauer, trauriger als die Fieberkrankheit, glaubte ich sterben zu müssen. Mein zweiter Vater rettete mich und am Wege wieder schimmerte der innere Stern des Morgenlandes — Rom! rief es von unsichtbaren Geistern, in deren Lobgesang zuletzt wirkliche Stimmen, die Stimmen der Pilger einfielen, denen wir uns anschlossen. Alle meine Gräber öffneten sich in der öden Tannhäuserbrust! Leiche auf Leiche erhob sich! Die Wissenschaft, die Kunst, die Philosophie, die seraphische Liebe — alles wachte auf in dieser Sehnsucht nach Rom —! Ich fühlte ein unendliches Leben in meinen Adern! Wir kamen ein kahl Gebirge, die Apenninen, hinauf und sahen das Meer — zum zweiten male sah ich's und mein Führer kannte es von Indien. Was blieb da noch meine Ostsee! Nußschaale gegen einen Bethesdateich —! Dort, dort lagen Afrika, Asien — Hannibal stieg mit uns nieder, Scipio kam von Karthago — Hinan! Hinan! So wanden wir uns drei Wochen durch Etrurien hindurch nach dem Sanctum-Patrimonium. Mit den Pilgern, mit manchen Verbrechern, mit denen uns die Nachtwanderung vereinigte, hofften wir: Rom ist die Stadt der Gnade —! Ein Pilger rief: Rom ist mit Ablässen gepflastert! Ich verzieh einem Mund, der solchem natürlichen Jubel des frommen Entzückens erwiderte: Noch mehr, denk' ich, dein eigen Herz —! Diese Denkerphrase — wurde deutsch gesprochen! Ich verzieh dem Sprecher, weil es ein Greis war —!"...

Hubertus hielt hier einen Augenblick inne. Dieses greisen deutschen Pilgers hatte er öfters wieder gedacht. Auch ihm und Klingsohr war er streng gewesen; aber eine verklärte und wieder

Andere verklärende Natur war er bei alledem. Wo mochte wol dieser Reisegefährte weilen! Hubertus, der manches an diesem Briefe zu tadeln hatte, namentlich das ihm selbst gespendete Lob, fand diese Erwähnung des interessantesten ihrer Reisegefährten nicht nach seinem Sinne.

Dann fuhr er zu lesen fort: „Oft mußten wir mit den andern in den Felsen schlafen, vermieden dann die großen Städte, deren Zinnen und Domthürme ich nur von fern aufragen sah, wie die Märchenerinnerungen meiner Jugend. Parma! Florenz! Siena! Welche Klänge —! Aber in Höhlen, oft zu Räubern, mußten wir flüchten, bis wir in diesem öden Kesselthal ankamen, das Euch Ungläubigen die wüste Campagna heißt — die «wüste»! Leipziger Nationalökonomen, ein Hirtenland mußte es ja sein, wo wiederum die Krippe des Heiles steht! Verlorene Welt, darfst du denn hier anderes, als nur Schafhürden und Ställe suchen? Hier sollst du ja nur der Hirten Lobgesang hören wollen! Entzückt er dich in Correggio's «Nacht», warum nicht in Wirklichkeit? — Endlich eines Morgens ging die Sonne auf und wir sahen — die Stadt der Städte! Im Kern einer großen Muschel liegt, nächst Jerusalem, die köstlichste Perle der Erde! Das Auge unterschied die Peterskuppel. Schon hörte das Ohr die Glocken jener versunkenen Kirche, die in meiner Brust seit dreißig Jahren schon «Rom» läuten; ich hörte sie — nun von sichtbaren Thürmen niederhallen —! Hosianna! rief alles um uns her. La capitale du pardon! jauchzte ein Franzose. Da umringen uns wieder die Häscher des Pater Maurus! Die in der Knabenlectüre vielbelachten — «Sbirren», häßliche Dreimaster von Wachsleinen auf dem Kopf! Sie wissen schon, wer wir sind. Sie wissen schon, wir kommen. Sie führen uns über die Tiber zurück, die wir schon hinter uns hatten —!"

Hubertus dachte dem Schmerze nach, der sie beide damals ergriff. Sie glaubten den Himmel erreicht zu haben und lernten nur die Gesetze der Erde kennen.

„In der Abenddämmerung", las er weiter, „geleiten uns die Häscher einen jener riesigen Aquäbucte entlang, die man nicht sehen kann ohne an Roms ewige Größe, an die fruchtlosen Belagerungen durch Attila, die Hohenstaufen und — Beelzebub zu denken, führen uns durch ein entlegen Thor auf einen hohen Berg und hier in ein Gefängniß, das wir seit dieser Stunde nur zuweilen im Umkreis einiger hundert Schritte verlassen haben —! Vor unserm Kloster stürzen sich die Wasser jenes Aquäbuctes, dem wir folgten, in ein Becken und gleiten nach Rom hinunter, das, wie man sagt, vom Geriesel der Brunnen und Cascaden wie ein einziger Quell des Lebens rauschen soll —! Wir hier oben verschmachten aber! Wir müssen uns der Gewalt des Pater Maurus ergeben, die auch bis hierher reicht! — Wohlan, die Ordnung herrsche in der Welt, selbst in den Händen unwürdiger Gotteswerkzeuge! Wir wollen unser Joch=Jahr dulden. Aber die Zukunft! Soll sie denn nur den Tod bergen —? Wenn es Ihre große Güte, hochgnädigster Bischof, übernähme, ein Wort des Zeugnisses für uns beim General zu sprechen! Wann Sie Ihren Nachbar, den Erzbischof von Coni, Cardinal Fefelotti, der, wie man sagt, die Stelle des Großpönitentiars der Christenheit erhalten wird, für uns gewännen! Das Elend meines eignen persönlichen Lebens kennen Sie! Sie wissen, was ich schon alles von Menschenschuld dem Kreuz des Erlösers aufgebürdet habe! Sie kennen Klingsohr's Sünden — kennen auch seine verwelkten Rosen — Sie wissen — welche Hand mir den Lebensfrühling zerriß. Ueber den Trümmern aber ist das Kreuz erstanden! Ich will meine Fahne nicht mehr lassen, die Fahne des geopferten Lammes! Lassen Sie mich nicht streiten unter sinnlosen Führern! Das ist das Schrecklichste, unter Mitknechten stehen, die nicht wissen, wessen Harnisch sie tragen! Müßten wir nach Deutschland zurück, zurück nach Witoborns öden Gassen, zu den dumpfen Wänden Himmelpforts, so würde der letzte Funke unsers Lebenslichts erloschen sein! Lieber dann noch das Grab in Rom, als ein Leben im Leichentuche Deutschland! Sie, Sie sind glücklich! Sie dürfen reden, hochwürdigster Herr und Bischof! Legen Sie für uns Zeugniß ab! Ein Wort von Ihnen zu unserm General, ein Wort zu Cardinal Fefelotti, und man wirft uns nicht länger mit denen zusammen, die wie der Tag kommen und wie der Tag gehen. Auch mein guter Führer und Lehrer würde gern in der Stadt der Katakomben sterben. Noch hat er auf dem Amt in Witoborn eine Summe Geldes liegen, ungerecht Gut, das er der Sache der Gerechtigkeit schenken möchte. Er hoffte in Rom einen Erben zu entdecken, einen Krieger im Heere Sr. Heiligkeit, den zu erkundschaften noch keine Muße ihm geboten wurde. Fände er ihn nicht, so würde er das Vermögen dem General seines Ordens anweisen. Laßt ihn doch eine Weile suchen! Laßt uns eine schaffende Thätigkeit! Der Trieb zu helfen ist ein Gradmesser der noch vorhandenen Lebenslust. Er ist zurückgekehrt zu uns mit dieser neuen schönen Sonne, ob wir Gefangenen sie auch nur spärlich sahen. Nichtmehr jage ich dem Spuk der nordischen Phantome nach. Dieser blaue Himmel, diese göttliche Luft, diese immer gleiche Stimmung der Natur, auch im Blättergrün, das im Winter nicht entschwindet, sie gießen einen so vollen Glanz der Schönheit selbst über unsre bescheidensten Wünsche, daß ich mir vorkomme, als hätte meine seitherige Vergangenheit nur unter meinem, von der Natur versehenen Geborensein im Norden gelitten. Meine Zweifel schwinden. In einem römischen Sonnenuntergang glaub' ich an das Labarum des Constantin, das ihm

in den Wolken erschien! In jener bunten Wolke dieses italienischen
Himmels sehe ich das Tabernakel des Hochamts! Halleluja! Die
Kreuzesfahne voran! In diesem Zeichen Sieg und Hoffnung!
Retten, retten Sie uns! Heinrich Klingsohr, genannt Pater
Sebastus a Cruce. San-Pietro in Montorio, im Mai 18**."

Diesen Brief ganz flüssig zu lesen und dann auch seinerseits zu
unterschreiben mit „Eines hochgnädigsten Herrn und Bischofs-
gehorsamster Kreuzesträger und apostolischer Pilger Frater
Hubertus", kostete dem „Todtenkopf" Mühe. Seine knöcherne
Hand kritzelte lange an den wenigen Worten. An jener
Stelle, wo von seinem Geld die Rede war, hielt er ein wenig
besorgt inne. Mismuthig gedachte er jenes Wenzel von Terschka
auf Westerhof, von dem er lange bereits ahnte, daß er zu
leichtgläubig dessen Versicherungen, er wäre nicht jener Soldat,
der einst im römischen Heer gestanden, hingenommen, von dessen
Verbleiben aber, seinem Ursprung, seiner spätern Flucht, seinem
Uebertritt, gegenwärtigem Aufenthalt in London die Eremiten im
winterlichen Walde, die Flüchtlinge durch Deutschland und Italien, die Gefangenen von Rom nichts hatten erfahren können —
Klingsohr kannte diesen Terschka nicht einmal dem Namen nach.
War die Erwähnung seines Geldes praktisch? Wie würde diese
Stelle auf den General wirken, wenn er sie läse? Vielleicht —
ganz förderlich! dachte zuletzt Hubertus mit einiger Pfiffigkeit.

Gegen zehn Uhr erhob er sich von seinem Maisstroh. Auf-
geschreckter, denn je. Dachte er an Terschka, Picard, an sein
Geld, so erschienen ihm Eulen und Fledermäuse und Brigitte von Gülpen rang unter ihnen die Hände und Hammaker's
blutigen Kopf sah er und Picard hing am brennenden Dachbal-
ken und den Pater Fulgentius, den er „richtete", indem er
ihn getrost sich selbst tödten ließ, sah er am Seile schweben —
Der Riegel seines Kerkers wurde klirrend zurückgeschoben.

Der fieberkranke Laienbruder war es, der den mächtigen Sack brachte, diesen und sich selbst schüttelnd. Er geleitete Hubertus an Sebastus' Zelle. Auch hier fiel die eiserne Klammer. Sebastus stand in erregter Spannung. Rom und die langen Leiden hatten seinem sonst so vornehm verächtlich, so hochmüthig in die Welt und auf andere Menschen herabblickenden Wesen seit einiger Zeit eine vortheilhafte Veränderung gegeben. Er ergriff den heimlich dargereichten Brief, siegelte ihn, während Hubertus dem Laienbruder, um diesen zu zerstreuen, seine Pillen rühmte und zu größerer Deutlichkeit das Verschwinden des Fiebers mit der Leere des mächtigen Sackes verglich. Dann steckte Sebastus unter der braunen Kutte den Brief zu sich und folgte mit Hubertus dem Laienbruder, der beide auf die Terrasse zu den rauschenden Wassern führte. Hier harrte ihrer schon Pater Vincente.

Benedictus Jesus Christus —!

In aeternum, Amen —!

Nach diesem Gruß schritten die drei Mönche den Hügel San-Pietro hinunter, mit jenen kleinen gespenstischen Schatten der Bäume und Häuser und Menschen, die ein helles Mondlicht wirft.

Alle drei schritten sie zur Stadt in den gleichen Kutten. Die Kapuze über den Kopf gezogen, um den Leib die fliegende weißwollene Schnur des heiligen Franz von Affisi. Die beiden Deutschen nach ihrer alten Regel noch in Sandalen. Pater Vincente mit entblößten Füßen.

2.

Wol schon dreißig Jahre mochte Pater Vincente alt sein, er besaß aber noch alles von der weichen Jünglingsschönheit des Antinous. Seine Augen waren sanft braun. Die Farbe seines Antlitzes, und nicht ganz vom Widerschein der Strahlen des orangegelb über dem Albanergebirge herausgetretenen Mondes, war beinahe gelblich. Das kurzgeschnittene und grell die so schöngeformten kleinen Ohren freilassende Haar war dunkelschwarz. Der braune, von der Kapuze jetzt bedeckte Nacken schweifte sich sanftgebogen. Sein Mund war etwas aufgeworfen und wie zum Genuß des Lebens bestimmt. Die hohle Wange stand in Verbindung mit sanften Erhöhungen an den Winkeln der Lippen. Seine Gestalt hatte etwas Aetherisches; sie schien in den Lüften zu schweben, wie dies einst dem heiligen Franciscus in Wirklichkeit geschehen sein soll. Viele, die ihn kannten, prophezeiten auf sein Haupt — noch einst die dreifache Krone — wie man in der katholischen Christenheit jedem Leviten thut, der sich durch gottseligen Sinn auszeichnet.

Die beiden Deutschen gingen hinter dem Italiener, wie seine Diener. Doch wollte Vincente nur deren Führer sein. Hubertus ließ sich auch hier nichts von seinem bestimmten, festen,

muntern Naturell nehmen. Was ihm nur durch den Sinn
kam, plauderte er aus. Die Bäume am Wege nannte er
alte Bekannte aus Indien; die Düfte, die von den botanischen
Gärten herüberkamen, analysirte er nach den Pflanzen, denen sie
angehörten; den schmetternden Nachtigallen paßte er stillstehend
auf; dem Monde drohte er, ihn, wenn er noch größer und ganz
wie in Java würde, vor Freude in den Sack zu stecken. Alles
das, sagte er, ist hier darum so prächtig, weil es ohne Schlangen
und Tiger ist — !

Die Heiterkeit des wunderlichen Alten hatte seinen Leidensgefährten schon seit Jahren aufgerichtet. Sebastus nannte ihn schon
zu Kloster Himmelpfort den zweiten Philippus Neri. Philippus
Neri war jener „kurzangebundene, humoristische", römische Heilige, von welchem Goethe in seiner italienischen Reise erzählt. Könnte
ich Ihnen den Schamanen und indischen Gaukler austreiben,
sagte Sebastus schon oft, Ihre Wunderkraft und Heiligsprechung
wäre verbürgt! Philippus Neri legte sich auf das Studium, den
Menschen manchmal so unausstehlich zu werden als möglich. So
auch Sie! Es gelang Ihrem heiligen Vorbild freilich nicht
immer so ganz, wie Ihnen! Je mehr Philippus Neri verletzte,
desto mehr liebte man ihn. Ja sogar die Thiere liefen ihm nach.
Hunde zu tragen — das war sonst eine Strafe der Verbrecher; Philippus trug sich immer mit ihnen und duldete den
Spott der römischen Jugend. In die Kirchen ging er und unterbrach die römischen Fénélons und Bourdaloues seiner Zeit
gerade an ihren blumenreichsten Stellen. Er wollte ihre Demuth
prüfen, ob die geistreichen Rhetoriker da ebenso gelassen blieben,
wie sie ihren Zuhörern in jeder Lage gelassen zu sein anem-
pfahlen. Erschien ihm die allerseligste Jungfrau, so spie er sie
an, und siehe da! es war richtig eine Teufelslarve. Er sagte: Ihm
müßte dergleichen noch viel herrlicher erscheinen — ! Die „Ver-

nunft" in unserer Heiligengeschichte ist noch gar nicht genug geschildert worden —!

So sprach Klingsohr zu Himmelpfort — Fast hätte er sich auch in Rom veranlaßt fühlen dürfen, wieder an diese alten Vergleichungen zu erinnern. Vor Aufregung sprach Hubertus den ganzen Weg bis zum Ponte Sisto, der die Wanderer über die Tiber führte, bunt alles durcheinander. Er wagte sich sogar an den Pater Vincente mit der italienischen Frage, nicht etwa wo das Capitol oder das Coliseum oder die übrigen Klöster des heiligen Franciscus lägen, sondern wo er die päpstliche Reiterkaserne finden könnte.

Pater Vincente zeigte weit weg über die Tiber zur Peterskuppel hin und sprach von einer dort befindlichen Porta Cavallaggieri.

Nun ereiferte sich Hubertus über den Mangel an Briefkästen. Und daß auch die Hauptpost nicht einmal des Nachts einen Briefkasten offen halte, wie ihm Pater Vincente versicherte! Er rügte dies ebenso, wie der heilige Philippus Neri mit den Institutionen von fünfzehn Päpsten, die er erlebt hatte, in stetem demokratischen Hader gelegen haben soll und noch wenige Jahre vor seinem Tode und schon im Geruch der Heiligkeit nahe daran war, statt in allerlei römischen Winkeln als „heiliger Diogenes in der Tonne" zu leben, als Staatsgefangener auf die Engelsburg zu kommen.

Als Hubertus die Unmöglichkeit, den Brief abzugeben, in deutscher Sprache beklagte, mußte er erleben, daß sich Pater Vincente umwandte und mit gebrochenem Deutsch einfiel: Wisset Ihr denn nicht, daß Ihr keinen Briefwechsel führen dürft? Laßt mich nicht zum Beschützer einer unerlaubten Handlung werden —!

Die betroffenen Mönche erfuhren zum ersten mal, daß Pater Vincente soviel Kenntnisse in den Sprachen besaß. Sie mußten

ihren Unterhaltungen einen Dämpfer auflegen. Hubertus mur-
melte, verdrießlich über soviel Loyalität: Sind wir denn wirklich im Lande der Mörder und der Räuber? So kam Hubertus
allmählich in die andächtig und feierlich gehobene Stimmung
Klingsohr's, um dessen Geist nur noch die Volksstürme der
Gracchen rauschten, die feierlichen Gesänge der ersten Katakomben=
kirchen.

Die Wanderer hatten die innere Stadt betreten, die in ihren
lebhaftesten Theilen jeder andern südlichen gleicht und außer den
an den Häusern zahlreich angebrachten Balconen nichts Auffal-
lendes hat. Die „ewige Stadt" zeichnet sich, selbst am Tage,
durch ihre Schweigsamkeit aus, die nicht zu der lärmenden Weise
Südeuropas stimmt. Die Herrschaft der Priester bedingt den
Ton der Ehrfurcht und Zurückhaltung. Beim ersten Betreten
macht Rom einen Eindruck, wie Venedig auf den Lagunen —
lautlos gleiten die Gondeln über die dunkle Flut. Hier war
nun noch die Nacht hereingebrochen und vollends still lagen die
so engen, den erwerbenden Klassen angehörenden Straßen und
kleinen Plätze. Dunkle Schatten hüllten die verschlossenen Häuser
ein. Nur da und dort brach der goldene Strahl des Mondes
hervor und gab den schmuzigen Eckgiebeln, den verschwärzten
Balconen, den hochragenden Schornsteinen eine verklärende Beleuchtung. Nur die vielen Fontainen Roms belebten die Stille.
Fiel der Mond auf die Strahlen und auf die Bassins, in die
jene herniederglitten, so glaubte man Büschel von Gold= und
Silberperlen zu sehen. Oeffnete sich ein größerer Platz und
zeigte eines der hohen Staatsgebäude, eine der Kirchen oder
einen der in dieser Gegend seltenern Paläste, so sah man die
Giebel, Thürme und Kuppeln in um so magischerem Lichte, als
die Dunkelheit der Schatten daneben den Glanz derselben erhöhte.
Dazwischen durfte das Auge dann und wann glauben, Schnee=

flocken auf den Höhen zu sehen. Das war, ahnungsreich aufblitzend, weißester, zum Häuserbau verwandter Marmor.

Klingsohr sah, wie zum zweiten mal geboren, um sich. Die Erinnerungen umkrallten ihn riesig, als Pater Vincente, der sein hartes Wort wieder gut machen zu wollen schien, Erläuterungen zu geben begann. Da sagte der sanfte Führer, unter anderm auch auf ein wüstes Gewirr von Häusern zur Linken zeigend: Il Ghetto —!

Der Ghetto der Juden! Die „Rumpelgasse" von Rom! Ob wol auch hier, wo so mächtig eine Nachtigall schlug und die Fontana Tartarughe so traulich plätscherte und am Mauerwerk wie verstohlen eine schwarze Cypresse vorlugte, ob wol auch hier ein Veilchen Igelsheimer leben mochte —? Ob wol auch hier die nächtliche Vertauschung einer Mönchskutte möglich war gegen einen Ueberrock, worin ein toller Mönch in die Theater Roms lief? Lucinde huschte für Klingsohr schon lange, lange am Wege dahin. Schon so manchen schönen Kopf gab es, der mit aufgelöstem Haare an einem Fenster sichtbar wurde, ein Mädchen, das schelmisch eben noch einmal den Mond anguckte und dann erst zur Ruhe gehen wollte. Da tönte eine Guitarre — mitten hinein in das Jauchzen aus einer Schenke — in das Schreien beim Morraspiel! Jesus, mein Feldherr! mußte schon der ewige Fahnenflüchtling rufen — in jeder schönen Situation begleitete ihn ohnehin Lucindens Gestalt. Wie der Brief zeigte, den er in seiner Kutte trug, war er durch die trübste Lebenserfahrung schon so tief gedemüthigt, daß er zu der ihm sonst nicht eigenen Kunst der Verstellung griff.

Im Wandeln gedachte Klingsohr: Wie oft hatte nicht Lucinde, wenn sie Jérôme von Wittekind im Latein unterrichtete, von Rom gesprochen und ihm, was sie gelernt, wiedererzählt bei ihren Stelldicheins hinter dem Pavillon unter den alten Ulmen

auf Schloß Neuhof selbst und noch in Kiel —! Im Profeßhause der
Jesuiten hatte sie dem Gefangenen Bilder einer größern Wirk-
samkeit vorgegaukelt, deren Fernsichten bis nach Rom gingen —!
Wo mochte sie jetzt weilen, sie, die in ihren, im Kloster Himmelpfort bekannt gewordenen, von der Regierung veröffentlichten
Briefen an Beda Hunnius nicht selten ihr Lebenssymbol wiederholt hatte: An der Schwelle der Peterskirche möcht' ich sterben —! Was mit ihr Hubertus alles in Witoborn vorgehabt,
hatte Sebastus nicht von letzterm ganz erfahren können.

Pater Vincente blieb freundlich und milde. Schritt doch auch
er mit der mächtigsten, jetzt gewiß auch ihm wieder aufwachen-
den Poesie im Herzen dahin. Klingsohr hatte das Erlebniß vom
Kuß in der Beichte gehört. Er selbst kannte diese Schemen, die
den heiligen Antonius peinigten. Und diese Luftspiegelung der
erregten Sinne, wofür der schöne Jüngling und Mann dort
fünf Jahre hatte büßen wollen, heute vermählte sie sich! Er
bettelte an ihrer Thür —! Da war ja die ganze Welt Heinrich
Heine's, die ihn einst so umfangen gehalten —

> Das kommt, weil man „Madame" tituliret
> Mein süßes Liebchen —!

Jesus hilf! rief es in Klingsohr's Seele.

Pater Vincente deutete auf eine Durchsicht über die Tiber,
die sich noch einmal rechts öffnete, und auf einen jenseits in den
blauen Lüften schwebenden fernen Punkt und sprach: Das da
ist das Asyl der Pilger! Eine fromme Stiftung des heiligen
Philippus Neri —!

Hubertus lachte über die zufällige Begegnung mit diesem
Namen und drückte seine schwarzen funkelnden Augen spähend
zusammen, hob dann die Kapuze in die Höhe und sah die durchaus
achtbaren Erinnerungen an einen Mann, mit dem er Aehnlichkeit
haben sollte. Ganz im Neri'schen Geist sprach er in seinem hol-

ländischen Deutsch durcheinander und ganz so rasch, als wenn
Pater Vincente hätte folgen können: Das Haus steht groß genug
aus, um den Seckel der Wirthe zu füllen! Ja — wer Gott
liebt, dem müssen alle Dinge zum Besten dienen — namentlich
die Wohlthaten, die er spendet! Pater, wo wir auch in Italien
hingehört haben, die Bettler, die Armen, die Pilger, die Wallfahrer bringen den Stiftern erst recht das Geld ein! Wie das?
Wir zogen mit Wallern, klopften an alle Pilgerasyle und bekamen ein Essen, schlecht genug — um sich davon abzuwenden!
Oberalmoseniere und Spitalprioren aber sahen wir in Kutschen
an uns vorüberfahren. Im Walde gab es besseres Laub zum
Schlafen, als in solchen Pilgerbetten, und in Turin und in
Parma flohen die Wallfahrer vor allen heiligen Asylen, weil sie,
todmüde eben angekommen, gleich eine Procession durch die
Stadt machen müssen, ehe sie zu essen kriegen. Herrgott, wer
vollends, wie wir, die Sehnsucht hat, näher einmal eine hübsche
Stadt zu betrachten, eine Stadt, die man mit müden Füßen
endlich erreicht hat, dem schließen sie die Pforte vor der Nase zu,
wenn er sich auch nur einmal fünf Minuten an einem gnaden-
reichen Altar verspätete — Campirt draußen! heißt's. Da
war's, wo wir auf die Art den deutschen Pilger kennen lernten —
Woher kam er doch? Von Castellungo! Der alte Naseweis
und Ketzer! Aber es war ein redlicher Mann. Es steht geschrieben, sagte er uns: Nächst dem Gebet eines Heiligen ist
nichts vor Gott wirksamer, als das Gebet eines Wallfahrers!
Freilich war es Spott. Ein andrer Pilger war bereits dreißig
Jahre auf dem Wege nach Jerusalem und immer — bei Monte-
fiascone, wo der gute Wein wächst, blieb er liegen und kehrte
wieder um — Est! Est! sagte der deutsche Pilger. Sie,
Pater Sebastus, wußten ein deutsches Lied darauf, das der
andre dann auch kannte. Widrige Winde machten nach Jeru-

salem die Schiffahrt gefährlich! sagte der dicke Pilger nach Monte-
fiascone schon seit dreißig Jahren. Der Schelm lebte von Hüh-
nern und Gänsen — die man dem ewigen Kreuzfahrer nach
dem heiligen Est! Est! gewiß nicht freiwillig gab! Was zum
Forttragen zu schwer war, half ihm ein dritter frommer Bruder
verzehren, der eine Kette an den Füßen durch Spanien, Frankreich und Italien schleppte. Nicht daß er von den Galeeren
kam — er sagt' es wenigstens nicht — er kam aus Marokko, wo
er der Sklaverei entronnen war; jetzt trug er das Stück Kette
ordentlich wie einen Orden; Heiland, das Italien ist buntes
Land! Haben die Leute nicht falsche Briefe mit großen Siegeln,
wie nur echte Siegel aussehen können! Und wußten sie nicht
alle Gebete, die den Seelen der frommen Stifter von Pilger-
asylen im Himmel zugute kommen —! Dort drüben also auch?
Wird's besser da hergehen? Der heilige Philippus hat glücklicherweise das Gebet solcher verdächtigen Kreuzfahrer und er-
lösten Christensklaven nicht nöthig. Manchmal muß ich dem
deutschen Ketzer in seinen Zweifeln an allem von Herzen Recht
geben! Wo mag der Alte im Bart hingekommen sein —?
Ich ziehe in die Katakomben! sagte er. Es klang wie Kyrie
Eleyson!

Der „heilige Mynheer", wie nicht minder Hubertus von
Sebastus zuweilen genannt wurde, setzte beim Pater Vincente
eine zu große Vollkommenheit in einer Sprache voraus, die
ohnehin Hubertus selbst nur mit vielen Freiheiten sprach. Sein
Ausfall auf die Wohlthätigkeitsanstalten der Kirche, die prunkend
in den Schriften so vieler von Rom Verzauberten verzeichnet
stehen, auf die mangelhafte Polizeiverwaltung, das ungeregelte
Paßwesen bei Vagabunden — nur die ehrlichen Leute werden
damit geplagt — erntete aus dem Munde des unter wehmüthigen
Gedanken an die Hochzeit Olympia's still dahinschreitenden Prie-

ſters nur die einzige Erwiderung: Si! Si! Dann verwies er ſogleich auf neue, ihnen entgegentretende Eindrücke mit den Worten: Quest' un' teatro antico. Il teatro di Marcello —!

Selbſt die Erwähnung Caſtellungos ſchien der Pater Vincente überhört und nichts von dem über den Pilger Geſagten verſtanden zu haben. Und dieſer Pilger war doch nur Frà Federigo, ſein Lehrer im Deutſchen, jener Mächtige, vor deſſen Anſichten er einſt geflohen war und der auch bereits den Bruder Hubertus zu ſeinen Anſchauungen hinübergezogen zu haben ſchien. Von alledem hörte Sebaſtus nichts. Nur einen im Schatten liegenden antiken Trümmerbau ſtarrte er an.

Inzwiſchen war es lebhafter geworden. Einzelne vergoldete Kutſchen mit prächtigen Livreen jagten vorüber; die Pferde waren mit hängenden rothen Trobbeln am Ohr und mit bunten Geſchirren aufgeputzt. Da ließ ſich an die Rennbahn der Alten denken und Sebaſtus, als er vom Marcellustheater hörte, gedachte ſeiner alten gelehrten Zeit in Göttingen, dann auch — in ſeltſamer Ideenverbindung — des von Doctor Püttmeyer verherrlichten „Quincunx" — des Schenkenzeichens; denn hier mußte die „Goethe-Kneipe" in der Nähe liegen, Goethe's Campanella, jetzt nur noch berühmt durch ihr Fremdenbuch und ihren ſchlechten Wein. Die Trümmer des Marcellustheaters waren in Hütten und Paläſte verbaut. Dicht in der Nähe lag der Palaſt der Beatrice Cenci. Auf alles das beſann ſich Klingsohr aus ſeiner alten „claſſiſchen Zeit".

Aber auch die „romantiſche" wirkte mächtig! Schon begegnete man, während ſich das Straßenleben mehrte, andern Mönchen, die gleichfalls mit Körben und Säcken zur Porta Laterana liefen — Kapuzinern in langen Bärten, Franciscanern aller Grade, Auguſtinern, Karmelitern; ſelbſt die vornehmen Domini-

caner erinnerten sich, daß sie das Gelübbe der Armuth abgelegt
hatten — auch sie schickten ihre „Brüder" auf die Hochzeit der
„Nichte" des Cardinals. Kein Trupp stand dabei dem andern Rede.
Kein etwaiges Lächeln hatten sie, keines, das die phantastischen Ge-
stalten als in einer tollen Mummerei begriffen und sich (Augur augu-
rem!) erkennend darstellte. Nur der Gewinnsucht galt ihre Eile, dem
Vorsprung, den ein Kloster vor dem andern suchte. Die beiden
Deutschen sahen ihre Mitstreiter im römischen Lager! Welche
Welt! Bei alledem war es interessant, hier noch Leben und
Bewegen zu finden. Da wurde noch gekocht und geschmort auf
offener Straße. Melonen wurden noch ausgeschrieen, Citronen-
wasser, frische Kirschen. Klangen nicht sogar Geigentöne? Lachte
nicht ein Policinell im Kasten? Alles das heute — in der
Hochzeitsnacht Olympiens! Roms Saturnalien!

Noch haftete Sebastus' Phantasie, wie es in Rom jedem
geht, bald an Goethe, bald an Winckelmann, bald an Ovid, an
Horaz, die den Marcellus besungen haben, den Neffen des Kaisers Augustus, dem da dies Theater gewidmet war, da erscholl
plötzlich ein fernes Klagegeheul und ein hundertstimmiges Miserere. Es kam, wie Pater Vincente erläuterte, von der „Bruderschaft des Todes", den Begleitern der Leichen, die in Rom
bei Nacht begraben werden.

In wilder Hast, als wenn der Todte die Pest verbreitete
oder als wenn Christen einen eben gerichteten Märtyrer in die
vor den Thoren gelegenen heimlichen Begräbnißstätten flüchteten,
trugen Männer in langen, schwarzen oder weißen, über den
Kopf gezogenen Kutten, die nur den Augen zum Sehen zwei
kleine Lücken ließen, wie Gespenster einen Sarg dahin. Andere
schwangen Fackeln dazu. Neben den Fackeln liefen Bursche und
sammelten in Schalen das tröpfelnde Wachs, das sich noch ge-

brauchen ließ. Schnuphase hätte sich, wie alle, niedergeworfen — schon vor solcher heiligen Sparsamkeit! Mönche und Bruder-schaften, einen Priester mit seinem Akoluthen und Meßknaben umringend, sangen: Miserere! in nicht endender Litanei. Vor dem klingelbegleiteten Sanctissimum, das der Priester hoch in den Fackelqualm emporhielt, warf sich dann alles nieder. Immer weiter aber, weiter wie auf rasender Flucht, ging der Zug dahin. Pater Vincente sagte, das geschähe, um die Leiche in eine Kirche jenseit der Tiber zu stellen, von wo sie erst der ge-wöhnliche Leichenwagen abholt. Der Todtenkopf des „Bruder Abtödter" vergegenwärtigte volles, blühendes Leben gegenüber dem Bilde, daß unter allen diesen weißen und schwarzen Kutten und Kapuzen nur Skelette zu wandeln schienen. Aus den kleinen Oeffnungen vor den Augen dieser Männer glühte es wie mit leuchtenden Kohlen.

Nehmen wir den Weg über das Capitol! sagte Pater Vin-cente, als sich die Mönche mit den andern wieder erhoben hatten und der wilde Zug vorüber war. Ihn schien er nicht erschüt-tert, nicht so zur Eile gedrängt zu haben, wie den Pater Se-bastus. Zur Eile —! Musterte vielleicht eben die „Braut von Rom", wie ein Schmeichler die junge Fürstin heute besungen hatte, oder der Cardinal oder die Herzogin von Amarillas die Reihen der Mendicanten, die an der Pforte der Villa Rucca standen — er war dessen gewiß, daß San-Pietro in Montorio vor allen andern Klöstern bedacht werden würde! Olympia zeichnete sein Kloster reuevoll aus. Ihn erwartete, das sagte man seit einiger Zeit, in der That der Hut des Cardinalats!

Bei Klingsohr — war nun freilich die Erinnerung — an Goethe's Campanella dahin! Dieser schreckhafte Leichenzug — und jene Römerin, auf deren Rücken der Dichter des Faust hier einst Hexameter getrommelt zu haben vorgab (Klingsohr

mußte, er hatte diese erst in Weimar auf dem Rücken der
„Dame Bulpius" getrommelt), paßten wenig zusammen. Memento mori —! Aber auch Goethe hat es erfahren! sagte sich
zuletzt Klingsohr, als er sinnend zum Capitol aufstieg. Hier,
wo Goethe den Becher der Lebenslust, kurz vorm Scheiden seiner
ersten männlichen Kraft, in seinen vierziger Jahren, Einmal noch
wie ein Sohn der Griechen getrunken hat, hier mußte er dem
einzigen Sohn, dem Sohn jener in römische Reminiscenzen mas-
kirten Thüringerin, an der Pyramide des Cästius, dem Begräb-
nißplatz der Protestanten, eine wahrere Grabesinschrift setzen!
Hier starb Goethe's einziger Sohn. Flüchtig und fast schon in
Rhythmen gebracht, zog der Gedanke durch seine Seele:

Wo nur fand' ich den Wirth zur Campanella! Der Schenke,
    Wo ich Falerner gesucht — „Lacrymä Christi" nun fand!
Firnen aus Golgatha! Nicht aus den Trauben der Schlacke,
    Die der Vesuv uns geschenkt, Leidenschaft, wenn sie verglüht!
Deutscher Apoll! Hier war's, hier hast du Verse getrommelt
    Auf der Römerin Leib — schwelgtest in seliger Lust —
Und erfuhrest dein Maß! Die Pyramide des Cästius
    Blieb das Ende vom Lied! Blieb dir der Morgen der Nacht —!
Rosen bekränzten dein Haupt und Rosen behüten das Grabmal
    Deines einzigen Sohns, der dir gestorben in Rom!
Wahrheit und Lüge! O wohl, so strafen die mürrischen Götter!
    Wandle gen Rom, o Mensch! Rom ist der Mensch und die Welt!

Ein tiefes Schweigen folgte. Glocken hallten von den Thürmen.
Man erstieg einen Calvarienberg — Ein solcher ist aus den
Stufen zum Capitol geworden! Zur Linken wohnt — der heimat-
liche Gesandte, auf dessen Autorität hin vor drei Vierteljahren drei
Gensdarmen am Ponte Molle auf die deutschen Flüchtlinge ge-
wartet hatten. Zur Rechten liegt — der tarpejische Felsen, der
jetzt derselben Krone angehört! Wie schüttelte Sebastus all diesen
vaterländischen „Staub" von seinen Füßen! Wie hatte er für
ewig dieser „ghibellinischen" Welt entsagt —! Das Capitol!

rief er und über seinen Sandalen schmerzte ihm der Fuß, so trotzig stampfte er auf vor dem Wappen seines Landesfürsten.

Da lag ein mittelalterlich Haus vor ihm, die Stätte des gebrochenen Capitols! Einige Brunnenstatuen standen vor ihm und schmückten einen kleinen Platz, wo, vom Mond beleuchtet, auch noch Marcus Aurelius zu Pferde sitzt — Ein Gelehrter, der über dem Studium der Philosophie seine alten Schlachten vergaß! sagte Klingsohr mit Hindeutung auf die ihm nicht kriegerisch erscheinende Haltung des Reiters und auf — „Euern Friedrich, den sogenannten Großen —!"

Jetzt schlug es elf. Bergab ging es auf die Trümmerstätte des alten Forums zu. Ein Leichenfeld —! sprach Pater Vincente. In seinen Erläuterungen ging er nicht über die Zeit des Petrus und Paulus hinaus. Die Gracchen — Cicero —! Das mußte sich Klingsohr erst selbst sprechen. Sein Blick starrte dem Untergang des Erhabensten.

Von den alten Zeiten kannte Hubertus nur so viel, um begreifen zu können, daß hier die begrabene Macht eines alten Volkes lag, das einst die Welt beherrscht hat — zertrümmerte Portale, einsame Säulen, Triumphbögen mit zerbrochenen Statuen. Am Tage bietet es einen wüst erschütternden Anblick, den jedoch jetzt das Zauberlicht des Mondes verklärte. Dort oben auf dem Palatin wohnten die weltgebietenden Cäsaren. Ein magisches Goldnetz hält die grünen Hügel und die Steine umwoben ... Wie schön alles, wären diese vom Corso herüberrasselnden Wagen, diese lachenden Menschen nicht gewesen, die zu spät zu kommen fürchteten zur Hochzeits-Girandola, die schon durch die Fenster eines am milchblauen Himmel auftauchenden dunklen Gebäudes zu beginnen schien — so oft ein Knabe rief: Eine Leuchtkugel! und damit einen Stern meinte, der durch die Oeffnungen des Coliseums blinkte.

Das Coliseum dann selbst! Immer noch war es nicht erreicht. Sebastus hätte wünschen mögen, hier niemand zu sehen und zu hören und in diesem mächtigen Raume nur allein zu wandeln — allein mit Livius und Niebuhr —! Da lag dann wieder ein Tempel, dort eine Basilika — Wie mochte es hier einst gesummt haben, als die Comitien des Volks versammelt waren und die Consuln Roms gewählt wurden! Wohin entläßt uns dies Thor? flüsterte er. Ist es nicht der Triumphbogen des Titus, als er Jerusalem zerstört hatte? Sein „Credat Judaeus Apella!" fiel ihm ein. Der „Virtuose im Glauben" — hatte hier keinen Zweifel zu hegen nöthig. Gleich an der Wand des Thors sah er den siebenarmigen Leuchter, den Tisch, die Schaubrote, die Jubeljahrposaunen, die Bundeslade. Die erhabene Stelle war's, wo sich Jupiter und Jehovah so nahe berührten —! Aber — kein Jude geht gern unter diesem Bogen hinweg, kein Jude blickt gern auf jenes Riesengebäude, das dreißigtausend gefangene Juden gebaut haben sollen. Was Vincente so und ähnlich erläuterte, wußte Klingsohr alles. Kaum gedachte er dann Löb Seligmann's, dessen physische Kraft zum Streichen der Ziegel für diesen Riesenbau in keinem Verhältniß gestanden haben würde — als er auch Veilchen's gedenken mußte. Diese hatte ihm einst bei seinen Besuchen in der Rumpelgasse gesagt: „Sie sind ein Mensch der Selbstqual, der Reue, des Gewissens — ewig wird's Ihnen gehen, wie's dem Kaiser Titus ging, als er Jerusalem zerstört hatte! Da ist Titus zu Wasser gegangen mit seiner siegreichen Armee und ein Sturm zog herauf und die gefangenen Juden triumphirten, weil sie dachten, Gott hätte seine Rache auf das Meer aufgespart. Und Titus bekam Angst, spottete und sprach: Zu Land ist Adonai schwach, aber zu Wasser kommt er, scheint es, dem Neptunus beinahe gleich! Wahrlich, spottete er, Adonai hat die Sündflut befohlen, er hat

die Aegypter im Rothen Meer erſäuft, er hat den Siſſera am
Strome Kiſchon geſchlagen, er wird auch für Jeruſalem ſeine
Rache nehmen auf dem Mittelländiſchen Meer! Da iſt aber gekommen eine Stimme aus dem Himmel und hat dem Spötter
gerufen: Titus, Titus, ich habe Jeruſalem untergehen laſſen
wegen ſeiner Gottloſigkeit! Weil du aber meiner Langmuth
ſpotteſt, ſo ſollſt auch du meine Macht kennen lernen, aber —
zu Lande! Da ward das Meer ſtille und Titus betrat unter
dem Jauchzen des Volks das feſte Land. Wie er nun recht von
Herzen über den Judengott lachte, flog ihm in die Naſe eine
Mücke, wie ſie nur auf dem Lande vorkommt, und bohrte ſich
tief in ſein Gehirn. Sieben Jahre hat davon Titus die ſchreck-
lichſten Schmerzen gehabt, denn die Mücke ſtarb nicht, ſon-
dern ſie wurde immer größer und ſie ſummte bei Tag und
bei Nacht. Einſt ging er bei einem Schmied vorüber. Bei den
Amboßſchlägen hörte die Mücke zu ſummen auf. Da ſtellte ſich
Titus dreißig Tage an den Amboß und die Mücke ſchwieg. Am
einundbreißigſten fing ſie wieder zu ſummen an; ſie hatte ſich
an den Hammerſchlag gewöhnt und Titus mußte ſterben. Als
ſie ſein Gehirn aufmachten, kam ein Thier zum Vorſchein, ſo
groß wie ein Vogel. Der Mund war von Kupfer und die Füße
waren von Eiſen — — Nun, ſchloß die Spinoziſtin, daß Sie
ſind katholiſch und ein Mönch geworden, Herr Pater, das iſt bei
Ihnen die Schmiede geweſen und die Mücke iſt nun auch vielleicht dreißig Tage ſtill; aber ich will nicht wünſchen, daß ſie am
einundbreißigſten wieder lebendig wird —!"

Wie wurde ſie aber ſchon ſo oft lebendig! Schon damals
wurde ſie's beim Schweigen, jener vom Kirchenfürſt dem Pater
auferlegten Buße, beim Begegnen Lucindens in der Kathedrale —! Nun wieder all dies Große und Majeſtätiſche Roms!
Und wenn auch Klingsohr damals bei Veilchen den Witz machte:

„Jehovah rächte sich an den Römern allerdings zu Wasser — und zwar durch die Taufe —!" und dabei feierlich blieb, wie summte ihm die Mücke jetzt und wisperte: Ist Golgatha die Welt? Haben die alten Götter wirklich keine Rechte mehr —? Hier nicht mehr? Klingsohr schritt dahin, so trotzig fast, wie einst in Göttingen, wenn er von hundert Büchern, „die er schreiben wollte", die Titel auf den Lippen führte.

Pater Vincente, in dessen Seele es still und ruhig schien, lenkte zum Coliseum ein. Er betrat es, den fremden armen Gefangenen zu Liebe. Wäre nicht die Nacht so hell und belebt gewesen, so würde dies mächtige Rund den Eindruck eines Schlupfwinkels für Räuber gemacht haben. Es liegt einsam — umwuchert von wildwachsenden Büschen, die aus den Fenstern hervorbrechen; seit tausend Jahren hat die Vegetation in allen Stockwerken bis zur obersten Galerie Platz gegriffen. Die Bogengewölbe, die geborstenen Säulen, die zertrümmerten Rundmauern waren im Mondlicht wie die Erscheinung eines Traums. Von Luft und Licht gewoben, schien dies Bild eine märchenhafte Täuschung.

Aber sicher, fest und natürlich widerhallten Schritt und Gespräch unter der Bogenwölbung des Eingangs; nur zu deutlich sah man drinnen die Sitze, von denen herab einst Tausende auf Menschenkämpfe blickten mit jenen Thieren der Wüste, die dort hinter den eisernen Gittern geborgen und durch Hunger zur Wuth gereizt wurden. In der Mitte steht zur Entsühnung der Erinnerungen an den tiefsten Verfall der Menschheit ein kleines Kreuz. Rundum ziehen sich die Bilder — eines Stationswegs! Eine Heiligung, die edler gedacht als ausgeführt ist — Das sagte selbst Pater Vincente, der niederkniete und einen mit einem Kreuz bezeichneten Stein küßte, auf welchem Hubertus mühsam die Worte entzifferte: „Wer — dies Kreuz — küßt, hat auf ein Jahr und vierzig Tage — Ablaß!"

Hubertus folgte dem Beispiel des frommen Paters. Natürlich mußte es Sebastus gleichfalls thun, so wenig auch die Hoffnung, vierhundert Tage im Fegfeuer Linderung zu gewinnen, in diesem Augenblick seiner Stimmung entsprach. Die Mücke des Titus schwieg nicht mehr —! Er stand nicht mehr an der Schmiede —! Es ergriffen ihn die Schauer der Vergangenheit. Wenn er auch nur des heiligen Augustinus gedachte, der hier im Coliseum seinen Freund Alypius von seiner Leidenschaft für Gladiatorenkämpfe durch einen plötzlichen Schauer vor dem strömenden Blute der sich Mordenden geheilt sah, so mußten ihm wol seine hohlen großen Augen rollen und Gedanken kommen, wie der, den er auch aussprach: Hier dies armselige kleine Kreuz? Hier hätte Michel Angelo einen seiner Giganten herstellen sollen! So groß, so hoch, wie der Koloß von Rhodus war! Bis an die obersten Sitze hätte der Blick — etwa eines Daniel reichen müssen, zu dessen Füßen sich die besänftigten Löwen schmiegten! Niederbohren mußte der Prophet mit dem Busch seiner Augenbrauen die wilden Thiere auf dem blutigen Sande um sich her und — die Thiere in den Herzen dieser Zuschauer —! Oder Marcus der Evangelist hätte, die Bibel emporhaltend, hier wie ein Geisterbeschwörer stehen müssen, neben ihm sein aufhorchender Löwe, dieser gleichfalls gebändigt, gleichfalls in die Falten seines Gewandes scheu sich schmiegend und den Bestien der alten blutigen Bestimmung dieses Raumes unähnlich. Was soll dies kleine Kreuz —!

Hier möcht' ich im Chor singen! sagte Hubertus und probirte seine Stimme so laut, daß es weit dahinschallte.

Pater Vincente verstand sein deutsch gesprochenes Wort, nickte und entgegnete, dies geschähe ja hier alle Freitage — von den

Kapuzinern. Zu gleicher Zeit zeigte er auf die Fenster hinauf mit dem vom Nachtwind leise bewegten wildwuchernden Gebüsch, auf den Mond, der hinter den Oeffnungen bald hervorblitzte, bald sich versteckte und dann sie selbst in der Mitte des riesigen Baues beleuchtete, daß sie darin Schatten warfen wie — „kleine bucklige Gnomen", sagte Sebastus und gab mit diesem Vergleich eine von ihrem Führer wol kaum verstandene — ironische Antwort auf dessen Erklärung.

Die Wanderer wandten sich der Eingangswölbung zu. Klingsohr fand sich allmählich zurück in seine Gegenwart; sie näherten sich heiligen Stätten. Sie bestiegen einen aufwärts gehenden Weg und kamen in eine Art Vorstadt, an deren äußerstem Ende einer der drei Paläste der Stellvertreter Christi liegt, der Lateran. In alten Zeiten als Burg der dreifachen Krone hervorragend vor Quirinal und Vatican, erhält sich jetzt der Lateran in seiner Autorität nur noch durch die Gerechtsame, die nebenan auf der ältesten Pfarrkirche Roms, St.-Johannes, ruhen, auf dem Heiligthum des größten der von Thiebold de Jonge so kritisch beurtheilten Kreuzessplitter, auf jener Platte, worauf einst das Abendmahl eingesetzt wurde, auf dem Heiligthum der hier aufgestellten „Heiligen Treppe", an deren Fuß Petrus den Herrn verleugnet haben soll. Sonst ist hier alles am Tage so still und öde, wie ein Sonntagsnachmittag in einer kleinen Stadt.

In dieser Nacht rauschte hier ein buntes, bewegtes Leben. Alles drängte dem Thore zu, vorüber am Obelisken des Constantin und zur Straße, die hinaus nach Albano führt. Um die Ordnung zu erhalten, sprengte Militär auf und ab. Wagen in grotesker Vergoldung, mit Bedienten, die selten dem neuesten englischen Geschmack, öfter der Rococozeit angehörten, folgten sich einander — jetzt schon in langsamerer Fahrt. Auf den Trottoirs und die langen Mauern der Vorstadtgärten entlang drängten

die Bürger in ihren kurzen Jacken und Manchesterhosen, die
kurzen Mäntel übergeworfen, weiße Hüte oder bunte Mützen auf
den unrasirten braunen Köpfen. Die Frauen befanden sich selten
noch in der Tracht der alten Zeit. Englands Baumwolle hat
die bunten Nationaltrachten sogar aus Sicilien und Griechenland
verjagt; ja schon die gelben Mädchen der Hindus gehen in Kattun-
röcken unsres Schnitts —! Nur der Kopf bleibt noch zuweilen
national. Hier war das dunkelschwarze Haar der Römerinnen
schön geflochten, geziert vom bunten Kamm, vom silbernen Pfeil;
selbst der Matrone wirres und weißes Haar blieb selten ganz
ohne Schmuck. Würde und Selbstbewußtsein liegt im festen
Gang aller dieser dicken Krämer und Wurststopfer. Von den
ausgelassenen Späßen, mit denen sich bei solchem Anlaß jenseit
der Berge die Volksmassen geneckt haben würden, fand sich hier
geringe Spur. Kein Anschluß; jeder für sich! Die Erwartung
galt der „Girandola", dem Anblick der geputzten Herrschaften,
den ausgeworfenen Zuckerspenden und Schaumünzen. Höflich
bog man dem schwarzen Rock des Augustiners aus, der braunen
Kapuzinerkutte, der weißen Schnur des Franciscaners, dem
grauen des Karmeliters, dem weißen des Dominicaners. Alle
diese kamen mit Körben und Säcken, mit riesigen Kannen sogar,
ohne die mindeste Rücksicht auf lächerliche Störung ihres sonst so
malerischen Effects. Italien hat seine eigne Aesthetik —! Es
besitzt Rafael — aber nicht im mindesten erscheint ihm ein Offizier
mit einem Regenschirm, ein Dorfpfarrer auf einem Esel oder
zwei Reiter zugleich auf Einem Pferde lächerlich.

Dann die herrlichen Gärten —! Leider nur mit hohen Mauern
verschlossen, wie in Italien überall. Hängen auch nicht die
Jasminkronen, wie hier zuweilen, in die Straße herüber, so erfüllen sie dieselbe doch mit ihrem Duft um so ahnungerweckender.
Da und dort zeigt sich denn auch wol in den neidischen Mauern

ein kleiner eiserner Ausbruch, durchzogen von blühenden Rosenranken oder purpurrothen Asklepiadeen. Jenseits des Thores schweift frei und ungehindert der Blick auf die im blauen Licht schimmernde Campagna, die Gebirge; zur Rechten liegen nun nur noch Villen und Gärten, die sich an den Garten des Lateran anlehnen. Die fünfte oder sechste darunter ist die heut an einer bunten Illumination weithin schon kenntliche, vom Volk umwogte Villa Rucca.

Vier mit blauen, rothen, gelben, violetten Lampen geschmückte Obelisken bilden die Eckpfeiler am heute geöffneten Eingangsgitter. Die hohe Gartenmauer ist mit einer flimmernden Guirlande von Hunderten kleiner Flammen geziert. Unten im Garten brennt eine riesige Sonne, rings umgeben von den kostbarsten Südpflanzen. Perspectivisch berechnet, am Ende einer schimmernden Ahornallee glänzt ein sichelförmig niedergleitender Wasserfall, hinter dessen krystallnen durchsichtigen Fluten geschäftige Hände die Künste der Sanct-Peterskuppel-Beleuchtung nachahmen, die aus einem auf- und niederschwankenden, beweglichen Lampenständer besteht. Musik hallt aus den beleuchteten Sälen der illuminirten Villa. Dann und wann schießt schon in die magisch blaue, unendlich weiche milde Luft eine Leuchtkugel, ein mit dem Mondlicht wetteifernder Vorbote des Feuerwerks. Das solchen Anregungen des Kommenden aufjauchzende Volk drängt bis an die große Sonne, aber von da ab werden nur noch die Mönche und die Träger von privilegirten Büchsen hindurch laffen. Todtenbrüder in ihren unheimlichen Hemden fehlen nicht. Man hatte ausgesprengt, Cardinal Ceccone würde heute Gaben im Werth von dreitausend Scudi spenden und die Aeltern des Prinzen Rucca hätten die nämliche Summe zum Ankauf von Tombolascherzen hinzugefügt. Das Gerücht schien sich annähernd zu bestätigen. Ein Harlekin ergötzte das Volk über das Gitter hinweg durch Auswerfen von Münzen. Freilich waren sie nur von gebackenem Zucker, aber bereits war eine Tombola im Gange, bei welcher einige silberne Uhren ausgespielt werden sollten, ohne daß man den Einsatz bezahlte — die Loose wurden über die Köpfe der Zuschauer hinweggeworfen. Alles schlug und balgte sich. Nächst Madonna Maria ist Fortuna die größte Heilige in Rom!

Pater Vincente, Pater Sebastus, Bruder Hubertus wurden durch die von den Soldaten und Gensdarmen gezogene Chaine eingelassen. Man wies sie an ein Seitengebäude, wo vor einer noch geschlossenen Pforte eine förmliche Kirchenversammlung gehalten wurde. Am heiligen Grabe in Jerusalem mag es wol zur Osterzeit so aussehen, wenn sich dort die Mönche aller Orden der Christenheit zusammenfinden und je nach Umständen beten, Tauschhandel treiben oder sich prügeln. Die Türken sollen diesen christlichen „Caricaturen des Heiligsten" mit stillem Lächeln zusehen und abwechselnd bald zum Pfeifenrohr, bald zur Peitsche greifen.

Klingsohr fühlte heute ähnliche Anwandelungen aus Goethe's „west-östlichem Divan". Er drängte vorwärts und staunte der Wiederkehr seiner alten göttinger Burschenkraft. Hubertus warf schon hier und da einen Kapuziner oder einen Karmeliter aus dem Wege. Als die übrigen Franciscaner den heiligen Pater Vincente sahen, fielen sie ehrfurchtsvoll in den Ruf einiger Stimmen mit ein: Platz dem Sack von San-Pietro in Montorio —!

3.

Contessina Olympia Maldachini hatte die Villa Rucca nach dem runden und geschweiften Rococostyl ihrer Bauart eine „altbackene Brezel" genannt und die empfindlichste Seite der Rucca's, ihren — von einem Bäcker herstammenden Ursprung damit nicht wenig schmerzlich berührt. Darum boten aber doch die geöffneten Räume der altmodischen marmornen Kommode, das große Oval des Saales mit den kleinen Seitenpavillons und den nach hinten hinausgehenden Terrassen, die fast noch eine Ausdehnung des Saales schienen, einen glänzenden Anblick. Ein solches Fest, wo das Auge unter Lichtern, Blumen, Statuen nicht mehr herausfindet, ob ein Fuß noch innerhalb oder außerhalb eines Saales, in geschlossenen Räumen oder auf Veranden und Altanen verweilt, kann man nur im Süden feiern. Die Gunst des Himmels muß eine sichere sein; kein Wölkchen darf das Vertrauen auf die Mitwirkung der Natur zur Lust des Menschen stören.

In dem Saale, in den Nebenzimmern, auf den mit blendend weißen, silber- und krystallstarrenden Tafeln geschmückten Terrassen wogten einige hundert der vornehmsten Gäste mit glänzender Dienerschaft hin und her. Männer und Frauen waren in den reichsten Toiletten erschienen. Die Römerinnen der hohen Aristokratie machten hie und da einen imposanten Eindruck; doch gab es bei weitem mehr zierliche, kleine, ja nicht selten

verkommene Gestalten, als die majeſtätiſchen, welche unſere
Phantaſie in Römerinnen erwartet. Auch die Männer ſind nicht
das, was wir von den Nachkommen der Scipionen erwarten.
Der junge Principe Rucca, in ſeiner rothen, goldgeſtickten päpſt-
lichen Kämmerlingsuniform, der glückliche Bräutigam, der wirklich, wie ein Pasquill ſie nannte, die „Katze Olympia“ leiden-
ſchaftlich liebte, brauchte dabei nicht einmal mit in Betrachtung zu
kommen; noch weniger ſein Vater, der immer wie ein alter ſchäbiger,
heute einmal wie ein ordentlich gewaſchener und lächerlich bunt aus-
geputzter Bewohner des Ghetto ausſah. Aber ſelbſt Principe Maſſimo, der Nachkomme des Quintus Maximus Cunctator, der auf
Napoleon's ironiſche Frage: Stammen Sie wirklich von dieſem
glücklichen Gegner des Hannibal her? ſtolz erwiderte: Das weiß
ich nicht, Sire, aber man glaubt es von unſerm Geſchlecht bereits ſeit eintauſendzweihundert Jahren! (eine Antwort, die, nach
Klingsohr's Auffaſſung der „Heiligen Treppe“, vor welcher alles
Volk eben im Vorübergehen knixte, Rom und der römiſche Glaube
auf alle Zweifel an ſeine Reliquien geben darf — „Sind dieſe
Knochen nicht echt“, ſchrieb Klingsohr ſchon zur Zeit des Kirchen-
ſtreites, „ſo iſt durch ſein hohes Alter doch der Glaube an ihre
Echtheit ehrwürdig!“) ſelbſt Principe Maſſimo iſt ein kleiner,
ſeiner diplomatiſcher Herr, der mehr der Sphäre der Abbés als
der Imperatoren anzugehören ſcheint.

Da wandeln die Borgheſe, die Albobrandini! Gegen frühere
Geltung ſind es herabgekommene, wenn auch immer noch ſo
ſtolze Namen, daß ſie vielleicht hier nicht einmal anweſend wären,
ſchwebte nicht der Alter Ego des Stellvertreters Chriſti, Cardinal Don Tiburzio Ceccone, wie ein Apoll von ſechzig Jahren
durch die Reihen, lächelte bald hier, bald bort, ſtellte, als wäre
er der Wirth, neue Mitglieder des diplomatiſchen Corps den
Damen vor, begrüßte junge Prälaten, die ſich eben erſt in die

Carrière mit einigen tausend Scudi eingekauft haben, und neckte die Damen. Diamanten und Bonmots blitzten —! Die seidenen Gewänder streifen sich und die Galanterieen —! Das die Gemahlin des Fürsten Doria, eine Engländerin, hoch und stolz, sogar mit einem Orden geschmückt! Dort die Fürstin Chigi, deren Urahnen unter dem wilden Papst Julius II. bei solchen Gelegenheiten ihren Gästen Ragouts von Papagaienzungen vorsetzten und die gebrauchten Silbergeschirre in die Tiber werfen ließen — „Jetzt würden sie mit dem Hinunterwerfen vorsichtiger sein"! spottete oft schon Ceccone. Auch Napoleoniden fehlen nicht. Ceccone gibt ihnen mit lächelnder Grazie Andeutungen, wie ihre demokratischen Bestrebungen in Wien Gegenstand der empfindlichsten Vorwürfe für das Cabinet der gekreuzten Schlüssel gewesen wären. Neulich hatten Räuber den Prinzen von Canino (Luciano Bonaparte) in seiner Villa Rufinella aufheben wollen. Eben scherzt darüber der Cardinal mit ihm und sagt: Hätte man eine Million Lösegeld verlangt, so würden vielleicht Ew. Hoheit nicht den „Congreß der Naturforscher" in Pisa begründet haben, der ja wol den Anfang der „Einheit Italiens" machen soll —! Ein scharfes Wort, scheinbar harmlos vorgetragen und doch dermaßen drohend, daß der Prinz hinter dem Mann im rothen Käppchen und in rothseidnen Strümpfen eine bedenklich ernste Miene macht.

Saht ihr diese Miene? Ihr Piombino, Ludovisi, Odescalchi, Ruspigliosi —? Alle diese Namen, die freilich in den Listen des „jungen Italien" fehlten, fehlten doch nicht bei dem Widerspruch, den das Priesterregiment Roms seit tausend Jahren bei den alten römischen Adelsgeschlechtern findet. Den Gesprächen zufolge hätte niemand hier an die Stadt der sieben Hügel denken sollen. Sie betrafen Theater, Concerte, Moden — doch auch, das war eine römische Specialität, die Räuber und die nächsten

Segnungen des heiligen Vaters und die reservirten Plätze bei den großen Kirchenfesten.

Die lebhafteste Conversation führten die Offiziere und die Geistlichen. Letztere, Roth- und Violettstrümpfe, sind gegen die Damen fast noch zuvorkommender, als die erstern, die vorzugsweise der Nobelgarde Sr. Heiligkeit angehören — schlanke hohe Gestalten, jüngere Söhne der Aristokratie, nur ihrer achtzig, Schooskinder der römischen Gesellschaft, Tonangeber aller offenen Freiheiten, die sich noch unter dem Priesterregiment gestatten laffen — der geheimen gibt es genug — die Begleiter Sr. Heiligkeit auf Reisen, die Anführer seiner öffentlichen Aufzüge, in goldstrotzender zinnoberrother Uniform mit blauem Kragen, weißen Beinkleidern, dem schönen Römerhelm, mit schwarzen hängenden Roßhaaren und dem kleinen weißen Seitenbüschel daneben.

Das Souper war zu Ende. Alles drängte dem Garten und dem Feuerwerk zu. Einer der Nobelgardisten, Graf Agostino Sarzana war es, der eine Dame verfolgte, die sich nach einem Ausspruch Sr. Eminenz des regierenden Cardinals heute ausnahm wie eine „Tochter der Luna". Die Dame verschwamm im blauen Aetherlicht wie ein Gedanke voll Ahnung. Sie tauchte da und dort auf und verschwand wieder in den dunkelgrünen und blauen Schatten wie die Luft. Ihre Toilette war der Anlaß dieser Vergleichung des Cardinals, der sie ebenfalls mit Feueraugen verfolgte, wenn er sie auch nicht vor den vielen andern anwesenden Damen, die seinem Herzen und — seinem Geldbeutel theuer waren, allein auszeichnete.

Die „Tochter der Luna", der Keuschen, deren heidnischen Ruf ja Ceccone als Priester der Christenheit nicht zu schonen brauchte, indem sein Witz ihr eine Tochter gab, trug ein blaßblaues Kleid von Donna-Maria-Gaze, einem durchsichtigen, damals neu erfundenen Seidenstoff, übersäet mit kleinen silbernen Sternchen.

Das Kleid war nicht ausgeschnitten; es verhüllte, der keuschen Luna entsprechender, Formen, die sich nichtsdestoweniger verriethen. Als einziger Schmuck blinkte im dunklen Haar ein einfaches Diadem von blankem Silber, in Gestalt eines Halbmonds. Es war ein Kopf, der sich mit seinem glattliegenden Scheitel und dem kräftig gewundenen Knoten im Nacken wie eine lebendig gewordene Statue aus den ägyptischen Sälen des Vaticans ausnahm. Um die dunkeln Augen lag eine gewisse erhitzte Röthe, wie sie bei leidenschaftlichen Naturen wol vorkommt. Die Stirn war schmal; die Wange ebenso etwas zusammengehend, aber sanft zum spitzen Kinn niedergleitend; die untere Lippe trat mit Muth und Trotz hervor. Es gibt plastische Gesichtsformen, die nicht altern. Das Schönste war die Länge der Gestalt. Die Dame war pinienhaft schlank.

Graf Sarzana will unserer — „Creolin" Unterricht im Italienischen geben? scherzte der Cardinal so laut, daß alle Umstehenden es hörten. Die „Creolin" war wiederum ein neues Stichwort für die „Tochter der Luna"; diesmal kam es vom Monsignore Bischof Camuzzi, dem ersten Secretär des Cardinals, der als Missionar Westindien bereist hatte.

Eminenz, sagte Graf Sarzana, der schlanke junge Mann mit den athletisch breiten Schultern, auf denen bei jeder seiner Bewegungen die goldenen Epaulettes hin- und herflogen, und strich sich den martialisch gezogenen Schnurrbart, Eminenz haben die Absicht, die ganze Welt zu reformiren! Auch die Garde Sr. Heiligkeit! Wenn ich noch länger in diesen Fesseln schmachte und nicht erhört werde, so geh' ich nach San-Pietro in Montorio, nach welchem traurigen Aufenthalt die Dame mich soeben gefragt hat!

Auf die scharfe Betonung dieser Lokalität und diese überhaupt auffallend grell gesprochenen Worte des Ritters Sr. Heiligkeit

fiſtulirte ein Stimmchen nebenan: Ja, in der That! Pater Vincente von San-Pietro iſt ja hier —!

Dies Stimmchen gehörte dem Bräutigam, der den Namen
des bezeichneten Kloſters gehört hatte und eben von der Pforte
kam, wo er den für ſeine Perſon ſo ſchmeichelhaften Volksjubel und
die Ausſpielung der ſilbernen Uhren hatte controliren wollen.
Meiner Frau werden wir das ſagen müſſen! fuhr er, vom
Champagner erhitzt, mit Lebhaftigkeit fort. Erführe ſie die An-
weſenheit des Paters und dieſer ginge, wie er gekommen, ſo
wäre ſie im Stande, mir die erſte Gardinenſcene zu machen —!
Die Abbés und Prälaten lachten über die Wonne, die jeden
jungen Ehemann von zwölf Stunden fortwährend den Begriff:
„Meine Frau!" im Munde führen läßt.

Inzwiſchen ſtiegen immer mehr Leuchtkugeln auf und das
Feuerwerk ſchien ſeiner Entfaltung nahe zu ſein. Draußen riefen
Tauſende von Stimmen und klatſchten bereits im voraus Beifall
und die Muſik fiel mit ſchmetterndem Tuſchblaſen ein. Der alte
Rucca und die Fürſtin Rucca Mutter — die jedoch noch keineswegs Matrone ſein wollte und ihren Cavaliere ſervente aufſuchte,
um ihm eine Strafrede für die ihr heute bewieſene Vernach-
läſſigung zu halten — ſchoſſen hin und her, ſahen nach der
Ordnung, nach dem Aufbewahren der Speiſereſte — „für die
Armen" — Der Schwiegervater Olympiens war ökonomiſch
bis zum Exceß. Der kleine Mann, mit einer orientaliſchen Ha-
bichtnaſe und dem Bande des Gregoriusordens über der Bruſt,
klagte allen Prälaten über ſeine Domäne, die Zölle der adriatiſchen Küſte. Man nannte ihn gewöhnlich den „Blutſauger".
Dies war ein Titel, der ihm gerade vor andern Römern, die
ihn ebenſo verdienten, keinen Vorzug gab. Nie aber hätte ſich
allerdings gerade der alte Fürſt Rucca auf der Küſte von Co-
macchio bis Ferrara ſehen laſſen dürfen, ohne Gefahr zu laufen,

von den Schmugglern und seinen eigenen Zollbedienten todtge-
schlagen zu werden.

Aber auch dieser alte Herr horchte mit dem schalkhaftesten
Lächeln seines Nußknackerkopfes sowol nach der Erwähnung des
Pater Vincente wie nach dem Unterricht der „Creolin" hin —
er wußte ja, daß es eine Deutsche war. Seinem Sohn rief er
gelegentlich ein heimliches: Asino! nach dem andern ins Ohr,
besonders wenn dieser nicht genug die Monsignori vom Steuerwesen, den Finanzminister Roms, den Cardinal Camerlengo, zu
honoriren schien. „Maulesel" nannte er ihn sogar, wenn er zu
wild um Olympien herum „trampelte". Klagte nun der junge
Ehemann über die „schlimme Laune" seiner Frau, so schrieb das
mit eigenthümlichem Meckern der Alte auf Rechnung aller Bräute
am Hochzeitstage. Dies Meckern machte, daß seine Nase und
sein Kinn sich küßten und die Mundwinkel zurückgingen fast an
die Ohren. Der Cardinal Camerlengo, düster brütend wie Judas
Ischarioth, der gleichfalls zuweilen nicht gewußt haben mochte, wie
er den Seckel für den ersten Kirchenstaat von dreizehn Personen
füllen sollte, scherzte jetzt: Sie sind so guter Laune, Fürst? Im
nächsten Jahr verlang' ich eine Million mehr! Die Zeiten werden schlechter! Wir müssen aufschlagen, Hoheit Generalpächter —!

Der alte Fürst drückte sein „Wie kommen Sie mir vor?"
mit einer charakteristischen Geberde aus, die zwar stumm war,
doch das ganze anwesende geistliche Ober=Finanz=Personal des
Kirchenstaates lachen machte.

Der Vielseitigkeit seines Geistes entsprach sein Sohn keineswegs. Ercolano Rucca war von Wien beschränkter als je zurückgekommen. Er konnte überhaupt immer nur Einen Gegenstand
im Kopf behalten. War dieser erledigt, erst dann kam er auf den
zweiten. Da es nun aber bekanntlich oft Tage und Wochen dauerte,
bis in dieser sublunaren Welt unter hundert Sachen Eine gründlich

durchgesetzt ist, so sprach dann Principe Ercolano tage- und wochenlang nur von dieser Einen Sache, nur von der Kunst, Handschuhe zu verfertigen aus Rattenleder, welches eine Idee war, die
der Verwaltung des Steuerwesens Muth geben sollte, die nörd-
liche Generalpacht im Hause der Rucca's erblich zu lassen — sie
besteuerte sogar die Ratten! Jetzt suchte er nur noch nach der
Herzogin von Amarillas, die wegen Pater Vincente um Rath
gefragt werden sollte.

Graf Sarzana hatte soeben noch mit der Herzogin gesprochen.
Auch die alte Fürstin suchte die Herzogin, wie deren Cavaliere
servente, Herzog Pumpeo, versicherte. Herzog Pumpeo wollte
in gerader Linie von Pompejus abstammen. Auch er war ein
armer Nobelgardist, ein Krösus aber an guter Laune und selbst
für Se. Heiligkeit ein Spaßmacher, wenn gerade an ihn der
Dienst im Vorzimmer oder bei der kleinen Garçontafel des Stellvertreters Christi kam. Se. Heiligkeit ließ damals den Cardinal
schalten und walten — und um nichts zu verschweigen, sagen
wir es offen: Der „Zauberer von Rom" war bitter krank. Der
„Träger der Himmelsschlüssel", der „Patriarch der Welt", der
„Vater der Väter", der „Erbe der Apostel", der „Hirt der
Heerde", war ein armer Mensch; er fürchtete den Gesichtskrebs
zu bekommen. *)

Heda, Kamerad! ruft champagnerberauscht Herzog Pumpeo
dem Grafen Sarzana zu. Ich sehe die blaue Eidechse da, wo
die Schwärmer prasseln! Hu, wie sie erschrickt! Dort huscht sie
zu den Mönchen hinüber, von denen sie einer vielleicht in seinen
Sack steckt und nach Santa-Maria trägt. Sie ist eine „Beate"
(Frömmlerin)! Alle Eure Mühe, sie zu bekehren, scheint mir
vergebens, Bruder — oder soll's vielleicht heißen:

---

*) Cardinal Wiseman's „Erinnerungen an Gregor XVI.".

Freut Euch, Ihr Jungen!
Die Alten bezahlen!
Die Alten bezahlen,
Nur müßt ihr nichts sehen —
Nur müßt ihr nichts hören —!

Weiter kam eine Lästerung auf Ceccone nicht. Die „Tochter der Luna" und die „Creolin" war nun auch die „blaue Eidechse" und sogar eine „Frömmlerin" geworden.

Der Graf und der Herzog wandten sich armverschränkt beide dem linken Flügel der „Brezel" zu, wo erstens die Champagnerströme reichlicher flossen, zweitens die alte Fürstin Rucca, zornig mit den Augen runzelnd, auf Pumpeo, ihren Ritter, wartete und drittens eine wahre Batterie von Schwärmern losplatzte. Das gab ein Angstgeschrei, wo die muthgebenden Soldaten nicht fehlen durften.

Der Bräutigam kam inzwischen mit einer Dame zurück, die heute nicht zu den freudestrahlenden gehörte. Auch die Toilette der Herzogin von Amarillas verrieth ihre Trauer. Die Veilchen sind eine Blume, vor welcher bekanntlich jede Römerin, obgleich an Blumenduft gewöhnt, eine bis zur Ohnmacht gehende Abneigung hat — dennoch war das schwarzseidene Kleid der Herzogin ganz von blauen Veilchen durchwirkt; schwarze Spitzen saßen am Leibchen und am Rock. Auch die grauen Haare waren in schwarze Spitzen gehüllt. Und nur um den Cardinal nicht zu sehr zu einem jener Blicke zu reizen, die ihm zuweilen, „bis zum Tod verwundend", zu Gebote standen — seit einiger Zeit war er in dieser Art gegen sie wie ein Skorpion geworden — hatte sie dem Anlaß der Freude, die zur Schau getragen werden sollte, das Opfer gebracht, Hals und Arme mit dunkelrothen Korallen und die Spitzen, die das graue Haar verhüllten, mit frischen Granatenblüten zu schmücken. Warum soll sie erfahren, fragte sie

in ihrem bei alledem stolzen und festen Tone, daß Pater Vincente zugegen ist —?

Sie ist so verdrießlich! fiel der besorgte junge Ehegatte ein.
Wir müssen es ihr auf alle Fälle sagen — Durchaus!

Die Herzogin erwiderte nicht minder mismuthig: Sie kennen
die Bescheidenheit des heiligen Mannes. Olympia wäre fähig,
ihn in die Gesellschaft zu rufen und mit ihm zu — kokettiren —!
Das letzte Wort allerdings unterdrückte sie.

Sie will ihn zum Cardinal machen! Ehe es Fefelotti ohnehin thut! Wir müssen ihn aufsuchen!

Thun Sie das nicht! sagte die Herzogin. Ich werde es ihr
selbst sagen und dann hören, was sie etwa wünscht. Die Ernennung eines einfachen Mönches zum „Cardinal" überraschte
sie nicht. Sie kannte die Maxime der ehrgeizigen Cardinäle,
für die Papstwahl entweder sich selbst in Bereitschaft zu halten
oder, falls sie unterliegen sollten, irgendeine der unschädlichen,
ihnen verpflichteten Puppen, die zuweilen mit dem Cardinalshut
bedacht werden. Pater Vincente's Geschichte war dem gesammten
italienischen Klerus bekannt.

Das Feuerwerk entfaltete sich noch nicht in seinem vollen
Glanze. Die Bravis erschollen von nah und von fern nur noch
wie eine Ironie über die Verzögerung. Das Gewühl des Volks
wurde größer und größer. Die abgetragenen Schüsseln gingen
indessen bei den Mönchen und Repräsentanten der Spitäler und
Bettlerherbergen um. Noch unter dem Knallen der Champagner-
korke begannen die Austheilungen. Manche der devoten Frauen,
der „Beaten", betheiligten sich an der Uebermittelung der Gaben. Ihre goldbetreßten Diener standen ihnen dann zur Seite
und überwachten — auch die glänzenden Schmuckgegenstände, die
sie trugen.

Olympia, die „Braut von Rom", besaß entweder die Reizbarkeit aller kleinen Gestalten, im Gewirr vieler Menschen nicht mit den Ansprüchen, die ihnen gebühren, hervortreten zu können, oder ihre Stimmung war in der That voll Verdruß. Sie lief nach rechts und nach links, redete mit diesem und mit jenem und trug auf der Stirn den ersichtlichsten Ausdruck der Nichtbefriedigung. Ganz so mürrisch, wie sie heute in der Frühe in der Kirche S. S. Apostoli den Ceremonieen der Trauung beigewohnt hatte, sah sie jetzt das „Bonquet" des Festes, das Feuerwerk herannahen. Schon mahnten die Schwiegerältern, ob es nicht passender wäre, sie führe während des Feuerwerks mit ihrem Gatten ganz in der Stille in das Palais der Stadt, das sie in der Nähe des Pasquino bewohnten — jenes alten Steinbildes, an dessen Fuß seit urältesten Zeiten die Satiren Roms angeklebt werden und von dessen Sockel die Polizei seit einigen Tagen jeden Morgen in erster Frühe Spottverse abgerissen hatte, die den Cardinal ernstlich an die Zeiten mahnen ließen, wo Sixtus V. solchen Pasquinospöttern die Zungen ausreißen ließ — Aber gerade vor diesem Augenblick der Abfahrt schien Olympia Furcht wie zum Entfliehenmüssen zu haben. Sie stand niemand Rede — dem Gatten nicht — dem triumphirenden „Onkel" nicht.

Ceccone weidete sich an seinem Liebling. Ihre Bewegungen und ihr Erscheinen kündigten sich wenigstens durch das Rauschen des schweren Seidentaffetkleides an, das sie unter ihrer Brautrobe von Spitzen trug. Den bronzenen Hals schmückte ein Collier von Diamanten. Noch wehte ihr von der Trauung her und von der Messe, die das junge Paar hatte anhören müssen, von den conventionellen Andachten, welche den Tag über an gewissen großen Altären gehalten werden mußten, und von dem Besuch bei Sr. Heiligkeit, der gemacht werden mußte, um den Segen des armen mit Tüchern umwundenen Mannes zu empfangen, der kostbare Spitzenschleier im Haar — jetzt war er, statt der Myrte,

mit einem Kranz von Orangenblüten umgeben. Dieser welkte
nun schon, die aus den gleichen Blüten bestehenden Bouquets,
die auf dem Kleide in gewissen Zwischenräumen befestigt saßen,
welkten nicht minder. — Die Hitze des innern Saals, wo Olympia gesessen, war zu groß. Sie riß nur und zerrte an allem,
was sie hinderte. „Sie ist schön, wenn sie liebt" — hatte im
vorigen Jahre die Herzogin gesagt. Heute liebte Olympia nicht.

Ein kurzer Augenblick — hinter einer großen, von Hortensien gefüllten Marmorvase — und Ceccone konnte seinen Liebling
an sich ziehen und ihn voll väterlicher Bestürzung fragen:
Aber was hast du nur, mein geliebtes Kind? Was ist dir heute?

Jettatore anche voi! zischte Olympia mit rauher Stimme,
stampfte den Fuß auf und stieß die weichen Hände des Priesters
zurück. Alle Welt will, daß ich sterben soll! setzte sie fast weinend hinzu.

Und ein solches Wort — dem „Onkel" —!

Olympia hatte gesagt, Ceccone wäre gleichfalls ein für sie
mit dem „bösen Blick" Behafteter, ein „Jettatore", „wie alle
Welt!" Das der Dank, daß er der öffentlichen Meinung trotzte
und, ungeachtet aller vom Pasquino abgerissenen Satiren auf
die „Donna Holofernia", auf die Vermählung derselben mit dem
jungen „Judas Ischarioth Seckelträger junior", und ähnlicher
Anspielungen, scheinbar heute so sorglos und unbefangen sein
Haupt erhob! Auch er hatte ja der Sorgen genug — aber im
Augenblick genügte ihm vollkommen der lärmende Antheil der
ewigen Stadt an seiner Person, die unabsehbare Wagenreihe
der hohen Aristokratie und Prälatur, die sich bis in die dunkeln
Schatten der Landstraße hin verlor. Und nun ein solcher Ausbruch der Nichtgenüge bei dem geliebten Kinde, das sich oft schon
auch gegen ihn zu empören anfing! Er flüsterte: Täubchen!
Liebchen —! Pappagallo —! Fiori di luce —!

Suche dir die „Tochter der Luna"! erwiderte sie höhnisch und huschte fort.

Der Onkel lachte über die „Eifersucht" seiner Nichte.

Da wandte sie sich noch einmal. Onkel! sagte sie zornig. Lache nicht! Ich möchte in diesem Augenblick geradezu sterben! Ich wünschte, du hättest nur meinetwegen an den Pasqualetto geschrieben — nach Porto d'Ascoli — ich weiß es —!

Jesu! flüsterte der Cardinal, wurde kreidebleich und sah sich besorgt um. Welchen Namen nennst du da? Pasqualetto — St! unterbrach er aufs strengste Olympiens Gegenrede.

Eben ging der alte Rucca vorüber, spitzte die Ohren, grinste seltsam und sagte für sich: Eh! Eh! Eh —!... Vieldeutige Laute! Olympia hatte einen Namen genannt, den er gehört zu haben schien. Er wandte sich halb und halb zum Zuhören und liebäugelte einer Schwiegertochter, deren Hochzeit — mit seinem verlängerten Pachtcontracte, ja sogar wirklich mit dem Räuberhauptmann Pasqualetto zusammenhing.

Cercone winkte ihm mit graziöser Handbewegung, zu gehen. Noch ist sie mein! sprach er süß und vor allen näher herantretenden Zeugen mit „seinem Herzen" prahlend. Dann legte er die zarten weichen Hände auf das Haupt der kleinen Meduse, zog sie hinter die Hortensienvase zurück und flüsterte: Wie kannst du hier vom Pasqualetto reden —? Was soll er?

Mich stehlen und in seine Berge schleppen! erwiderte Olympia.

Ich beschwöre dich, süßer Papagai! fuhr der besorgte Vater fort und wollte Olympia noch weiter ins Dunkel mit sich fortziehen, um sie herzinniger zu küssen, vielleicht sie an den Wagen zu führen, den der junge Gatte zu jeder Minute bereit zu halten versprochen hatte. Schon rief er nach dem Mohren, der in der Taufe den frommen Namen Chrysostomo bekommen hatte.

Statt des Chrysostomo kam jedoch der ganze Schwarm der Gäste. Die Leuchtkugeln hatten gerade die Base mit den Hortensien erhellt und wo die Braut war, mußten doch alle sein; niemand erzürnte gern die wilde Olympia! Es klang ihr jetzt ganz zu Sinne, daß ihr Gatte verspottet wurde über die Verzögerung des Feuerwerks. Die Raketen haben den Schnupfen! hieß es. In die Cascatellen ist Wasser gekommen! Die „Feuerräder" haben die Achse gebrochen! Man fürchtet, die „Frösche" werden hüpfen wie die Flöhe! Wie die — Flöhe! Wer solche Italienerworte in dieser Sphäre hätte für unziemlich halten wollen, mußte eine deutsche oder französische Bildung haben. Der Südländer kennt für die offene Namengebung dessen, was natürlich ist, keine Scheu.

Inzwischen machte die Herzogin von Amarillas einen Versuch, sich Olympien zu nähern. Aber gerade ihr entzog sich diese. So beschloß die Herzogin, ihre Nachricht und den Auftrag über den Pater Vincente für sich zu behalten. Auch sie suchte dem endlich beginnenden Feuerwerk zu entkommen. All diese Freude, vollends das Knistern und Knattern, diese Bravis und Ausrufungen waren der Mutter Giulio Cesare's nicht zu Sinn. Sie suchte den Garten, den zwar nicht unbelebten, aber dunklen Park; letzterer versprach an seiner äußersten Grenze Einsamkeit. In diesem Verlangen nach dem Pater Vincente, das die Braut ausgesprochen hatte, lag, nach ihrer Deutung, ein ihr wohlbekannter Ausdruck des Zorns über Benno's Nichtanwesenheit, sein gänzliches Verschwundensein nach den beiden Märchenwonnetagen von Wien, der Reue über die allzu schnelle Ernennung seines „Vetters" Bonaventura zum Bischof von Robillante!

Benno hatte sich im vorigen Jahr nach Rom begeben und war dort nicht länger geblieben, als bis — die Mutter und Olympia ankamen! Da hatte es ihn wieder getrieben, nach dem Süden zu entfliehen. Er hatte sich aufs Meer begeben, war über Sicilien, Malta, Genua, Nizza nach Roblkante gereist, wo er in diesem Augenblick bei Bonaventura verweilte. Mit der Mutter stand er im Briefwechsel, schrieb ihr unter fremden Adressen — sie hatte die ganze Bürgschaft seiner Liebe und Zärtlichkeit für sich; aber vor einem Zusammenleben mit Olympien erfüllte ihn ein ahnungsvolles Grauen. Aus dieser Mißachtung der ihm doch so auffallend und offen in Wien ausgesprochenen Liebe Olympiens war eine Gefahr für die Herzogin selbst, für Benno, für alle seine Beziehungen entstanden. Die Theilnahme, welche die Mutter für ihn nicht verleugnen konnte, wurde ihr von Olympien aufs heftigste verdacht. Nun mußte gar auch noch die Herzogin in Wien ein junges Mädchen gefunden haben, das, der italienischen Sprache vollkommen mächtig, anfangs nur die Vermittelung mit den deutschen Verhältnissen erleichtern sollte, eine wohlberufene Convertitin, die von einer glühenden Sehnsucht nach Rom verzehrt wurde. Die Herzogin hatte den Auftrag erhalten, die Würdigkeit dieser Empfohlenen zu prüfen. Sie sah sie, war von einer auffallenden Aehnlichkeit derselben mit ihrem Kinde Angiolina gerührt und es fehlte nur noch die Bekanntschaft dieses Mädchens mit Benno und Bonaventura, um sie sofort festzuhalten.

Lucinde Schwarz war es selbst, die für die Stellung der Herzogin gefährlich zu werden drohte. Sie liebte es nicht, ungefragt von ihrer Vergangenheit zu sprechen. Sie war nie in der Stimmung, gern von Schloß Neuhof, vom Kronsyndikus, Jérôme von Wittekind zu berichten. Die Erwähnung fand sich jedoch zufällig und da stand sie, schon in Wien, den ihr mit auffallendem Eifer gestellten Fragen Rede. Die Herzogin horchte ihren Mittheilungen voll Erstaunen. Auf die Länge war sie von Lucinden seltsam abgestoßen und ebenso wieder angezogen. Man nahm sie dann nach Italien mit. Erst später zeigte sich die Gefahr dieser „Eroberung"; so hatte sie Cecone, von Lucindens Geist überrascht, genannt. Lucinde gewann über alle ihre neuen Umgebungen Einfluß, über den jungen Principe sowol, wie über Olympien und den Cardinal selbst. Sogar Olympia war schon eifersüchtig auf „die Tochter der Luna". Rom hatte allerdings Lucinden ganz verjüngt.!

Das dicht an die Terrasse, die zur Verlängerung des Speisesaals umgewandelt war, stoßende Bosquet bestand aus einer Pflanzung von Nuß- und Kastanienbäumen. Aus dem müßigen Umfang desselben heraus führten Gänge von beschnittenen Buchsbaum- und Cypressenwänden auf kleine Rotunden, in deren Mitte aus Farrnkräutern und Vergißmeinnicht heraus Springbrunnen plätscherten oder Marmorstatuen glänzten, von blühenden Cactus, von feurigen Schwertlilien umgeben. Nun kamen die rechts zu den Gärten des Lateran sich hinziehenden Beete. Sie folgten sich in Abdachungen, die zu Cascatellen benutzt und von Grotten, von Muschel- und Marmorverzierungen unterbrochen wurden. Zur Linken, jenseits der großen Platanenallee und des flimmernden Wassersturzes führten riesige Taxuswände zu einer Altane, von welcher abwärts sich ein weites Feld von Weinstöcken, wie ein einziges grünes Dach, auf die Landstraße erstreckte. Dorthinauf, wo sich's unter wilden Lorberblättern ausruhen ließ, zog es die von den schmerzlichsten Ahnungen erfüllte Herzogin.

Eine Weile noch wurde sie auf ihrem Wege von einem Naturspiel aufgehalten. Das Licht des Mondes und der Widerschein des Feuerwerks wurden in ihren magischen Wirkungen übertroffen noch von zahllosen Glühwürmern, die bald grün, bald roth aufblitzend die Luft durchschwammen, auf den Sträuchern und Blumen wie Edelsteine funkelten, unwillkürlich die Hand lockten, die Luft zu durchstreifen und somit nach eitel Funken und Licht zu haschen.

In diesem Augenblick glaubte die Herzogin die „Tochter der Luna" zu sehen, die am äußersten Ende eines der in den Ziergarten einmündenden Heckenwege — seltsamer Anblick —! offenbar von zwei Mönchen verfolgt wurde.

Sie staunte dieses Anblicks. Sollten von den geistlichen Bettlern an der Pforte zwei so verwegen gewesen sein, sich hierher zu wagen? Oder konnte sich in maskirter Verhüllung Räubervolk eingeschlichen haben? Eben waren die Mönche und die fliehende Donna Lucinde verschwunden. Oder hatte sie sich getäuscht? Hatte das mondlichtfarbene Kleid der Gesellschafterin sie irre geführt —?

Da hörte sie das Lachen des Herzogs Pumpeo. Offiziere kamen und junge Prälaten, durch Champagnerlaune von den alten Damen zu den jungen vertrieben. Einige der schönsten hüpften an ihrem Arm — doch gleichsam nur auf der Flucht vor den gefährlichen Feuerfröschen —

Die Herzogin blieb stehen. Fast wurde sie umgerannt von dem aus einem andern der Gänge eilend ihr entgegentretenden Conte Sarzana. Sahen Sie die beiden Mönche, Graf? fragte die Herzogin ängstlich —

Die der Donna Lucinde folgten? antwortete Sarzana mit Theilnahme. Wo sind sie? Ich habe ihre Spur verloren!

Beide durchkreuzten den Gang, den die übrige Gesellschaft herausfam, und eilten der dunklern Gegend jenseit der Platanenallee zu. Der am Ende derselben funkelnde Wasserfall gab einen Schein von Belebung des Gartens, der sich indessen nicht bestätigte. Alles blieb einsam und für Frauen gefahrvoll. Jetzt rief der Graf: Ich sehe sie! Dort beim Aufgang auf die Altane! Was wollen die Frechen?

Conte Agostino Sarzana lief mit seinen hohen Reiterstiefeln die nothwendigen fünfzig Schritte voraus und rief auf halbem

Wege bereits dem nächsten der Mönche ein donnerndes: Que commande? zu. Als er näher gekommen, fand er Donna Lucinda, mit geisterhafter Blässe, im Gespräch mit den beiden Mönchen begriffen, die von ihm unausgesetzt wie Eindringlinge angerufen und für verkappte Gauner erklärt wurden. Allerdings ging durch die Stadt das Gerücht, in einer Herberge am Tiber= strand hätte man heute den berüchtigten Räuber Pasquale. Grizzifalcone gesehen aus der Mark Ancona, das Haupt aller Räuber= und Schmugglerbanden der adriatischen Meeresküste. Nicht unmöglich, daß diese Mönche seine verkappten Genossen waren.

Die lange schlanke Deutsche hielt einen Brief in der Hand und sagte mit zitternder Stimme und im besten Italienisch: Vergebung, Herr Graf! Es sind — zwei Landsleute von mir! Sie ersuchen mich nur, eine Bittschrift an mich zu nehmen. Ich werde sie besorgen, ihr — frommen — Väter —! Lassen Sie beide in Güte ziehen, Herr Graf! Willkommen in Rom, Pater — Sebastus und Frater — Hubertus! Wir sehen uns doch noch? San=Pietro in Montorio! Gewiß! Gewiß —! Feli- cissima notte!

Aber die beiden Mönche standen lichtgeblendet — wie Saulus am Wege von Damascus. Sie konnten sich nicht trennen.

Inzwischen war die Herzogin näher gekommen. Sie er= schrak beim Anblick Lucindens, die außerordentlich erschüttert schien. Aber noch mehr entsetzte sie sich vor dem Anblick eines dieser Mönche, der mit seinem kahlen und beinahe fleischlosen Kopf aus seiner niedergefallenen Kapuze ein Bote des Todes schien.

Die Begleiter des Duca Pumpeo, jetzt ohne die Damen, kamen näher, nahmen die Mönche in die Mitte und geleiteten sie aus dem Garten. Graf Agostino erhielt von Lucinden die

Bitte, sie zu verlassen. Als er es trotzdem nicht that, folgte fast der Befehl.

Die Herzogin sah Lucinden noch wie betäubt an den Sockel einer Statue sich lehnen, von welcher aus man auf die Plateforme jener Altane schreiten konnte. Ringsum war es hier dunkel. Die dichtbelaubten Bäume warfen düstere Schatten. Die Herzogin widerstand nicht, Lucinden zu folgen. Diese drängte auf die Altane hinauf, als fürchtete sie entweder hier unten zu ersticken oder aufs neue den Mönchen zu begegnen. Sie sind ja auf den Tod entsetzt, mein Kind! sprach sie theilnehmend. Erholen Sie sich! Diese zudringlichen Bettler in Rom! Die Bittschrift war sicher nur ein Vorwand —!

Lucinde schlich nur langsam die Erhöhung hinauf. Oben angekommen, sagte sie; Nein, nein —! Ich kannte sie beide sehr wohl! Ich wußte, daß sie in Rom sind — aber, ich hätte sie lieber, das ist wahr, vermieden; ich — mag nichts mehr von Deutschland hören! Die Bittschrift ist — an den Bischof — von Robillante. Ich will sie besorgen —

An den Freund meines Cesare! staunte die Mutter still für sich und hätte jetzt fast gewünscht, die Mönche wären nicht vertrieben worden.

Beide Frauen blieben auf der einsamen Altane, wo sie sich auf Sesseln von Baumzweigen niederließen, unter einem Dach von künstlich gezogenem Lorber. Vor ihnen lag, vom Mond beschienen, jenes große stille Meer unabsehbarer Weinstockgewinde. In der Ferne glänzte Feuerwerk und lärmte das Volk, das jeder Rakete ein Evviva! rief.

Obgleich Lucinde sich allmählich zu fassen schien, kam doch die Herzogin nicht mehr auf die Mönche zurück. Gerade diese durch Benno bedingten Wallungen des Interesses zu verbergen, besaß sie eine volle Gewandtheit. Sie pries die erquickende Erlösung von dem rauschenden Gewühl, das sich nicht verziehen wollte. Dabei saßen sie so, daß sie durch die Büsche zugleich die Künste des Feuerwerks und über die Weingärten hinweg den stiller gebliebenen Theil der Gegend beobachten konnten. O, hier sind wir sicher vor dieser bunten Posse! sagte die Herzogin. Tritt die Lüge in dieser Welt so rauschend auf, wie sollte sich erst die Wahrheit ankündigen dürfen —!

Die Wahrheit feiert ihre Triumphe in der Stille! entgegnete Lucinde, immer noch athemlos. Diese Triumphe sind die Glühkäfer des Geistes, die uns nur auf einsamen Wegen umschwirren! Wie heißt die Pflanze da, worauf ich immer diese Thierchen, wie die Lichter auf unsern nordischen Weihnachtsbäumen, antreffe —? Lucinde rang nach dem Ton der Gleichgültigkeit.

Die rothen Disteln? sagte die Herzogin. Das sind Artischocken!

Wächst so dummes Gemüse hier so wild und schön! Carciofoli! Ganz recht! erwiderte Lucinde erschöpft.

Eine kurze Pause trat ein. Beide Frauen bewegten ihre Fächer und wehten sich Kühlung zu. Mancher scherzhafte Vorfall des Tages, manche Neckerei an der Tafel, mancher Schmuck, manche überladene Toilette ließen sich besprechen. Bald jedoch stockte das Gespräch. Es zeigte sich — diese beiden Frauen mußten anfangen eine sich für ein Hinderniß der andern zu halten. Die Herzogin hatte sich längst gesagt: Hier ist meine Zeit um! Olympia ist meiner Führung entwachsen! Selbst den Cardinal, ihren Vater, lehnt sie für ihre neue Einrichtung als täglichen Gast ab — Schon hat sie's ihm angekündigt. Ceccone sucht — eine neue Häuslichkeit! Diese Lucinde — lockt, reizt ihn —! Ich sah es heute, er schien über sie ganz außer sich. Lucinde sollte, wie sich gebührt, zu Olympia ziehen. Diese lehnt aber auch Lucinden ab ... Soll also ich jetzt —? Ich —? Ich ahne, was Ceccone aus ihr und — mir machen will! Um sie

„mit Anstand“ zur Nachfolgerin — der Herzogin von Fossem-
brona, der Marchesina Vitellozzo zu machen, soll ich — als
Deckmantel dienen —? Nimmermehr! Das zu verweigern
bin ich — jetzt schon allein Benno schuldig, wenn nicht mir
selbst.... Was will aber Graf Sarzana? Diese Abenteurerin
— wie sie Benno in seinen Briefen schildert — interessirt auch
den Grafen Sarzana! Freilich — diese Sarzana's sind arme
Teufel!

So empfand die Herzogin. Da sie aber klug und ver-
stellungssicher war, so nahm sie das Gespräch nach einer Weile
wieder in friedlichem Sinne auf und sagte: Es ist wahr, das
Leben bringt es mit sich, daß nur zuweilen die Stacheln der
Disteln, das sind ja Artischocken, jenen nordischen Weihnachtsbäumen gleichen, die ich kenne! Die Illumination der Lüge
muß uns ermuthigen, an diese kleinen Glühkäfer in der Nacht
der Wahrheit und das hellste Licht, das Aetherlicht — des
Schmerzes, zu glauben —! Und da Lucinde nicht zu hören
schien, sondern nur den von den Mönchen empfangenen Brief
träumerisch betrachtete und ihn seufzend in ihrem Busen barg,
so bemerkte sie forschend: Eine Bittschrift an den Bischof von
Robillante, sagten Sie —?... Ist es wahr, fuhr sie fort,
daß dieser Priester eine Gräfin liebte, die seit einigen Monaten
die Gattin des Grafen Hugo von Salem-Camphausen geworden ist —?

Lucinde fixirte die Herzogin mit scheuen unheimlichen Augen.
Nun erst recht antwortete sie nicht. Es fiel ihr ein, daß sie mit
einer Frau zusammensaß, gegen die sie sich seit einiger Zeit hatte
entschließen wollen einem Serlo'schen Gedanken Gehör zu geben,
der in dessen Denkwürdigkeiten so lautete: „Wenn ihr doch nur
nicht ewig von Pflichten der Dankbarkeit bei Diensten reden
wolltet, die euch keine Opfer gekostet haben —!“

Die Herzogin sprach sorglos, der bittern Stimmung ihres Herzens folgend: Graf Hugo liebte — das hört' ich und sah ich auch in Wien — ein junges Mädchen, das sich aus Verzweiflung — um ihr Schicksal — den grausamsten Tod gab. Ach, ich sah — ihre — Leiche! Aber ich sah auch des Grafen Trauer. Er schien mit dem Leben abzuschließen und doch — doch — wie mögen auch bei seiner Vermählung die Raketen gestiegen sein —! Erinnern Sie sich in Wien der schönen Altane, der wir Abschied sagten am Tage vor unserer Abreise —? Tiefer Schnee lag auf den düstern Tannen ringsumher —

Ich erinnere mich! antwortete jetzt Lucinde, die sich von Klingsohr und Hubertus allmählich in die Gegenwart zurückfand. Sie betonte scharf. Schon wieder hatte sie der Herzogin Zurücksetzungen nachzutragen, die diese ihr in Mienen und Worten heute an der Tafel widerfahren ließ.

Ob wol das junge Paar an derselben Stelle wohnt, wo — die — arme — Geliebte — mit zerschmettertem Haupte lag —? fuhr die Mutter Angiolinens, nichts ahnend von Lucindens gegen sie so gereizten Empfindungen, fort.

Das — junge — Paar wohnt — in der Stadt! berichtete Lucinde von dem in der That geschlossenen Bunde Paula's und des Grafen Hugo.

Es trat eine lange Pause ein. Ein leiser weicher Windhauch kam vom Südmeer. Im Weinberg zitterten die Blätter . . .

Es ist doch gut, daß wir den Gespensterglauben haben! sagte die Herzogin feierlich. Wenigstens fürchten wir uns noch zuweilen ein wenig vor den Gräbern —! Die Alten verbrannten ihre Todten, glaubten aber doch auch an eine strafende Wiederkehr; der Geist des ermordeten Cäsar erschien den Mördern in der Schlacht bei Philippi. Die Christen wollten von den Todten so wiedererstehen, wie sie in ihrer schönsten Lebenszeit ausgesehen

hatten. Angiolina hieß — sie —! Sahen Sie schon die Katakomben drüben —? unterbrach sich die Erinnerungsverlorene.
Dort blitzt eine goldene Spitze im Mondlicht auf. Das ist
Santa-Agnese! Dort steigen Sie einmal nieder mit einem guten
Führer. Philippo Neri, der Heilige, hat da unten wochenlang
gewohnt. Die Erde ist hier ringsum durchhöhlt. Christen- und
Römergräber liegen in Eins. Ein Leichenfeld! Das Leben
ist's —! Ja, wer war doch der eine dieser Mönche? Er sah
wie der Tod aus!

Wie die Auferstehung —! hauchte noch Lucinde für sich; nun
aber war der erste Schrecken bei ihr vorüber und sie hatte sich,
wie in solchen Fällen immer, wieder in die gegenwärtige Lage
zurückgefunden. Ihr Auge fixirte die Herzogin immer unheimlicher, sodaß diese über die fast schielenden Blicke des Mädchens
erschrak.

Im Suchen nach einem gleichgültigen Gespräche schilderte
Lucinde die Unzufriedenheit der jungen Fürstin Rucca. Da betonte sie sehr scharf den Namen Benno's — sie that letzteres seit
einiger Zeit in Gegenwart der Herzogin öfters. Sie hatte bemerkt, daß diese in einer geheimen Beziehung zu Benno stand.
Schon in Wien hatte sie das Interesse beobachtet, das sie an
ihrem frühern Aufenthalt in Deutschland, an Witoborn, an
Schloß Neuhof nahm. Daß sie eine Sängerin gewesen, wußte
sie. Aus Leo Perl's Bekenntnissen kannte sie einen gewissen
Betrug, den dieser an einer allerdings nicht genannten Sängerin hatte ausführen helfen. Durch ihre wühlende Combination
war sie auf den Gedanken gekommen, ob jene „zweite Frau" des
Kronsyndikus, die damals in jener Nacht in Kiel der vom Wein
Aufgeregte und schon an Wahnanfällen Leidende mit dem Degen
von sich abwehren wollte, nicht diese jetzige Herzogin von Amarillas sein könnte. Ihrem Spürsinn entging von jeher nichts, was

sich irgendwie aus auffallenden Daten solcher Art als zusammengehörig verknüpfen ließ. Sie hatte auch schon Benno's hinlänglich ihr bekannte, im Familienkreise der Affolyn's und der Dorste's oft besprochene „dunkle Herkunft" in den Kreis ihrer Combinationen gezogen und staunte schon lange über Benno's Aehnlichkeit mit dem Kronsyndikus und mit der Herzogin. Sie verfolgte diese Gedanken stets und stets seit dem Augenblick, wo sie bemerkt zu haben glaubte, daß die Herzogin oft so wohlgefällig über sie lächelte, sie gering behandelte und zurücksetzte. Heute war Graf Sarzana, als er ihr den Arm geboten hatte, geradezu von der Herzogin auf eine andere Dame verwiesen worden. Diese Kränkung hatte sie nur vergessen, weil sie später von Huldigungen genug überschüttet wurde. Solche Geringschätzungen konnten sich wiederholen; daher sagte sie mit scharfspähendem Blick und sich aller der Vortheile erinnernd, die ihr über die ganze Familie der Affelyns zu Gebote standen: Der Todtenkopf? Nach dem fragten Sie? Den lernte ich in Witoborn kennen, in dessen Nähe ein Kloster liegt. Es ist das Familienbegräbniß jener Wittekind-Neuhof, nach denen mich Ew. Hoheit oft schon gefragt haben — Der vor länger als einem Jahr verstorbene Stammherr, der Kronsyndikus genannt, hat in einem Wortwechsel dem andern, dem zweiten Mönch, den Sie sahen, seinen Vater erstochen. Das unglückliche Opfer eines höchst jähzornigen Charakters hieß Klingsohr und war des Freiherrn Pächter. Der Todtenkopf war des Freiherrn Förster und hieß Franz Basbeck. Letzterer stammt aus Holland, war in Java, gewann auf dem Schloß Neuhof eine Stellung durch die Liebe einer bösen Frau, die dort regierte, Brigitte von Gülpen. Nun, glaub' ich, hing sein Schicksal so zusammen: Da sein Herz an einem andern Wesen hing, rächte sich jene böse Brigitte und veranlaßte den Entschluß ihres Verlobten, der seine wahre Liebe durch den Tod

verlor, sich in ein Kloster zu flüchten. In Indien soll er von
den Gauklern Künste der Abhärtung gelernt haben, die ihn troß
Entbehrungen und Strapazen rüstig erhalten. Der eine der
beiden Mönche hatte eine Sehnsucht nach Rom, die vom andern
aus mir unbekannten Gründen getheilt wurde. So entflohen
sie beide aus ihrem Kloster, saßen oder sitzen noch dafür auf
San-Pietro in Gefangenschaft und richten nun, wie sie mir
mittheilen, in diesem Schreiben an den Bischof die Bitte, sich
zu ihren Gunsten zu verwenden. Wie jeder, der einmal in
Rom war, fürchten sie sich, nach Deutschland zurückzukehren.

Lucinde hielt inne. Sie wollte die Wirkung ihres mit schlagenden Momenten für die Herzogin gemischten Berichtes beobachten.
Diese folgte ihr denn auch mit der höchsten Spannung. Aber
Lucinde hatte in der Kunst der Beherrschung ihre Meisterin
gefunden. Nach dem ersten leisen Zucken der Mienen, als die
Worte gefallen: „Familienbegräbniß der Wittekind-Neuhof", trat
troß der aufs äußerste erregten Spannung und der blitzschnell
sie durchzuckenden Vorstellung: Diese Schlange kennt dein ganzes
Leben! eine Todtenkälte in die geisterhaft vom Mond beschienenen
Züge der Herzogin und sie sagte nichts als: Kommt so der Nachtwind vom Meere herüber? Wovon bewegt sich nur plötzlich so
das Laub in den Weinbergen? Sehen Sie nur, als wenn eine
einzige große Schlange dahinkröche! So hebt es sich hier und
dort und sinkt wieder zusammen — —

Lucinde hatte nur ihr Auge nach innen gerichtet. Beide
Frauen waren zu tief in ihre Erinnerungen, zu tief in die
Rüstung des zunehmenden Hasses gegeneinander verloren, um
einer Beobachtung über den Nachtwind langen Spielraum zu
lassen. Die Herzogin ging nach Lucindens Mittheilungen in die
Worte über: Ich würde vorschlagen, die Bitte lieber dem Cardinal, bei dem Sie ja allmächtig zu werden anfangen, mitzutheilen,

wenn nicht — allerdings Olympiens Laune zu schwankend wäre! In der That sprach sie schon oft ihre Reue aus, einem Frembling, wie jenem Bischof, so schnell den Fuß auf italienischem Boden gegönnt zu haben. In ihren Lobpreisungen des Pater Vincente, der sich jetzt am Thor unter den Bettlern befinden soll, erkenn' ich die Gedanken, die in Olympiens Innern Gestalt gewinnen wollen.

Lucinde beobachtete, ob die Herzogin ihr ganzes Interesse für Bonaventura kannte?

Diese fuhr fort: Auch ist der Bischof von Robillante in der That nicht vorsichtig. Dem Erzbischof von Coni hat er mehr die Spitze geboten, als einem so ganz den Vätern Jesu angehörenden, jetzt als Großpönitentiar nach Rom zurückkehrenden Prälaten gegenüber gutgeheißen werden kann. Sein Eindringen in San-Ignazio und die Trinita zu San-Onofrio hat die Dominicaner gegen ihn aufgebracht. Die Dominicaner sind in gewissen Dingen mächtiger, als die Jesuiten! Dieser Orden beruft sich auf die Privilegien der Inquisition. Der Bischof ging sogar noch an die weltlichen Gerichte. Auch das mag ein Beweis von Muth sein, bleibt jedoch für ihn und seine Lage nur eine große Unbesonnenheit. Allerdings mußten neun Waldenser, sieben Proselyten, welche die Waldenser unerlaubterweise in ihre Gemeinde aufgenommen hatten, von den Dominicanern, die sie eingezogen hatten, herausgegeben werden. Um Einen aber, der noch fehlt, kämpft der Bischof noch immer! Wie nur möglich, sich und andere um einen ketzerischen Fremden so aufzuregen! Allerdings galt sein Widerstand einem Deutschen — doch in seiner Stellung gebührte sich gerade gegen seine Landsleute die Vermeidung aller Parteilichkeit —

Lucinde horchte mit gespanntem Antheil. Sie kannte diese Gefahren Bonaventura's nur aus flüchtigen Andeutungen Ceccone's.

Schreiben Sie ihm doch alles das, wenn Sie den Brief etwa noch mit einem Convert versehen sollten! sagte die Herzogin.

„Schreiben Sie ihm doch alles das —". Das hatte die Herzogin mit einem seltsamen Ton gesagt. Es war der Ton, der etwa sagte: Ich weiß es ja, Sie sind die verschmähte Liebe dieses Bischofs —!

Lucinde sagte, demüthig ihr Haupt senkend und nur im Blick die Fühlfäden verrathend, die sie ausstreckte: Der Bischof rechnet, denk' ich — auf den Beistand der Gönner, die ihm — hier in Rom ihre alte Neigung — sofort wiederschenken würden, wenn — Benno von Asselyn, sein — Vetter zurückkehrt und — nicht länger eine Furcht verräth, die — für einen Mann — doch kindisch ist —

Welche Furcht —? Das Muttergefühl wallte auf. Aus Besorgniß, sich durch Vertheidigung des Sohnes zu verrathen, sagte die Herzogin gezwungen lächelnd: Dürfen Sie am Hochzeitstag der Fürstin Rucca von einem Manne sprechen, der allerdings nicht der beglückte Gegenstand ihrer Liebe werden zu wollen wünscht —? Nicht zu wünschen scheint! verbesserte sich die Herzogin.

Alle Umgebungen der Herzogin und Lucindens wußten, wie das Bild der kurzen wiener Bekanntschaft von Schönbrunn und vom Prater noch immer vor Olympiens Seele stand.

In diesem Augenblick sah sich Lucinde um. Es war um sie her ein Geräusch hörbar geworden. Ueber den Fußboden eilte eine jener kleinen Schlangen, deren Augen einen phosphorescirenden Glanz von sich geben. Lucinde zog erschreckt den Fuß zurück, sah die künstliche Ruhe der an südliche Eindrücke gewöhnten und der Schlange nicht achtenden Herzogin und erwiderte nach einiger Sammlung: Benno von Asselyn fürchtet, an die bestrickende Olympia ein Herz zu verlieren, das — ich will es Ihnen verrathen — einem Jungen jetzt in London

5*

lebenden Mädchen gehört! Sagen Sie aber nichts davon der Fürstin —!

Die Züge der Mutter konnten sich jetzt nicht mehr beherrschen und verklärten sich. In ihrem brieflichen Verkehr hatte sie nie auf eine Frage nach Benno's Herzen eine deutliche Antwort erhalten ... Wen liebt — Signore — Benno? fragte sie mit einer sich bekämpfenden Theilnahme, deren leidenschaftlichen Ausdruck jedoch ihr ganzes Antlitz verrieth.

Er liebt unglücklich! sagte Lucinde immer forschender und schon mit triumphirenden Blitzen aus ihren dunkeln Augen hervorlugend. Sein bester Freund nächst dem Bischof und dem Dechanten Franz von Asselyn — Die Herzogin schlug schnell wieder ihre Augen nieder — ist ein junger reicher Kaufherr, Thiebold de Jonge. Beide wurden, ohne es zu wissen, zu gleicher Zeit von einer Liebe zu einem Mädchen ergriffen, das damals noch halb ein Kind war. Armgart von Hülleshoven ist ihr Name.

Armgart von —?

Hülleshoven! wiederholte Lucinde. Der Mutter klopfte das Herz.

Armgart von Hülleshoven! sagte die Listige noch einmal und rüstete sich, der Herzogin ein für allemal das Geringschätzen ihrer Person zu verderben. Sie ist, hauchte sie, die zärtlichste Freundin jener Gräfin Paula, von der Sie wissen, daß sie nun wirklich die Gattin des Grafen Hugo geworden ist. Schon einmal geriethen beide Freunde um diese Neigung in Streit —! Da entsagte aber einer zu Gunsten des andern. Armgart fand inzwischen Zeit, ordentlich erst ein Mädchen zu werden, das überhaupt an Liebe denken darf. Ein wunderliches Aelternpaar hat sie aus Witoborn nach England geschickt, wo sie im Hause einer Lady Elliot lebt und ihre Zärtlichkeit für zwei Liebhaber zugleich nun sogar am Widerstand gegen einen dritten prüfen kann! Dieser hat wenigstens vorläufig das glücklichere Loos gezogen, jetzt in ihrer Nähe leben zu dürfen. Es wird Sie übrigens interessiren, zu hören, daß dies jener Wenzel von Terschka ist, der, wie man sagt, nur um ihretwillen Priestergelübde und Religion und was nicht alles aufgab.

Pater Stanislaus? sagte hocherstaunt und sich ganz vergessend die Herzogin. In der Ferne donnerten inzwischen Böller und schmetterten Fanfaren.

Sollten Sie in Ihrem Briefwechsel mit Herrn von Asselyn —... wagte Lucinde sich jetzt keck heraus.

Ich —? Mit wem? fuhr wie aus einem Traum die Herzogin auf.

Ja Sie, Hoheit, Sie allerdings — mit Benno von Asselyn —! lächelte Lucinde.

Die Herzogin war aufgestanden. An sich war die Bewegung ihres Schreckens, die zunächst, nach solcher Entdeckung, ihrer Furcht vor Olympien galt, falls diese den Briefwechsel durch Lucindens Verrath entdeckte, erklärlich. Doch konnte der Schrecken auch von etwas anderm kommen. Die Zweige hatten in nächster Nähe gerauscht, wie unter Berührung eines leise Dahinschleichenden.

Man ist doch sicher hier? konnte die Herzogin ihren Schreck maskirend, noch fragen. Da deutete sie schon mit einem Aufschrei auf die grüne Decke des Weinlaubs, woraus sich spitze Hüte und Männerköpfe erhoben. Im selben Augenblick wollte Lucinde entfliehen. Schon hatten sie jedoch von hinten zwei Arme ergriffen. Eine wilde Physiognomie, die nur die eines Räubers sein konnte, grinste sie an. Ein widerwärtiger, dem gemeinen Italiener eigner, vom Genuß des Zwiebellauchs kommender Athem nahm ihr die Besinnung. Sie konnte nicht von der Stelle.

Die Herzogin war an den Aufgang der Altane gestürzt

und rief: Räuber! Räuber! Sie rief diese Worte — sie wußte
selbst nicht, ob im Schrecken über den Ueberfall oder in dem
über Lucindens Voraussetzung eines Briefwechsels zwischen ihr
und Benno. Sie wiederholte ihren Hülferuf muthig, trotzdem
alles unter dem Weinlaub lebendig zu werden schien, wilde
Männer in abenteuerlichen Trachten den Rand der Altane er-
kletterten, Pistolen und Dolche blitzten, Lucinde in die Arme
eines Athleten geworfen wurde, der bereits die Mauer erklettert
hatte, während der erste, der schon oben war und die im
stillen Gespräch Verlorene von hinten überfiel, Miene machte,
nun auch die Herzogin zu ergreifen. Die Räuber trugen die
Tracht der Hirten, kurze Beinkleider, Strümpfe, Jacken, offene
blaue Brusthemden; die Gesichtszüge waren von Bart und künst-
lichen Farben entstellt; die braunen sehnigen Hände eines dritten,
der dem zweiten nachkletterte, drückte Lucinden, die vor Schrecken
nicht einen Laut mehr von sich geben konnte, ein buntes Tuch
in den Mund.

Während nun die Herzogin, halb auf der Flucht, halb wieder mit kühnem Muthe innehaltend, ihre Hülferufe fortsetzte, sah
sich Lucinde schon in den Armen des Riesen, der sich, auf den
Rücken zweier andern sich stützend, an die Wand festgestemmt
hatte und die Beute mit den der Situation völlig widersprechenden Beschwichtigungsworten hinunterzog: Haben Sie doch keine
Furcht, schönste Altezza! ... Ew. Excellenza sollen so gut schlafen,
wie in Ihrem eigenen Schlosse —! Es ist nur ein Spaß, Signora
Eccellenza. Tausend Zecchinen! Ei, das wird eine so schöne
Dame ihren Freunden doch wol werth sein —!

Lucinde sah den Muth einer Frau, die sie eben noch durch
ihre Worte so scharf verwundet hatte, hielt sich jetzt an einem
großen Oleanderstamm, der von draußen her die Mauer hinan-
wuchs, wühlte sich in dessen schwanke Zweige, die sie nicht

laſſen wollte, feſt und widerſtand um ſo mehr dem Räuber, als ſie hinter ſich ein wildes Geſchrei vernahm, das halb aus deutſchen, halb aus italieniſchen Lauten beſtand.

Da fühlte ſie, daß die Arme des Rieſen ſchlaffer wurden. Sie hielt ſich mit allen Kräften feſt. Hinter ſich hörte ſie ſchon ein Ringen, ein Kämpfen. Eine Ahnung erfüllte ſie. Sie krallte ſich feſter und feſter. Da vernahm ſie in der Nähe einen Schmerzensſchrei wie den eines Verwundeten ... Nun folgte ein Piſtolenſchuß. Sie fiel die Mauer hinunter. Ueber den Rauch um ſie her, ihren Sturz, die Angſt, die Hoffnung — verlor ſie die Beſinnung.

Als ſie wieder zu ſich gekommen war, lag ſie noch auf dem Boden des Weinbergs. Von oben ließ man ſoeben Leitern herab. Die Terraſſe oben ſtand voll Menſchen. Waffen klirrten noch. Graf Agoſtino, ſeiner ſchweren Reiterſtiefeln nicht achtend, ſtieg von oben hinunter. Neben ihr lag in ſeinem Blut der gewaltige Rieſe, den von der Hand eines Mönches ein Piſtolenſchuß getroffen hatte. Der Muthige kniete neben einem andern Mönche, der verwundet am Boden lag. Da hüllte ſich ihr wieder alles in Nacht.

Als ſie aufs neue erwachte, befand ſie ſich in dem großen Saale der Villa. Wüſt durcheinander ſtanden die Tiſche und Seſſel. Das Feſt war zu Ende. Die Kronleuchter brannten nur noch dunkel. Die Zahl der Menſchen um ſie her ließ ſich bald überſehen. Düſterblickend ſtand Graf Sarzana. Sein Auge hatte immer eine Macht, vor der ſie jetzt vollends das ihrige niederſchlug. Sie hörte Ausbrüche des Erſtaunens. Wer hätte ſich auch denken mögen, daß an einem ſo lebhaften Abend, unter ſo vielen Tauſenden von Menſchen Räuber es wagen würden, ihren gewöhnlichen Anſchlag — Gefangennehmung von Perſonen, die ſich durch Löſegeld loskaufen mußten — in Aus führung zu bringen! Die Räuber waren unter dem dichten Weinlaubbach hinweggeschlichen, hatten sich der einsamsten Stelle des Gartens genähert und würden sicher wenigstens mit Lucinden ihren Raub ausgeführt haben, wenn nicht die beiden Mönche, diese freilich ihrerseits auch in unerklärlicher Absicht, den gleichen Weg genommen und ihr somit die Freiheit erhalten hätten. Der Mönch mit dem Todtenkopf hatte einem der Banditen ein Pistol entrissen und auf die gewaltige Gestalt abgeschossen, die bereits Lucinden davontrug. Ihn selbst hatte dann ein leichter Messerstich verwundet. Der jüngere Mönch, Pater Sebastus, war lebensgefährlich von einem Stilet verwundet worden. Lucinde blieb unversehrt. Sogar der Brief an Bonaventura war nicht aus ihrer Brust geglitten.

Das gehört zu Italien! sprach eine Stimme. Kommen Sie, wenn Sie können — Ihr Wagen wartet schon! Die Fürstin ist schon lange fort ... Graf, Sie begleiten doch die Signora —?

Lucinde sah die Herzogin von Amarillas nicht, aber sie entnahm dem Ton ihrer Worte: Diese Signora — Tochter eines Schulmeisters vom Lande, eine Abenteurerin — die ehemalige Braut des einen dieser Mönche — die Genossin des andern bei gewissen, unenthüllbaren, heimlichen Dingen — lassen Sie lieber dies Geschöpf —!

Durch die geöffneten Fenster schimmerten die Sterne. Allerdings! Hätte sich Lucinde je einen solchen mit Klingsohr noch zu erlebenden Abend träumen lassen, als sie in ihrem Pavillon auf Schloß Neuhof unter den Ulmen wohnte und H. Heine's Liederbuch las, das ihr Klingsohr geschenkt. Klingsohr aber — war um ihretwillen jetzt vielleicht schon todt —!

Voll Zuvorkommenheit erbot sich der Graf zur Begleitung. Die Mönche bleiben hier; sagte er. Der eine ist schwer verwundet, der andere leichter. Aber Pater Vincente bewacht und pflegt beide! Auch ist schon ein Arzt bei ihnen. Sie liegen drüben beim Haushofmeister. Die Villa bleibt die Nacht über sorgfältig bewacht. Der Bargello läßt zehn Mann Wache zurück. Sie werden, denk' ich, ausreichen!

In der That war nun auch alles schon zerstoben und verflogen. Der alte Fürst Rucca war so rasch entflohen, als wenn er sich wirklich an der adriatischen Küste befunden hätte unter den Schmugglern und seinen Zollbeamten. Von dem getödteten Räuber versicherte man, es wäre der berüchtigte Pasquale Grizzifalcone selbst gewesen.

Cardinal Ceccone hatte sich nach dieser Recognition sofort vom Anblick der ohnmächtigen Lucinde losgerissen, war in den Garten geeilt, wo die Leiche lag, und hatte sich jeden Gegenstand verabfolgen lassen, der sich in den Taschen des Gefallenen befand. Dann war er eilends in seine glänzende Carrosse gestiegen und mit seinen beiden „Caudatarien" (Schleppträgern) in seine Wohnung gefahren, die mit derjenigen Sr. Heiligkeit unter Einem Dache lag, nach dem Vatican.

Graf Sarzana lächelte spöttisch bei diesem Bericht und bot Lucinden den Arm. Sie schwankte nur so hin. Tief erschöpft schritt sie bis an den Wagen. Beide fuhren nach dem Palazzo Rucca, der am Pasquino liegt.

4.

Ganz Rom war von dieser Begebenheit erfüllt. Der Schrecken des Kirchenstaats, Grizzifalcone, war von einem deutschen Franciscanermönch getödtet worden. Bei den Meisten hieß es: Besser hätte der Messerstich, unter dem der Genosse des Mönchs zusammengesunken war, diesem selbst gebührt! Grizzifalcone wurde bemitleidet —! „Der Aermste starb ohne Beichte —!" sagten selbst diejenigen, die ihm vielleicht den längst verwirkten Tod gönnten. Mehr aber noch! In der Sphäre der Prälatur, des Adels, des gebildeten Gelehrtenstandes gingen seltsame Gerüchte. Da war Grizzifalcone keineswegs zufällig, sondern aus geheimen Absichten „ermordet" worden! Man sah die Kutsche des Cardinals hin- und herfahren. „Was man solchen Staatsmännern alles aufbürdet! Man beschuldigt sie, selbst ihre besten Freunde nicht zu schonen!" So lautete ein bittres Wort, das aus der Sphäre der „Verschwörungen", wir wissen nicht, ob des jungen oder des alten Italien kam.

Die vom Cardinal in die fürstlich Rucca'sche Villa geschickten Aerzte erklärten, die Wunde, die der andere deutsche Mönch und Gefangene von San-Pietro in Montorio empfangen, wäre so besorgnißerregend, daß sie einen Transport zu den Benfratellen auf die Tiberinsel San-Bartolomeo für unerläßlich hielten.

Der Laienbruder Hubertus kam mit einem leichten Verband davon. Er ließ sich diesen nach seinen ihm eigenthümlich angehörenden chirurgischen Kenntnissen anlegen und bedauerte nur, nicht gleichfalls zu den Benfratellen kommen zu können, wofür nach Pater Vincente's Aeußerung keine Hoffnung war. Wenn der Tragkorb den Pater Sebastus abholte, wollten sie ihm das Geleit geben und dann in ihre luftige Höhe nach San-Pietro zurückkehren. Der Sack des Klosters war gestern über und über gefüllt gewesen; aber im Tumult des Ueberfalls, des Schießens, der allgemeinen Auflösung des Festes war er von irgendeiner vorsorglichen Seele aufbewahrt, d. h. gestohlen worden. Pater Vincente und Hubertus konnten sich auf einen schlimmen Empfang im Kloster gefaßt machen!

Der Stiletstich war dem verwundeten Sebastus in die Rippen gedrungen. Er hatte Besinnung, athmete aber schwer und durfte nicht sprechen. Was in seiner Seele vorging, mußte sich Hubertus statt seiner auszusprechen; doch traf er nicht alles. Pater Vincente, der neben den beiden auf Maisstrohbetten ruhenden Verwundeten und mit dem Luxus einer auf der Erde ausgebreiteten Matratze geschlafen hatte, berührte bereits das Unsagbare näher, wenn er sprach: „So ist es mit all unsrer Sehnsucht! Ich kann mir denken, daß ihr beide euer Leben lang nach dem Anblick Roms geschmachtet habt, und die erste Nacht, wo euch vergönnt war, euch am Ziel eurer Wünsche zu fühlen, sie mußte so verderblich enden! Im Coliseum priesen wir die menschlichere Zeit, die uns nicht mehr den wilden Thieren vorwirft! Raub und Mord sind darum von diesem Boden nicht gewichen —!"

„Man kann Italien nicht verwünschen, das neben Räubern auch einen Pater Vincente hervorbringt!" dachte Hubertus.

Das sah er wol, Klingsohr's Bewegungen kamen nicht von

den Phantasieen des Wundfiebers allein ... Lucinde war in
Rom —! Lucinde lebte in so glänzenden Verhältnissen! Hubertus war es, der die Landsmännin, bei ihrer Annäherung an
die Bettlerschaaren, zuerst erkannt und Klingsohr auf sie aufmerksam gemacht hatte. Diesem war sie anfangs eine Täuschung
der Sinne, eine Luftspiegelung. Soll diese erste römische Nacht
mich gradezu toll machen! rief er. Bald aber entdeckte er, daß
sie auch von Lucinde erkannt waren, daß diese vom Offizier,
der sie begleitete, fortzukommen suchte und ängstlich ihren Anblick
vermied. Nun wagte er dem muthigern Bruder Hubertus zu
folgen. Sie umgingen den Stand des Feuerwerks, schlichen sich
in den Park, in den Garten, sahen, wie sich Lucinde von ihrer
Gesellschaft frei machte und vollends wie entfloh. Dennoch
schnitten sie ihr den Weg ab. Nun schien sie ihnen Gehör geben
zu wollen und schon hatte Hubertus manchem Fragenden den
Brief und die Landsmannschaft als einen äußern Grund bezeichnet, welchen ihr Verlangen haben durfte, jene Dame zu sprechen. Endlich riefen sie ihr zu, redeten sie an — nun war sie
gezwungen, sich ihnen zu stellen. Hubertus wußte ja, was Lucinde für Klingsohr gewesen. Und dieser selbst sah, gleich Lucinden, Rom schon längst als das Höchste auf Erden an, als das
Paradies der Seligen schon hienieden.

Beim ersten Wort, beim ersten Gruß erging sich Klingsohr
in jenem Entzücken seines geknickten Geistes, das ihm in so beglückender Situation, wie in den besten Zeiten seiner Vergangenheit, wiederkehren mußte. Selbst die Eifersucht loderte auf,
als Lucinde nach den Offizieren spähte, dann die Aufschrift des
Briefes im Dunkeln zu entziffern suchte. Zerreiße den Brief!
rief er. Wir wollen ihn nie, nie geschrieben haben! Bist du
hier nicht mächtiger, als ein Bischof! Wer feiert eine Hochzeit
— als mit dir! Sieh diese Fackeln, diese Feuerflammen — wie

Nero möcht' ich Rom anzünden, um deine Epithalamien zu
singen —!

Jesus hilf! sprach diesmal voll Bangen Hubertus statt seiner.

Dazwischen kam dann die Herzogin und bald der Trupp der
Offiziere und der jungen Prälaten. Die beiden Bettler wurden
verwiesen, hart bezeichnet mit Worten, die ihrer Keckheit gebührten. Aber die Ungeduld, die Freude, die Spannung auf ●er-
ständigung nach so langer Trennung hatte sie beide wie im Wir-
bel ergriffen. Diese wilde festliche Nacht konnte so nicht enden;
sie schien alles zu erlauben. Sie ließen somit den Pater Vincente beim Sack des Klosters, den die Köche, Diener und vornehmen Damen füllten, streiften zum Garten hinaus, erkannten
die Möglichkeit, ihm wieder von der Landstraße, vielleicht vom
Felde her beizukommen. Nur ein Wort noch an Lucinde, nur
noch eine Bitte um Wiedersehen, um die Begegnung in einer
Kirche, etwa wie im Münster zu Witoborn zu den Füßen des
heiligen Ansgarius —! Somit kamen sie in die Lage, jene
schleichenden Räuber zu entdecken, wurden Zeugen des Ueberfalls,
Lucindens Retter. Klingsohr's Erinnerung an die Zeit der
Mensur hatte seinen entnervten Arm gestählt; ohne Waffe erhob
er ihn, rang gegen das geschwungene Stilet des Banditen, riß
diesen nieder und erlag im Stürzen nur einer größern Gewandtheit und der gereizten Wuth der Entfliehenden, die den Garten
sich beleben sahen, während Hubertus schon aus den Zweigen
des Oleanders, in denen Lucinde sich festhalten wollte, den Riesen
zugleich mit seiner Beute niederzog. Er drückte das eroberte
Pistol los — ohne Scheu, wie einem Jäger geläufig war, der
schon manchen Wilddieb niedergeschossen hatte.

Pater Vincente erfuhr, daß die gerettete Dame den beiden
Deutschen werth und näher bekannt war. Wieder offenbarte er
die Vertrautheit mit einigen deutschen Worten. Ueber sich selbst

sprach er wenig. Selbst die Neigung des gesprächsamen Hubertus, sich, wo er nur konnte, in der Sprache des Landes der
Schönheit und der Banditen zu vervollkommnen, ergriff er nicht
als Anlaß weltlicher Unterhaltung, sondern immer erinnerte er
an jene Bitten, die für Kranke zu sprechen die vorgeschriebene
Regel des kirchlichen Lebens ist. Dann — ohne den Sack mit
Lebensmitteln ins Kloster zurückzukehren —! Eine Aussicht auf
einen Dorn zur Märtyrerkrone mehr!

Um elf Uhr sollte der Tragkorb jener Benfratellen kommen,
die auch Wenzel von Terschka einst so wohl verpflegt hatten.
Wäre Klingsohr nicht Mönch und bereits dem römischen Glauben gewonnen gewesen, jetzt hätte man ihn in eine Anstalt gebracht, wo in Rom „Neuzubekehrende" (Katechumeni und Con-
vertendi) in solchen Fällen leibliche und geistliche Pflege zu gleicher Zeit erhalten. Das Geringste doch, womit sie für die Ge-
nesung beim Scheiden danken können, ist — der Uebertritt!

Schon um zehn Uhr kam die junge Signora vorgefahren, die
gestern von den Räubern hatte entführt werden sollen und heute
der Gegenstand des Gesprächs und der Aufmerksamkeit in ganz
Rom war. Man nannte sie, wie solche Verwechselungen vor-
kommen, bald eine Fürstin, bald eine „spanische Herzogin".
Das „Diario di Roma", die Staatszeitung Sr. Heiligkeit, war
noch nicht mit dem aufklärenden Bericht erschienen, wenn die
schweigsamste aller Zeitungen überhaupt von dem ärgerlichen
Vorfall Act nahm.

In Italien ist noch bei Hochzeiten die Sitte des „Lendemain"
üblich. Der Palazzo Rucca am Pasquino wurde von Wägen
und den Abgeordneten der fünftausend privilegirten Bettler Roms
(der „Clientela" der alten Römerzeit) den ganzen Tag nicht
frei. Auch nach dem Befinden der Donna Lucinda mußte gefragt werden. Sie selbst hatte ein Dankopfer darzubringen für

ihre Rettung und der dem Ort der Gefahr nächstwohnenden Madonna gebührte der Sitte gemäß diese Huldigung. So hörte sie die Messe in San-Giovanni di Laterano, dem der Rettung nächstgelegenen Gottestempel.

Graf Sarzana hatte sie auf diese Sitten beim Nachhausefahren aufmerksam gemacht. Er war im Wagen zurückhaltender gegen sie gewesen, als vorher in der Gesellschaft. Am Pasquino war er ausgestiegen. Vom Wein, von den Abenteuern und dem Rendezvous bei der Messe — so ließen sich doch wol seine Andeutungen verstehen — erregt, declamirte er Verse an die Säule des Hadrian, an die Obelisken des Venetianerplatzes, an denen sie vorüberfuhren, misbrauchte jedoch keinesweges die Vortheile des Alleinseins mit einem offenbar zum Tod erschöpften schwachen jungen Mädchen. Als sie in der Nacht den Pasquinostein mit Gensdarmen besetzt fanden, sagte er: Ist diese Wache nicht selbst schon eine Satire?

Die Messe war wie immer in dem „stiefmütterlich" behandelten und gegen die St.-Peterskirche zurückgesetzten Gottestempel am Lateran einsam und der große, wie fast alle römischen Kirchen einem Concertsaal ähnliche Raum lag ganz in jenem Schweigen, das die Sammlung unterstützen konnte.

Lucinde kniete und träumte. Graf Sarzana fehlte —! Er hatte sich in aller Frühe schon wegen seines Ausbleibens aus dienstlichen Rücksichten entschuldigen lassen —

Im Duft des Weihrauchs sammelte sie sich. Secreta — Canon — „Wandlung" — sie unterließ keines der vorgeschriebenen Kreuzeszeichen und dachte dabei nur an die noch schlummernden jungen Ehegatten — an die Morgengeschenke, die schon in aller Frühe für sie Ceccone geschickt hatte — auch für Lucinden hatte eine kostbare Broche von venetianer Arbeit dabei gelegen — an Graf Sarzana's Schnurrbart und seine unheimlichen

Augen — an die schlaflose Nacht ihrer Feindin, der Herzogin
von Amarillas — an Hubertus und seine Vertrautheit mit der
ältesten Geschichte des Kronsyndikus — An Klingsohr's möglichen
Tod — an Bonaventura ... Dann sang der Priester: Ite
missa est —! Er hatte geglaubt, die Andacht selbst zur Zuhö-
rerin zu haben.

Mit gestärkter Kraft schritt sie über die bunte Marmormo-
saik des Fußbodens dahin. Sie trat aus den Reihen der großen
Porphyrsäulen hinaus auf den Platz der „heiligen Treppe" und
ließ sich von ihrem Bedienten in den Wagen helfen. Sie erfuhr
jetzt, daß der ganze Weg bis zu Castel Gandolfo, wohin Se.
Heiligkeit heute frühe gefahren, des Räuberüberfalls von
gestern wegen mit Carabiniers besetzt wäre und eben noch würde
er von einzelnen Trupps der Leibwache bestrichen, unter denen
sich Graf Sarzana befunden hätte. Lucinde konnte erwarten,
daß Se. Heiligkeit selbst sie nächstens berufen und ihr persönlich
seinen Glückwunsch über ihre Rettung abstatten würde.

Daß die Regierung hier über den Tod Grizzifalcone's anders
dachte, als jeder gewöhnliche Freund der Ordnung, wußte sie
bereits. Besonders sollte der alte Fürst Rucca auf verdrießliche
Art daran betheiligt gewesen sein. Er hatte ihr kaum einen guten Morgen! gewünscht, als er ihr auf der Marmortreppe seines Palazzo bei ihrer Ausfahrt begegnete und murmelnd in die
Bureaux seines Parterre schlich.

Die Fahrt zur Villa Rucca dauerte nur wenige Minuten.
Aber der Ueberblick einer Welt konnte sich für ein Wesen wie
Lucinde in diesen kurzen Zeitabschnitt zusammendrängen. Das
Nächste: Sollte Klingsohr die Nacht über gestorben sein? war
bereits bei ihr abgethan. Vor einigen Jahren hätte Lucinde
darin eine Gunst des Zufalls gefunden. Auf ihrer jetzigen Höhe
war ihr ein in Clausur eines strengen Klosters lebender ehema-

liger Verlobter kein zu gefährliches Schreckbild mehr. Sie hätte lieber mit Klingsohr und Hubertus noch über mancherlei verhandelt. Wurde Klingsohr wiederhergestellt, so mußte es auf alle Fälle geschehen — der Herzogin von Amarillas wegen, die sie „unschädlich" machen wollte.

Wie stand sie überhaupt zu dieser „Posse des Lebens?"

Sie lehnte in ihrem offnen Wagen, die Hände ineinandergeschlagen und auf ihren weißseidnen Polstern ausgestreckt, jetzt wie eine Fürstin! Also ſdas bot ihr denn doch in der That Rom! Seht her, so lohnte sich jener Gang zum Bischof, bei dem sie ihre „hessische Dorfreligion", das Lutherthum, abgeschworen hatte. Der „Augenblick", der goldene „Augenblick", wie er jetzt dem Sonnenstrahl dort oben glich, der auf dem goldenen Kreuz über der Kapelle „zur heiligen Treppe" blitzte, gehörte ihr, ihr, der „vom Leben Erzogenen", mit „Thränen Getauften" — — wie sie im Beichtstuhl zu Maria-Schnee in Wien, anzüglich genug für den ungetauften Bonaventura, gesprochen hatte. Diesen Augenblick wollte sie ihr Eigenthum nennen und ihn sobald nicht wieder fahren lassen. Sie wußte, daß sie gewiß wieder hinuntersteigen würde; das kannte sie schon als ihr altes Lebensloos —! Aber bei einem Sturz kommt es auf die Höhe an, von wo herab! Die Bedingungen des künftigen Elends, das sie vollkommen voraussah, richteten sich nach der Lage, die sie verließ. So dachte sie denn mit Entschlossenheit: Jetzt oder nie!

Was ist das mit dem Grafen Sarzana —? brütete sie. Warum will mich die Herzogin von Amarillas nicht bei sich behalten? Warum flüstert der Cardinal so lächelnd mit dem interessanten, geistvollen Offizier, der mir offenbar den Hof macht und — dennoch — warum lächelten beide so zweideutig? Seitdem Lucinde damals vor Nück zu Veilchen Igelsheimer entflohen war, hatte sie für die Verwickelungen des Lebens Gigantenmuth bekommen und auch den Muth, vor nichts mehr zu erröthen. Sie ahnte, was zwischen Ceccone und dem Grafen Sarzana vor sich ging. Daß sie nicht um Kleines zu erobern war, hatte sie schon gezeigt. Haßte sie nicht eher überhaupt die Männer?

In „Maria-Schnee" hatte sie Zeit gefunden, Bonaventura alles zu gestehen, was zwischen ihr, Hubertus, Dionysius Schneid, Nück vorgefallen. Wir kennen es. Fügen wir hinzu: Sie hatte das Kattendyk'sche Haus um den Thiebold'schen Streit über die Kreuzessplitter verlassen müssen und war zur Oberprocurator Nück gezogen, die sie schon längst ihre wärmste Freundin und Bewundrerin nennen durfte. „Jede kluge Frau" — stand in Serlo's Denkwürdigkeiten — „macht die zu ihrer Freundin, die ihrem Platz bei ihrem Manne gefährlich zu werden droht. Kühlt sich durch eine nähere Bekanntschaft dann nicht schon an sich die Glut des Interesses bei dem Manne oder bei der Freundin ab, so hat die Frau bei ihrem Unglück wenigstens den Vortheil, der Welt die böse Nachrede zu verderben." So dachte freilich die Oberprocuratorin nicht, aber die Wirkung blieb dieselbe.

Lucinde war bei den täglichen, mit Frau Nück gepflogenen Erörterungen über Kleiderstoffe, Farbenzusammenstellungen und die Echauffements ihres Teints nirgends vor dem Mann derselben sicherer als in dessen eigenem Hause. Doch verließ sie auch diese Freistatt, als sie die Bestätigung einer grauenhaften Sage erlebte, die über Nück im Munde des Volkes ging.

Nück hatte es ihr einmal selbst gesagt, daß sich ihm zuweilen eine Binde vor die Augen legte, die ihn verhinderte zu wissen, was er thäte. Dann müßte er Hand an sich selbst legen —! Es waren Thränen — „der Nervenschwäche", die ihm flossen, als er sagte, in solcher Lage würd' er einmal sterben, wenn nicht ein Wesen um ihn wäre, das ihn vor Wahn-

sinn bewahre. Was halfen die „Davidsteine" aus seiner Beichte
bei Bonaventura —! Was half die Erkenntniß, daß jeder Geist,
auch der reichste, untergehen muß, der anders spricht und handelt, als er denkt —! Am achten Tag nach Lucindens Einzug
in sein Haus wollte sie ihm in seine Zimmer einen spätangekom-
menen Brief tragen und fand ihn unterm Kronleuchter hängend.

Der Anblick war furchtbar. Ihre Phantasie glaubte zu sehen,
wie Hammaker den schwebenden Körper schaukelte; sie hörte die
„Frau Hauptmännin" ein Wiegenlied dazu auf ihrer Guitarre
klimpern; die Blätter in Serlo's Erzählungen vom Pater Fulgentius und Hubertus flogen auf — sie floh vor dem grauenhaften Anblick, ohne den Muth zu haben Lärm zu machen.
Noch mehr, sie fühlte mit grausigem Gelüst der That des Hubertus
nach — ihn getrost hängen zu lassen — den lebensmüden, ge-
wissenszerrütteten Mann — von dem sie schon in so entsetzliche
Verwickelungen des Lebens geführt worden war und von dem so
viel Verlenmdungen und Zweifel über sie selbst in Bonaventura's Urtheil verpflanzt wurden. Dann aber vor sich selbst,
wie einer Mörderin, erbebend, konnte sie nichts thun als die
Flucht ergreifen. Lucinde raffte ihre wichtigsten Sachen zusammen, klingelte und lief wie von bösen Geistern verfolgt zu Veilchen Igelsheimer in die Rumpelgasse. Die Nacht über mußte
sie annehmen, daß der Oberprocurator — durch ihre Schuld! —
todt war. Sie hielt sich einige Tage versteckt, ganz wie die Mörderin des Verhaßten. Allmählich erfuhr sie indessen, daß Nück
lebte und nur heftig erkrankt war. Ueber diese Annäherungen
ihres Lebens an Brand und Mord verließ sie die Residenz des
Kirchenfürsten und folgte Bonaventura nach Wien. Gefeit gegen
alles, zog sie Männertracht an und lebte wie ein Mann. Sie
hatte seitdem nichts mehr von Nück gehört, als daß er, zurück-
gezogen von allen Geschäften, auf dem Lande wohnte.

6 *

So war sie nun reif für Rom geworden. Ihrem Auge hatte sich die sittliche Welt aller Hüllen entkleidet, wie nur einem katholischen Priester, der, um den Himmel lehren zu können, in den Vorkommnissen der Hölle unterrichtet sein muß. Sie haßte und verachtete, was sie sah — und im Grunde nichts mehr, als die Männer. Für diese hohen Würdenträger der Kirche, für diese Tausende von ehelosen Geistlichen, die Rom zählt, war ihr jeder Begriff von Tugend zur Täuschung geworden. Ist Rom „mit Abläßen gepflastert", wie jener Pilger zu Bruder Federigo gesagt hatte, so sind die Sünden dort wie Straßenstaub. Die Beichtstühle der katholischen Welt scheinen in Rom mit den Geheimnissen der Menschen seit zwei Jahrtausenden umgestürzt und ausgeschüttet worden zu sein. Ja sogar der Heiligste der Menschen, der Bischof von Castellungo, war — „ungetauft" —! Sein Rival, Pater Vincente, hatte für einen geträumten „Kuß in der Beichte" gebüßt —! Lucinde nahm nichts mehr, wie es sich gab; sie zweifelte an Allem.

Dem „ungetauften Heiligen" hatte Lucinde in Wien Dinge gebeichtet, die bei diesem allerdings ihren Besitz der Urkunde Leo Perl's vollkommen in Schach halten konnten. Bonaventura durfte nach diesen Geständnissen ruhiger werden.

Sie hatte begonnen von Picard, von der Urkunde, vom Brande. Sie hatte erzählt von dem Eindruck, den auf eine nicht von ihr genannte, leicht jedoch zu erkennende Person (Bonaventura ergänzte sich: „Rück!") die Mittheilung gemacht hätte, daß jener Hammaker seinem frühern Gönner eine tödtliche Verlegenheit hinterlassen wollte durch eine ins Archiv von Westerhof einzuschwärzende falsche Urkunde. Sie hatte Rück's Betheiligung als eine nur passive dargestellt, ihren eigenen Zusammenhang, sowol mit dem Brand wie mit dem Fund des Falsificats nur als die äußerste Anstrengung, das Verbrechen zu hindern. Dennoch — sie gestand es — es war ausgeführt worden!

Ein kurzer Schauder Bonaventura's — ein Seufzen — „Was muß ein katholischer Priester in der Beichte hören und zugleich — verschweigen —!"

Dann fuhr sie fort und berichtete vollständig, Jean Picard hätte sogar für seine Rettung und Flucht den Beistand eines Mannes gefunden, der zufällig in ihm denjenigen erkannte, für deffen Wohl er noch die letzten Anstrengungen seines Lebens hätte machen wollen. (Bonaventura sagte sich: „Hubertus!"...) Was aus dem Brandstifter geworden wäre, wußte sie nicht. Rück hätte das Geschehene nicht ohne die größte Gefahr für seine Ehre aufdecken können, wäre auch durch nichts dazu gedrängt worden, da sowol ein Ankläger fehlte wie die anfangs von ihm so gefürchteten Gelderpressungen des Brandstifters, der sich von seinem Unternehmen mit gutem Grund die stete Beunruhigung und Ausschröpfung Rück's hätte versprechen dürfen. Picard war in einem Grade verschollen, daß man selbst seinen Tod annehmen durfte — wer weiß, ob nicht von den Händen seines ungenannten, von Bonaventura errathenen Retters —!

Alle diese Vorgänge beichtete Lucinde in ihrer vollen Wahrheit, gedrängt von den Drohungen des Grafen Hugo. Sie warf ihre Sorge auf die heilige römische, alleinseligmachende Kirche, auf die nahe Beziehung derselben zu Gott, auf den Schatz der guten Werke, welcher die reichste Vergebung derjenigen Sünden gestattete, die das Gesetz, die Welt des Gesetzes, die Welt der Fürsten, ihrer Helfer und Helfershelfer „nicht zu wissen braucht — —"

Das war die Lehre der Kirche, die ihr von je so wohlgethan. Diese Lehre gab ihr Muth und das Talent, sogar eine „Beate" zu erscheinen. Was auch an Angst über diese Verbrechen in ihrer Seele lebte, sie warf alles auf Bonaventura. Seiner Vermittelung der grauenhaften und für ihren Ruf, ihre Freiheit so gefährlichen Vorgänge vertraute sie — seiner „vielleicht noch für sie erwachenden" Liebe — seiner Furcht auch vor ihrem zweiten „Geheimniß" — über ihn selbst —! Zu ausführlicheren Enthüllungen über die Ursachen der Flucht Lucindens aus dem Rück'schen Hause blieb im Beichtstuhl die Zeit nicht gegeben.

Den Ton der tiefsten Entfremdung gegen sie, einen Ton aus dem Urgrund der Seele, den Bonaventura nicht überwinden konnte, milderten die priesterlichen Formeln. Da erklang der sanfte Ton der Güte, da das stille Murmeln des Gebetes, die ernste Ermahnung! Furcht über die Mitwissenschaft an seinem eigenen tiefen Lebensunglück beherrschte ihn nicht mehr. Schon beim ersten Nennen Bickert's unterbrach er sie mit den Worten: Jener Verbrecher, dessen Reue Sie immer noch unvollständig machen durch das Zurückbehalten seines Raubes! Warum erhielt ich nie, was Sie von ihm besitzen? Ist Ihr Bedürfniß, sich an mir zu rächen, immer noch so lebhaft? Warum sagen Sie mir nicht, was ich aus dem beraubten Sarge von Ihnen zu befürchten habe?

All diese Fragen ließ Lucinde ohne Antwort und ihn selbst verhinderte sein Stolz, sein Schmerz um seines Vaters so schwer bedrohtes Schicksal anzudeuten, daß er den Inhalt der Leo Perl'schen Schrift bereits zu wissen glaubte. Vollends mahnte die nächste Gefahr, die vom Grafen Hugo mit Erneuerung des Processes drohte, zu dringend, zu dringend sogar die Möglichkeit, daß Lucinde ihrer Freiheit beraubt wurde und die Beschlagnahme ihrer Papiere, mit ihnen der Schrift Leo Perl's, gewärtigen konnte.

Nachdem Lucinde in Bonaventura's Ohr geflüstert hatte, was sie vom Brand in Westerhof und aus Rück's Mittheilungen über

Hammaker's Vorhaben wußte, verlebte sie Stunden der höchsten
Angst. Sie durfte irgendeine Unternehmung, eine Berührung
mit dem Grafen Hugo erwarten. Es wurden jedoch Tage daraus — zuletzt Wochen. Niemand mehr erkundigte sich nach
ihr, weder der Graf, noch Bonaventura. Hatte dieser den Grafen so vollständig beruhigt, so ganz die von ihr eingestandene
Fälschung der Urkunde verschleiert? Sie hörte Bonaventura's
italienische Predigt, theilte die Bewunderung der Hörer sowol
über den Inhalt, wie über die Form, frischte selbst ihre alte
Kenntniß des Italienischen auf und nahm noch ferneren Unterricht
darin. Kein Wort kam indessen vom Grafen, kein Lebenszeichen
von Bonaventura, der inzwischen nach Italien abgereist war —
ohne wieder von ihr irgend Abschied genommen zu haben!

Anfangs sandte sie ihm einen zornigen Fluch nach, dann
folgte der Schmerz, dann die Schadenfreude; denn Graf Hugo
war wirklich nach Schloß Westerhof gereist und alle Welt erklärte die Heirath zwischen dem Grafen und Comtesse Paula für
so gut wie geschlossen. Paula vermählte sich —! Es war das
Gespräch der ganzen Provinz, wie sie von dorther erfuhr.

Inzwischen fing sie an bittere Noth zu leiden. Ihre Geldmittel erschöpften sich. Was sollte sie beginnen? Welchen Weg
einschlagen, um sich in der so schwierigen Stellung eines
alleinwohnenden Mädchens anständig zu erhalten? Durfte sie es
ein Glück nennen, wenn sie hier plötzlich — Madame Serlo
und ihren Töchtern wieder begegnete —?

Wol durfte die theaterlustige Stadt beide alte Gegnerinnen
zusammenführen. Serlo's Kinder waren schnell herangewachsen
und gefällige Tänzerinnen geworden. Sie protegirten Lucinden,
die sie herabgekommen, eingeschüchtert, in schon schwindender
Jugend wiederfanden. Sie boten ihr nicht nur ihren eigenen
Beistand, sondern auch den ihrer Beschützer. Die Kinder wa-

ren leichtsinnig. Nun „genoß" die Mutter, wie sie sagte, ihr Leben nach langer Entbehrung; sie genoß es auch im Behagen, prahlen zu können — „Herz" sogar zeigen zu können, gewährte ihr, ganz nach Serlo's Theorie, eine seltsame Genugthuung. Frau Serlo — das war ein elektrischer Leiter für die ganze begrabene Vergangenheit Lucindens —! Die Frau erzählte jedem, was sie von Lucinden und Klingsohr, von Jérôme von Wittekind, vom Kronsyndikus wußte. Daß Dr. Klingsohr in Rom gefangen saß, war allgemein bekannt; oft genug wurde Lucinde in die Lage gebracht, über diese Beziehungen Rede zu stehen.

Dabei wohnte sie in Wiens ärmlichster Vorstadt. Empfehlungen von Beda Hunnius und Joseph Niggl öffneten ihr zwar manches fromme Haus; die Gewohnheiten einer Convertitin behielt sie bei; sie blieb eine der eifrigsten Besucherinnen der Kirchen und der Andachten; aber ihre Lage wollte sich nicht bessern. Von Nück wollte sie nichts begehren. In ihrer steigenden Noth dachte sie: Du schreibst an den Dechanten! wie ihr damals Bonaventura durch Veilchen hatte rathen lassen. Sie unterließ es aber — „Wenn es nicht die Asselyns wären —!"

Sie suchte Stunden geben zu können. Ihre Musik suchte sie hervor. Sie versuchte sich sogar in der ihr gänzlich versagten Kunst des Gesanges. Dies Letztere, um zugleich in der italienischen Sprache sich vervollkommnen und sich rüsten zu können zu ihrer „Pilgerfahrt nach Rom" — „vor'm Zusammenbrechen" — Sie nahm Singstunden bei Professor Luigi Bianchi.

Bei diesem gesuchten Maestro waren die Stunden theuer; aber für jede Stunde, die sie in der Currentgasse nahm, gab sie dafür eine wieder in der Weihburggasse, wo Serlo's Kinder wohnten. Diese wollten den Cavalieren gegenüber, von denen die Tänzerinnen des Kärntnerthors ausgezeichnet wurden, ihre vernachlässigte Bildung nachholen. Eine Weile ging es leidlich. Aber wie

viel Stunden ließen die undankbaren Mädchen, die sie einst auf
ihrem Schoos geschaukelt und so oft auf ihrem Arm getragen
hatte, absagen und rechneten sie doch nicht an —! Zum Glück
— bei ihrer Manie für die Ausbildung im Italienischen konnte
sie wol von „Glück" sagen — wurden eines Morgens die beiden
alten Männer Biancchi und Dalschefski — verhaftet —! . . .
Der Italiener, der Pole verschwanden auf dem Spielberg bei
Brünn, wo die „schwarze Commission" über die Revolutionen
tagte.

Das Aufsehen, das dieser Vorfall in ganz Wien hervorbrachte,
der Schrecken, den darüber vorzugsweise Rest Kuchelmeister und
Jenny Zickeles empfinden mußten, führte Lucinden diesen beiden
Damen näher. Vielleicht würde sie ganz in das Zickeles'sche
Haus eingedrungen sein, wenn ihr dort nicht die noch immer
bei Madame Bettina Fuld verweilende Angelika Müller, „die
diese Abenteurerin schon seit Hamburg kennen wollte", mit mehr
als drei Kreuzen entgegengetreten wäre.

Kurz nach Weihnachten hatte Lucinde Tage der Verzweiflung.
Sie sprach italienisch, wie eine geborene Italienerin, aber sie
hatte Schulden — Schulden — bis zum Ausgewiesenwerden aus
Wien. Schulden machen den Menschen erfinderisch. Sie wecken
Genie bei dem, der sonst dergleichen nicht zu besitzen glaubt.
Die Resultate des Nachdenkens jedoch über die Mittel, sich
zu helfen, sind nicht immer der moralischen Vollkommenheit
günstig. Lucinde war nie „gut"; Mittel und Wege, entschieden
„schlecht" zu werden, boten sich ihr genug. Das wohlfeilste
darunter, sich unter die Protection irgendwelches Mannes, der
sie zu lieben vorgab, zu begeben, vermied sie — aus zunehmen-
der Abneigung gegen die Männer überhaupt? Wozu hatte sie
so gut Italienisch gelernt —! „Freund der Seele, ich komme,
um meinen Spuk mit dem Fund aus dem Sarge zu entkräften!

Ich will ihn in deine Hände zurückgeben! Ich will mit dir die Frage erörtern: Was ist diese Welt, was Glaube, was unsere ganze dies- und jenseitige Bestimmung?"... Das blieb ihr denn doch noch immer übrig, noch einmal nach Robillante und Castellnngo so schreiben zu können. Jetzt vollends, wo sich Paula in der That — dem Verbrechen der Fälschung? — hatte opfern müssen!

Lucinde rechnete und wühlte. Serlo's Kinder waren hübsch, doch ohne Geist. Ihre Lehrerin brauchte nur bessere Kleider anzuziehen, als sie sich erborgen konnte, und sie hätte schon die Aufmerksamkeit dauernder gefesselt. Wie sonst, so auch jetzt. Lucinde konnte verschwinden und auffallen; sie konnte als Magd und als Königin erscheinen; die Devotion war dann die Maske für beides. Blinzelte sie nur einmal mit der vollen Macht ihrer kohlschwarzen Augen, gab sie sich mit dem ganzen Vollgefühl ihres übermüthigen Geistes, so erstaunten Grafen und Fürsten, die, mit Serlo's Töchtern und Madame Serlo plaudernd, die schlanke schwarze Lehrerin im einfachen Merinokleide nicht beachtet hatten. Nach einem solchen Lächeln war ihr Mancher schon nachgesprungen, wenn die schlanke Kopfhängerin mit ihren französischen, von den Jesuiten de la Société de Marie herausgegebenen Geschichtsbüchern sich empfahl. Madame Serlo hatte sie dann beim Wiederbesuch mit einem Hohngelächter empfangen. Wäre Lucinde sentimental gewesen, sie hätte über dies ganze Familienleben ausrufen müssen: Wärst du doch, mir wenigstens zu Liebe, noch zugegen, du abgeschiedener Geist des armen Vaters dieser Kinder! Sähe dein erbittert Gemüth eingetroffen, was du schon alles ahntest, als du so ermüdet auf deinem Sopha lagst — und ich die Uhr zog, die ich vom Kronsyndikus damals noch hatte, um nach der Stunde zu sehen, wo du deine Arznei nehmen mußtest —! Wie oft hatte Serlo gesagt: Und gesetzt, ich würde alt und erlebte, was ich voraussehe, ich kann mir denken, daß ich das Gnadenbrot bei den Meinigen annehme! Nicht wie den alten Lear hinausjagen würden sie mich; ich bekäme die Reste von den Orgien, die sie feiern; und ich würde dazu lachen wie ein alter Lustigmacher, würde leuchten bis zur Treppe und die Trinkgelder nehmen, die dem Papa in die Hand gesteckt werden — „Hunger — thut weh"! wimmerte Serlo dann und that das, wie Edgar im Lear.

An Menschenhaß und Weltverachtung nahm Lucinde immer mehr zu. Sie hatte schon im Spätherbst bei einem Besuch des Praters die Entdeckung gemacht, daß die aufgeputzte Besitzerin jener Menagerie von einem jungen Mann begleitet war, über den die alte Holländerin mit ängstlicher Eifersucht wachte. Lucinde wagte nicht ihn schärfer zu betrachten, seitdem sie entdeckte, daß dies Oskar Binder war, der entlassene Sträfling, der spätere Spieler unter dem Namen „Herr von Binnenthal" —! Und von einem aufgehobenen Spielclub hatte sie gehört, den ein Herr „Baron" von Guthmann gehalten. Die Entdeckung war bei einer polizeilichen Recherche erfolgt, von der die ganze Stadt sprach.

Frau Bettina Fuld wünschte bei ihrer Abreise Andenken zu hinterlassen und kaufte zu dem Ende allerlei Schmucksachen. Sie wollte ihre Kasse nicht zu sehr in Contribution setzen und wandte sich auf den Rath der praktischen „Frau von Zickeles", ihrer Mutter, an eine Auction im Versatzhause. Wie erstaunte sie, dort jenes Armband verkäuflich anzutreffen, das ihr damals in ihrer Villa zu Drusenheim abhanden gekommen war! Das verfallene Versatzstück war auf den Namen einer Frau von Guthmann eingetragen, derselben, die damals bei ihr so gastlich aufgenommen gewesen —! Die Anzeige, die Arrestation erfolgte. Lucinde las in den Zeitungen die nähern Angaben. Wie versetzte die über diese Mittheilung Hellauflachende das in ihre erste

Jugendzeit. Vom Lauscheraugenblick, als jene Frau vor ihrem spätern Mann auf den Knieen lag, fing ihr ganzes dunkles Leben an.

Lucinde würde zur Verzweiflung gekommen sein, hätte ihr jenes Bild der Jugend nicht auch Treudchen Ley vorgeführt als freundlichere Erinnerung. Durch diese beschloß sie sich zu helfen. Sie schrieb an „Madame Piter Kattendyk" nach Paris, erzählte, daß sie in der größten Noth wäre, und bat um Hülfe. Bald kam ein zwar unorthographischer, aber höchst liebevoller Brief, der eine Anweisung auf hundert Dukaten einschloß. „Das Glück liegt irgendwo", sagte sich Lucinde — „wer es nur immer fände —!"

In einem kurzen Sonnenschein des Glücks suchen wir die- jenigen zuerst auf, die sich allenfalls darüber ärgern würden, dann die, denen wir gefallen möchten. So eilte Lucinde erst zu den Serlo's, dann zu Rest Kuchelmeister, deren gesunder Ton ihr in freundlicher Erinnerung geblieben war. Sie fand diese in ausdauernder schmerzlichster Trauer um das Schicksal der beiden alten Männer aus ihrer Currentgasse. Rest war an sich so loyal, daß sie jedes dem Kaiserhause und ihrem großen schönen Vaterlande bedrohliche Unternehmen für eine Ausgeburt der Hölle erklärte; seitdem sich aber Dalschefski und Biancchi auf geheimen Umtrieben hatten betreten lassen, anerkannte sie wenig- stens die psychologische Möglichkeit politischer Verirrungen — Frauen beurtheilen alles aus dem Herzen.

Biancchi war denn also nur so geizig gewesen zum Besten der Conspirationen! Ein weitverzweigtes Netz von London über Paris, nach Italien, Ungarn, Polen hatte sich auch um ihn ge- schlungen! Und der gute alte Dalschefski lächelte nur deshalb immer so ironisch, weil hier ein Greis mit Jugendmuth in den schmerzlichen Nachklängen des Finis Poloniae lebte. Emissäre hatte „das arme Lamm" nach Krakau und Galizien befördert,

Flüchtlinge, Mitverbundene — Spione! Dem „elenden Pötzl" schrieb Resi, vielleicht mit Unrecht, das ganze Unglück der beiden alten Männer zu, die mit ihren „verwöhnten Bedürfnissen", mit ihren „großen edlen Fähigkeiten" jetzt in grauen Kitteln zwischen den Wällen des Spielbergs leben mußten. Resi's Unmuth war ebenso groß, wie ihre Erbitterung über die Gesinnungslosigkeit der Zickeles, wo plötzlich jetzt Jenny that, als erinnerte sie sich kaum des „Schöpfers ihrer Stimme" — sie hatte inzwischen einen neuen Maestro gefunden, der die Methode des vorigen verwarf, wunderbare Enthüllungen machte über den falschen Gang ihrer bisherigen Tonbildung und ihres Stimmansatzes — „eine dilettantische Sängerin ist zu allem fähig!" sagte Resi. Aber auch die Bühne gab inzwischen sie jetzt selbst auf.

Wer kann den unglücklichen Männern helfen! dachte Resi. Sie hatte so vielfache Beziehungen — die einflußreichste, Graf Hugo war zum Unglück nicht anwesend. Da fiel ihr ein: Der Cardinal Ceccone! Die Herzogin von Amarillas hatte so treu ausgeharrt bei Angiolinens Seelenmetten! Zu dieser ging sie in den Palatinus. Olympia, die sie immer noch die Mörderin Angiolinens nannte, war glücklicherweise nicht anwesend.

Als die Herzogin vernommen hatte, daß die vorgetragene Bitte darauf hinausging, sie möchte sich für einen Landsmann beim Cardinal, dieser beim Staatskanzler verwenden, wiederholte sie voll Staunen den Namen: Luigi Biancchi! Sie hörte allem, was Resi in leidlichem Italienisch von einem ihr so wohlbekannten Namen erzählte, mit größtem Interesse zu und versprach zu dessen Gunsten ihr Möglichstes zu thun.

Doch konnte sie nichts ausrichten. Zu Olympien durfte ja kaum der Name Biancchi ausgesprochen werden! Ebenso wenig wie zu Ceccone —! Die Herzogin verschleierte durch einige Zeilen ihr Unvermögen durch die Abneigung des Cardinals, sich

hier in politische Dinge zu mischen. Reſi vergab ihr die Wort-
brüchigkeit um des Antheils willen, den ſie um Angiolinen gezeigt. Reſi erzählte das Leben ihrer Freundin, ſoweit es ihr bekannt war. Die Herzogin war über ihre Mittheilungen zu
Thränen gerührt.

Reſi's leidliche Gewandtheit im Italieniſchen beſtimmte die
Herzogin bei einem Gegenbeſuch, den ſie ihr machte, von einem
Verlangen der Gräfin zu ſprechen, eine Deutſche als Geſellſchaf-
terin zu engagiren und ſie vielleicht mit nach Rom zu nehmen.
Olympia glühte noch ganz für Benno, Bonaventura und für alles,
was deutſch war. Die Herzogin trug dieſe Stellung Reſi ſelbſt
an. Dieſe ergriff anfangs den Vorſchlag und ſchien nicht abgeneigt, darauf einzugehen. Dann legte ſich aber doch die Anhänglichkeit der Wienerin an ihre Vaterſtadt verhindernd zwiſchen
Neigung und Ausführung und ſo brachte ſie für dieſe Stellung
„eine Schülerin Biancchi's“, ein Fräulein Lucinde Schwarz in
Vorſchlag.

Dieſe bewarb ſich dann und reuſſirte. Das Syſtem, ſich an-
ſpruchslos, unbedeutend, vorzugsweiſe nur an den Uebungen
der Religion betheiligt zu ſtellen, ſtand Lucinden bei allen Anfängen ihrer Unternehmungen hülfreich zur Seite. So ſehr ſie
es aufregen mußte, von jetzt an ſtets in einer fremden Sprache
reden zu müſſen, ſo mächtig dann Phantaſie und Herz von den
Zaubern Italiens ergriffen werden mußten, ſie beherrſchte ſich,
ihre Wallungen zu verrathen. Der Cardinal reiſte erſt ſpäter
nach in Begleitung des jungen Fürſten Rucca. Olympia, die
Herzogin und Lucinde gingen voraus.

Lucinde erkannte bald die Natur der Gräfin und hörte, daß
man von ihr flüſterte, ſie wäre die Tochter des Cardinals. Sie
erſtaunte über die Leidenſchaft, die ſie für Benno von Aſſelyn
zur Schau trug. Jetzt erſt erfuhr ſie den eigentlichen Zuſam-

menhang, wie Bonaventura, ein Deutscher, zu einem Bisthum in Italien hatte kommen können. Benno wurde in Rom erwartet; die Gräfin sprach von ihm, als sollte ihre Vermählung nicht mit Ercolano Rucca, sondern mit Benno stattfinden.

Als sie in Rom ankamen und Benno dort nicht fanden, vielmehr hörten, daß er wenig Tage vor ihrer Ankunft abgereist war, wurde sein Name mit Verwünschungen genannt. Jetzt hütete sie sich wohl, zu viel von ihrer Bekanntschaft mit Benno zu verrathen. Der junge Principe Rucca erschien ihr eine Art von Piter Kattendyk; der alte Rucca ein Stück Kronsyndikus; die Fürstin Mutter, eine der vielen alternden Koketten, die sie in ihrem Leben schon kennen gelernt hatte. Der allmächtige Cardinal hatte im Geistigen alles von Rück; in seinen nicht minder verfänglichen Manieren war jedoch das Streben nach Glanz und Anmuth vorherrschend. Schon hatte sie einigemal schärfere Urtheile gefällt, Ansichten über die Zeit, über die Verhältnisse Deutschlands ausgesprochen; bei einigen Festen ging sie in gewählter Toilette; nun warf Ceccone verstohlene, glühende Blicke auf sie — Es ließ sich ganz so an, als wenn sie eines Tages seine Beute werden sollte. Sie dachte über die Bedingungen eines so außerordentlichen Sieges nach. Hätte sie sich je dergleichen von Rom träumen lassen! Nur die Herzogin von Amarillas wurde ihr mit einem jeweiligen, sonderbar verächtlichen Lächeln bedenklich.

Den Lebensbeziehungen Bonaventura's war sie wieder in einem Grade nahe, der ihr zur glänzendsten Genugthuung gereichen mußte. Sie sah, daß er sein Amt mit einem auffallenden Streit gegen den Erzbischof von Coni begonnen hatte. Der Gegenstand desselben gehörte den Gerechtsamen der Inquisition an, die zwar nicht mehr mit Scheiterhaufen, immer aber noch mit Einkerkerungen strafen kann. Die Dominicaner sind die

Wächter des Glaubens; sie halten auf ihre Vorrechte, mit um so größerm Eifer, als sie im übrigen von den Jesuiten überflügelt sind. Der gestürzte, von Bonaventura befehdete Fefelotti war nicht im mindesten in dem Grade unterlegen, wie Ceccone gewünscht hatte, und gegen einen unruhigen Bischof seiner Diöcese konnte ihn Rom vollends nicht fallen lassen. Noch mehr; Fefelotti kam in die unmittelbarste Nähe des Vaticans zurück. Er wurde der erste geistliche Minister Sr. Heiligkeit, wie Ceccone der weltliche war. Jetzt wurde Bonaventura's Lage vollends schwierig — Lucinde erfuhr, daß noch ein anderer Schlag gegen ihn in Vorbereitung war, die Verurtheilung der dem apostolischen Stuhl aus Witoborn vorgelegten Frage über den Magnetismus — „ob sich ein Priester nicht durch magnetisches Handauflegen verunreinige"?*)

Mitten im Gewirr dieser sich durchkreuzenden Gerüchte und leider nur halbverbürgten Nachrichten, hörte Lucinde, daß Paula's Bund mit dem Grafen Hugo wirklich im Frühjahr geschlossen war. Rest Kuchelmeister schrieb ihr diese Nachricht und schilderte, was sie vom Act der in der Liborikapelle bei Westerhof stattgefundenen (nun also doch nicht durch Bonaventura vollzogenen) Trauung gehört. Sie schilderte Paula's erstes Auftreten — in Wien — wie die geisterbleiche, mehr dem Himmel, als der Erde angehörende Gräfin ein Aufsehen sondergleichen mache, wie sie alle Schichten der Gesellschaft in Bewegung setze. Lucinde befand sich jetzt im Glück; das machte ihr Urtheil milder. Bonaventura hatte Paula aufgeben müssen; auch das ließ eine Weile ihre Eifersucht schweigen. Auf der Höhe des Verständnisses dieser unglücklichen Liebe stand sie ohnehin und empfand sehr wohl, was in Paula's Seele vorgehen mußte. Graf Hugo

*) Thatsache.

hatte ihr eine schreckhafte Stunde des Lebens bereitet, er hatte zornig und drohend mit ihr gesprochen und so schrieb sie denn an Nesi: „Das ist unser Frauenloos! Die Lilie vom See in einen Stall verpflanzt! Veilchenkränze vom Bachesufer in ein mit Tabacksqualm durchzogenes Zimmer! Hände, weich und weiß wie Schwanenflaum, jetzt in einem abgegriffenen Lebensbuch blätternd! Aber gewiß! Der Graf wird sie schonen! All die Künste der «Egards», womit die Männer sich zu verstellen wissen, wird er entfalten. Er wird sich auf den Ton der Tugend und Achtung vor dem Schönen stimmen! Wie wird er um sie her einen Tempel aus bunten Lügen-Wolken bauen, einen Tempel mit schönen Säulen und Vorhängen, die undurchsichtig sind, um — den Stall, die Cigarre, den Wein, die Untreue zu verbergen! Aber manchmal verwickelt sich denn doch noch der Sporn des plumpen Fußes in die zarten Teppiche, die auf dem Boden gebreitet sind; manchmal wird dann all die Herrlichkeit der Lüge zusammengerissen. Da stürzen die alabasternen Vasen, zerbrechen die kleinen Hausgötter des Friedens, der erlogene Seladon wird zum schnurrbärtigen Barbaren, wie ich sie alle gefunden habe, diese Erlauchts, Excellenzen, Durchlauchts. Dann kommen Dinge zu Tage, die für uns Frauen wie Offenbarungen aus der Welt des Mondes sind! Seit dem Anfang der Welt belügen so die Männer die Frauen, misbrauchen mit ungroßmüthiger Kraft unsere urewige Schwäche, die immer wieder die Füße küßt, die uns getreten. Vielleicht führt der Graf seine Rolle wenigstens bis zum stillen Verlöschen des Lichtes durch, das ihm der Himmel zu hüten beschieden hat. Vielleicht besitzt er, da sie ihn gutmüthig nennen, wenigstens die Geduld des Ausharrens bis zum Ende. Ich kann mir den Glauben der Aerzte nicht geben, die Paula wie eine welk gewordene Blume an solchen Küssen und Umarmungen aufleben sehen und eine gesunde Mutter mit sechs pausbackigen Jungen in Perspective erblicken. Zieht der Graf nach Schloß Salem, so fällt aus der dortigen Luft allein schon ein Mehlthau auf die zarte Pflanze; selbst wenn sie nie erfährt, wer die andre arme Seele war, die einst in den kleinen Entresols des Casinos gehaust hat." Rest Kuchelmeister, die den Grafen verehrte und in seiner Heirath nur eine finanzielle Nothwendigkeit sah, nahm diesen Brief übel und antwortete nicht mehr.

Es war eben in der Welt nur Ein Mann, der Lucinden liebenswerth erschien. Hochthronender denn je unter allem Elend und aller Schwäche dieser Erde lebte er in seinem einsamen Alpenthale. Wie gern hätte sie ihn in seinem jetzigen Glanz erblickt! In seiner langen weißen Dalmatica, mit seinem silbernen Bischofsstab, unter seiner spitzen Bischofskrone, die ein Haar bedeckte, das bereits, wie sie bei ihrer Beichte zu Maria-Schnee gesehen, zu ergrauen begann! Wie gegenwärtig war ihr alles, was Bonaventura über diesen Bund Paula's empfinden mußte. Sie ängstigte sich um die Gefahren, die ihn bedrohten. Hätte sie nur mehr davon erfahren können. Sollte sie sich deshalb an den Cardinal wenden? Ceccone hatte den Kopf mit dem „Jungen Italien" und den Vorwürfen des Staatskanzlers voll und Olympia sprach nur noch, aus Zorn über Benno, mit Hohn über den von ihr zum „Heiligsten der Christen" und zum Bischof gemachten Deutschen. Die Herzogin schien ihr dann eher eine Bundsgenossin; doch mußte sie mit dieser — „erst einen Vertrag abschließen".

Eines Tages hatte sich Lucinde, als Olympia nicht anwesend war, nach einem kleinen Diner bei der Herzogin, dem der Cardinal, einige Prälaten und Offiziere beiwohnten, den Scherz erlaubt, den großen rothen Cardinalshut des erstern aufzusetzen und damit vor den Spiegel zu treten. Das Gespräch war so lebhaft, das Lachen so natürlich gewesen, daß sich Lucinde diesen kleinen Rückfall in ihre alten „Hessenmädchen"-Naivetäten glaubte beikommen lassen zu dürfen.

Una porporata! rief Ceccone mit glühenden Augen und beifallklatschend.

Der große rothe Sammethut mit den hängenden Troddeln von gleicher Farbe stand dem schwarzen Kopfe in der That allerliebst.

„Die Päpstin Johanna!" sagte ein Offizier, der Lucinden zu Tisch geführt hatte. Er schien sich gut mit ihr unterhalten zu haben. Man nannte ihn den Grafen Sarzana. Er stand bei der Nobelgarde und war noch nicht lange von Reisen zurück.

Der Cardinal drohte ihm für sein Wort schelmisch mit dem Finger, sagte, wie zur Strafe: „Nein! Die Gräfin Sarzana!" Damit setzte er Lucinden den schönen Helm des Offiziers auf.

Eine Purpurglut überflog sie. Ihre verunglückte Johanna d'Arc auf der Bühne stand ihr wieder vor Augen. Sie hatte keine Kraft, ein Wort zu sprechen, keine Kraft, den Helm abzunehmen, bis es Herzog Pumpeo that.

Seit dieser Zeit wurde sie mit „Gräfin Sarzana" geneckt und von niemand mehr als von Ceccone. Der Graf, der sie nach dieser Scene anfangs auffallend gemieden hatte, fing plötzlich sogar selbst an, den Scherz wahrmachen zu wollen. Er zeichnete sie aus. Lucinde wußte, daß Don Agostino ein Graf „ohne Baldachin" war, d. h. ohne Stellung zum hohen römischen Adel. Ein Marchese ist mehr als ein römischer Graf. Sie wußte, daß Graf Sarzana arm war und unter Cavalieren nach dem Schlag des alten Husarenrittmeisters von Enckefuß lebte. Galanterie und die Kunst, mit 1500 Scudi für sich und ihre Diener auszukommen, erfüllte das Leben dieser „armen Ritter" — unter denen sich Frangipanis und Colonnas befinden.

Wie sich aber die Neckereien mit der „Gräfin Sarzana‟ mehrten, trat ihr die Vergleichung des alten Euckefuß mit diesen römischen Rittern noch in einer andern Beziehung entgegen. Der alte Husarenrittmeister hatte Ehrgeiz, Ritterlichkeit, Treue, Aufopferung für gute Freunde, Tugenden, über welche man die Fehler seines Leichtsinns vergessen konnte. Seltsam aber, sagte sie sich, diese romanische Art besitzt von alledem wenig oder gar nichts und regiert dennoch die Welt! Die scheinbar anständigsten Menschen hatte sie hier gewinnflüchtig und schmutzig geizig gefunden; ein gewisser Adel der Auffassungen, der ihr selbst noch in der äußersten Entartung des heimischen Junkerthums, im Kronsyndikus, bei ernsten Krisen erinnerlich war, fehlte hier gänzlich. Sie sah anständig gekleidete Männer Abends in die Kaffeehäuser zu den Gästen treten, die Achsel zucken und den Hut hinhalten — um einen Bajocco zu erhalten. Selbst die Herzogin von Amarillas fand in solchen Vorkommnissen nichts als die allgemeine Consequenz des südlichen Lebens. Mit dem äußern Schein der Demuth verband sich, wo Lucinde hinblickte, eine Gewöhnlichkeit der Anschauungen, die sogar noch über die leichte Art zu denken und zu urtheilen, die ihr eigen war, hinausging. Im Theater, das sie wegen Olympiens Koketterie besuchen mußte, sah sie zwanzig Tage hintereinander dieselbe Oper oder Farce. An manchen Stellen, wo Rührung hervorgebracht werden sollte, zitterten wol die Stimmen der Sänger, der Schauspieler; die Taschentücher wurden gezogen; meist aber waren es Ausbrüche von Klagen, die ihr weit eher lächerlich erschienen. Anderes wieder, das selbst für sie roh und herzlos war, ging bejubelt oder als „großartig‟ vorüber. Maßstab aller Beurtheilungen war die Klugheit oder Dummheit, die man bewiesen. Eine geschickt ausgeführte List erntete Bewunderung. Und nicht anders im täglichen Leben! Der alte Rucca war, wie

sie alle sagten, ein Gauner. Aber er stand im besten Einver-
nehmen mit den Cardinälen. Sein Sohn hatte die Eitelkeit
eines Affen. Seine Kameraden waren ebenso. Anmaßung, Un-
wissenheit herrschte überall. Einige der römischen Junker trieben
Politik und hielten sich zur „nationalen" Partei. Ihre Unzufriedenheit bestand darin — daß im St.-Peter bei großen Fest-
lichkeiten „die Gesandten und die Fremden die Plätze erhielten,
die ihnen gebührten"—! Oder sie fanden, daß der Kirchenstaat zu sehr von Paris, Neapel und Wien beherrscht wurde; sie
wollten die Herrschaft der alten Geschlechter wiederherstellen.
Selten, daß sich einmal bei der Herzogin eine unterrichtete Persönlichkeit einfand. Die „Prälaten" besaßen Kenntnisse, mehr
noch, angeborenen Geist; aber eine Einbildung verband sich damit, die jedes Maß überschritt. Nach ihnen war jede Wissenschaft in Italien zuerst entdeckt worden. Wenn Cardinal Ceccone
„auf sein Alter Neuerungen liebte", so bestanden diese nur in
dem eifrigsten Verlangen, den Einfluß der fremden Cabinete zu
beseitigen. Freilich hatte seitdem der Staatskanzler auch zu ihm
von dem „Salz" gesprochen, das gesäet werden müßte auf das
dem Erdboden gleichzumachende Italien. Doch ging darum doch
alles keck, sicher und maßgebend her! Diese elende Verwaltung —! Die Zölle befanden sich in den Händen von Pächtern,
die so rücksichtslos verfuhren, daß Zahlungsunfähige wider Willen
zu Flüchtlingen, Räubern und Mördern wurden. Auf Anlaß
des gestern von Hubertus niedergeschossenen Pasqualetto wußte
Lucinde zwei Thatsachen. Einmal daß sämmtliche fremde Weine,
die Ceccone trank und seinen Gästen vorsetzte, unbesteuert waren.
Zweitens daß Graf Sarzana gesagt hatte: Diese Kugel hat
den Pasqualetto für seinen letzten Räuberspaß zu früh gestraft!
Er wollte von morgen an ehrlich werden! Er war hier, um

nach Porto d'Ascoli mit einer ehrenvollen lebenslänglichen Pension zurückzukehren —!

Die scharfen und freisinnigen Urtheile des Grafen kamen nur in vereinzelten Augenblicken. Sie schienen einer Stimmung des Hasses gegen den Cardinal zu entsprechen, des persönlichsten Hasses — die sämmtlichen Sarzanas waren Creaturen des Cardinals und ihm auf Tod und Leben verpflichtet. Don Agostino hatte Verwandte, die nicht gerade des Abends in den Kaffeehäusern achselnzuckend bettelten, die aber für jede Gefälligkeit eine Bezahlung verlangten. Die Schwester des Grafen war einst eine Geliebte Ceccone's — alt geworden hütete sie seine Landökonomieen. Ein Bruder von ihm verwaltete des Cardinals Oelmühlen. Als er sich aus ihnen zu viel Privatvortheil gepreßt hatte, ließ ihm der Cardinal die Wahl zwischen dem Tribunale del Governo oder der Heirath einer seiner vielen Nichten, die er nicht alle so auszeichnen und unterbringen konnte wie Olympia. Ceccone trieb, das entdeckte ganz aus sich selbst Lucinde, die Ostentation mit d i e s e r Nichte nur deshalb, weil auf diese Art der Schein gewonnen werden sollte, als hätte er überhaupt nur Eine dergleichen zu versorgen —! Der Cardinal lachte überlaut, als ihm Lucinde zwei Tage nach dem aufgesetzten Purpurhut diese Andeutung mit einem verschämten Blinzeln durch die Finger ihrer vors Gesicht gehaltenen linken Hand gab. — Ein dritter Verwandter des Grafen war durch Verheirathung mit einer andern Geliebten des Cardinals Aufseher aller Häfen geworden. Und Don Agostino selbst —? Pah, dachte Lucinde, sieht Ceccone ein, daß du nicht, wie hier Sitte ist, durch eine Verheirathung mit seinem Majorduomo oder seinem Koch zu erobern bist? Sollst du deshalb, deshalb wol gar die Gräfin Sarzana werden —? In diesen Grübeleien lebte sie jetzt. Es gab Entschlüsse zu fassen fürs Leben. Es standen Erwägungen bevor, die eine außerorordentliche Anstrengung des Verstandes, der List, der Berechnung, vielleicht des Herzens kosteten.

Sie hatte noch keinen Entschluß gefaßt — Aber das stand fest: Benno von Asselyn urtheilt gering über dich und infolge dessen lächelt seine Mutter und zuckt die Achseln! Das will ich nicht mehr haben! Dies Lächeln der Herzogin von Amarillos soll ihr ein für allemal verdorben sein!

Lucinde wollte auf Villa Rucca den beiden ihr so nahe stehenden Mönchen keineswegs die Theilnahme alter Freundschaft und Dankbarkeit versagen, sich aber auch im übrigen durch sie vergewissern, ob die Herzogin jene Betrogene von Altenkirchen, jene Römerin war, von welcher auf Schloß Neuhof soviel Sagen gingen und die Hubertus doch wol wissen mußte. Einen fatalen Eindruck machte es ihr jetzt beim Anfahren, daß sie die Villa Rucca keineswegs in der Stille antraf, die sie zur Ausführung ihrer entschlossenen Absichten bedurft hätte. Nicht nur wurden eben von einer Menge Arbeiter die Spuren des gestrigen Festes entfernt, sondern auch eine Gerichtscommission war zugegen, von welcher die gestrigen Vorfälle aufgenommen wurden. Ihr Erscheinen kam letzterer gerade zu statten, um von ihr noch einige an sie gerichtete Fragen beantworten zu lassen. Der Cardinal sogar und der alte Fürst Rucca waren dieser Aufstellung der Thatbestände wegen zugegen. Sie hörte bereits, daß beide am Ort des gestrigen Ueberfalls mit den Mönchen Hubertus und Vincente im Gespräche verweilten. Ueber Sebastus erfuhr sie, daß es mit seiner Wunde nicht gut stand und die Benvotellen jeden Augenblick erwartet wurden, ihn abzuholen.

Auch dem Cardinal und dem Fürsten war sie im höchsten Grade und besonders auch als Dolmetscherin willkommen. Beide suchten mit dem drolligen Laienbruder, dessen Aeußeres vom Dienertroß genug belacht wurde, eine Verständigung, die nur

mühſam von Pater Vincente vermittelt werden konnte. Lucinde
wurde ſofort berufen, in den Garten zu kommen.

Am Ort des geſtrigen Erlebniſſes harrten ihrer die drei geiſt-
lichen Herren und der alte Rucca im lebhafteſten Geſpräch. Hubertus grüßte Lucinden mit aufrichtigſter Freude und drückte nur
mit Trauer Befürchtungen wegen ihres gemeinſchaftlichen
Freundes Sebaſtus aus. Seine Augen ſagten: Sei doch dankbar! Es geſchah ja alles um dich! Bleibe uns ein guter Engel!
Entſende den Brief — falls er noch nöthig iſt gegenüber
deinen mächtigen Verbindungen! Du weißt denn doch wol
auch, was wir beide ſeit Witoborn gemeinſchaftlich zu tragen
haben —! Lucinde beglückte und beruhigte ihn durch einen ihrer
gütigſten Blicke.

Pater Vincente und der Cardinal erhielten von ihr die Ehren dargebracht, welche der kirchlichen Stellung derſelben gebührten. Pater
Vincente. — „der Rival Ihres Bonaventura um die nächſte vacante
Heiligenkrone" —! wie Olympia neulich zur Herzogin geſpöttelt
hatte — Ceccone, das Bild des Verſuchers, der mit einiger Re-
ſerve über alle Schätze der Erde gebot, wenn man ihn an-
betete. Lächelnd ſtand er und ſchien Lucinden mit geheimnißvollen Zeichen begrüßen zu wollen. Sie blieb voll Demuth.

Der alte Fürſt glich einem luftſchnappenden Hecht, der ſich
nicht in ſeinem Elemente befindet. Vor dem heiligen Pater
Vincente mußte er Ehrfurcht bezeugen und ärgerte ſich doch, daß
dieſer nicht geläufiger deutſch verſtand. Mit gemachtem ſüßſaurem
Lächeln verwies er Lucinden auf den von Pater Vincente vorge-
tragenen Stand einer Verhandlung, der zufolge ſie zuvörderſt
erfuhr, daß der Räuberhauptmann Pasquale Grizzifalcone in der
That nach Rom gekommen war auf Veranlaſſung — zunächſt
des Fürſten Rucca.

Sie traute ihrem Ohre kaum. Der Fürſt verſicherte jedoch

ungeduldig; Ebbönek und wendete sich zu Vincente mit einem drängenden Parla dunque! nach dem andern.

Lucinde hörte, daß der berüchtigte Verbrecher, der schon vielfach sein Leben verwirkt hatte, auf dieser Villa hier erwartet wurde zu einem durchaus friedlichen Gespräch, das der Fürst mit ihm unter vier Augen hatte abhalten wollen. Pasqualetto, wie er im Munde des Volkes hieß, hatte die Bürgschaft der Sicherheit verlangt. Diese hatte er erhalten auf das dem Fürsten gegebene Ehrenwort — des Cardinals! Dieser nickte bestätigend ein Ja! und setzte sich jetzt. Zur Summe, welche der Räuber als Bedingung seines Erscheinens verlangte, hatte „dieser dumme Kerl", wie der Fürst sagte, noch eine „buona manohia!" extra verdienen wollen; eine Summe von einer der „Prinzessinnen", die sich vielleicht im Garten zu sicher gedünkt hatten. Vielleicht auch — eine Geißel für seine Sicherheit zu denen, die er schon in den Schluchten der Mark Ancona besaß; Dies setzte der Fürst mit einem seltsamen Streiflicht auf das „Ehrenwort" des Cardinals hinzu.

Sie hätten nun gestern beinahe noch zwei solcher Geißeln gefunden, aber Pasqualetto hätte leider brav glauben müssen! Leider! betonte der alte Fürst in allem Ernst und corrigirte sich nur pro forma: Der Bluthund —! Dabei sah er über die Mauer, wo die Spuren der gestrigen Verwüstung noch nicht getilgt waren.

Der Unersatt! ergänzte Crucone ironisch und ließ zweifelhaft, wen er meinte.

Lucinde orientirte sich allmählich.

Der Fürst erging sich in der heftigsten Wallage eines Menschen, der hier den Staatsbehörden völlig in der Eigenschaft einer gleichberechtigten Macht gegenüberstand. Dabei richtete er seine Vorwürfe geradezu wie die öffentliche Meinung gegen Hubertus.

Dieser Arme verstand sie glücklicherweise nicht und suchte sich nur mit seinen glühenden Augen, die in seinem Knochenschädel hin- und herfunkelten, zu deuten, was seine Ohren nicht begreifen konnten. So viel merkte er allmählich, daß er den hohen Herren keinen Gefallen mit seiner raschen Anwendung des Pistols gethan hatte.

Der Cardinal wiegte sich im Sessel, brach über sich Lorberblätter, die er in seiner flachen Hand zerklopfte, und beobachtete nur scharf fixirend Lucinden. Daß diese die Mönche Hubertus und Sebastus kannte, schien ihm insofern von Interesse, weil sich die kleinen pikanten Episoden der gewöhnlichen Devotion und amazonenhaften Kälte des fremden Mädchens zu mehren begannen.

Durch diesen Tod, krächzte der alte Fürst offen zu Hubertus heraus, haben Sie die heilige Kirche um eine große Gelegenheit gebracht, Gerechtigkeit zu üben! Sie hätten sich getrost von hier sollen entführen lassen, schöne Signora! scherzte er. Ich würde mit Vergnügen das Lösegeld gezahlt haben — Der Cardinal da hätte den Rest hinzugefügt — setzte er mit sardonischem Lächeln und seine Aufregung zügelnd hinzu.

Senza il supplimento —! Ohne das Agio! erwiderte der Cardinal ebenso trocken ironisch. Er streckte seine rothen Strümpfe vor sich auf die unteren Sprossen eines Sessels aus. Sein Bein war noch untadelhaft. Kopfnickend bestätigte er alles Erzählte, nur mit einer gewissen ironischen Bitterkeit.

Sie können alles wieder gut machen, fuhr der alte Fürst zu Hubertus fort, wenn Sie sich die Gnade des Pater Campistrano erwerben und wirklich diese Reise nach Porto d'Ascoli unternehmen wollen.

Nach Porto d'Ascoli? fragte jetzt Lucinde staunend über die Anrede, die sie übersetzt hatte. Beim Namen des Pater Campistrano blickte Pater Vincente besonders ehrfurchtsvoll — es war der General der Franciscaner. Hubertus stand unbeweglich, dem alten knorrigen Myrtenstamm ähnlich, woran er sich lehnte. Er hatte schon vorhin von einer Reise nach der Küste sprechen hören — das war richtig. — er verstand nur noch zu dunkel den Zweck und sah auf Lucinden als dolmetschende Hülfe.

Diese wollte sich erst vollständiger zurecht finden, wollte auch, ehe sie vermittelnd eingriff, die Interessen des Cardinals erst sondiren. Wie den Cardinal diese Klugheit entzückte, die er vollkommen durchschaute! Ceccone schien gleichgültig, spielte mit seinem Augenglase, firirte bald Lucindens Toilette, bald das Curiosum der Gesichtszüge und der Gestalt des deutsch-holländischen Laienbruders, die er zuweilen für sich herzlich belachte.

Hubertus hatte allerlei Dinge von einem Pilger gesprochen, von einem Deutschen, die ihrerseits Lucinde nicht verstand. Erst allmählich lüftete sich ihr folgender, größtentheils von Pater Vincente vermittelter Zusammenhang. Der Räuber Pasqualetto war, wie es üblich im Musterstaat der Christenheit, im Eldorado der katholischen Sehnsucht, unter dem Versprechen der Sicherheit nach Rom entboten worden, um für eine bedeutende Summe dem Fürsten Rucca Mittheilungen über die Lage seiner Interessen an der adriatischen Küste zu machen. Der Gewinn, den der geflüchtete Räuber von seinen Unternehmungen zog, mußte mit seinen Gefährten getheilt werden; diesmal jedoch wollte er die Frucht langer Verhandlungen, eine lebenslängliche Pension ganz für sich allein, wollte seine Wohnung inskünftige in der frommen Stadt Ascoli nehmen und sein bisheriges Leben ganz der Nachsicht der Behörden anempfehlen. Solche letzte Friedensschlüsse der Regierungen mit den Fra Diavolos der Landstraßen sind in

Italien nichts Seltenes und für die geplagte Bevölkerung das bei
weitem Erwünschtere, weil Sicherste. Wenn auch zugestanden
werden muß, daß sich Ceccone und das Tribunal gegen diese
Uebereinkunft sträubten, so wußte Fürst Rucca seinen Wünschen
doch Nachdruck zu geben und nicht blos im Scherz sagte er zu
den höchsten Richtern: Fürchtet ihr etwa auch, daß eure Namen auf
der Liste derer stehen werden, die mir die Füllung des Schatzes
des Heiligen Vaters mit der Zeit unmöglich machen werden?
Besonders sah Ceccone ohne Zweifel den Enthüllungen des Pasqualetto mit unheimlicher Spannung entgegen. Der Fürst hatte heute
ganz den übeln Humor, der jeden Gastgeber am Morgen nach
einem Feste, ob es auch noch so schön ausfiel, zu erfüllen
pflegt. Er äußerte in aller Offenheit seine Meinung mit den
Worten: Ich glaube, diesen Mord des armen Pasqualetto hat
jemand auf dem Gewissen, der sich fürchtete, auf zehn Jahre
zurück seinen Champagner versteuern zu müssen!

Der Cardinal zog verächtlich die Lippen. Lucinde sah,
daß, falls hier der Cardinal etwas fürchtete, doch wol mehr auf
dem Spiele stehen mußte als nur sein unversteuerter Champagner.
Doch auch schon diese Beschuldigung durfte den Cardinal mit
Recht reizen. Er verwünschte alle die, die der Kirche und ihren
Cardinälen Uebles nachsagten.

Hubertus horchte nur.

Der Räuber war, erfuhren er und Lucinde, am Tiberstrand
mit einigen alten Kameraden aus San-Martino, einem bekannten
Räubernest im Albanergebirg, in Berührung gekommen und hatte
blos den Spaß am Feste seines versöhnten Feindes noch als
„Zugabe zum Fleisch“ ausführen wollen. Die Verständigung
zwischen dem Fürsten Rucca und Pasqualetto war auf brief-
lichem Wege vor sich gegangen — wenn auch mit der größten
Schwierigkeit. Der Schmuggler- und Räuberhauptmann konnte

selbst weder lesen noch schreiben. Für sein Vorhaben, sämmtliche Hehler unter den Kaufleuten und die mit ihnen und den Schmugglern unter einer Decke wirkenden vereideten Zollbedienten anzugeben, mußte er sich eines höchst verschwiegenen Beistandes bedienen, der eben schreiben und lesen können mußte. Für solche Fälle gibt es in Italien die Mönche, falls auch die — schreiben können! Aber selbst den Mönchen hatte Pasqualetto nicht getraut. In Ascoli wollte er seine Tage in Ruhe beschließen; er war gelüstet, die Rache der von ihm Verrathenen zeitlebens gewärtigen zu müssen, hatte sich auch deshalb für die Schlimmsten unter den Defraudatoren die Verzeihung erbeten; aber er vertraute sich sogar nicht gern den Mönchen an. Wo fand sich bei ihnen soviel Muth, um Vermittler eines so eine ganze Provinz in Furcht und Schrecken versetzenden Strafgerichts zu werden! Die Mönche mehrerer Klöster, bei denen er anklopfte, baten ihn himmelhoch, keine dergleichen Thorheit zu begehen und in solcher Form reuig werden zu wollen! Wendet Euch doch an uns und an die Madonna! sagten sogar die Aebte. In der Kathedrale von Macerata gab es ein wunderthätiges Marienbild, das alles vergab. Kurz Pasqualetto war loyaler, als die ehrwürdigen Väter und vollends als die einsam wohnenden Landpfarrer, die sich mit einer solchen Provocation der Rache der Betheiligten am wenigsten einlassen wollten. Wie sehnte sich der riesige Pasqualetto, der im Staube war, eiserne Pfosten aus Brettern auszubrechen, nicht aber schreiben konnte, nach einem Dolmetscher seiner Wünsche. —! Kaum daß er einige Mönche so weit brachte, für die Verständigung mit dem Generalpächter der Steuern die ersten Einleitungen zu treffen!

Hier wollte der Fürst nun wieder selbst erzählen; denn Pater Vincente trug ihm alle diese Geschichten mit einem zu elegisch eintönigen Klange und wie von der Sündhaftigkeit dieser Welt wenig erbaut vor.

Man hörte indessen doch aus des Priesters Munde: Se. Hoheit waren seit lange in ihren Einnahmen nicht so verkürzt gewesen, wie in den letzten Jahren. Während die statistischen Ausweise aller Staaten eine Zunahme der Zollerträgnisse nachwiesen, sanken in schreckenerregender Weise die des Kirchenstaats. Ein Gewebe von Defraudationen hatte sich gebildet, das neben dem geregelten Steuerwesen des Staats und der Pächter ein zweites der Schmuggler, der treulosen Zollbedienten und der Consumenten bildete. Fürst Rucca schwur, daß er im vorigen Jahr den Ausfall einer halben Million gehabt hätte und in diesem Jahr würde das Uebel noch ärger werden. Er wollte ein Gericht mit Schrecken halten. Wozu war Ceccone's Nichte seine Schwiegertochter geworden —!

Pater Vincente sprach letzteres nicht alles. Lucinde ahnte, was er sagen wollte. Der Pater senkte die langen schwarzen Augenwimpern. In der That sah er heilig aus. Ceccone fing an, ihn schärfer zu beobachten. Er dachte: Fefelotti will dich zum Cardinal machen? Das ist von meinem Gegner theils Koketterie mit der neusten Mode der Frömmigkeit, theils eine erneute Schaustellung der Lebensweise Olympiens und eine Berurtheilung Deines Systems! Die geistliche Intrigue ergreift jedes weltliche Mittel. Ceccone versank in brütendes Nachsinnen.

Hubertus aber und Lucinde erfuhren: Pasqualetto wollte sich durchaus noch immer nicht nach Rom begeben, aber auch seine Liste von Kaufleuten, von reichen Grundbesitzern, vielen vornehmen Männern in Rom, vorzugsweise von Zollbedienten und Helfershelfern der Schmuggler blieb von seiner oder eines Fremden Hand ungeschrieben. Das Geschäft rückte nicht vorwärts. Endlich begab sich Pasqualetto mit seinen nächsten Vertrauten ge-

legentlich in die Gegend von Loretto. Dort wollte er nächtlich
einen Pfarrer überfallen und ihn mit geladener Flinte zwingen,
niederzuschreiben, was ihm „unter dem Siegel der Beichte" würde
dictirt werden. Hier nun, vor Loretto, fiel ihm ein Haufe Pilger
in die Hände. Diese, so arm sie waren, plünderte man aus
und entdeckte, daß einer derselben, der von allen der ärmste schien,
nur eine Bibel (ein verbotenes und allen Steuerbeamten als zu
confisciren bezeichnetes Buch) und ein Taschenschreibzeug besaß.
Diesen glücklichen Fund hielt man fest. Ein Gefangener, der
schreiben konnte! Ein Bettler, der sich, wenn es sein mußte,
aus der Welt schaffen ließ, ohne daß viel Nachfrage danach war!
Diesen Unglücklichen schleppten die Räuber mit sich und hielten
ihn seit Monden gefangen. Es war ein kranker, hinfälliger Greis,
er kam von den Alpen her, hatte nach dem südlichen Italien
wollen — dieser Gefangene nun war der Vertraute dieser hoch-
wichtigen Staatsaffaire geworden.

Hier eben war es, wo schon bei früherer Erörterung
dieser Dinge Hubertus in seiner regsten Theilnahme aufwallte.
Ingleichen gab Vincente jetzt wie schon vorhin über diesen gefangenen, dem Verderben preisgegebenen Pilger Zeichen eines
gesteigerten Interesses.

Den Pilger zwangen die Räuber, Nachts über die wildesten
und schroffsten Felsenwände zu klettern und mit ihnen in einsamen Höhlen zu campiren. In einer verlassenen Zollwächter-
hütte am Meeresstrande fand sich nach drei Tagen das nothwendige Papier und nun begann die Correspondenz mit Rom.
Das war ein Verkehr wie zwischen zwei Cabineten. Grizzifalcone
ging vorsichtig zu Werke. Die Actenstücke seines Verrathes mehrten sich. Der Pilger mußte Namen und Orte, alle Waaren, die
seit Jahren nicht versteuert gewesen zu sein sich die Schmuggler
entsannen, alle Hehler, auch die Schlupfwinkel niederschreiben,

wo die Waaren geborgen wurden, Fischerhütten bei San-Bene-
detto, Leuchtthürme am Fosso Bagnolo, Felsenschluchten bei Grot-
tamare, Zollwächterhäuser beim Hafen von Monte d'Arcizza —
nichts blieb ungenannt. Der unglückliche Pilger hatte Bogen
vollgeschrieben mit Geständnissen, die dem Fürsten Rucca Gelegenheit zu einem Strafgericht geben sollten. Und nun entstand
die Frage: War diß hochwichtige, künftig eine halbe Million
sicherstellende Convolut mit Pasqualetto mitgekommen? Wo befand es sich? Max hatte es überall gesucht und es fehlte.

Hier fragte Lucinde, warum sich der Fürst diese Papiere nicht
schon früher hätte zuschicken lassen.

Er erwiderte, er mistraute der Post! Wer kann sich auf
Eure Post verlassen! sagte er bitter und zornig.

Ceccone entgegnete, indem er sich bekämpfte: Ah bah, die
Post! Sie wollten nur noch mehr vom Pasqualetto erfahren, als
was dieser wagen würde niederschreiben zu lassen! Deshalb be-
eilten Sie die Uebersendung nicht!

Lucinde sah, daß es den alten Fürsten mächtig gereizt hatte,
gerade die Würdenträger der Kirche, die festesten Säulen der
Prälatur, einer Aristokratie, die noch immer in ihm den Nachkommen eines Bäckers sah, wenn nicht zu bestrafen oder irgendwie zu compromittiren, doch necken und in Schach halten zu
können. Er hatte sicher nicht geglaubt, daß der Räuber diese und
ähnliche Namen schriftlich angeben würde. Deshalb hatte er dessen
persönliches Erscheinen gewünscht.

Vincente's Stimme erhöhte sich jetzt seltsam. War es deshalb,
weil sich die Zahl der Unglücklichen, die in den Händen der
Räuber lebten, mehrte und es dem Frevel galt, daß sogar das gesalbte
Haupt eines Bischofs in diese blutigen Dinge verwickelt wurde —?...
Lucinde hörte, daß Grizzifalcone nun hatte kommen wollen.
Vorher ließ der Räuber aber noch, zur Mehrung seiner Sicher-

heit, den Bischof von Macerata verschwinden. Vom Besuch eines Weinbergs, zwischen den Bergen dahinreitend, war der hohe Prälat nicht wieder nach Hause gekommen. Pasqualetto hatte sich seiner versichert, um für ihn als Geißel zu dienen. Im „Diario di Roma" wurde die Schuld dieses Ueberfalls allerdings dem Pasqualetto zugeschrieben; aber wie sehr man versicherte, daß die bewaffnete Macht ausgezogen sei, den gefangenen Prälaten zu befreien, man konnte seiner nicht habhaft werden und wollte es auch nicht — das sagte jedermann und jetzt sagte sich's auch Lucinde. In der officiellen Zeitung stand nichts von diesem geheimen Zusammenhang eines so betrübenden Vorfalls mit einem großen Staatsact der dreifachen Krone.

Nun endlich sichergestellt, erschien Pasqualetto. Vielleicht, um sich noch sicherer zu stellen, raubte er vom Hochzeitsfest des Fürsten Rucca einen der Gäste. Da unterliegt er selbst! Alle Hoffnungen sind dahin! Die Verhandlungen eines Jahres sind gescheitert!

Der Stand der ganzen Frage beruhte jetzt auf dem Leben zweier Gefangenen, von denen der eine ein hoher kirchlicher Würdenträger war, der andere die Kenntniß der Liste hatte. Wäre nur wenigstens diese Liste gerettet! seufzte der Fürst. Die Gerichtspersonen hatten ausgesagt, daß sich, als man die Kleider des Erschossenen untersuchte, in den Taschen Amulete, Muttergottesbilder, geweihte Schaumünzen genug vorgefunden hätten, auch sämmtliche Briefe eines Kochs des Fürsten, der die Correspondenz geführt; aber weder in den Taschen, noch in der Spelunke, wo Pasqualetto abgestiegen war, noch bei gefangenen Complicen fand sich die Liste, auf welche die ganze Sehnsucht des Fürsten brannte. Nun bereuete er, den schriftlichen Verkehr durch die Post nicht vorgezogen zu haben. Nun bereuete er seine gestrige Angst, die ihn bestimmte, so eilends zu entfliehen. Wie bitter deutete er dem Cardinal an, daß dieser die Liste wahrschein-

lich gestern sogleich aus der Tasche des Ermordeten zu sich gesteckt hätte.

Es waren nur Blicke und Flüsterworte, durch welche diese und
ähnliche Vermuthungen ausgesprochen wurden. Lucinde verstand sie
aber. Der Cardinal nannte in allem Ernst den giftig Zischelnden
einen Hanswursten und verlangte von ihm — ja von Ihnen,
Altezza! rief er — den Bischof von Macerata heraus!

Pater Vincente hatte vom Schicksal des Bischofs mit bebendem
Ton gesprochen.

Pasqualetto ist todt! rief Ceccone. Wo finden wir das gesalbte Haupt eines der frommsten Priester der Christenheit
wieder —! Sie sind es, Fürst, von dem wir ihn zurückfordern
müssen!

Ha! Wo find' ich — die — die von dem Pilger geschriebene
Liste! fiel der Fürst nicht minder erzürnt und drohend ein. Der
Koller des Zorns ergriff den kleinen Mann zum Schlagtreffen.
Wenn er den fremden Franciscanerbruder nicht um seine vor-
schnelle Art, hier in Rom auf Spitzbuben Pistolen abzuschießen,
persönlich mishandelte, wenn er sich durch die Ankunft der Donna
Lucinda hindern ließ, die Worte, die er vorhin gesprochen, zu
wiederholen: „Ihr hättet eine Zofe wie diese, und wäre es auch
Eure spanische Herzogin selbst gewesen, zehnmal sollen zum Teufel
fahren laßen —! Wo in aller Welt ergreifen hier Mönche die
Waffen!" so war es, weil er wiederholt von Hubertus verlangte,
daß dieser seine Uebereilung durch eine That voll Muth, Entschlossenheit, Discretion wieder gut machen sollte.

Hubertus stand erwartungsvoll und im höchsten Grade bereit
dazu. „Wie soll ich es?" fragte nur über die nähern Einzelheiten statt seiner die erstaunte Lucinde.

Sie hörte jetzt noch mehr von jenem schreibkundigen Pilger.
Hubertus hatte erklärt, diesen Pilger zu kennen. Unfehlbar müsse

es derselbe sein, mit dem er über die Apenninen geklettert und zuerst beim Besuch der „heiligen Orte" des St.-Franciscus auf der Penna della Vernia zusammengetroffen war. Das Leben dieses Pilgers hing ohne Zweifel an einem Haar. Falls er noch unter den Räubern geblieben war und sich unter den Zollbedienten die Kunde seiner Beihülfe zum Verrath verbreitete, die Kunde seines vielleicht abschriftlichen Besitzes der Liste, so war er verloren. Hubertus hatte schon so viel von diesem Pilger erzählt, daß Lucinde begreifen konnte, warum Pater Vincente ebenso lebhaft für ihn eingenommen sein konnte und einmal über das andere das Schicksal des armen Gefangenen beklagte.

Lucinde hörte das Gepolter des Fürsten. Sie hörte ein Durcheinander, das sie unmöglich vollständig übersetzen konnte. Die Schilderung der unzugänglichen Schluchten am Meer, wo Pasqualetto zu hausen pflegte; die Schilderung der List und Verschlagenheit, womit man allein sich diesen eigenthümlich organisirten Banden zu nähern vermochte; die Schilderung der Ehren und Auszeichnungen, die den Pilger hier in Rom erwarten sollten, wenn ihn Hubertus glücklich auffände und über die Gebirge brächte. Sie übersetzte eine wiederholte Aufforderung des Fürsten an Hubertus, die dahin lautete: Reiset nach der Gegend von Porto d'Ascoli! Sucht, da Ihr muthig und unerschrocken seid, das Gefängniß des Bischofs von Macerata und des Pilgers von Loretto! Alle Briefe, die Pasqualetto seit Monaten schon mit mir wechselt, sind von diesem frommen Mann geschrieben worden! Gewiß halten ihn die Räuber zu diesem Behuf in den unwegsamen Höhlen verborgen!

Ceccone ergänzte: Der Bischof von Macerata ist ein Greis —...

Der Bischof von Macerata ist ein Greis, sagen Se. Eminenz — fuhr Lucinde fort. Aber mit allen Fähigkeiten der Jugend ausgestattet, setzen Se. Hoheit, den Pilger betreffend, hinzu. Seine

Briefe — der Cardinal meinen die Klagen des armen Bischofs —
sind gewandt und in jeder Beziehung vollkommen, meinen Se.
Hoheit — Beide sprechen zu Euch: Kann eine fromme Seele
dulden, daß die Mittel, die den Stellvertreter Christi auf Erden
in seiner nothwendigen Würde erhalten sollen, durch Schurken,
ungetreue Haushalter, Judasse verkürzt werden? Hätt' ich das
Verzeichniß, spricht der Fürst, das dieser Mann unter den Flinten
der Räuber schreiben mußte! Oder könnte den Pilger, wenn
Ihr ihn findet, Eure Entschlossenheit überreden, Euch die vorzüg-
lichsten Namen zu nennen, die auf diesem Papier zur Schande der
Christenheit zu lesen waren! Die Namen von Herzögen und Excellenzen behält man doch wol —! Ich will ihm hier in Rom die
glänzendste Wohnung einrichten, will ihn schadlos halten für alles,
was er erduldete! Suchtet Ihr den Pilger und — den Bischof,
sagen der Cardinal, so würdet Ihr eine Krone mehr im Himmel
gewinnen! Ich fahre sofort, sagen Se. Hoheit, nach Santa-
Maria und werfe mich dem Pater Campistrano zu Füßen, um
Eure Verzeihung, Eure Freiheit zu gewinnen, damit Ihr einen
Zweck vollführt, der Euch in jeder Beziehung den Dank der Christenheit erwerben wird —!

Hubertus übersah nunmehr in voller Klarheit das an ihn gestellte schwierige und jedenfalls lebensgefährliche Begehren. Seine
Bereitwilligkeit aber, einer so ehrenvollen, wenn auch den Tod —
und nicht allein von Räuberhand! — drohenden Aufgabe sich zu
unterziehen, gab sich mit der ihm eigenen Liebe zu Abenteuern
um so mehr kund, als ihm die Gewißheit innewohnte der Identität des Pilgers mit jenem Deutschen, welchen er trotz seiner
Ketzerei auf der Reise nach Rom so liebgewonnen hatte. Zuletzt konnte er hoffen, durch solche Dienste, welche er dem
Heiligen Vater leistete, auch für seine Wünsche über die Person
Wenzel's von Terschka ins Reine zu kommen. Hatte er erst bei

seinem General die Freiheit und vollends die Wanderfreiheit gewonnen, so wollte er unerschrocken seine desfallsigen Wünsche vor-
tragen, noch ehe er die Reise antrat. Das Vertrauen, heil und
gesund nach Rom zurückzukehren, besaß er vollauf.

Jetzt ergänzte mit verklärten Augen Pater Vincente seine Mittheilungen. Alles, was Hubertus erzählt und Lucinde übersetzt
hatte, traf auf die Erinnerungen zu, welche Pater Vincente vom
Bruder Federigo zu Castellungo hatte. Auch Lucinde kannte
diesen Deutschen, bei dem sich Porzia Biancchi die Fähigkeit erworben hatte, sich als Müllerin Hedemann in Witoborn mit
ihren deutschen Mägden verständlich zu machen. Endlich sprach
sogar zu ihrem höchsten Erstaunen der Cardinal: Nun denn, ge-
lobt sei unsere gute Mutter Kirche! Diesem Pasqualetto ver-
danken wir, wie es scheint, mehr als einen großen Gewinn!
Nicht daß ich die Hoffnung hege, Ew. Hoheit in den Stand gesetzt zu sehen, Ihre Klagen über die Diener der Gerechtigkeit und
über unsere Subalternen bestätigt zu erhalten — ich würde nur
auf die Aussagen eines Räubers am Fuß des Schaffots, nicht
auf die Lügen eines Bösewichts etwas geben, der sich mit lächerlichen Hoffnungen schmeichelte, ja noch als Bürgermeister von
Ascoli ein Leben der Achtung führen zu können wähnte —; aber
darin hat er uns einen großen Gewinn verschafft, daß er den
edeln Söhnen des heiligen Dominicus Gelegenheit gibt, eine Be-
weisführung der Milde zu geben, die sie gegen die Ketzer schon
zu lange ausüben! Signora, Sie fragten mich vor kurzem
nach den Streitigkeiten des Bischofs von Robillante? Hören Sie
nun, was so überraschend eintreffen muß! Wenn der apostolische
Eifer des Herrn von Asselyn sein neues Vaterland beschuldigt,
daß Ungläubige hier spurlos in den Kerkern der Inquisition verschwinden können — so erleben wir die glänzendste Genugthuung!
Frommer Bruder, rettet den Bischof von Macerata! Wagt Euch

in die Klüfte, wo diese Räuber hausen! Rettet aber auch den
Pilger! Gebt den Beweis, daß dieser Flüchtling, den von uns
die sardinische Regierung reclamirt, den die Gesandtschaften Englands, Schwedens, der Niederlande, Preußens in den Händen
der Dominicaner vermuthen, in keinem heiligen Inquisitions-
officium, weder sonstwo, noch hier in Rom, festgehalten wird!
Er ist gefangen! Von den Räubern! Er muß, auf den Tod
bedroht, diesen die Beförderung der öffentlichen Wohlfahrt erleichtern, wodurch ihm Verzeihung werden könnte für die viele
Mühe und Sorge, die uns bereits die Nachfragen nach dem Ver-
schollenen nicht blos von Castellungo und Robillante aus, sondern
bereits von Turin, London, Berlin und Wien gemacht haben!
Fefelotti wird mir, so wenig er es sonst um mich verdient hat,
dankbar sein, wenn ich ihm den Beweis an die Hand liefere, daß
nichts mehr im Wege steht, sich mit seinem feuerköpfigen Nachbar
zu versöhnen! Guter Bruder! Ihr seid von einem Blut, das
Euch zu leicht in Euern schönen Kopf steigt! Wandert getrost,
wandert immerhin! Leiht unserm Vorschlag eines Eurer drolligen Ohren! Laßt für Euch in Santa-Maria Se. Hoheit
jenen Fußfall thun! Euch wird es Segen bringen und einem so
vornehmen Mann, wie ihm, kann's auch nicht schaden —!

Ceccone hatte sich lächelnd erhoben und schüttelte Hubertus,
dessen Augen vom Feuer seines Unternehmungseifers blitzten, die
Hand. Dieser küßte die seinige voll Demuth. Pater Vincente
stand aufhorchend und feierlich. Lucinde staunte des Zusammenhangs aller dieser seltsamen Unternehmungen. Nur der alte Rucca
zwinkerte mit den Augen und zweifelte — Ceccone schien ihm auf
alle Fälle eine doppelte, wahrscheinlich doch nur ihm feindliche
Rolle zu spielen.

In diesem Augenblick hörte man in der Ferne das Läuten
einer kleinen Handglocke. Das Glöcklein der Benfratellen! sagte

der Cardinal. Sie kommen mit der Tragbahre, den zweiten unsrer tapfern deutschen Lanzknechte des Heilands abzuholen! Frater Hubertus, gebt ihm vorläufig das Geleite; grüßt Euern Guardian in San-Pietro und dann — ans Werk! Ihr seid, bei St.-Peter, der rechte Mann für diese Aufgabe, welche ich niemand in Rom so gut wie Euch anzuvertrauen wüßte. Ihr aber, Pater Vincente, wandte sich Ceccone ehrerbietig zu diesem, — die junge Fürstin Rucca hatte gestern das dringendste Verlangen nach Euerm Segen! Ich hoffe, Euer Kloster wird mit dem Thier nicht unzufrieden sein, das, statt Eines Sackes, jetzt deren zwei zu tragen, die frischgefüllt wurden, Euch draußen empfangen soll! Die Zeiten müssen wiederkehren, wo unsere rothen Hüte auf die Stirn von Priestern gedrückt werden, die dem Volk das Schauspiel der Demuth geben. Laßt mir die Ehre, den rothen Zaum von einem meiner Rosse zu nehmen und den Esel zu schmücken, den Eure Hand durch die Straßen Roms führen wird —!

Dies war keine jener südländischen Artigkeiten, denen zufolge der Spanier sein eigenes Haus demjenigen anbietet, welcher die Lage desselben reizend findet; es versteht sich von selbst, daß das Anerbieten abgelehnt wird. Bei Pater Vincente lag in der That eine Bezüglichkeit des Ernstes nahe. Er durfte voll Erröthen und mit Nachdruck die angebotene Auszeichnung ablehnen. Grüßen Sie die junge Fürstin, sprach er leise zum Cardinal, und sagen Sie ihr, daß ich oft für das Heil ihres neuen Bundes beten werde —! Er faltete die Hände. Das Glöcklein der Benfratellen erklang düster und traurig. Vincente's Auge erhob sich, wie von einem sanften Liebesstrahl entzündet. Die beiden so weltlich gesinnten Männer mußten erleben, daß Pater Vincente sie zum Beten zwang. Ecce, Domine, sprach er mit dem Psalmisten in einer eigenthümlich erhöhten Stimmung, tu cognovisti omnia, novissima et antiqua! Quo ibo a Spiritu tuo? Et quo a facie tua fugiam? Si ascendero in coelum, tu illic es! Si descendero in infernum, ades! Vide, si via iniquitatis in me est et deduc me in viam aeternam! Amen —!

Es war ein Gebet ganz wie die Sühne für die sündhafte Weltlichkeit aller dieser Verhandlungen.

Vincente's Augen blieben gehoben wie mit der Bitte, ein Strafgericht des Himmels abzuwenden. Der Geist Bartolomeo's von Saluzzo, der Geist des Filippo Neri schien über ihn gekommen. Sein schöner, weicher Mund betonte scharf die Worte: „Via iniquitatis!" Er richtete damit die Falschheit und Unreinheit dieser Welt und schüttelte fast den Staub von seinen Füßen, als er Hubertus' Hand ergriff und ihn beinahe so fortführte, als würde ihm eine Seele abwendig gemacht, die ihm anvertraut worden.

Bei alledem blieb es entschieden, daß der Fürst wirklich zum General der Franciscaner fuhr und diesen unternehmenden Mönch sich auserbat, der zwar den Grizzifalcone ohne Beichte getödtet hatte, nichtsdestoweniger aber den Muth besaß, noch den Bischof von Macerata und den Pilger von Loretto retten zu wollen. In dem Muth, der zu einer solchen Unternehmung gehörte, lag allein schon die Bürgschaft des Erfolgs. Dem Italiener imponirt jede Kühnheit. Bald mußten über den „Bruder Todtenkopf in der braunen Kutte" Sagen hinausgehen — märchenhaft und wie ein entwaffuender Schrecken.

Ceccone starrte mehr noch dem Pater Vincente. Ist das Papst Sixtus V., der sich als Carbinal so lange unbedeutend stellte, bis er als Papst die Maske abwarf? dachte er. Nun sah er sogar den alten Heuchler, den Fürsten Rucca, beim Abschied an der Villa den Strick des Paters ergreifen, diesen küssen, dann sogar niederknieen, Hubertus und Lucinden gleichfalls, alle um den Segen des begeisterten Sprechers zu empfangen. Diesen Segen ertheilte Pater Vincente denn auch mit dem bekannten verzückten Liebesblick des St.-Franciscus.

Die Jesuiten haben ihren Popanz für den Stuhl der Apostel gefunden! sagte sich Ceccone. Er blickte staunend den beiden Mönchen nach, die sich jetzt empfahlen, begleitet von dem alten, gleich einem Aal sich bis in die Villa windenden Fürsten Rucca. Das Glöcklein der Benfratellen tönte draußen fort und fort.

Miracolo! rief Ceccone Lucinden zu und pries galant die Dienste, die sie geleistet.

Lucinde stand gedankenverloren. Sie sah nun die Gefahren, die den Bischof von Castellungo umgaben.

Der Cardinal konnte sich jetzt nicht weiter aussprechen. Die „Caudatarien", die ihn an eine Sitzung im Vatican und die An- wesenheit seines Secretärs zu erinnern hatten, standen harrend in der Nähe. Er plauderte, wie gleichgültig, von der heutigen Speisestunde im Palazzo Rucca und seufzte über seine Sorgen. Eine „Hochzeitsreise" hatte Olympia abgelehnt. Sie feierte ihren „Lendemain" nach italischer Sitte. Vor hunderttausend Zeugen! Heute Abend sollten zwei Musikchöre die halbe Nacht hindurch am „Pasquino" spielen. Große Feuerbecken beleuchteten dann den Platz. Fässer, mit Reisholz gefüllt, Pechkränze wurden ab- gebrannt. Der Volksjubel sollte nicht enden.

Der Fürst war in der That schon nach Santa-Maria zum General der Franciscaner gefahren. Die Benfratellen befanden sich im Nebenbau, um den Pater Sebastus zu holen. Pater Vincente leitete das bequemere Heraustragen. Hubertus suchte noch einen Moment Lucinden beizukommen, der sich eben der Bischof von Camuzzi genähert hatte.

Lucinde verbeugte sich ausweichend dem Priester, der sie gestern eine „Creolin" genannt, und versicherte Hubertus, soweit es in

der Eile ging, daß er sich aus seiner Haft als entlassen betrach=
ten dürfte. Darum gab sie aber doch den Brief an Bonaventura
nicht zurück. Eine Gelegenheit, sich dem Bischof in Erinnerung
zu bringen, behielt sie fest. Und konnte sie ihm doch auch jetzt
Aufklärungen und Warnungen über den Bruder Federigo schreiben.
Sie forderte Hubertus auf, sie erst noch im Palazzo Rucca zu
besuchen, wenn er wirklich den Bischof von Macerata und den
Pilger entdecken und befreien gehen wollte. Ihr unternehmt das
Erschreckendste und doch thut Ihr beinahe, als rieth ich in Wito=
born gut, als ich damals sagte: Flieht in einen hohlen Baum=
stamm? fragte sie lächelnd.

Hubertus, der unruhige Waldbruder, hätte die endlich er=
rungene Freiheit des Wanderns und des Lebens wieder in freier
Luft laut ausjubeln mögen. Ohne die mindeste Furcht zu zeigen,
bejahte er die Frage und zeigte nur traurig auf den verdeckten
Traglorb, den eben die schwarzen Söhne des heiligen „Johan=
nes von Gott" aus dem Hause brachten.

Lucinde zuckte bedauernd die Achseln und neigte sich auch diesen
Mönchen.

Der Cardinal fuhr inzwischen in seinem Wagen mit den
weißen, purpurgeschirrten Rossen zur Porta Laterana hin. Die
„Caudatarien" fuhren in einem zweiten Wagen hinterher. In
einem dritten mußte Monsignore Camuzzi, Bischof in partibus,
der erste Secretär des Cardinals, folgen.

Lucinde wartete, bis das Glöcklein der Benfratellen verklungen
war. Hinter dem verdeckten Korbe, der ebenso eilends dahinge=
tragen wurde, wie Klingsohr in letzter Nacht die Leiche hatte
tragen sehen, trottete der vorher erwähnte, von Ceccone's Major=
duomo besorgte Esel mit den zwei übermächtig, gewiß das Kloster
versöhnenden, gefüllten Säcken. Pater Vincente schritt mit demüthig
gesenktem Haupt und hielt den Esel an einem einfachen Zügel.

Hubertus hatte einen Jasminblütenzweig am Portal der Villa gebrochen und wehrte damit, gedankenvoll in sich selbst verloren, dem Thier die Fliegen ab.

Nun setzte Lucinde sich in ihren Wagen und fuhr mit blitzschneller Eile an dem unheimlichen Tragkorb und dem Esel vorüber. Unter dem weißen ausgespannten Leintuch des Korbes lag Klingsohr —! Sie schauderte — als sie im Vorüberfahren wie auf ein Leichentuch blicken zu müssen glaubte.

Der Wagen fuhr am Coliseum vorüber, durch den Bogen des Titus, die Basilika entlang. Der Kutscher ließ das Capitol links und lenkte zur Säule des Trajan. Lucinde lebte innenwärts. Sie merkte nicht, daß sie schon an Piazza Sciarra, dicht in der Nähe des „Schatzes der guten Werke" war. Hier hielt der Wagen.

Der Kutscher blickte sich fragend um, ob sie nicht zur Herzogin von Amarillas wollte, die hier wohnte. Sie winkte: Weiter! Weiter! Sie mußte zu Olympien. Die höchste Zeit war es, diese — nach ihrer Brautnacht zu begrüßen! Sie durfte nicht fehlen zur Chocolade, die heute das junge Paar allen Gästen, die ihre Aufwartung machten und die Neuverbundenen mit lächelnder Zweideutigkeit nach ihrem Befinden fragten, nach römischer Sitte in goldenen und silbernen Tassen mit eigener Hand zu credenzen hatte.

———

5.

In der „Stadt der Wunder" bewohnte die Herzogin von Amarillas einen dem Cardinal gehörenden, äußerlich dunkeln und ganz unansehnlichen Palast in einer den Corso durchschneidenden Straße zwischen Piazza Sciarra und der Gegend um Fontana Trevi.

Mit seiner verschwärzten Außenseite stand das heitere und bequeme Innere im Widerspruch. War der Thorweg geöffnet, so sah man wol erst einen kleinen düstern Hof, umgeben von einem hier und da von Marmorkaryatiden geschmückten vierecten Arcadengang von Travertingestein, sah in der Mitte ein kleines blumengeschmücktes Bassin, das ein wasserspritzender Triton aus Bronze dürftig belebte, sah Remise und Stallung kaum von den Arcaden bedeckt; aber die hintern Fenster des einen Flügels gingen in einen hier ungeahnten kleinen Hausgarten von Rosen, Myrten und Orangen hinaus. Sie hatten ein volles, schönes Licht und gewährten im geräuschvollsten Theil der Stadt ein friedlich beschauliches Daheim. Zudem war in der Einrichtung dieser hohen und geräumigen Zimmer nichts gespart. Es war eine Wohnung, die verlassen zu müssen Schmerz verursachen durfte.

Und doch konnte die Herzogin dies Ende voraussehen! Der Cardinal behauptete seit einiger Zeit, ihre Augen nicht mehr ertragen zu können. Was Olympia von ihm gesagt, das sagte er von der Herzogin. Ihre Augen hätten für ihn die Wirkung des „Malocchio". Der Italiener hat vor dem „bösen Blick" eine selbst von Aufgeklärten nicht überwundene Furcht.

Diese üble Wirkung ihrer Augen, von welcher sie hörte, erläuterte die Herzogin nur aus Ceccone's Gewissen. Wohl müssen meine Augen einen giftigen Eindruck auf ihn machen, sagte sie ihrem alten Diener Marco, der schon früher im Unglück bei ihr gewesen und nur des Alters wegen nicht damals mit nach Wien gefolgt war. Meine Augen nennen ihn undankbar!

Keineswegs wollte die Herzogin sagen, daß der „böse Blick" eine Fabel ist. Als echte Italienerin glaubte auch sie an solche Menschen, welche „Jettatore" heißen. Sie können Krankheit und Tod „anblicken". Sie hatte ihre alte Freundin und Gesellschafterin Marietta Zurboni schon lange begraben, aber die Fabel- und Traumbücher derselben waren ihr und dem alten Marco geblieben. Konnte sie doch zittern vor Angst, als eines Tages Olympia, die ebenso dachte wie sie, sagte: „Seh' ich im Leben diesen Signore d'Asselyno wieder und er verräth, daß ich Wahnwitzige ihm in zwei Tagen meine ganze Seele zum Geschenk gab, so laß' ich die Erde aus der Stelle ausschneiden, die sein Fuß berührte, und hänge sie — in den Schornstein!..." Um Jesu willen! hatte die Herzogin erwidert, du wirst solche Sünden unterlassen! Sie wußte, daß ein solcher Zauber einen Abwesenden langsam zum Tod dahinsiechen läßt.

Olympia war nach dem ersten Rausch der Flitterwochen und nach den vorauszusehenden Zankscenen mit ihren Schwiegerältern ins Sabinergebirg gezogen. Dort und im Albanergebirg besaßen Ceccone und die Ruccas prächtige Villen. Zur Zähmung des wilden Charakters der jungen Fürstin hatte der welt- und menschenkluge Cardinal angerathen, sie zu beschäftigen. Er hatte (von der Hand der ihm immer vertrauter werdenden Lucinde) einige anonyme Briefe an sie schreiben lassen, in denen von Unterschleifen in der Verwaltung dieser Güter die Rede war. Unterschleifen, die zu bestrafen, Uebelthätern, die zu züchtigen waren. Das wurde dann sogleich ein Feld für die erste unruhige Thatenlust der jungen Ehefrau. Einige Wochen hindurch, vielleicht einige Monate konnte man auf diese Art Hoffnung hegen, daß sie sich in ihrer neuen Stellung als Fürstin und Gattin gefallen würde. Bis dahin hatte sie ohne Zweifel mit den Aeltern vollständig gebrochen, hatte das Personal in der Rucca'schen Verwaltung umgewandelt, hatte soviel Scenen des Zanks, soviel angedrohte Dolchstöße, auch Fußfälle und Handküsse erlebt, daß sie damit vollauf beschäftigt war. Lucinde und der Cardinal stimmten in dem Serlo'schen Wort überein: „Die Seele des Menschen will gefüttert werden wie der Magen."

Die Herzogin erzürnte den Cardinal immer mehr durch ihre Festigkeit, Lucinden als Mitbewohnerin ihrer Behausung abzulehnen. Lucindens neuliches Wort von ihrem „Briefwechsel mit Benno" war beim Begegnen von ihr nicht wiederholt worden. Vielleicht hatte auch nur der Schrecken über den gleichzeitigen Ueberfall durch die Räuber ein Misverständniß veranlaßt. Auch auf Villa Torresani, einem Erbgut der alten Fürstin Rucca, wo jetzt die junge Fürstin wohnte, wurde die „Abenteurerin", wie sie Benno mehrmals genannt hatte, abgelehnt. Lucinde wohnte bei der alten Fürstin Rucca, beim Wasserfall von Tivoli, in einer andern Rucca'schen Villa, Villa Tibur genannt. Niemand kam nun noch zur Herzogin, da der Cardinal nicht mehr kam. Seltener und seltener kam sie selbst aus ihrem Palast heraus, in dem es gespenstisch öde und einsam wurde. Wie mußte sie bereuen, ein Wesen von so gefährlicher Schmiegsamkeit in die Kreise ihres bisherigen Einflusses gezogen zu haben! Lucinde wurde immer mehr die Seele in dem alten Rucca'schen Kreise

und in dem jungen ... Und wenn sie sich geirrt hätte! Wenn
Lucinde wirklich von einem Briefwechsel zwischen ihr und Benno
damals gesprochen! Dann fehlte nur noch das eine Wort: Benno
von Asselyn ist dein Sohn! und ihre Niederlage war für die
Sphäre, wo Olympia herrschte, entschieden. Olympia würde dann
gesagt haben: Nun versteh' ich alles! Du warst es, die den Angebeteten von mir entfernt gehalten hat und ein Opfer meiner
Rache hab' ich zunächst nun in Dir!

Daß den Cardinal, von welchem sich die junge Fürstin nicht
minder wie von ihr zu befreien suchte, eine Leidenschaft für die
fremde Abenteurerin ergriffen hatte, wurde immer mehr zum
öffentlichen Geheimniß. Und bei alledem konnte doch niemand
die demselben deutschen Mädchen dargebrachte Huldigung des
Grafen Sarzana begreifen. Hätte es sich um eine Scheinehe ge-
handelt, durch welche die Schulden eines leichtsinnigen Cavaliers
gedeckt werden sollten, so würde man in Rom, in der Stadt der
Heiligung des Priestercölibats, dies Benehmen Don Agostino's
begriffen haben; denn solche Arrangements kommen hier täglich
vor und konnten niemanden auffallen — die Contracte werden
nur nicht in den Archiven der Curie niedergelegt. Don Agostino war jedoch keiner der Leichtsinnigsten unter den „Achtzig",
ja er besaß Kenntnisse, liebte sie zu vermehren und galt seinen
Kameraden für einen Pedanten. Die Wartung seiner Uniform,
seines Pferdes, noch mehr seiner kleinen Häuslichkeit war bis in
die minutiösesten Dinge sauber und zierlich. Seine Familie war
verwildert, alle wußten das, die Umstände hatten aus ihr Creaturen eines geistlichen Würdenträgers gemacht, dessen Unregelmä-
ßigkeiten sie decken mußte. Graf Sarzana würde die Hand keiner Dame auch nur zweiten oder dritten Ranges in Rom haben
erhoffen können. Doch auch eine Geliebte des Cardinals zu nehmen
zwang ihn nichts. Noch weniger begriff man seine Leidenschaft,

wenn sie eine aufrichtige war. Lucinde konnte die Capricen des ermüdeten Alters reizen, sie konnte die Vorstellung einer Vernunftehe durch eine darum noch nicht ausgeschlossene Möglichkeit jugendlicher Reminiscenzen mildern; was war sie einem jungen, noch in Lebensfrische befindlichen Krieger? Sie besaß Geist, Belesenheit, Koketterie. Fesselte das ihn vorzugsweise? Seine Kameraden pflegten ihn mit seinem Einsiedlerleben, das der Lectüre gewidmet war, zu necken; sein wärmster Freund sogar, der Herzog von Pumpeo, hatte ihm den Beinamen des „Küsters vom Regiment" gegeben. Bei alledem ließ es sich immer mehr dazu an, daß die Herzogin den Palast würde zu verlassen und — dem jungen Ehepaar Sarzana einzuräumen haben!

Ihrem Giulio Cesare schrieb die Mutter von allen diesen ihren Leiden und Befürchtungen nichts — nichts von den Gefahren, die ihr durch Lucinden drohten. Einestheils wollte sie Benno's bei solcher Mittheilung leicht vorauszusehende Absicht ihr zu helfen nicht früher hervorrufen, als nöthig war; anderntheils vermochte es ihr Stolz nicht, Befürchtungen auszusprechen, die sie mit dem größten Zorn erfüllten, so oft sie nur an sie dachte. Benno hatte ihr die Versicherung gegeben, daß der einzige Vertraute ihres Briefwechsels nur Bonaventura blieb.

Eines Morgens lag die Herzogin noch in ihren Hauskleidern auf der Ottomane und blätterte in den französischen Zeitungen, die in Rom verboten sind, jedoch vom Cardinal gehalten und noch nach alter Gewohnheit, wenn sie benutzt waren, an sie abgeliefert wurden. Um so lieber las sie in ihnen, als die einheimischen Blätter fast von nichts als von Festen und großen Ceremonien berichteten, zu denen sie nicht mehr geladen wurde. Auch bei einem großen Ereigniß, das vier Wochen nach Olympiens Hochzeit statthatte — es war die wirklich erfolgte Ein-

kleidung des Vaters Vincente als Cardinal — hatte sie gefehlt (nie
hatte sie sonst bei einem solchen Fest, das wiederum ganz Rom
in Bewegung setzte, gefehlt) — bei einem Fest, wo Olympia und
Lucinde die üblichen Honneurs des ersten Cardinalsempfanges
machten — bei einem Fest, das eine Woche dauerte und alle
Zeitungen erfüllte! Voll Demuth, aber durchaus gewandt, fand
sich der neue Cardinal Vincente Ambrosi in seine Würde.

Unmuthig warf die Herzogin die einheimischen Blätter fort;
wieder auch war im Gebirg eine große Kirchenfestlichkeit gewesen,
wo die junge Fürstin Rucca als erster Stern am Himmel
der Gnade und Wohlthätigkeit geglänzt haben sollte. Und
schon ergriff sie die Feder und wollte dem Cardinal schreiben,
sie bedürfte Unterhaltung. Sie bäte um einige Einlaßkarten für
den Tag, wo die Räuber guillotinirt würden, die man als
Complicen Grizzifalcone's aufgegriffen hätte — Die Mission des
Bruders Hubertus war ihr durch die vorläufig wirklich erfolgte
Befreiung des Bischofs von Macerata bekannt geworden. Sie
wollte ihrem Schreiben hinzufügen, der Cardinal vergäße seine
— unversteuerten — Weine, die in ihrem Keller lagerten. Sie
grübelte allen Intriguen Ceccone's nach, allem, was sie von ihm
wußte und dessen Erwähnung ihn schrecken konnte. Benno's letzter
Brief lag vor ihr, worin dieser auf Anlaß des von Lucinden an
Bonaventura eingesandten Briefs der beiden deutschen Flüchtlinge
und eines inhaltreichen Couverts, das sie hinzugefügt, geschrieben:
„O fände sich doch dieser Wanderer nach Loretto! Wäre es der,
den mein Freund schon seit fast dreiviertel Jahren sucht! Er wird
es nicht sein. Die Dominicaner haben ihre anderen Gefangenen
herausgeben müssen — diesen schickten sie nach Rom, wo ihre
Gefängnisse unzugänglicher sind, als hier. Ceccone verweigerte
bisjetzt die Genehmigung, die Kerker des heiligen Officiums

untersuchen und den Dominicanern einen Beweis von Mistrauen geben zu laffen. Frà Federigo schmachtet in ihren Händen wie Galiläi, Benno, Pignata und so viele andere Opfer der Unduldsamkeit!" Daß in Rom schreckenvolle Dinge möglich waren, wußte die Herzogin. Sie wußte, daß Ceccone mit dem Meisten, was er that, eine andere Absicht verband, als von der Welt vorausgesetzt wurde. Zwischen dem alten Rucca und dem Cardinal war es bereits zu einer Spannung gekommen, seitdem zwar Hubertus durch eine List den Bischof ans Tageslicht gebracht hatte, aber von einer Entdeckung des Pilgers nichts hören und sehen ließ, ja seit einiger Zeit sogar von sich selbst nichts mehr. Schon war das Gerücht verbreitet, die Carabinieri der Grenzwache hätten vorgezogen, statt den römischen Abgesandten in seinen Bemühungen zu unterstützen, ihn todt zu schlagen.

Ueberall sah sie Gewalt und Intrigue. Sie kannte Ceccone's Ansichten über die Zeit und die Menschen. Wo durchgreifende Zwecke auf dem Spiele standen kümmerte ihn Menschenleben wenig. Durch einen der Verwandten Sarzana's, eine der von ihm beförderten Creaturen, hatte Ceccone alle Häfen auch der Nordküste in Obhut. Wer konnte auf diese Art im vorliegenden Falle wissen, was aus dem Rucca'schen Sendboten, dem deutschen Mönche Hubertus, geworden war. Jenseits der Apenninen, am Fuß des Monte Saffo, an der Grenze der Abruzzen war jede Controle abgeschnitten und dorthin hatten sich in der That die letzten Wege des kühnen deutschen Mönches verloren.

Die Zeitungen waren durchflogen — „mit ihren Lügen", wie die Herzogin vor sich hin sprach. Die Herzogin konnte nun an den Besuch einer Messe denken. Da bemerkte sie, daß im Hause laut gesprochen wurde. Sie wollte klingeln. Marco war nach dem Pantheon auf den Fleisch- und Gemüsemarkt, um ein Mittagessen einzukaufen; die Dienerinnen waren an der

Arbeit. Schon hörte sie Schritte. Sie unterschied die Stimme Olympiens. Dann war alles wieder still.

Die Herzogin glaubte sich getäuscht zu haben. Schon öfter war ihr geschehen, daß ihre aufgeregte Phantasie Menschen nicht nur hörte, sondern deutlich vor sich stehen und wandeln sah, Menschen, die mit ihr sprachen. Sie brauchte nur ihren geheimen Schrank aufzuschließen, nur Angiolinens blutiges Haar aus einem großen Pastell-Medaillon des Herzogs von Amarillas herauszunehmen, dies Haar nur eine Weile vor sich hinzulegen — und deutlich sah sie Angiolinen sich an ihren Tisch begeben und hörte sie laut mit ihr sprechen. In dieser Art trat Benno jeden Abend in die Zimmer der von Ueberspannung ergriffenen Frau. Nach Benno hatte sie die Sehnsucht einer Braut — eine Sehnsucht voll Eifersucht. Aber kein Madonnenbild mehr konnte sie sehen in dieser madonnenreichen Stadt, ohne voll Zärtlichkeit an Armgart von Hülleshoven zu denken, die ihr Lucinde als ihres Cesare Ideal bezeichnet hatte.

Die Stimmen kamen wieder näher. Diesmal aber rief wirklich Olympia selbst: Da nicht! Nein, nein! Dort geht das Kamin entlang! Die Hitze ist für ein Bett unerträglich.

Was will — die Mörderin meiner Tochter? fuhr die Herzogin mit sich selbst sprechend auf. Weiß sie denn in der That noch, wo ich wohne? Will sie doch wieder zu mir ziehen oder nicht —? Was soll — das Bett — von dem sie spricht?

Nebenan rückte man die Möbel. An einer andern Stelle des Hauses hörte man ein so starkes Hämmern, als sollten Mauern eingeschlagen werden.

Indem öffnete sich die Thür und aus dem Empfangssalon trat die kleine Fürstin, in glänzend outrirter Toilette; Lucinde, nicht minder gewählt gekleidet; die Schwiegermutter, eine noch immer anziehende und gefallsüchtige Frau; Herzog Pumpeo, der

9*

für ihren Liebhaber galt; hinter ihnen zwei junge elegante, wohl-
frisirte Prälaten; zuletzt auch Graf Sarzana.

Alle schienen überrascht zu sein, die Herzogin anzutreffen.
Sie wollten sogleich, Olympia ausgenommen, wieder zurück.
Sie hatten die Herzogin nicht anwesend vermuthet oder thaten
wenigstens so. Olympia hielt sie jedoch fest, schritt weiter, achtete
nicht auf die am Tisch beim Sopha erstaunt Verharrende, sondern rief, beim Durchschreiten des Zimmers: Hierher würd' ich
rathen, von jetzt an das Eßzimmer zu verlegen. Oeffnen wir
diesen Balcon, so hat man das Beste, was dieser alberne Garten
bieten kann, etwas Kühle. Chrysostomo! Wir nehmen ein Frühstück! Setzen Sie sich, Lucinde! Graf, Sie werden hungrig
sein! Kommen Sie doch! Wir sind ja bei uns!

Mit Widerstreben und in offenbar ungekünstelter Verlegenheit
war Graf Sarzana gefolgt, hatte sich der Herzogin, die hier
nicht mehr wohnhaft geglaubt wurde, stumm verbeugt und trat
in das Balconzimmer zu den Übrigen, die unterdrückt kicherten
— Lucinde ausgenommen, die von einem der Prälaten geführt
wurde und scheu zur Erde blickte.

Die junge Fürstin, wenig bis über den Thürdrücker, einen
schönen bronzenen Greifen-Flügel, hinausreichend, warf zornig
die Thür zu.

Im ersten Augenblick hätte ihr die Herzogin nachspringen und
sie zetreißen mögen. Biper, Schlange, Basilisk! zitterte es auf
ihren Lippen. Die Worte erstickten. Sie hatte in diesem Augenblick keine andere Waffe, als ein lautes, gellendes Lachen.
Hahahaha! schallte es sogleich nebenan zur Antwort. Olympia
war es, die in gleichem Ton erwiderte. Dabei klirrten Teller
und Gläser.

Olympia hatte ein Frühstück hieher beordert. Der Mohr
Chrysostomo wollte ihr eben durch eine andre Thür folgen und

trug bereits ein Plateau voll Gläser und silberner Gefäße. Die Herzogin ergriff den Diener und warf ihn zur Thür hinaus. Dann schloß sie sämmtliche Thüren so hastig zu, als fürchtete sie, ermordet zu werden.

Olympia lachte und sprach nebenan mit gellender Stimme fast immer allein. Sie that wie jemand, der hier noch zu Hause war. Demnach wurde also die Herzogin, da sie nicht von selbst ging, gleichsam zum Hause hinausgeworfen. Hatte Olympia vielleicht erfahren, wer Benno war? Verdankte die Herzogin diese Demüthigung Lucinden? War diese wirklich in ihr Leben eingedrungen oder woher dieser plötzliche Angriff, diese Scene ohne jede Vorbereitung —? Sie wußte es nicht und verzweifelte.

Die Herzogin besann sich freilich, daß Olympia dergleichen Stückchen ihres Charakters auch ohne alle Veranlassung auszuführen liebte. Es konnte ein ganz momentan gekommener Einfall des Uebermuths sein. Möglich war, daß sie sich für einige Tage mit ihrer Schwiegermutter ausgesöhnt hatte, von dieser vielleicht eine Anerkennung für einen neuen pariser Kleiderstoff fand und so wurde denn ein gemeinschaftlicher „Carnevalsspaß" auf Kosten einer Person ausgeführt, „die der Lächerlichkeit zu verfallen" anfing.

Die Herzogin weinte. Sie dachte an die Jahre, die sie dahingegeben an dies herzlose Wesen, an die sorgenvollen Stunden, wenn Olympia krank gewesen. Da sie Olympia's angeborene Natur entschuldigen und dafür Ceccone verantwortlich machen mußte, so hätte sie diesem an den Hals springen und ihn erwürgen mögen. Sogar Lucindens Haß auf sie ließ sie gelten; denn sie hatte abgelehnt, der Deckmantel eines Verhältnisses zum Cardinal zu sein. Aber seltsam! auch Lucinde war wieder versöhnt mit Olympia? Hatte doch Olympia die Erklärung der Herzogin,

Lucinden nicht bei sich wohnen zu lassen, gebilligt! Olympia war eifersüchtig auf den Einfluß und die Macht, die Lucinde auf ihren Onkel gewann, und die Herzogin hatte geglaubt, von Olympiens Eifersucht auf Lucinden Vortheil ziehen zu können. Nun sah sie das Leben dieser Menschen des Müßiggangs und des Glücks, diese Zerwürfnisse, diese Versöhnungen um nichts. Um irgendein auf der Villa Torresani gesprochenes Schmeichelwort Lucindens war Olympia dennoch im Stande zu sagen: Was ist das nur mit dieser armseligen Herzogin? Ihr Palast soll jetzt bald nur Ihnen und Sarzana gehören! Machen wir doch damit einen kurzen Proceß —! Oder irgendetwas dem Aehnliches war vorgefallen. Männer waren dabei zugegen, Priester sogar! Ja sogar Graf Sarzana, der sie zwar immer kalt, aber höflich behandelt hatte!

Sich aus diesem Zimmer entfernen konnte die Herzogin nicht, da das ganze Haus sich belebt hatte. Von den Köchen der jungen Fürstin war ein Frühstück überbracht worden. Ein Troß von Dienerschaft schien aufgeboten. Dabei arbeitete man im Nebenzimmer zur Linken, klopfte und hämmerte — Es waren Schreiner und Tapezierer in Thätigkeit. Die Gardinen wurden abgenommen, die Tapeten abgerissen. Das Ganze war eine Unterhaltung des Uebermuths. Wer konnte hier so schnell einziehen wollen? Die Declaration des Grafen Sarzana war doch wol noch in weiter Entfernung.

Vernichtet sank die somit mit Gewalt Verjagte auf ihr Kanapee zurück. Ihre Brust hob sich in hörbaren Athemzügen. Sollte sie rufen: Megäre, lade noch deine Mutter zu deinem Gelage, drüben die tolle Nonne aus den Gräbern der „Lebendigbegrabenen"! Was half das jetzt —! Sie hatte nicht einmal den Muth, dem alten Marco zu erwidern, der ihr am Schlüsselloch unverständliche Worte wisperte. Sarzana, Sarzana! sprach sie

wiederholt vor sich hin, auch. Er läßt die Mishandlung einer
Frau zu und ißt und trinkt und stößt mit dem Teufel in Men-
schengestalt an! Wenigstens malte sie sich das alles so aus.

Mit doppelt starker Stimme, damit davon nichts der Herzogin nebenan verloren ging, rief beim Mahle Olympia und fast
immer allein sprechend: Wie viel Lösegeld würde damals wol
Don Pasquale für Sie gefordert haben, Signora Lucinda?...
Wie sagen Sie, Graf?... Zum Gelbe würde es gar nicht gekommen sein?... Sie hätten sie mit Ihrem Säbel herausge-
hauen?... Haha! Ich weiß noch ein anderes Mittel, falls
die Herzogin mit gefangen gewesen wäre; ein Mittel, woburch
sie alles in die Flucht geschlagen hätte! Durch eine ihrer alten
Arien —!

Schallendes Gelächter folgte.

Gewiß hatte sie auf meiner Hochzeit die Hoffnung, zum Singen
aufgefordert zu werden. Darüber vergaß sie den Auftrag meines
Mannes, mir die Anwesenheit des Cardinals Ambrosi anzuzeigen.

Jetzt blieb alles still.

Erbebend und mit einem tiefen Seufzer sagte sich die Herzogin: Das war der Grund dieses plötzlichen grausamen Ein-
falls? Nimmermehr! sagte sich die Herzogin. Oder doch —?
Die Erhebung des Paters Vincente war auffallend genug. Man
schrieb sie der Absicht zu, dem neuen Großpönitentiar, Fefelotti,
zuvorzukommen. Er hatte diesen Mönch zur nächsten Cardinals-
wahl empfohlen. Ceccone hatte sich dann rasch des neu zu er-
nennenden Cardinals selbst bemächtigt. Olympia hatte die Honneurs seiner Ernennung im dazu hergeliehenen Palazzo Rucca
gemacht; alle Welt war in den schönen jungen Cardinal Ambrosi,
der wie ein Ganymed, ein David im Purpur aussah, verliebt;
gar nicht unmöglich, daß Olympia ihre erste Untreue als Frau
zu einer geistigen machte und wieder in leidenschaftlicher Andacht

für einen Priester schwärmte, den sie schon einmal so unglücklich gemacht hatte.

In der That — die Herzogin konnte hören: Zieht sonst niemand hier ein, den der Onkel lieb hat, so ist das kleine Haus durchaus geeignet, von einem so bescheidenen Priester bewohnt zu werden. Ich mache dem Carbinal Ambros seine ganze Einrichtung.

Carbinal Ambros soll hier wohnen? Benno's Nachfolger in deinem — oberflächlichen Herzen? sprach die Herzogin zu sich selbst.

In der That wurde das Gespräch jetzt rücksichtsvoller geführt und die Herzogin verstand nichts mehr.

Herzog Pumpeo machte den Wirth und schenkte ein. Trinken Sie, Graf Sarzana! rief er. Oder haben Sie noch immer Ihre geringe Meinung über den Champagner nicht verloren, den Sie damals — vor drei Jahren — auf unserer Landpartie nach Subiaco das „Bier der Franzosen" nannten?

Graf Sarzana, Sie sind überhaupt inconsequent! fiel Olympia ein. Wie konnten Sie je die Deutschen und die Franzosen so hassen! Jetzt lieben Sie — ein deutsches —

Halt, Principessa! unterbrach einer der Prälaten. Wir lieben in diesem Augenblick gar nichts — als die Heiligen! Die Signorina hier kennt alle Gebräuche der Beatification vom Tu es Petrus an bis zur Rede des Advocatus Diaboli —!

Wenn die Seele der Eusebia Recanati nächstens heilig gesprochen wird, fiel der andere der Prälaten ein, wer wird die Rolle des Advocaten der Hölle übernehmen?

Schweigen Sie! Keine Lästerungen, Monsignore! unterbrach Olympia mit energischem Ruf.

Die Herzogin lachte bitter auf und sprach für sich: Fürchtest du diese „heilige" Eusebia, weil sie dich — an deine Mutter erinnert? Oder ängstigen dich die Ansprüche, die selbst der Teufel an die Heiligen macht — wie vielmehr an deinesgleichen —!

Graf Sarzana's Stimme, ein wohlklingender voller Baryton, wurde mit den Worten vernehmbar: Cardinal Ambrosi lebt noch vierzig Jahre. Also erst in 140 Jahren ist es möglich, auf seine Kanonisation anzutragen. Auch bei ihm wird jemand den Auftrag bekommen, geltend zu machen, welche Rechte der Teufel an ihn hat. Abbate Predari! Gesetzt, Sie bekämen diese Aufgabe! Wie würden Sie Ihr Thema anfassen? Halten Sie eine Rede gegen den Cardinal Ambrosi zum Besten der Hölle! Vergessen Sie aber dabei nicht diesen schönen Palast!

Und die nichtswürdige Art, wie er eingeweiht wurde! ergänzte die Herzogin zähneknirschend.

Und die zerbrochenen Beine, als die Tribüne einstürzte, auf welcher bei seiner ersten Messe im St.-Peter Tausende von Menschen standen! bemerkte die alte Fürstin.

Die schlechten Plätze, die der römische Adel gewöhnlich bekommt! ergänzte der zweite der Prälaten, ein jüngerer Chigi. —

Lassen Sie mich! rief sich räuspernd Abbate Predari. Die Rede halte ich! Ich kann von Ambrosi's erster Jugend anfangen, von seinen ersten Ketzereien bei den Waldensern. Ich war sein Schulkamerad in Robillante ...

Dann wird nur zu sehr die Stimme des Neides aus Ihnen sprechen! unterbrach ihn Olympia, die befürchten mußte, selbst in dieser Rede eine Rolle zu spielen. Genug! Genug! unterbrach sie aufs neue die Ermunterungen zu einer Rede, die auch Abbate Predari durchaus halten wollte. Aber ihre Furcht war unbegründet. Als Advocat des Teufels würde er doch schwerlich gesagt haben: Siehe, ich sandte dir einst eine meiner Botinnen in den Beichtstuhl! ... Von allen diesen „Blasphemieen" wollte aber Olympia nichts hören und erklärte jetzt, denjenigen strafen zu wollen, der dies Thema aufgebracht hätte, den Grafen Sarzana. —

Wiffen Sie, Lucinde, sprach sie, daß ich früher eine Neigung für diesen Grafen hatte? Ich will es Ihnen nur gestehen. In meiner kurzen Geschichte mit Don Pallante, die Sie kennen, machte dieser Herr den Bermittler und die Bermittler wiffen die Thränen oft so gut zu trocknen, daß sie selbst an die Stelle der Ungetreuen treten. Ich liebte Don Agoftino, den Boten Pallante's — aber beruhigen Sie sich! nur drei Tage. Mir war er zu gelehrt, zu pedantisch, zu spöttisch, zu eingebildet — er las zu viel. Biel lesen, das beweift, daß man selbst wenig Geift hat. Graf! Ich rathe Ihnen, sich bei der Entzifferung der Obelisken und Pyramiden anftellen zu laffen. Und im Ernst, wenn Sie nicht im nächsten Carneval tanzen, so geb' ich Sie zu unsern gelehrten Eminenzen oben am Braccio nuovo im Batican in die Lehre, zu Angelo Mai und Giuseppe Mezzofanti!

Die Männer lachten über diese Spöttereien. Die Schwiegermutter rief sogar: Auf das Wohl des Küfters vom Regimente!

Diesen Witz hatte Herzog Pumpeo gemacht. Pumpeo bat um Frieden und brachte das Wohl aller schönen Spötterinnen aus, denen bereits die Männer ihr Uebermaß an Witz und guter Laune zu vergeben hätten.

Die Empfindungen der völlig ignorirten Herzogin, die zuletzt nur noch das Klappern der Schüffeln und Klingen der Gläser und ein Durcheinander von Witzen und Aneldoten hörte, in denen Pumpeo und die beiden Prälaten excellirten, löften sich wieder in Thränen auf. Nur das Stillschweigen des präsumtiven Sarzana'schen Ehepaars versöhnte sie etwas.

Als das Frühftück beendet, die Gesellschaft entfernt, die Dienerschaft mit den Reften der Mahlzeit gefolgt war, nahm die Herzogin die Unschuldsbetheuerungen der Dienerschaft, die ihr noch geblieben war, entgegen, vor allem die Versicherungen des mit weinenden Augen eintretenden alten Marco und suchte noch am selbigen Tage eine andere Wohnung. Sie wollte zu einem Miethbureau und dann in der Runde zur Besichtigung von Wohnungen fahren.

Als sie den Wagen bestellt hatte, erfuhr sie, daß auch Wagen und Pferde auf Befehl der jungen Fürstin Rucca fortgeführt wären.

Auf diese Nachricht sank sie in Ohnmacht. Der „Intendente" des Hauses, der bisher ihren Unterhalt bezahlt hatte, zuckte die Achseln; es war ein von Ceccone eingesetzter Koch. Er gestand, daß er schon lange vom Cardinal nur mit Widerstreben die Zahlungen für die Bedürfnisse des Hauses erhalten hatte, packte dann seine Sachen und zog ins Gebirge nach Villa Torresani, wo es hoch und herrlich herging. Er hinterließ die Erklärung, daß sich wahrscheinlich das ganze Hauswesen zur Bedienung des Cardinals Ambrosi neugestalten würde.

Nun mußte Marco Vorschläge von Wohnungen machen, die der Bedachtsame lange schon für diesen voraussichtlichen Fall in Augenschein genommen. Noch an demselben Abend und bis um Mitternacht zog die Herzogin aus. Sie hatte sich schnell für ein Stockwerk von mehren gesund gelegenen und schön möblirten Zimmern auf der Höhe des Monte Pincio entschieden. Die dortigen luftreineren Straßen konnte sie als Vorwand der Veränderung nehmen. Um sich nicht zu sehr als eine Gestürzte darzustellen, setzte sie alle ihre Ersparnisse daran.

Zu solchen Scenen aus dem geheimen und offnen Leben der großen Prälaten läuteten die Glocken der dreihundertfünfundsechzig Kirchen Roms — braußten die Orgeln — schmetterte die Janitscharenmusik der Hochämter — wandelten unter Pfauenfederwedeln und Baldachinen die wohlgenährten Pairs der Kirche —

rannten die convertirten Engländer nach den Katakomben — schwärmten die Deutschen von den Bildern des Fiesole — knieten die Franzosen in Trinità di Monti und küßten die Hände einer Gräfin-Aebtiffin der hier eingepfarrten „Soeurs grises" aus den ersten Geschlechtern Frankreichs. Rom spielt seine äußere heilige Rolle mit Glanz. Wer kennt das Innere —!

An Benno schrieb die in Wahrheit vernichtete Frau jetzt noch nicht alles, was ihr begegnet war. Sie erschien sich zu tief gedemüthigt! Auch hatte sie zu lange Jahre hindurch die den Umgang verscheuchende und die Menschen vereinsamende Wirkung des Unglücks kennen lernen. Dann beredete sie sich, sie wollte lieber erst die Antwort abwarten auf einen Brief, den sie an Ceccone schrieb und in welchem sie nichts von ihren Empfindungen zurückgehalten hatte. Schließlich hatte Benno selbst seit Wochen nicht geschrieben. Sie fing für die Sicherheit ihres Briefwechsels immer mehr zu fürchten an.

Am vierten oder fünften Tage weckte sie aus einem Zustand der Erstarrung, den das fortgesetzte Nichteintreffen eines Lebenszeichens von Benno mehrte, der erste Besuch, den sie in ihrer neuen Wohnung empfing. Eine glänzende Equipage stand am Hause. Sie kam aus Villa Tibur und brachte — Lucinden!

Mit kalter Ruhe und Sammlung führte sich diese bei ihr mit den Worten ein, der Cardinal hätte sie beauftragt, der Herzogin einen Jahrgehalt anzubieten, den er ihr mit Dank für die geleisteten Dienste ausgesetzt hätte. Er bedauerte, fügte sie hinzu, den Einfall der jungen Fürstin, an welchem er gänzlich schuldlos wäre — wie wir alle — Olympia schwärme, fügte sie hinzu, für den Cardinal Ambrosi und sie wollte wol auch, sagte sie lächelnd, alle diejenigen strafen, welche dem Bischof von Robillante den Ruf des ersten Priesters der Christenheit gegeben hätten — Cardinal Ceocone, schloß sie, würde selbst gekommen sein —

Wenn er nicht meine bösen Augen fürchtete! fiel die Herzogin ein und in der That schien in diesem Moment ihr Blick den Tod androhen zu können. Kaum reichte der ausgesetzte Jahresgehalt für die Wohnung und eine für Italiens Sitten so nothwendige Equipage aus.

Lucinde zuckte die Achseln. Für allzu viele Erörterungen schien sie nicht aufgelegt zu sein. Sie behauptete, Eile zu haben; sie sagte, sie käme überhaupt nur selten in die Stadt — ihr ganzes Wesen war voll Unruhe, gemachter Vornehmheit, Uebermuth.

Sie kam von Santa-Maria, dem Mutterkloster der Franciscaner, wo sie bei Klingsohr gewesen. Dort hatte sie den nach glücklich vollendeter Heilung wieder zu Gunst und Gnaden angenommenen Pater Sebastus am Sprachgitter gesprochen. Sie hatte ernste Dinge mit dem vor Schwäche allerdings noch an Händen und Füßen Zitternden, aber in ihrem Anblick Ueberglücklichen verhandelt.

Nach dem, was sie von Hubertus schon in Palazzo Rucca, als dieser daselbst von ihr Abschied genommen, über die zweite Gemahlin des Kronsyndikus erfahren, ließen die jetzt endlich möglich gewordenen Mittheilungen Klingsohr's keinen Zweifel, daß allerdings diese zweite Gemahlin eine ehemalige kasseler Sängerin Fulvia Malbachini, also die — Herzogin von Amarillas gewesen sein mußte. In dem lateinischen Bekenntniß Leo Perl's hatten die Namen gefehlt und auch noch jetzt bei Verständigung mit Klingsohr hütete sie sich, die Fingerzeige allzu grell zu geben; auch mußte sie den kaum Genesenen schonen. Gab ihm das Wiedersehen einen erhöhten Ausdruck der Spannung und

Kraft, so forderte sein todblasses Aussehen, seine gekrümmte grei-
senhafte Haltung zur Schonung auf. Von Benno sprach sie zu
Klingsohr nicht, da auch Hubertus nichts von Kindern dieser
zweiten Ehe gewußt hatte. Noch war sie schreckhaft erregt von
Klingsohr's Hosianna des Dankes für ihren Beistand, vom
Triumphgesang seiner Hoffnungen für eine neue Zukunft in Rom,
wo „selbst der Tod mit leichterer Hand abgewehrt würde, als
anderswo". Krampfhaft hatte er ihre Hand, die sie ihm durchs
Sprachgitter reichte, festgehalten und sie mit Versen begrüßt, die
für den Fall, wo er sie wiedersehen würde, schon bereit gehalten
schienen. Er gab alles, Minerva, die Weisheit, Maria, den
Glauben, hin — denn nur von ihr, der Botin Aphrodite's, käm'
ihm die volle Lebenskraft.

> Pallas Athene! Wär' ich immer
> Gefolgt nur Deinem Schild und Speer —
> Ich wäre längst ein Abendschimmer,
> Begraben in dem ew'gen Meer!
>
> Was zog mich nur mit Zauberbanden
> Hinauf zu Schnee und Alpenhöhn
> Und ließ in fernen, heil'gen Landen
> Mich Ziele noch und Wünsche sehn?
>
> Krank, todmatt, ausgedörrt die Lunge —
> Nahst kaum dem Auge Du, dem Ohr,
> Raff' ich mich schon mit Löwensprunge
> Ein Held zu neuer That empor.
>
> Was komme jetzt? Du nur gebiete!
> Zum Frühling wird des Kerkers Haft.
> Maria —? Pallas —? Aphrodite —?
> Ob ihr den Preis — der Liebeskraft!

Sie berichtete dem Wahnbethörten, fieberhaft sie Anblickenden,
von Reflexionen Umgewirbelten, daß ihn der Cardinal bei der
Congregazione del' Indice für die Beaufsichtigung deutscher

Kunst und Wissenschaft verwenden wolle.*) Von Hubertus wußte man auch in Santa-Maria noch nichts. Klingsohr versicherte, seines tapfern Freundes Entschlossenheit würde sich in jeder Lage zu helfen wissen.

Sie wohnen sehr hübsch hier? fuhr Lucinde, sich im Empfangzimmer der Herzogin umsehend und von ihrer Erschöpfung durch die empfangenen Eindrücke sammelnd, fort.

Hundert Fuß vom Erdendunst entfernter, als an Piazza Sciarra —! lautete die Antwort.

Wiederholt drückte Lucinde der Herzogin über die neuliche Scene mit Olympien ihr Bedauern aus und versicherte, ihrerseits angenommen zu haben, die Herzogin wäre bereits ausgezogen.

Der Cardinal hatte, denk' ich, die Absicht, Ihnen dies Palais — als Aussteuer anzubieten? sagte die Herzogin.

Immer hörte Lucinde von dieser Frau nur gewisse höhnische Betonungen. Immer nur gewisse Zweifel der Ironie —!

Graf Sarzana wird doch wol den Dienst bei Sr. Heiligkeit nicht aufgeben? fuhr die Herzogin fort. Sie hoffen ein stilles und glückliches Leben führen zu können? Vergessen Sie nicht, wenn der Cardinal Ambrosi die Wohnung zu beziehen anschlagen sollte, einige Verbesserungen — des Küchenherdes im Palais vorzunehmen. Sonst ist alles gut im Stande.

Schwach sind die Frauen wahrlich nicht, wenn sie ihre Empfindungen aussprechen. Auch daraufhin kannte Lucinde ihre Mitschwestern. Aber der „Küchenherd" schien ihr denn doch eine Anspielung geradezu wie auf die Zeit, wo sie wirklich eine Magd gewesen.

---

*) Die Stelle Augustin Theiner's aus Schlesien.

Sie sehen mehr, als ich, Hoheit! sagte sie, ergrimmt auf die Lippen beißend.

Sind die Verhältnisse noch nicht so weit? fuhr die Herzogin fort.

Welche Verhältnisse? Ew. Hoheit haben mich ja in diese Verhältnisse empfohlen.

Sie sind auch für diese Empfehlung recht dankbar, lächelte die Herzogin ironisch.

Sie aber sind nicht großmüthig, Hoheit! sagte Lucinde. Ich höre, daß Sie diese mögliche Zukunft zu verhindern suchen und mich nicht für würdig halten, eine Gräfin zu werden. Ich bin allerdings keine geborene Marchesina von Montalto, wie Sie! Ich bin eine einfache deutsche Bäuerin — das ist wahr! Oder hat man Ihnen aus Robillante etwas Anderes geschrieben?

Aus Robillante —? Mir?... So hört' ich — also neulich am Hochzeitstage — doch recht? Wie kommen Sie denn —

Sie stehen im Briefwechsel mit Robillante! unterbrach Lucinde schnell und entschieden.

Ich — mit — Ihrem Bischof wol —? entgegnete die Herzogin, zwar noch mit einer gewagten Sicherheit, aber schon erzitternd.

Nein, mit Ihrem Sohne Benno von Wittekind-Neuhof, mein' ich —! Lucinde warf diese Worte wie einen den Sieg verbürgenden Trumpf aus.

Erst wollte die Herzogin auflachen. Dann deutete sie auf Lucindens Stirn, als wäre ihr Verstand wol nicht recht in Ordnung.

Aber Lucinde hielt sich in unbeweglicher Ruhe und wiederholte langsam, was sie soeben gesprochen hatte.

Die Herzogin ergriff Lucindens Arm, starrte sie mit aufge-

riſſenen Augen an und ſchwankte an die Thüren, um dieſe we-
nigſtens feſter anzuziehen.

Sie litt nicht für ſich — was hatte ſie zu fürchten! Sie
litt für Benno, der ihr unter ſolchen Umſtänden ſeines zweideutigen Urſprungs nicht froh werden zu können ſchien. Sie —
ſind — wirklich — ein Teufel! hauchte ſie und ſetzte ſich halb
ohnmächtig nieder.

An dieſem „Wirklich“, ſagte Lucinde, erkenn' ich die mich
betreffenden Stellen Ihres Briefwechſels. Ja, jenſeits der Alpen
iſt man noch immer nicht im Reinen, für welchen Ofen der
Dante'ſchen Hölle ich paſſe, aber das ſoll auch dieſſeits gelten.
Und Ihr Sohn ignorirte mich doch noch mit einer gewiſſen mit-
leidigen Toleranz. Uebrigens ein vortrefflicher Menſch, nur mit
dem Einen Fehler, daß er zu den Männern gehört, die den
Verſtand, den auch einmal Frauen beſitzen können, für Anmaßung halten.

Eine lange Pauſe des Triumphes trat ein. Allmählich raffte
ſich die Herzogin auf und ſuchte das Fenſter, um Luft zu ſchöpfen.

Ich ſpreche eine Vermuthung aus, die ich beweiſen kann!
fuhr Lucinde fort, indem ſie ihr nachblickte. Der Geiſtliche, der
Sie traute, hieß Leo Perl. Es war ein Jude. Die Trauung
geſchah auf dem Schloß Altenkirchen. Ich kenne manche Folgen
dieſes abſcheulichen Betruges, arme Frau! Benno von Aſſelyn
iſt die beſte davon. Wie geſagt, ein trefflicher Menſch, ob er
gleich zu ſehr den — guten Eigenſchaften des Kronſyndikus ähnelt
und — Ihren Fehlern. Madame, Sie wiſſen, daß ich nur wenig
Freunde im Leben gefunden habe! Laſſen Sie mir die, die ich
hier gewinne! Ich verſpreche Ihnen, Sie werden von mir un-
behelligt bleiben! Daß nur die Jeſuiten und der General der
Franciscaner, Olympia im Allgemeinen, hier Ihr vergangenes
Leben kennen, weiß ich vom Cardinal. Arme Frau! Da die

erste Hochzeit falsch war, konnte man Sie glücklicherweise nicht
der Bigamie anklagen, was in der Absicht Ihrer und der Feinde
Ceccone's lag. Glorreich wurden Sie gerechtfertigt. Dann ihr
Geheimniß mit Benno — das weiß außer mir niemand. Ich
werde es zu bewahren wissen. Nur — bitt' ich von jetzt an
und befehl' es Ihnen, lächeln Sie nicht mehr, wenn mein Name
genannt wird —! Lächeln Sie nicht so spöttisch, ob diese Erwähnung nun in Verbindung mit dem Cardinal oder mit dem
Grafen geschieht! Lassen Sie sich von Ihrem Sohne über mich
nichts erzählen, was Sie etwa veranlassen könnte, den Hoffnungen, die ich habe, mögen sie sein, welche sie wollen, zu schaden!
Das ist es, was ich Ihnen schon am Hochzeitsfest zu sagen
hatte und nur verschob, weil uns die Räuber hinderten und
wir seither im Gebirge kaum zur Besinnung kamen! Noch Eins
und in aller Aufrichtigkeit: Erneuern Sie die Warnungen für
den Bischof von Robillante! Schreiben Sie davon Ihrem Sohne!
Man erwartet Fefelotti hier. Er bringt die Einleitung eines
Processes auf Absetzung des Bischofs. Entsetzlich, wenn sich der
Bischof um eine einzige ketzerische Persönlichkeit so fortreißen, von
Gräfin Erdmuthe auf Castellungo so bestimmen ließe! Der Cardinal meinte es in allem Ernste aufrichtig, als wir den Pilger
zu entdecken suchten. Nicht seine Schuld, daß auch Hubertus
jetzt so räthselhaft an der Grenze der Abruzzen verschwunden ist.
Hören Sie aus alledem, daß ich der Meinung bin: Wir sind
Freunde, Verbundene, Herzogin! Waffenstillstand, Friede zwischen uns! Kein Wort an Olympien! Nimmermehr! Verlassen Sie sich auf mich! Das versprech' ich Ihnen. Jetzt aber
muß ich auf Villa Tibur zurück. Der Weg ist weit. Achthundert Scudi nur, Herzogin! auch ich find' es erbärmlich! Was
kann ich aber thun! Sagen Sie das Ihrem Sohne — Benno!
Sie sind glücklich, einen solchen Sohn zu besitzen! Wo fanden

Sie ihn? Wie erkannten Sie sich? Sie haben recht! für Olympia war er zu gut. Aber nie, nie darf sie davon erfahren! Ihre Rache würde keine Grenzen kennen. Regen wir uns aber nicht auf! Sie kennen jetzt meine Wünsche, meine — Befehle! Auf Wiedersehen!

Lucinde war verschwunden, wie sie gekommen. Sie selbst hatte geklingelt, um die Bedienung in Bereitschaft zu halten.

Die Herzogin blieb zurück, erstarrt — an Händen und Füßen wie gebunden. Sie fühlte ganz die Wirkung, die Lucinde beabsichtigt hatte. Mußte sie „diese Schlange an ihrem Busen erwärmt" — sie selbst nach Rom gebracht haben! Unter diesem Damoklesschwert sollte sie nun leben! Was war aber zu thun? Was um Benno's willen zu unterlassen? Ihre Correspondenz schien ihr nicht mehr sicher, trotz der Adressen, die hier und in Robillante an die geringsten Leute gingen. Diese Sprache, diese kurze Eröffnung, diese Schonungslosigkeit des kecken deutschen Mädchens! Von Angiolinen hatte sie geschwiegen. Wußte sie von dieser nichts? Sie sah, Lucinde wußte genug, um sie in ewige Fesseln zu werfen.

Alles das mußte die vereinsamte Frau in sich selbst verwinden. Trotz des Vorwands, den sie für ihren Umzug in der „bessern Luft des Monte Pincio" fand, verließen die Ausgestoßene alle ihre Bekannte. Sie hatte ohnehin nie die erste Rolle spielen dürfen, auch solange sie mit Ceccone und Olympia lebte. Was war sie der Welt! Jetzt bereuete sie zu klug gewesen zu sein und sagte: Wie viel haben bei alledem die Menschen voraus, die sich nur den Ausbrüchen ihres Temperaments hingeben! Sie erleben immer noch etwas mehr Unglück und Demüthigung, als wir andern, die wir so klug sein wollen, das ist wahr; aber ihre Personen fesseln und ihre Natur läßt ihre Verhältnisse vergessen. Nicht einmal ein paar alte Prälaten hatten noch das Bedürfniß, bei ihr zu speisen. Von Benno erhielt sie keine Andeutung, wie sie sich verhalten sollte. Seine Briefe blieben aus. Sie war in Verzweiflung.

Ihr Geist hatte seit einem Jahr ganz dem geliebten Sohne gelebt. Die Briefe, die sie von ihm empfing, waren wie an ein Ideal gerichtet. Nur einen einzigen Tag hatte er die Mutter gesehen und gesprochen und gerade darum war ihm alles neu und reizvoll an ihr geblieben. Die ganze, seit so lange von ihm beklagte Heimatlosigkeit seines Daseins fand in diesem neugewonnenen Besitze Ruhe und Sammlung. Und auch sie lebte nur in seinen Mittheilungen und bildete sich jetzt aus ihnen, so fragmentarisch sie waren, ihre Welt. Zitternd las sie alle seine letzten Briefe. Sie waren der einzige beglückende Eindruck, der ihr noch geblieben! Da lag vor ihrem fernblickenden Auge die schöne Alpengegend Piemonts —! Da lagen die Thäler, die schattenreichen Kastanien- und Nußbaumwälder, in denen sich der Geliebte mit Bonaventura erging —! Da schilderte Benno das rege Leben der Bewohner und die blühendste Seidenzucht —! Ort reihte sich an Ort — erkennbar war jeder Weiler an den viereckigen Kirchthürmen mit den heitern Glockenspielen —! Schlösser standen auf höchster Höhe, gebrochene Zeugen der Wildheit des Mittelalters; tiefer abwärts von diesen Trümmerstätten lagen wohnliche neue Sitze des Adels, darunter Castellungo, erkennbar schon in weiter Ferne am wehenden Banner der Dorftes —! Wie oft hatte der Kronsyndikus sie vor Jahren versichert, daß gerade um dieser Dorftes willen seine zweite Ehe noch geheim bleiben mußte! Sie sah Benno hinüber- und herüberreiten zwischen Robillante, einem freundlichen Städtchen, und Castellungo.

Die alte Gräfin Erdmuthe bediente sich seiner als Vermittlers zwischen ihr und dem Bischof, den sie seltner sah, obgleich er ganz in ihrem Sinne wirkte und Benno nicht genug von Bona-

ventura's Muth schreiben konnte, der jenen von der Gräfin beschützten Waldensern die altverbrieften Gerechtsame wahrte. Sie
sah die Eichen von Castelungo, die verlassene Hütte des Einsiedlers, die Processionen zur Kapelle der „besten Maria". Seltsam durchschauerte sie's von Geheimnissen, die auf allen diesen
Beziehungen liegen mochten. Sie wußte bereits, daß jene Gräfin
Paula, die inzwischen die Nachfolgerin ihres Kindes geworden war,
dem Bischof besonders werth gewesen. Sie fühlte die Dämmerungs-
schleier so vieles Zarten und Ahnungsvollen, das auf jenen Gegenden lag, und die sich schon ihr selbst auf Auge und Herz zu breiten
anfingen. Selbst die Anstrengungen Bonaventura's, jenen Cre-
miten den Händen der Inquisition zu entreißen, machten ihr einen
fast persönlich gewordenen Eindruck. Wie ein stilles trauliches
Abendläuten vernahm sich alles, was von dort herüberklang.
Nun sollte sie an Benno die unheimliche Nachricht schreiben: Dein
Geheimniß ist in den Händen dieser Lucinde, die mich entwaffnet,
versteinert hat — ich konnte ihr nicht widersprechen — konnte dich
nicht verleugnen! Schien sie doch voll Antheil für unser aller
Schicksal! Die Nachricht, jene düstern Gemäuer von Coni, die
erzbischöfliche Residenz würde ihren Souverän, den grimmen Fefelotti entsenden und dieser selbst würde neue Schalen angesam-
melten Zornes mitbringen, um sie über die ihr so werthen Menschen auszugießen, war ihr die peinlichste. Und dabei der stete
Ruf: Wenn er nur endlich, endlich selbst schreiben wollte!

Zunächst mußte ihr die Kraft ihres stillen Liebescultus für
den Sohn und die Erinnerung helfen. Sie legte sich schon lange
als Pflicht auf, die Plätze zu besuchen, von denen sie wußte, daß
vorzugsweise von ihnen bei seinem Aufenthalt in Rom Benno
gefesselt worden. Benno hatte an der Ripetta gewohnt, mit der
Aussicht auf die Peterskirche. Er hatte seine Betrachtungen an
so manches geknüpft, was sie bisher verhindert gewesen war,

wieder in Augenschein zu nehmen und nach Benno's Weise auf sich wirken zu lassen. Sie staunte, alles so zu finden, wie Er geschildert — in Briefen geschildert, die ihr ein Heiligthum wurden und die sie in ihren einsamen Stunden wieder und wieder las. Jetzt sagte sie: Ja, er hat Recht: Die Peterskirche macht keinen gewaltigen Eindruck! Die gelbangestrichenen Säulenarcaden drücken sie zum Gewöhnlichen herab —! Sie sagte: Er hat Recht: Das Innere der Peterskirche ist kalt; man athmet hier nur in der Sphäre des Stolzes und der Vermessenheit der Päpste —! Er hat Recht: Die Engelsburg ist wie ein Reitercircus —! Er hat Recht, wenn er schreibt: Als ich nach Rom kam, erschien mir der Engel auf ihrer Spitze wie ein Lobgesang auf die Idee des Christenthums, jetzt nur noch wie eine Satire —! Er hat Recht: Die Kirchen sind Concertsäle; nicht eine hat die Erhabenheit eines deutschen Domes —! Er hat Recht, wenn er schreibt: In den Museen verweilt' ich lieber unter Bildsäulen, als unter Bildern; sie lehren Vergänglichkeit und Trauer und das Museum auf dem Capitol ist geradezu die heiligste Kirche Roms; nur dort hab' ich Thränen geweint, unter den gespenstischen Marmorgöttern, den Niobiden, den sterbenden Fechtern, den gefangenen Barbarenkönigen —! Er hat Recht: Kein christlicher Sarkophag hat mich so gerührt, wie im Lateran die heidnischen Aschensärge mit den zärtlichsten Inschriften, wie: „Die Gattin dem Gatten —!" Er hat Recht: Nichts hass' ich so, wie das Coliseum! Ich kann es nicht mehr ansehen —! Er hat Recht: Wie wenig kann ich mich mit Michel Angelo befreunden! So oft ich von ihm ein Werk finde, hab' ich das Gefühl, er hätte etwas geben wollen, worauf die gewöhnlichen Vorstellungen vom Schönen nicht passen, und nach Neuem und Außerordentlichen gehascht — Rafael allein hat das Einfache und Richtige! Was ein Ding sein muß, das ist es bei Rafael; bei

Michel Angelo ist's immer etwas anderes, als das natürliche Gefühl erwartet —! Rafael's Bilder betrachtete sie nun stundenlang — die Madonnen waren dann Armgart — süßer heiliger Friede senkte sich auf Augenblicke in ihre Brust — Dann fuhr sie wieder auf und ängstigte sich um die Ahnung, daß sie Benno nicht wiedersehen würde. Nun fehlte ein Brief schon seit Wochen von ihm. Und ihr Herz, ihre ganze Seele war so übervoll —!

Es war die Zeit, wo in Rom jeder, der nur irgend kann, auf dem Lande lebt. Die Herzogin mußte sich diesen Schutz gegen die Wirkungen der „Malaria" versagen. Neulich war sie in ihrem vom Schrecken des Gemüths gehetzten „Wiederaufsuchen Roms nach Benno's Anschauungen" beim Kloster der „Lebendigbegrabenen" angekommen. Die Nonnen hatte einen schönen, luftreinen Garten. Oefters schon war sie hinübergegangen zu diesen Schwestern der „reformirten" Franciscaner; sie wohnten an Piazza Navona, nahe der Tiber. Sie, die Mitwisserin eines so schweren Geheimnisses, wie Olympiens Geburt, blieb dort noch immer gut aufgenommen, aber um achthundert Scudi jährlich kauften die Andern ihr Schweigen ab —! Sie, sie war es, die diesem Kloster die Last Olympiens abgenommen! Nicht alle Gründe hatte sie Benno erzählt, die damals die fromme Genossenschaft bestimmten, eine so gewagte Handlung zu begehen und eine Nonne einzukleiden, die ihnen eine geheime Commission des peinlichen Tribunals als eines Attentats auf den Inquisitor Ceccone verdächtig überwiesen hatte und die schon allein deshalb abzuweisen war, weil sie keine Jungfrau war und niederkommen mußte. Nichts Seltenes, daß Verbrecher den Klöstern zur Aufbewahrung übergeben werden; aber eine Braut des Himmels, gesegneten Leibes — und sogar von einem Monsignore, der unter Umständen, die keine nähere Untersuchung des

Frevels wünschen ließen, von ihr einen Mordanfall erlitten hatte —!
Das Kind blieb am Leben und wurde aus dem geräumigen Kloster nicht entfernt. Für diese Zurückbehaltung hatte man Gründe.
Vorzugsweise fürchtete man, solange man ein pflegbefohlenes
Kind lieber selbst hütete, weniger für den Ruf des Klosters, das
leicht seine gegenwärtige Auszeichnung, die Pallien weben zu
dürfen, verlieren konnte und sie an andere Klöster abtreten mußte,
die nicht wenig eifersüchtig waren auf diese Ehre und den reichen
Gewinn. Außerdem hatte dies Kloster noch eine andere Ehren-
aufgabe, auf welche die jungen Prälaten neulich angespielt hatten. In der zu ihm gehörigen Kirche befand sich eine „Mumie"
— der Leichnam der Stifterin des Klosters, einer Franciscanerin,
die im Jahre 1676 die strengere Regel Peter's von Alcantara
angenommen hatte. Bei zufälliger Oeffnung ihres Sarges im
Beginn dieses Jahrhunderts fand man die Schwester Eusebia
Recanati nicht verwest. Der Leichnam hatte sich in seiner ur-
sprünglichen Gestalt erhalten, während die Gewänder, der braune
Rock, der schwarze Schleier, das weiße Kopf- und Halstuch zu-
sammenfielen. Ohne Zweifel lag hier ein Wunder vor! Seit
dreißig Jahren petitionirte nun das Kloster um die Anerkennung
dieses Wunders, um die Heiligsprechung der Eusebia Recanati,
die an gewissen Tagen in einer Kapelle der Kirche, in einem verschlossenen Schrank, unter Verglasung, in sitzender Stellung dem
Volke gezeigt wurde. Seit dreißig Jahren bestand eine Commission zur Prüfung der Ansprüche, die Eusebia Recanati auf
den Schmuck des Heiligenscheins hatte. Dem Kloster wäre die
wirklich erfolgte Heiligsprechung und ein unversehrter Heiligenleib
zur Quelle des reichsten Gewinnes geworden. Aber die andern
Orden regten sich voll Eifersucht — die schwarzen Oblaten und
Ursulinerinnen, die weißen Camaldulenserinnen und Karthäuserin-
nen, die hellbraunen Olivetanerinnen, die schwarzweißen Philip-

pinen, die schwarzbraunen Augustinerinnen, die weißschwarzen Dominicanerinnen, die braunen Karmeliterinnen und Kapuzinerinnen, die blauen Annunciaden, die rothen Sakramentsanbeterinnen und hinter ihnen her die entsprechenden Mönchsorden mit ihren Generalen. Die geringere bloße „Seligsprechung" der Mumie genügte den „Lebendigbegrabenen" nicht, sie wollten der Christenheit eine heilige Eusebia geben, die in der That dem Kalender noch fehlte. Sie bewiesen, daß diese schreckhaft anzusehende, verschrumpfte, vollkommen braunem Leder gleichkommende Eusebia Recanati, dies geschmückt mit den glänzendsten Kleidern und mit goldenen Spangen befestigte Grauenbild Wunder verrichtete, Lahme gesund machte, Blinde sehend. Die Opposition blieb jedoch zu stark. Dreißig Jahre schmachteten die Nonnen um Entscheidung der Cardinäle! Als einen vorläufigen Ersatz erhielten sie das Pallienweben, in dem sie sich, dreißig an der Zahl, auszeichneten wie Penelope auf Ithaka; Ceccone war es, der sie zum Festhalten ihrer Hoffnungen auf die Heiligsprechung der Mumie ermunterte. Auch wären sie gewiß schon durchgedrungen, seitdem sie das Meisterstück ihres guten Willens, die Verheimlichung eines Prälatenkindes ausgeführt; wären nur nicht Fefelotti und die Jesuiten ihre Feinde geworden. Diese beschützten die vornehmen neuen Orden, die Salesianerinnen, die Annunciaden, die Sakramentsanbeterinnen, vorzugsweise die Damen vom Herzen Jesu. Die Jesuiten ließen mit jenem Schein „wahrer Aufklärung", der ihnen überall an geeigneter Stelle durchaus geläufig ist, alle Wunder, welche diese Mumie vollzogen haben sollte, ärztlich untersuchen und erklärten sie für null und nichtig. Jesuiten lehrten auf der Universität Roms, der „Sapienza", die Heilkunde und Naturwissenschaften. Die Gutachten, die ihre Commission für die Heiligsprechung der

Eusebia Recanati übergab, waren von einer Freimüthigkeit, als
hätte sie Humboldt verfaßt.

In solchen Klöstern, wo ein Industriezweig getrieben wird,
z. B. das Blumenmachen, sieht es wie in einer Fabrik aus.
Man läßt anderwärts Zöglinge und Kinder zur Mithülfe zu;
die „Lebendigbegrabenen" repräsentirten ihr kleines „Manchester"
für sich. Ihr Fleiß hielt gleichen Schritt mit der Sterblichkeit
unter den Bischöfen von 131 Millionen Seelen. Sie schoren
und spannen und webten und die Herzogin von Amarillas konnte
einige Uralte unter ihnen nicht anders betrachten, als unter dem
Bilde der Parzen Clotho, Lachesis und Atropos. Auch Lucrezia
Bianchi spann. Dazu sang sie alte Lieder — Freiheitslieder,
die sie von ihren Brüdern gelernt hatte, weniger von Napoleone,
als von Marco und Luigi. Für einen kleinen Schwestersohn von
ihr, den die „schöne Wäscherin" vom Tiberstrande schon erzog,
als sie die neue Judith zu spielen begann, hatte der liebevolle
Ceccone gesorgt. Er war, als seine Oheime Luigi und Napoleone nur durch die Flucht von den Galeeren freikamen und als
Marco sogar zum Tode verurtheilt, dann jedoch zu den Galeeren
begnadigt, schließlich verbannt wurde, erst sieben Jahre alt.
Ceccone ließ den kleinen Achille Speroni ~~~~~~~~~ und zum
~~~~~~~~~ der Sixtina erziehen.

Die Herzogin besuchte am Abend nach der Schreckensscene
mit Lucinden den Garten dieses Klosters. Da saß die Mutter
Olympiens, die ihrem Kinde, als sie es empfing, fluchte, die
irrsinnige, magere, hohläugige Lucrezia und spann wie immer!
Selbst aufgeschreckt, wie ein verfolgtes Wild, erzählte sie ihr von
ihres Bruders Luigi Gefangenschaft in Brünn. Die Spinnerin
hielt einen Augenblick inne und zeigte auf die Wolle am Rocken
und auf den langen Faden, den sie aufgewickelt hatte. Das ist

recht! Er muß Geduld haben! sagte sie und feuchtete den Faden an. Ja, sagte die Herzogin, du meinst die Zeit! Schwester Josepha — so war sie beim Einkleiden getauft worden — der lange Faden ist die Zeit! Auf den müssen wir viel, viel aufreihen —!

Die drei Parzen in der Nähe lächelten und nickten Beifall. Die Herzogin beneidete fast die Schwester Josepha um ihren Irrsinn. Dies arme Wesen, das einst auf einen Mann, in dessen Arm sie geruht, ein Messer zücken konnte, wußte nichts von ihrem Kinde, das eine Fürstenkrone trug und die Menschen tyrannisirte. Sie hatte die fixe Idee von ausbleibenden Briefen — Briefen, die Gott, Jesus, St.-Johannes, die Heiligen an sie schrieben — es waren die Briefe ihrer verbannten Brüder —, die in den Gefängnissen Roms, unter all den Torturen gesessen hatten, die vom Rechtswesen des Mittelalters am längsten im Kirchenstaat zurückgeblieben sind.

Als die Herzogin aus dem Klostergarten, von den kleinen Lämmern, den Webstühlen zurückkam, war sie über ausbleibende Briefe ebenso trostlos wie Schwester Josepha. Endlich mußte sie doch auf alle Fälle Benno den Vorfall mit Luciden, überhaupt alles berichten, was seit fünf Tagen ihr widerfahren war. Seit Benno's letztem Brief waren Wochen verflossen. Täglich fragte sie bei einem Lotteriecollecteur, der eine große Correspondenz unverfänglich führen durfte, ob nichts für sie angekommen wäre. Endlich, endlich durfte doch wol ein Brief — morgen eintreffen!

Er kam auch morgen nicht. Auch nicht am nächsten Tage. Schon fragte die Verzweifelnde und wie auf der Flucht vor sich selbst Dahinwankende das Orakel der Karten, das sie stundenlang vor sich ausgebreitet hatte und bei verschlossenen Thüren durch forschte. Sie nahm eines jener schöngeformten eisernen Gestelle, in welche man in Italien die Waschschüssel stellt, und stand wie Pythia am Dreifuß, um an den Wellenschwingungen, die ins Wasser geworfene Kiesel hervorbringen, zu erkennen, ob die Ringe, große oder kleine, Glück oder Unglück bedeutende wären. Sie nahm Asche vom Feuer des Herdes, streute sie Nachts auf den Sims eines vom Wind bestrichenen Fensters und schrieb mit zitterndem Finger die Frage, ob Benno gesund wäre: „Sano?" Am Morgen dann las sie mit banger Erwartung, was der prophetische Wind aus den Buchstaben gemacht haben würde.

Das Orakel antwortete: Santo ... Wie, dachte sie den Tag über — er ist doch wol nicht gar auch in ein Kloster gegangen? Auch er will ein Priester werden?

Damit quälte sie sich einen Tag. Kein Brief kam. Am Abend schrieb sie wieder: Sano? Am Morgen las sie in dem verwehten Aschenstaube: Cane.

Himmel, dachte sie jetzt und raufte sich wie wahnsinnig das Haar, ein toller Hund hat ihn gebissen —!

Am dritten Tage las sie: Caro. Das machte sie ein wenig ruhiger. So war er doch vielleicht nur verliebt und vergaß sie um — wessentwillen? Etwa Armgart's?

Am vierten las sie: Sale — Salz oder Verstand — Die Ironie des Zufalls lehrte sie nicht, daß sie ihre Thorheiten lassen sollte. Sie grübelte, worin Benno's Schweigen gerade jetzt ein besonderer Beweis von Verstand sein konnte.

Als sie am Tage, wo sie Sale gelesen hatte, von einer Corsofahrt nach Hause kam, wieder am Hause des Lotteriecollecteurs nichts für sich gefunden hatte, schleppte sie sich halb zusammenbrechend die Treppe hinauf.

Eben wollte sie ihre Hauskleider anlegen. Da hörte sie von

der Straße her. einen Wagen anrollen und halten. Nach einer Weile klingelte es und mit hochaufgerissenen Augen kam Marco und brachte die Wundermär: Cardinal — — Feselotti!

Die Herzogin traute ihrem Ohr nicht und erhob sich.

Es war in der That Erzbischof Feselotti, Cardinal und Großpönitentiar der Christenheit — in eigener Person.

Von solchem Besuch ahnte sie jetzt nichts Uebles. Das „Salz" des Orakels — „Verstand" traf zu. Nicht besonders älter war Feselotti geworden, seitdem die Herzogin ihn zum letzten male gesehen hatte. Im Gegentheil, die Ruhe in Coni, die Sicherstellung seiner Unternehmungen durch die Jesuiten, die Nothwendigkeit, die gottseligste Miene zu zeigen, hatte die sonst immer sehr lebhaften Verzerrungen seiner unschönen Gesichtszüge gemildert. Sind die Hunde aus den Wölfen entstanden, so stellte Feselotti jenen Uebergang vor, wo möglicherweise zuerst die Wölfe anfingen sich in den Gewohnheiten des Hausthiers zu versuchen. Seine runde Nase, seine buschigen Augenbrauen, sein von Pockennarben zerrissenes Angesicht war wie sonst dasselbe, aber eine heilige, so zu sagen gesättigte Ruhe lag auf seinen Mienen. Konnte er doch wahrlich lächeln über seinen neuesten Sieg. Konnte er doch über seine Rückkehr aus einer Verbannung lächeln — wo er für den „schlechtesten Christen" hatte gelten sollen, dem man zur „Versöhnung der Gottheit" den „besten" gegenübergestellt! Konnte er doch mit vollstem Behagen lächeln über Ceccone's ohnmächtiges Schnauben, wovon er sogleich andeutete, daß es jetzt schon anfinge sich an Frauen auszutoben. Ja, das war die Dame, zu welcher Feselotti sonst als Prälat so gern gegangen war, die jedoch seine Intrigue mit der „kleinen Wölfin" bei den „Lebendigbegrabenen" und die Verhinderung der Cardinalserhebung Ceccone's gekreuzt hatte.

In solchen Fällen denkt kein Italiener an ein Verschleiern

seiner Empfindungen. Fefelotti lachte sich weiblich aus. Sowol über die Höhe der Treppen, die er hatte ersteigen müssen, wie über die Möbel, wie über die Dienerschaft und — ein „Sommerlogis" auf dem Monte Pincio! Sie kluge Frau, sagte er, ich habe Sie immer so gern gehabt! Wie konnten Sie sich nur von meiner Fahne entfernen! Sie haben sechzehn Jahre Ihres Lebens verloren. Wie hoch ist die Pension, die ihnen mein alter Freund Don Tiburzio zahlt?

Die Herzogin hatte die Schule der Leiden in einem Grade durchgemacht, daß sie sich weder über Fefelotti's Besuch allzu erstaunt zeigte, noch auch Ceccone's Undankbarkeit ganz nach den Empfindungen schilderte, die sie darüber hegte. Sie wünschte dem Großpönitentiar Glück zu seiner neuen Erhebung, ließ die von ihr betonte wahrscheinlich nahe bevorstehende Papstwahl nicht ohne Bezüglichkeit für die Hoffnungen des ehrgeizigen Priesters — sie klagte Ceccone keineswegs allzu heftig an.

Fefelotti sah die Schlauheit der weltgewandten Frau. Sich mäßigend schlug er die Augen nieder, beklagte die Leiden Sr. Heiligkeit und gestand offen, daß durch die Wiederherstellung des Jesuitenordens, dessen Affiliirten er sich schon seit lange nennen konnte, endlich Festes und Dauerndes in die schwankenden und von den Persönlichkeiten der Päpste abhängigen Zustände der Kirche gekommen wäre. Seine eigene Wiederberufung bewiese, daß sich ohne den Rath des Al Gesù nichts mehr in der katholischen Welt unternehmen lasse.

In der Art, wie sich's dann Fefelotti unter den vom trippelnden Marco inzwischen angezündeten Kerzenbüscheln bequem machte, wie er sogar herbeigeholte Erfrischungen nicht ablehnte, lag das ganze Behagen ausgedrückt, sich bei einer Frau zu befinden, die nach aller Berechnung menschlicher Natur seine Verbündete werden mußte. Von Ceccone's „häuslichen" Verhält-

niſſen ließ er ſich erzählen. Er hatte ſeine Freude an dem klejn-
ſten Verdruß, den das Schickſal „ſeinem guten Freunde" bereitet hatte. Er ſtellte ſich wie ein in einem kleinen Landſtädtchen Begra-
bener, nur um Neues, Ausführliches und recht viel kleine pikante
Details erfahren zu können. Und die Herzogin war klug genug,
troß ihrer Abneigung gegen den häßlichen Mann, deſſen falſche
Zähne nach jedem Saß, den er ſprach, ein eigenes Knacken der
Kinnlade von ſich gaben und gegen den noch jeßt Ceccone ein Apoll
war, doch dies Verlangen nach Befriedigung ſeiner Schadenfreude nicht ganz unerfüllt zu laſſen. Sie gab eine ungefähre
Schilderung der Mühen und Sorgen, unter denen allerdings
Ceccone's Ehrgeiz ſtöhnte und ſchmachtete.

Fefelotti ſchlürfte Sorbett. Seine Zähne bekamen vorüber-
gehend einen beſſern Duft von den Orangen, aus denen das
Gefrorne bereitet war und ſie knackten nur noch von der Berührung mit dem Löffel. Immer mehr gewöhnte ſich die Herzogin
an das Wiederſehen eines Mannes, der doch ohne Zweifel nur
allein der Anſtifter jener den Jeſuiten nicht geglückten Verfolgung
gegen ſie wegen Bigamie geweſen. Kannte er alle Geheimniſſe
ihres Lebens? Kannte er die Exiſtenz Benno's? Ihr Antheil an ſeinem Kampf mit Bonaventura, gegen den er vielleicht
einen Proceß auf Abſetzung inſtruirte, rüſtete ſich, ihn über dies
und anderes möglichſt unverfänglich zu befragen. Sie ließ den
Gefährlichen den vollen Vorgeſchmack der Annehmlichkeiten und
Vortheile, die er durch dieſen Beſuch gewinnen konnte.

Roms Lage iſt ſchwierig, ſagte Fefelotti bei Erwähnung des
Ceccone'ſchen Aufenthalts in Wien. Auf der einen Seite bilden
wir das Centrum der Welt, auf der andern das Centrum Italiens. Wir ſollten rein geiſtlich und für die Ewigkeit auf die
Gemüther wirken und ſind von allen politiſchen Strudeln des

Tags ergriffen. Die neue Zeit hat dem apostolischen Stuhl
eine fast unerschwingliche Aufgabe gestellt. Ohne die weltliche
Würde kann die geistige Souveränetät des Heiligen Vaters nicht
auf die Dauer bestehen. Beides für die Zukunft zu vereinigen,
erfordert die äußerste Anstrengung. Ich billige ganz, wenn
Ceccone seine kleinen Koketterieen mit den sogenannten „Hoffnungen Italiens" zu unterlassen angefangen hat. Erzählen Sie
mir doch noch mehr von Wien —!

Die Herzogin bestätigte, daß Ceccone von Wien in seinen
politischen Neuerungstrieben bedeutend abgekühlt zurückgekommen.
Der Fürst Staatskanzler hätte ihn belehrt, daß die Tribunen
Roms sich immer erst am Entthronen der Päpste und am Hals-
abschneiden der Cardinäle geübt hätten.

Fefelotti lachte mit vollem Einverständniß. Die Herzogin
dachte an Benno und dessen Freunde. Sie gab der guten Laune
des Schrecklichen die gewünschte Nahrung. Sie erzählte: Ceccone hätte beim Nachhausefahren von einer solchen Scene mit
dem Staatskanzler immer nur Fefelotti! Fefelotti! gerufen.

Bestia! unterbrach der Cardinal.

Dann hätte Ceccone, erzählte sie, Olympien geschildert, was
„politische Reformen" wären. „Nur Ein Bedienter für dich,
monatlich nur Ein Paar neue Handschuhe und die Nothwendigkeit, deine Hemden selbst nähen zu müssen!"

Fefelotti hielt sich die Seiten vor Lachen. Ich bin mit Ceccone's politischer Haltung ganz einverstanden, sagte er. Sie ist
jetzt streng und durchaus fest. Sie läßt sich auf keine Trans-
actionen mehr ein. Rom ist unterwühlt von Verschwörungen!
Verbannung nur und Galeere können helfen! Das Geringste ist
das Verbot aller zweideutigen Schriften — Apropos — Wissen
Sie — nichts Näheres über den Grizzifalcone —?

Die Herzogin hörte Gesinnungen, die sie haßte, verbarg jedoch ihre Aufwallung hinter einem Erstaunen über die Verbindung Grizzifalcone's mit Roms — Politik.

Der Cardinal drückte seine kleinen Rattenaugen zu. Ein bedeutsames Knacken seiner Zähne trat wieder an die Stelle seiner Worte. Der Duft der Orangen verflog. Glücklicherweise nahm er eine zweite Schale Sorbett.

Die Herzogin mußte die Geschichte der Gefahr erzählen, die sie an Olympiens Hochzeitstage überstanden hatte. Lucindens Name mußte genannt werden. Dieser war ihm keineswegs unbekannt.

Eine Reubekehrte? warf er ein.

Sie hütete sich schon, ein Wort der Misachtung auszusprechen!

Fefelotti kehrte dringender auf Grizzifalcone zurück. Glauben Sie, sagte er, daß Ceccone jene für den Fürsten Rucca bestimmte Liste in den Taschen des Räubers fand und einsteckte? Ich glaube es nicht. Diese Liste besaß Ceccone ohne Zweifel längst vorher in Abschriften genug. Er brauchte sie ja — Hm! Räthselhaft sind die Aufträge, die dem wilden deutschen Franciscanerbruder gegeben wurden. Nun sagt man ja, er wäre spurlos verschwunden. Mit jenem Pilger zugleich! Hörten Sie davon nichts? Der Pilger und der Mönch sind von den Zollwächtern, die verrathen zu werden fürchteten, ohne Zweifel erschlagen worden.

Die Herzogin entsetzte sich. Und warum „brauchte Ceccone die Liste"? fragte sie sich.

Eine Weile verzog sich der bisherige heitere Ausdruck der Mienen Fefelotti's, seine schwarzen Brauen senkten sich auf die kleinen Augen, die ein verderbliches wildes Feuer zu verbergen schienen. Dennoch suchte er die Stimmung des Scherzes zurückzuführen. Er sprach von Olympien, die er beschuldigte, bei allen neuen Opern in der „Argentina" diejenigen Stellen zu beklatschen, die für die Tausende von Carbonaris, die auch in Rom wären, gewisse Losungsworte gäben. Das junge Italien hat allein zwölf Comités in Rom! schaltete Fefelotti ein. Doch erzählen Sie von Olympien —!

Die Herzogin hörte nur und hörte.

Fefelotti sah, daß die Herzogin in politischen Dingen Ceccone's Vertrauen nicht mehr besessen hatte. In die Argentina geht Olympia jetzt seltener, sagte sie mit bitterer Erinnerung an den neulichen Spott Olympiens über ihre Beziehung zur Musik. Sie verlangte von mir, daß ich erklärte: Unsere neuere Musik anhören zu müssen verdiente, daß die Componisten mit den Ohren angenagelt würden!

Diese Strafe trifft in der Türkei die Bäcker, wenn sie schlechtes Brot backen! Dieser Witz wird den alten Rucca geärgert haben, wenn er ihn hörte! sagte Fefelotti.

In dieser heitern Weise dauerte die Unterhaltung noch fort. Auch auf den Cardinal Ambrost kam Fefelotti zu sprechen. Ich habe ihm, sagte er, sofort eine Amtswohnung anweisen lassen, indem ich ihn zum Vorstand der „Congregation der Reliquien und Katakomben" machte. Vielleicht ist er so galant, Olympien mit der Heiligsprechung der Eusebia Recanati ein Gegengeschenk für seine Erhebung zu machen. Sie wissen doch noch, daß wir einst um die kleine „Wölfin" bei den „Lebendigbegrabenen" auseinander gekommen sind — Sie schlimme Frau, die Sie mir auch in Wien einen noch gottseligeren Priester auf Erden entdeckt haben, als dieser Vincente sein soll und versteht sich, ich selbst — Ja Sie! Sie! Ich weiß es — Meinen Nachbar bei Coni — den magnetischen Bischof Bonaventura von Asselyn!

Den haben Sie zuerst Olympien empfohlen. Der Spott dabei auf mich kam allerdings wol nur von dem kleinen Grasaffen her.

Die Herzogin spitzte ihr Ohr. Jedes Wort in diesen leichten Scherzen und drohenden Neckreden war ihr bedeutungsvoll. Ihr Palais an Piazza Sciarra stand also noch leer? Cardinal Ambrosi hatte sich dem Verehrungscultus Olympiens entzogen?

Bonaventura's heiliger Ruf wurde keineswegs von ihr abgelehnt. Mit einem fast schelmischen Trotz berief sie sich auf das Urtheil der deutschen Kirche.

Gut, daß ich mich an diesem Eindringling auf italienischen Boden habe überzeugen können, wie gefahrvoll diese deutsche Kirche wird! Kaum in sein Amt eingeführt, begeht der Freche eine Unthat nach der andern! Der Verbündete einer Ketzerin, die auf dem Schlosse Castellungo haust, wahrt er den durch die Milde der Zeiten noch übrig gebliebenen Resten einer schismatischen Sekte die Rechte, die sie verbrieft besitzen wollen, bestreitet das ihnen streng eingeschärfte Verbot, Proselyten zu machen, behauptet, die Dominicaner hätten außer diesen gefänglich eingezogenen, dann freigegebenen religiösen Fanatikern noch einen Eremiten eingekerkert, der die Rolle eines Wohlthäters des Volkes spielt und nur ein Verbreiter ruchloser Lehren war. Auch dieser Eremit war ein Deutscher! England und Deutschland! Das wird unser Kampfplatz werden! In Deutschland ist es schon wieder wie zur Zeit Luther's. Ein Priester ist aufgestanden, der dem Bischof von Trier die Aussetzung des Heiligen Rocks zum Verbrechen am „Geist der Zeit" macht! Die ketzerischen Bewegungen auf dem Gebiet der Lehre, ja des Cultus nehmen überhand. Erkundigungen, die wir über den Bischof von Robillante eingezogen haben, machen ihn zur Absetzung reif. Und der blinde Wahn dieses Mannes geht so weit, hieher nicht als ein Angeklagter, sondern als ein Richter kommen zu wollen.

Hieher —? Er wird berufen? fragte die Herzogin erbebend vor Angst und doch wieder vor Freude.

Der Bischof behauptet, fuhr Fefelotti in gesteigerter Aufregung fort, die Nachricht, daß man jenen Eremiten in der Mark Ancona als Pilger gesehen hätte, wäre ein absichtlich ausgesprengter Irrthum; im Gegentheil, dieser Eremit wäre nach Rom überführt worden und säße in irgendeinem hiesigen Kerker. Der Pilger von Porto d'Ascoli, erklärte er noch kürzlich, wäre ein anderer. Seit man nun jetzt verbreitet, jener wäre ermordet worden, hat sich eine Scene mit ihm, die zu seiner sofortigen Verhaftung hätte führen müssen, zugetragen, wäre nicht die besonnene Vermittelung eines seiner Verwandten dazwischengetreten.

Des Signore — Benno — vielleicht? fragte die Mutter nach Gleichmuth ringend.

Der Cardinal bestätigte den Namen.

Benno lebt denn also noch! dachte die Mutter und verbarg hinter Bewegungen, welche ihr als Wirthin eines so hohen Besuches zukommen durften, das Gemisch ihrer Freude und Besorgniß. Fefelotti sprach Benno's Namen harmlos aus. Er schleuderte nur seinen Bannstrahl über Deutschland und Bonaventura. Dann fragte er wiederholt nach Lucinden. Er wußte, daß sie dem Cardinal nahe stand und Aussicht hatte, Gräfin Sarzana zu werden. Nach den Berichten der kirchlichen Fanatiker Deutschlands nannte er sie eine Hocherleuchtete, der sich nur Eine Schwäche nachsagen ließe, die, daß sie für jenen Bischof von Robillante eine unerwiderte Liebe im Herzen getragen.

Die Herzogin nahm ihm nichts von allen diesen Vorstellungen. Sie sah, dem Großpönitentiar lag das Leben aller Men-

schen aufgedeckt. Er fragte wiederholt, was die Herzogin über
Donna Lucinde wisse und ob sie selbst mit ihr gut stünde.

Die Herzogin sah, daß Fefelotti bei Ceccone eine Spionin
suchte. Vielleicht fand er sie in Lucinden. Sie hütete sich, Lucinden nach ihrer Auffassung und eigenen Erfahrung zu charak-
terisiren. Eine Vermittelung dieser Bekanntschaft durfte sie aus
nahe liegenden Gründen — um Ceccone's willen — ablehnen.

Es war schon halb elf Uhr, als der Cardinal sich endlich
erhob. Er hatte ein paar angenehme, höchst trauliche, für ihn
mannichfach anregende Stunden zugebracht. Er hatte sich schnell
wieder in den römischen Dingen orientirt und versprach wieder-
zukommen. Dann küßte er der Herzogin mit aller Galanterie
die Hand, sagte ihr die Tage und die Orte, wo er „zum ersten
male aufträte" — d. h. die Messe lesen oder sie mit Pomp
anhören würde. Das waren Schauspiele, wo sich alles, was
zur Gesellschaft gehörte, versammeln mußte. Er versprach ihr
die „besten Plätze", unter andern zu einem morgenden Gebet
von ihm in der Sixtina. Daß ich, sagte er beim Gehen, Ceccone's Feind nicht mehr sein will, beweise ich dadurch, daß ich
den Schein von ihm entferne, als könnte er einer Dame, welcher sich seine Ehre lebenslang verpflichtet fühlen sollte, wie
Ihnen, undankbar gewesen sein. Mit dieser artigen Wendung
empfahl er sich.

Die „Dienerschaft", die der alte Marco rasch durch einige
Hausgenossen scheinbar vermehrt hatte, stand in den Vorzimmern.
Die Umwohner hatten sich den Schlaf versagt, um dem Schau-
spiel der Abfahrt eines Cardinals beizuwohnen. Fefelotti's
Pferde trugen am Kopfgestell der Zäume die rothen Quasten.
Die Kutsche war vergoldet; zwei Lakaien sprangen hinten auf,
während ein dritter mit dem Ombrellino an der Hausthür war-

tete und beim Einsteigen den kleinen stämmigen Priester beglei=
tete, der seinerseits nur einfach, mit dem rothen dreieckigen In=
terimshut erschienen war.

Einige Freude empfand die gedemüthigte Frau denn doch
über diesen Besuch. Sah sie auch Gefahren über den Häuptern
der ihr allein noch im Leben werthen Menschen sich zusammen=
ziehen, so blitzte doch in solchen Nöthen ein Hoffnungsstrahl auf
durch die Beziehung zu einem so mächtigen Manne, der glückli=
cherweise ihren wahren Antheil an den Schicksalen der Bedrohten
nicht ahnte. Benno hatte also jener von Fefelotti erwähnten
Scene beigewohnt und ihren schlimmen Ausgang gemildert.
Sie wollte noch einen Tag warten und dann auf jede Gefahr
hin dem Sohn mittheilen, worin sie ihre Sorge auf ihn, seinen
Rath und seinen Beistand werfen müßte. Die Vorladung Bo=
naventura's schien noch nicht entschieden zu sein.

Am Abend nach dem Besuche Fefelotti's kam die Herzogin
aus der Sixtinischen Kapelle, wo Fefelotti sein „erstes Abend=
gebet" gehalten hatte. Der kleine Raum war überfüllt gewesen.
Der Qualm der Lichter, die Atmosphäre so vieler Menschen
hatten sie fast ersticken lassen. Fefelotti hatte der Herzogin in
aller Frühe schon einen reservirten Sitz zur Verfügung gestellt.
Wie kräftig sprach er sein „Complet" — las den 90. Psalm
Qui habitat in adjutorio Domini, sang mit jenem conventio=
nellen Tone, der so sanft der Rührung vom Herzen den Weg
durch die Nase läßt, sein Gloria Patri, worauf die Kapelle mit
Simeon's Lobgesang: Nunc dimittis antiphonisch einfiel. Nicht
eine der zu Ceccone's engeren Beziehungen gehörenden Persönlich=
keiten war bei diesem Debut Fefelotti's zugegen. Ceccone hatte
jahrelang nur die ersten Weihen, er nahm vor kurzem auch die letz=
ten; er übte sich täglich im Messelesen, um seinerseits mit den

unerläßlichen Bedingungen zur Papstwahl hinter andern nicht zurückzubleiben, Fefelotti's Virtuosität in allen kirchlichen Functionen war ihm ein Gegenstand besondern Neides.

Die Herzogin versank auch hier wieder in die schwärmerischste Sehnsucht nach ihrem Sohn. Gerade diese kleine Kapelle, die für die Hausandacht der Päpste bestimmt ist, enthielt Michel Angelo's „Jüngstes Gericht". Man sieht nur noch an den lampenrußgeschwärzten Wänden ein unklares Durcheinander bunkler Farben. Benno hatte ihr geschrieben, der berühmte Gesang in dieser Kapelle hätte ihm nie die mindeste Erhebung gewährt; die unglücklichen Verstümmelten, die zur päpstlichen Kapelle gehörten, hätten im Discant gesungen wie Hühner, die plötzlich den Einfall bekämen, wie die Hähne zu krähen; die Bässe wären klistermäßig roh; die alten Weisen Durante's und Pergolese's kämen in ihrer einfachen Erhabenheit unwürdig zu Gehör. Und für alles das schwärme der deutsche Sinn! Diese Sixtinischen Kapellenklänge allein schon wirkten wie ein Zauber der Sehnsucht nach Deutschland hinüber! Erst der germanische Geist, der sonst schon das Christenthum überhaupt zur weltgeschichtlichen Sache des Gemüths gemacht hätte, hätte auch hier wieder in das Abgestorbenste, in die Kirchenmusik neues Leben gebracht. Wie klang das alles der Herzogin beim Schlußgebet des Erzbischofs von Coni jetzt so ganz in ihrem Sinne nach —!

Gestern Nacht hatte sie in die Asche „Sano?" geschrieben und der Wind hatte in der That an diesem Morgen etwas wie „Canto" daraus gemacht. Darum war sie mit Hoffnung in die Kapelle gefahren —! Sie war im Wagen die Treppe hinaufgekommen an den salutirenden, hanswurstartig gekleideten Schweizern vorüber; sie hatte, vorschriftsmäßig vom schwarzen Schleier verhüllt, zur Menschenmenge nicht aufgeblickt von dem kleinen ihr reservirten Plätzchen aus. Die von Michel Angelo in die Hölle geschleuderten Bischöfe und Cardinäle waren ihr heute nicht wiewol sonst Gegenstände der Zerstreuung, wenn sie in ihnen zum Sprechen ähnlich getroffene noch lebende Würdenträger suchte. Das verschrumpfte Antlitz Achille Speroni's auf dem Singchor sah sie ohne Lächeln... Speroni, der Cousin der jungen Fürstin Rucca, stand in seinem violetten Rock mit dem weißen Spitzenüberwurf und der rothen Halsbinde anfangs wie ein Mann, sang auch eine Zeit lang wie ein Mann: Maria, ad te clamamus exules filii Evae! Plötzlich, bei den für einen exul filius Evae doppelt rührenden Worten: „Maria, zu dir seufzen wir auf, weinend und flehend, in diesem Thal der Thränen!" sprang der Unglückliche in die äußerste Kopfhöhe über, fistulirte eine Weile und war zuletzt bei den für einen Entmannten erschütternden Worten: „Zeig' uns, Maria, die gesegnete Frucht deines Leibes!" ein vollständiges Frauenzimmer. Die Herzogin kannte nicht wörtlich den Inhalt dieser für die Trinitatiszeit normalen abendlichen Horengesänge; sie verstand nicht, wie die Worte in schneidender Ironie zur Verstümmelung des Sängers standen; im Geist aber hörte sie Benno's Aeußerung: Schon um diese krähenden Hühner der Sixtinischen Kapelle allein muß die römisch-katholische Kirche, wie sie ist, untergehen!

Mancher lächelnde und ironische Blick haftete an der Herzogin. Er sollte ihrem Sturz gelten. Sie dagegen durfte diesen Monsignores, Ordensgeneralen, Uditores und Adjutantes di Camera nicht minder ironisch lächeln. Wie nur eine Hofdame bei einer großen Cour die Geheimnisse all dieser so steif sich verbeugenden Welt von ihrer Reverseite übersieht, so auch blickte sie auf alle diese tonsurirten Häupter, die aus ihrem Leben das Frauenthum ausgeschlossen zu haben schienen und die alle, alle gerade doch vom Frauenthum am meisten abhängig waren — nächst ihrem Ehrgeiz.

Ihren Wagen behielt sie und befahl dem Kutscher, sie heute auf den Corso und in den Park der Villa Borghese zu fahren. Sie kam sich wie wiederhergestellt vor.

Wie sie gegen neun Uhr nach Hause kam, hörte sie, daß ein Fremder nach ihr verlangt hätte. Er wollte morgen zeitig wiederkommen — hieß es.

Dem beschriebenen Wuchse nach war es Benno. Ein dunkler, voller Bart, der das ganze Gesicht beschattete, ein grauer Calabreserhut — das stimmte freilich nicht zu ihrer Erinnerung. Aber — wer konnte es anders sein?

Zu Nacht speiste sie nichts vor Aufregung.

Mit zitternder Hand schrieb sie in ihre Asche: „Sano?"

Kaum, daß sie einige Stunden schlief.

Am Morgen las sie: „Salve!" . . .

Einige Stunden später lag sie in Benno's Armen.

———

Druck von F. A. Brockhaus in Leipzig.

6.

Wenn ein geliebter Freund aus weiter Ferne zurückkehrt, breitet er zuvor seine Gaben aus. Benno brachte genueser Korallenschmuck und mailänder Seidenstoffe. Kostbarer, als alles, war das Geschenk seines eigenen Selbst.

Und war er es denn wirklich? Jener liebenswürdige junge Mann, der vor einem Jahr am Kärntnerthor zu Wien aus dem vierspännigen Wagen der Herzogin gesprungen? Aeußerlich machte er den Eindruck eines Italieners. Gestern, frisch vom Postwagen gekommen, hatte er noch einen Calabreser aufgehabt. Heute hatte er der Mode zwar den Tribut eines schwarzen Hutes gebracht, seinen verwilderten Bart ein wenig gestutzt; das lange schwarze Haar jedoch, die Bräune des Antlißes, die leichte, heitere Beweglichkeit, alles war durchaus nicht so, wie es die Mutter aus den wenigen unvergeßlichen wiener Augenblicken des äußersten Schmerzes und der äußersten Freude kannte. Aber es war schöner noch, verwandter, heimatlicher als die Erinnerung. Sie erstickte seine ersten Worte mit ihren Küssen und Umarmungen. Er war es — ihr Giulio Cesare!

Nichts ist anziehender als ein lebensmuthiger, froher, sorgloser junger Mann. Ihm gehört die Welt. Alles, was ihm

die Gegenwart versagt, muß sich ihm zu Gefallen noch ändern. Der
Tag rauscht dahin, Jahre werden vergehen, aber den Reichthum
seiner Lebenskraft scheint nichts berühren zu können. Gefühle,
Leidenschaften, Gedanken, mit denen das Alter geizt, von denen
die Erfahrung nur noch Einzelnes und Abgegrenztes entgegen-
nimmt, ihm ist alles noch eine in sich zusammenhängende große
Welt, welche den ganzen Menschen ergreift, alle Sinne zu
gleicher Zeit, die Seele und den Leib, den Leib und die Seele.

Benno verrieth anfangs nur die Stimmung, in welche ihn
die glückliche Lage versetzen durfte, von seinem Bruder Wittekind
anerkannt worden zu sein. Seine Geldmittel flossen nach Bedürfniß. Schon hatte er sich bei Sopra Minerva eine Wohnung
gemiethet. Endlich — er war bei seiner Mutter!

Allmählich staunte er, die Mutter auf dem Monte Pincio
zu finden. Wie oft hatte er im letzten Herbst den Palast betrachtet, wo er wußte daß sie wohnte. Das ihm nun enthüllte
Schicksal der Mutter durfte ihm gleichgültig erscheinen, was die
Geldmittel anbelangte. Dennoch betraf es ihn schmerzlich. Mehr
noch, er deutete mit lindem Vorwurf an, wie verdrießlich es ihm
war, diese Veränderung erst jetzt zu erfahren.

Warum, mein Sohn —? fragte die Mutter voll Besorgniß.

Er wäre dann vielleicht nicht gekommen! sagte er.

Die über eine so kurz- und rundweg gegebene Erklärung
Betroffene erzählte ihm die Einzelheiten ihres Bruchs mit Ceccone.

Dieser Elende! rief Benno. Dann aber sprach er dumpf vor
sich hin: Hätt' ich doch — das nur geahnt!

Aber warum nur? Was hast du? fragte immer besorgter
die Mutter. Du rechnetest auf Olympiens Liebe —? setzte sie
angstbeklommen, wenn auch lächelnd hinzu.

Benno erröthete und erwiderte nichts. In seinem Schweigen
lag seltsamerweise — ein aufrichtiges Ja!

Die Mutter stand mit bebenden Lippen vor ihm und hielt seine beiden Hände.

Benno verhieß jede Aufklärung. Jetzt sprach er von einem Freund, der ihn bei dem jungen Fürsten Rucca vielleicht schon angemeldet hätte.

Ich Thörin! wehklagte die Mutter. Ich mistraute der Sicherheit unserer Briefe und schrieb dir nichts. Noch wagte nicht die Mutter von Lucinden zu sprechen.

Benno wurde zerstreuter und abwesender. Er schützte für eine vorläufige Entfernung das Suchenmüssen seines Freundes vor. Dieser hatte bereits vor ihm eintreffen wollen. Er erzählte nur noch einiges von Bonaventura's schwieriger Stellung, vom Dank, den sich sein Freund durch die Befreiung einiger Opfer der Inquisition erworben, von Bonaventura's Mistrauen gegen die ihm von Rom durch Lucinde und die Mutter gewordenen Mittheilungen über die Identität jenes Pilgers mit dem Eremiten Frä Federigo, der sich nach allgemein dort verbreiteter Meinung in den Kerkern der Inquisition zu Rom befinden müsse, von Fefelotti's bedenklicher Feindschaft, die es indessen zu einer förmlichen Anklage durch die Congregazione de Bescovi e Regolari noch nicht hatte kommen lassen.

Die Mutter wagte sich mit einigen ihrer Erfahrungen hervor. Sie erzählte von Fefelotti, erzählte endlich auch — Lucindens Mitwissenschaft um das Geheimniß seines wahren Namens.

Von dieser Seite kann doch immer nur das Verhängniß kommen! erwiderte Benno mit den lebhaftesten Zeichen der Betroffenheit.

That ich recht, mit einem solchen Dämon Frieden zu schließen? fragte die Mutter und las voll Angst in seinen Mienen.

Gewiß! gewiß! sagte er fast abwesend. Er wollte gehen und den Freund suchen. Offenbar kämpfte sein Inneres irgendeinen

Kampf. Die Mutter sah es und wollte ihn nicht lassen. Als er dann aber doch gegangen war mit dem Versprechen, gegen Abend zurückzukehren, als sie in die letzte Umarmung die ganze Empfindung gelegt hatte, die sie vorm Jahr nach ihrem: „Auf Wiedersehen!" in ihr Herz verschlossen und angesammelt, überfiel sie jenes Bangen, wovon wir selbst nach der mächtigsten Freude und dann sogar ohne allen Grund erschreckt werden können. Salve! Salve! rief sie ihm zwar nach und ihres Orakels dankbar gedenkend. Aber das wiedereroberte Glück wuchs nun zu solcher Höhe, daß sie ein Schwindel ergriff. Ist es denn möglich, rief sie, sein Vaterland scheint nicht mehr dieser kalte Norden zu sein! Er spricht nicht blos so schön in den Lauten unserer Zunge, er spricht im Geist seiner Mutter!

Daß sie in dieser Seligkeit nicht lange verweilen durfte, machte sie weinen. Was hat er nur mit Ceccone — mit Olympien? Zwei Stunden war er bei ihr gewesen. Nun erst dachte sie allem nach, was er gesprochen. Er hatte politische Aeußerungen fallen lassen. Er hatte nach einigen freisinnigen Namen, nach Lucian Bonaparte gefragt. Himmel, rief sie, ich sollte erleben, daß ich eine Römerin werde wie die Mutter der Gracchen! Cäsar, Cäsar, ich bin nicht so stark wie Cornelia! Ich zittere vor Gefahren, in welche du dich begibst! Dann grübelte sie: Was ist ihm nur verdorben durch meinen Bruch mit Ceccone —? Bedarf er eines so Mächtigen? Fühlt er sich nicht sicher? Sie erschrak, als er von einem Gang auf die österreichische Gesandtschaft als von etwas für seine Lage Ueberflüssigem gesprochen hatte. Er lehnte den Wunsch eines Zusammenhangs mit Deutschland ab.

Nun drängte sich anderes in ihre Erinnerung an diese seligen zwei Stunden. Wie sinnig hatte er das Pastellmedaillon des Herzogs von Amarillas betrachtet! Wie wehmuthsvoll umflorte sich sein Auge, als sie dies Medaillon geöffnet und Angiolinens blutiges Haar hervorzog. Sie hatte ein geheimes Fach eines Schreibsecretärs aufgezogen und ihm Erinnerungen an Kassel, Schloß Renhof, Altenkirchen gezeigt, die gefälschten Dimissorialien, die Zeugenaussagen der Freunde Wittekind's. Alledem sprach er Worte voll Ernst und Charakter.

Zuletzt nahm sie alles leichter. Sein Lächeln war zu lieb und sicher gewesen. Er hatte sie zu innig umarmt, zu oft an den Spiegel geführt und sich mit ihr verglichen; ihre Hände küßte sie an den Stellen, wo er diese geküßt hatte. Sie fühlte ihre Jahre nicht mehr, sie gedachte ihrer grauen Haare nicht, sie liebte Benno mit dem Feuer eines Mädchens, das ein Abbild ihrer Träume gefunden. Zu Lucinden hätte sie hinausfahren und ihr rufen mögen: Er ist da und was willst du nun? Ueber Armgart, auf welche sogleich die Rede kam, hatte sich Benno nur träumerisch ablehnend geäußert.

All ihre Unruhe sammelte sich jetzt in der Sorge um ein würdiges Empfangen des Sohns für den Abend. Er kam dann vielleicht mit seinem in Aussicht gestellten und vielleicht nun gefundenen Freunde. Letzterer hätte schon drei Tage vor ihm in Rom sein sollen, hatte Benno erzählt und seinen Namen mehrmals genannt. Daß sie ihn behielt, war von einer Italienerin nicht zu erwarten. Auch Marco und die andern Dienstboten, die befragt wurden, ob jemand nach Baron d'Asselyno im Hause gefragt hätte, behielten ihn, obgleich ihn Benno auch ihnen nannte, nur unter dem Namen des vielleicht noch kommenden „Signore biondo" — des „blonden Herrn". Sonst schien man wegen eines so außerordentlich warm begrüßten Fremden wie Benno im Hause nicht eben neugierig. Marco beherrschte sich. Er war das Prachtexemplar eines italienischen Bedienten. Schon in den Vor-Ceccone'schen Zeiten der Herzogin hatte er Abends ihren Kammerherrn, Vormittags die Scheuerfrau gemacht.

Jetzt sank er zwar nicht ganz zu dieser Bielseitigkeit herab, aber
den Koch mußte er heute Abend doch mit dem Kammerherrn zu
verbinden wissen. Er versprach ein Souper herzurichten, wie es
sich für eine Herzogin zu geben geziemt. Die Mutter ordnete und
schmückte die Wohnung und sich selbst. Das Haus war in
Aufregung. Una conoscenza della Padrona — aus Wien!
Wozu brauchte es weiterer Aufklärung!

Das beste Zimmer der Etage bot einen Ausgang auf eine
prächtige Altane — das Dach eines vorgebauten, niedrigeren
Hauses. Hier war die Plateforme mit riesigen großen Blumen-
töpfen besetzt, mit kleinen Orangen-, großen Oleanderbäumen.
Die geöffnete Thür ließ die Wohlgerüche der Pinciogärten in das
einfache, heute doppelt sorgfältig geordnete Zimmer einziehen.
Noch wurden Teppiche auf die von den Blumenstöcken leer gelassenen Stellen gebreitet. Es war die unschuldigste Nachahmung
der „hängenden Gärten der Semiramis"! Ein ungehinderter
Fernblick zeigte ein Häusermeer, aus dem die Kirchen, Säulen
und Obelisken, schon von den Strahlen der sinkenden Sonne beleuchtet und rosig verklärt, emporragten. Die Luft noch wie
frühlingsmilde. Die Mutter hätte der Welt rufen mögen: Wo
ist heute eine größere Festesfreude, als bei mir!

Marco lief hin und her und kaufte ein. Mag er ein wenig
die Ohren spitzen, mag er sogar denken: Das ist wol gar der
Vielbesprochene, um den die Fürstin Rucca so manche Tasse zerbrach und an den Kopf der Diener so manchen Teller schleuderte!
So dachte sie sich's. Aber nun: Was wird Olympia sagen! Da
stand sie beim Arrangement ihrer Blumen still und flüsterte:
Wohl! Wohl! Was wird Olympia sagen! Mehr schon zu fassen
und zu denken vermochte sie aber noch nicht.

Benno kam dann rechtzeitig und noch vor dem Abend.

Der Freund war nicht angekommen. Er hieß Thiebold de

Junge — „Tebaldo", wie man wenigstens den Vornamen nun behielt.

Ist es denn wol der? fragte die Mutter und erzählte was sie von Lucinden über Armgart's drei Freier wußte.

Benno zog die gelben Handschuhe aus, knöpfte den schwarzen Frack auf, strich den langen lockigen Bart, der auf die weiße Weste niederglitt, und sagte: Es ist unwürdig, von Armgart in einem Augenblick zu sprechen, wo ich nur zu sehr verrathe, daß — ich bedauere, von Olympien vergessen worden zu sein!

Wieder dasselbe Räthsel, wie heute früh.

Die Mutter begriff diese Aeußerung nicht. Aber sie wußte, daß die Aufklärung nicht fehlen würde. Jetzt hatte sie nur mit Benno's Person, mit dem Glück, ihn zu besitzen, zu thun und sie war mit ihm wie eine Braut. Eine Braut ist in den ersten Tagen ihres Glückes ganz nur von stiller Prüfung und Beobachtung erfüllt, wie sich der Geliebteste in der ihm jetzt gestatteten engeren Vertraulichkeit des Umgangs annimmt, wie ihm die Berührung mit ihrem eigenen kleinen Dasein steht, wie ihre Blumen, ihre Bücher, ihre kleinen Pedantereien am Nähtisch von ihm beurtheilt werden, wie in die tägliche Ordnung des Aelternhauses sein Wesen sich bescheiden oder wol gar — o Wonne und Glück! — ihre aparten Ansichten über diesen Brauch und jenen Misbrauch den Aeltern gegenüber unterstützend fügt. Wohl dem Bund, wo dann alles so still beklommen Beobachtete die Seligkeit des Besitzes mehrt, kein plötzlich ausbrechender Thränenstrom verräth, daß oft ein einziges, allzu sorglos hingeworfenes Wort den Cultus eines ganzen ersten Jugendlebens zusammenwirft — Welten wie Spinneweben zerreißt! Wohl dem Bund, wo dann die Harmonie der Herzen auch eine des Geistes und vor allem unsers irdischen, allerdings oft launisch genug bedingten äußern Daseins wird!

Benno spöttelte immer noch gern und war nie ein — Zwirnabwickler, wie Armgart Männer nannte, die sie nicht mochte. Aber „Mutter Gülpen" in der Dechanei hatte ihn doch ein wenig für die Schwächen der Frauen erzogen. Wo er mußte, fügte er sich dem Ton, den die Frauen lieben. Auch Gräfin Erdmuthe hatte hier nachgeholfen. Er kam so geschult, so rücksichtsvoll und artig, daß die Mutter ihre Freude hatte zu sehen: So nimmt er sich aus vor den andern! So gleicht er — dem bösen Vater und so gleicht er ihm auch nicht! Das Haar unter dem großen Medaillon des mit Orden bedeckten weißlockigen Herzogs von Amarillas hatte er sich wieder betrachten zu dürfen erbeten. Benno sah ebenso voll Wehmuth den Inhalt der Kapsel, wie mit Interesse das Bild des greisen Herzogs, der in jedem Zug den Spanier verrieth.

Die Politik war in der That die Seele von allem, was Benno in längerer und ausführlicherer Erörterung sprach. Er sah sich um, ob sie unbelauscht blieben. Die Mutter führte ihn auf die nunmehr dunkelnde Altane hinaus. Hier war alles still. Da saßen sie unter den duftenden Blüten. Ihre Hände ruhten auf dem Schoos der Mutter ineinander.

Benno's die Mutter außerordentlich überraschende Berührung mit den politischen Umtrieben der Jugend und den Flüchtlingen Italiens beruhte auf einem persönlichen Erlebniß. Nachdem er seiner Fürsorge für Bonaventura's Gefahr noch einmal alles hatte berichten lassen, was die Mutter von Fefelotti vorgestern gehört, erzählte er jenes. Sein Grübeln über den Anlaß aller dieser Lebenswirren — es war Bonaventura's Schmerz um das traurige Geschick seines Vaters — unterbrach er fast gewaltsam damit.

Er erzählte, daß er vorm Jahre mit den Depeschen des Staatskanzlers nach Triest und von dort zu Schiff nach Ancona gereift wäre — den kürzesten Weg, um in Zeit von acht Tagen Rom zu erreichen. Auf diesem Dampfboot hätte er eine Bekanntschaft gemacht. Ein hoher stattlicher Mann wäre ihm aufgefallen, ein Greis mit weißen Haaren, doch kräftigen dunkelgebräunten Antlitzes, eine Erscheinung, vor welcher die Bemannung des Schiffes ebensowol, wie die Passagiere die größte, wenn auch eine etwas scheue Hochachtung bezeugt hätten. Bald hätte er erfahren, daß dieser in einen grauen militärischen Oberrock, sonst in Civil gekleidete Mann einer der ersten Namen des Kaiserreichs war, Admiral der österreichischen Flotte, Francesco Bandiera.*) Italiener von Geburt, Venetianer aus den alten Geschlechtern, hatte Bandiera die angeborene Seemannsnatur zu Gunsten des Staates ausgebildet, dem ihn die Geschicke Europas nach dem Sturz Napoleon's zugewiesen. Er hatte die kaiserliche Marine ebenso vervollkommnt, wie ihrer Geschichte Lorbern errungen — er befehligte die österreichische Fregatte „Bellona", die noch vor kurzem ein englisches Bombardement vor St.-Jean d'Acre unterstützte. Reisen nach Amerika hatte er gemacht und trug, wenn er sich in ganzer Repräsentation seiner Würde hätte zeigen wollen, die Brust mit Orden bedeckt.

Die Herzogin kannte die Lage dieses Mannes. Sie wußte, warum sein Blick so traurig und die Ehrfurcht vor ihm hatte so scheu sein müssen. Zwei seiner Söhne, bestätigte Benno, hatten die Loyalität des hochgestellten Vaters auf eine in Oesterreich mit Indignation, in Italien mit Jubel aufgenommene Weise compromittirt. Attilio und Aemilio Bandiera standen als Marinelieutenants unter ihrem Vater.**) Mit dem Pistol in der Hand und im Bund mit einigen Verschworenen hatten sie sich das

---

*) Geboren 1780 in Venedig.
**) Wir geben Thatsachen.

Commando der Fregatte „Bellona" erzwingen und mit ihr nach der Küste der Romagna segeln wollen, wo ein gleichzeitig organisirter Aufstand den Versuch einer Insurrection erneuern sollte, der schon einmal bei Forli und Rimini gescheitert war. Bandiera selbst, der Admiral, ihr Vater, hatte sich damals den für einen Italiener zweifelhaften, für einen Oesterreicher achtbaren Ruhm erworben, die Trümmer der in Rimini und Forli gesprengten Insurrection — Louis Napoleon Bonaparte war unter den Entkommenen, sein älterer Bruder unter den Gefallenen — zur See vernichtet zu haben. Aber der Ueberfall der Fregatte „Bellona" mislang. Die beiden dem „Jungen Italien" affilirten Söhne des Admirals entflohen. Bandiera, vor dem Kaiserstaat in seinen Söhnen compromittirt, riß sich im ersten Anfall seines Schmerzes die Epauletten von den Schultern, band sich die goldene Schärpe ab, legte seine Würde nieder und begab sich nach seinem Landgut Campanede bei Mestre an den Lagunen Benedigs; er bekannte sich seiner Stellung ferner für unwürdig.

Die Herzogin kannte diese ergreifenden Vorfälle.

Wohl kannst du denken, fuhr Benno fort, wie mich der Anblick des Greises erschütterte! Die markige Gestalt war vom tiefsten Schmerz gebeugt. In die Wellen blickte Francesco Bandiera wie jemand, der den Tod einem Leben ohne Ehre vorzieht. Abgeschlossen hielt er sich von der ganzen Equipage des Schiffs. Man flüsterte, er wollte nach Korfu, wohin seine Söhne geflohen waren, wollte ihnen zureden, zurückzukehren, sich dem Kriegsgericht zu stellen, das sie ohne Zweifel zum Tode verurtheilen würde — er wollte sie ermuntern, sich der Gnade des Kaisers zu empfehlen und eine Gefängnißstrafe zu büßen, die vielleicht keine lebenslängliche war. Auch ihm persönlich konnte dann noch vielleicht möglich bleiben, eine Stellung zu behalten, die er trotz seiner Jahre liebte. Das Blut eines alten Seemanns geht nicht im gleichen Takt mit dem Leben auf dem Lande.

Die Mutter verstand die Schwere eines solchen Schicksals und horchte. „Eine Mutter", sagte sie, „ist die Vorsehung ihres Kindes!" Das waren deine Worte, mein Sohn, als wir an Angiolinens Leiche standen! Ein Vater aber, fuhr sie fort, ist noch mehr, ist der Sohn selbst! Das ist nur Eine Person mit ihm — Vater und Sohn, beide haben nur eine und dieselbe Ehre —!

Benno seufzte. Er verfiel auf Augenblicke in ein Sinnen. Nicht um den Kronsyndikus, wie die Mutter dachte. Nein, ebenso hatte Bonaventura gesprochen, der keine Ruhe mehr im Leben finden zu können erklärte, solange er wüßte, in einem Kerker der Inquisition schmachtete sein Vater. Benno theilte die Ueberzeugung, daß Frà Federigo Friedrich von Asselyn war. Er sah Conflicte kommen mit Friedrich von Wittekind, der seinen alten Freund todt glauben mußte.

Sich aufraffend fuhr er fort: Die Begegnung des Vaters mit seinen Söhnen schien eine Scene des höchsten Schmerzes werden zu müssen. Ich betrachtete den gebeugten Helden mit jener Rührung, die uns immer vom tragischen Geschick eingeflößt wird. Doch gerade meinen Blick vermied er. Es hatte sich herumgesprochen, daß ich als Kurier für die Regierung reiste. Meine Tasche mit den Depeschen verrieth mich; Geheimhaltung war mir nicht anbefohlen worden.

Benno war schon so auf die Weise des politischen Lebens in Italien gestimmt, daß er den besorglichen Blick der Mutter verstand. Ein Kurier mit österreichischen Depeschen ist in Italien nicht seines Lebens sicher.

Die Fahrt dauerte zwei Tage und zwei Nächte, erzählte Benno. Die Küste der Romagna kam und verschwand wieder.

Die hohen Apenninen sah das Fernrohr bald, bald verloren sich die zackigen, zuweilen schneebedeckten Höhen. Jenseits derselben lag Rom! Auf die Länge war nicht zu vermeiden, daß Bandiera mit mir in ein Gespräch verwickelt wurde. Er erkundigte sich nach meiner Heimat. Da er sie nennen hörte, sprach er von einem mir unendlich theuern Namen, der aus dortiger Gegend gebürtig ist. Den englischen Obersten Ulrich von Hülleshoven hatte Bandiera auf der Rückreise von Rio-Janeiro, wohin er die Erzherzogin Leopoldine von Oesterreich als Kaiserin von Brasilien überführt hatte, in Canada kennen gelernt.

Den Vater deiner Armgart! sagte die Mutter mit lächelndem Forschen und trauerndem Ton.

Benno erwiderte: Du sahst wol an Lucindens Schilderung, daß diese Liebe mehr ein Gegenstand des Spottes als des Glückwunsches geworden ist. Schon hab' ich mich gewöhnt, sie wie meinen Stern des Morgenlands zu betrachten, dem die Lebensreise unbewußt folgt. Ich hoffe um so weniger auf Erfüllung, als ja der Freund, den ich jeden Augenblick erwarte, ebenso leidet wie ich.

Mein Sohn, sagte die Mutter voll Theilnahme, es gibt in der Liebe vielerlei Wege. Die gerade Straße führt nicht immer zu dem, was für uns bestimmt ist. Hoffe!

Benno hielt einen Augenblick inne und schüttelte seine ihm fast auf die Schultern reichenden schwarzen Locken. Nach einer Weile fuhr er fort: Auf diese Mittheilung, die mich außerordentlich überraschte, wurde ich mit Admiral Bandiera vertrauter. Daß der vom Staatskanzler mir gegebene Auftrag eine ganz zufällige Veranlassung hatte, schien ihn fast zu erfreuen. Er faßte Vertrauen, als ich ihm sagte: Die Jugend des jetzigen Europa wächst in neuen Anschauungen auf! Zwei Offiziere, die ihren Eid brächen, könnte man freilich nicht entschuldigen; aber wie oft hätten auch die Völker und die Fürsten in diesen Zeiten ihre Eide brechen müssen! Nein, nein, wallte er auf, ich schieße sie nieder, die Fahnenflüchtlinge, Verräther an ihrem Kaiser, ihrem Schiff, dem sie angehörten, dem Palladium ihrer Ehre! Die Erregung, wie der greise Admiral diese Worte sprach, glich der des Brutus, der seine Söhne zu richten hatte. Dennoch konnt' ich erwarten, daß diese Reise nach Korfu, wo die Söhne ein Asyl bei den Engländern gefunden, die Wendung der Versöhnung nahm. Ich bemitleidete den Greis, dessen Inneres von Folter-qualen zerrissen schien.

Die Mutter nahm schon längst Partei nur für die Söhne. Sie machte eine jener verächtlichen Mienen, von denen auch nur, wenn innerliche Abneigung sie ergreift, so die Südländerin ihre Gesichtszüge entstellen läßt.

Ihren Pahs! und Ehs! erwiderte Benno: Ich rechnete zu des Vaters Leiden die mir vollkommen ersichtliche Liebe und Theilnahme für seine Söhne. Sie schienen die Augäpfel seines Lebens zu sein. Beide Söhne waren der Stolz der Mutter, die nach Mailand geeilt war, um die Gnade des Vicekönigs anzu-rufen. Sie hatte tröstende Versprechungen zurückgebracht, falls die Flüchtlinge reuig wiederkehrten. Ja im Stillen gährte in des Alten Brust die Regung des gebornen Italieners. Er glaubte vollkommen an die Möglichkeit dieser Verirrung, schrieb sie auch nur auf Rechnung der Verführung — Er, er wollte ihnen lieber die kaiserliche Kugel vor die Stirn brennen lassen, rief er aus, als sie mit diesen Mordbrennern und Mördern in London, Malta, Korfu, wo die Junten des „Jungen Italien" säßen, Hand in Hand gehen sehen — Bald jedoch setzte er hinzu: Dort suchen und finden sie die Kugel sicherer, als wenn sie nach Benedig zurück-kehren, ihren Richtern sich stellen und ihr Schicksal der Gnade des Kaisers empfehlen! Was thun solcher Jugend, fuhr er wie

— ein Italiener zu calculiren fort, ein paar verlorene Jahre? Bis dahin ändert sich viel. Aemilio, mein jüngerer, ist kräftig; Attilio, der ältere, zarter — erst dreiundzwanzig Jahre alt —

Das Auge der Herzogin leuchtete hell auf. Ihr Herz schlug für die jungen Flüchtlinge, die zu jenem Bunde gehörten, von welchem zwölf Logen auch in Rom wirken sollten — zu jenen Verschwörungen, um derentwillen Fefelotti und Ceccone scheinbar Frieden geschlossen hatten. Nur blieb sie besorglich gespannt. Wie konnte diese Begegnung Veranlassung sein, daß Benno so plötzlich nach Rom kam und sogar wünschen konnte, Ceccone und Olympien wieder zu begegnen? Ihre Augen, die wie glühende Fragezeichen auf dem sonnenverbrannten Antlitz des Sohnes hafteten, sprachen: Was willst du aber mit alledem?

Mutter, sagte Benno liebevoll, ich gestehe dir's, ich habe bei allen diesen Beziehungen nur an dich gedacht, habe aus deinem Sinn heraus darüber geurtheilt — du hattest mich schon in Wien zum Italiener gemacht.

Divino! flüsterte die Herzogin und küßte Benno's Stirn.

Benno drückte ihre Hand und fuhr fort: Ich empfand Mitleid mit dem Vater und den Söhnen. Die Söhne schienen ihren Vater zu lieben und die Schande vollkommen zu erkennen, die sie ihm bereiteten. Er erzählte die rührendsten Züge ihrer Anhänglichkeit. Wie erkannt' ich das schöne Band, das einen Sohn an seinen Vater fesseln kann — wie den Schmerz, nicht mit ihm dieselbe Bahn gehen zu dürfen! Ich vergegenwärtigte mir den Mann, dessen Namen auch wir tragen sollten und sagte mir: Hättest du ihn im Leben zur Rechenschaft fordern dürfen, wer weiß, ob sein Anblick dich nicht entwaffnet haben würde!

Orest tödtete seine Mutter! wallte die Herzogin auf.

Aber die Furien verfolgten ihn dafür! entgegnete Benno.

Ein unheimliches Brüten trat in die Augen der Herzogin.

Sie schien sich auf die Momente Wittekind's zu besinnen, von denen sie selbst erzählt hatte, daß sie bestrickend sein konnten. Sie brütete, ob sich Benno etwas daraus machen würde, sich mit der Zeit einen Wittekind zu nennen. Fefelotti konnte mit einem Federstrich ihre Ehe legitimiren. Für wissentliche und unwissentliche Bigamie gab es in Rom dicht an der nächsten Straßenecke die officielle Entsühnung.

In Ancona nahm ich Abschied von dem greisen Helden, fuhr inzwischen Benno fort. Obgleich das Schiff einen Tag rastete, blieb der Admiral auf seinem Element. Anconas Thürme schreckten ihn. Er hatte die Fahne des „Jungen Italien" auf ihnen gesehen. Er hatte die Flüchtlinge von Forli und Rimini aufgefangen und an die Kerker des Spielbergs ausgeliefert. So lohnte ihm die Nemesis! Er drückte meine Hand, ermahnte mich, wenn ich Aeltern hätte, ihnen Freude zu machen, empfahl sich dem Obersten von Hülleshoven und zeigte nach Südost, hinüber zu den Jonischen Inseln. Die Heimat des Ulysses! sagte er und deutete damit an, ihm würde keine Ruhe mehr werden. Er wollte seiner Weinreben in Campanede warten. Der Gedanke an seine Gattin, die Mutter dieser geliebten Söhne, füllte sein Auge mit Thränen.

Die Herzogin machte eine Miene, als wollte sie sagen: Ah bah! Was hilft das uns! Kümmere dich nicht um ihn!

Ich erlitt in Ancona eine Verzögerung, fuhr Benno fort, weil Grizzifalcone damals den Weg nach Rom besonders unsicher machte. Der Eilwagen fuhr in Begleitung eines Detachements Carabinieri.

Ueber den Angriff bei Olympiens Hochzeit, über die Gefahr der Mutter, den Tod des Räubers hatten sich die Briefe genugsam ausgesprochen. Dennoch kam Benno mit neuem Bedauern darauf zurück. Er kürzte dafür die Schilderung seines Aufenthalts in Rom ab, der bis zum Carneval und bis zur Ankunft der Mutter gedauert hatte.

Da entflohst du wieder! sagte sie. Bereitetest meiner Sehnsucht die schmerzlichste Enttäuschung! Nun ich von deiner Liebe zu Armgart weiß, versteh' ich es — und alles das nennst du deutsch! Deutsch ist euch die Ehrlichkeit —! Haha! Dein Vater war nun auch ein Deutscher und dennoch — Doch fahre fort! Ich ahne — sagte die Mutter mit zagender Stimme — du lerntest die Gebrüder Bandiera selbst kennen.

Ich ging nach dem Süden, sprach Benno mit bejahender Miene, sah Neapel, schwelgte in Sorrent, kletterte über die Felsen Capris und Ischias, lernte die Sprache des Volks, die eine andere als die der Grammatik ist, und reiste nach Sicilien. Ich machte die Reise mit einigen Engländern, die ich in Sorrent kennen gelernt hatte im Hause der Geburt Tasso's. Wir stimmten beim Anblick einer alten Bronzebüste des Dichters überein, daß nach diesem Abbild Tasso die häßlichste Physiognomie von der Welt gehabt haben mußte und seine Stellung zu Leonore d'Este eine neue und komische Beleuchtung dadurch erhielt. Ich blieb mit diesen heitern Engländern zusammen. Wir reisten nach Palermo. Dort besuchten wir ein englisches Kriegsschiff, das im Hafen lag. Wir dinirten am Bord desselben; köstlicher und fröhlicher, als ich seit Jahren auf dem Lande gelebt. Der Wein floß in Strömen. Die Engländer meiner Bekanntschaft waren mit dem Kapitän von der Schule zu Eton her bekannt. Am Tisch saßen zwei junge Männer, Italiener, die bei dieser ausgelassenen Schwelgerei die Zurückhaltung und Mäßigkeit selbst waren. Sie sprachen Deutsch und Englisch, waren bildschön, hatten Augen von einem glühenden und doch wieder so milden Feuer —

Wie du! unterbrach die Mutter wie mit dem Ton der Eifersucht.

Sie weidete sich an Benno's Anblick, der in anderm Sinne ein edler und männlicher war.

Sage, wie — verkleidete Angiolinen! entgegnete Benno. Die Söhne Bandiera's waren wie Castor und Pollux. Redete man den einen an, so erröthete statt seiner der andere. Nach Tisch wurde auf dem freien Element bei einem Sonnenschein, der alle Herzen der Menschen mit Liebe und Versöhnung hätte erfüllen sollen, politisirt. In der Ferne lag das rauschende wilde Palermo mit seinen Kuppeln und Thürmen; sein Kauffahrteihafen mit Hunderten von Masten; das englische Kriegsschiff mit achtzig Kanonen lag dicht am Castell und diente zur Unterstützung einer Differenz des englischen Leoparden mit der Krone Neapels. *) Dicht lag es an dem abgesonderten Festungshafen Castellamare. Ich erzählte den Brüdern meine Begegnung mit ihrem Vater und fragte nach dem Resultat. Sie sehen es, sagten beide zu gleicher Zeit und zu gleicher Zeit füllten sich beider Augen mit Thränen. Abwechselnd, wie nach Verabredung und doch nur infolge ihrer guten Erziehung und brüderlichen Eintracht, sprach immer der eine und dann erst der andere. Ihr Gemüth schien ein einziges Uhrwerk zu sein. Was auf dem Zifferblatt der eine zeigte, schlug mit dem Glockenhammer der andere. Sie erzählten, daß sie wohl gewußt hätten, welchen Kummer sie dem Vater und der Mutter bereiteten und wie sie des erstern ehrenvolle Laufbahn unterbrachen. Sie hätten aber schon lange keinen freien Willen mehr. Einmal eingereiht in den Bund des „Jungen Italien" müßten sie vollziehen, was ihnen befohlen wird. Die Befehle kämen von London, Malta und Korfu. Nur durch diese blinde Unterwerfung und gänzliche Gefangengabe seiner eigenen Persönlichkeit könnte eine große Zukunft erzielt werden. Italien müßte frei von den

---

*) Die bekannte „Schwefelfrage".

Fremden, frei von seinen eigenen Unterdrückern, müßte einig werden und eine große untheilbare Republik. Ich mochte, weil dieser Wahn zu eingewurzelt schien, ihn nicht bekämpfen.

Wahn? unterbrach die Mutter. Glaubst du, daß diese Ceccones, diese Fefelottis so zittern würden, wenn sie solche Hoffnungen für Wahn hielten? Alle Cabinette Italiens fürchten sich vor diesen beiden Jünglingen.

Die Republik, sagte Benno, ist nur möglich für Völker, die in dieser Staatsform eine Erleichterung für ihre übrige tägliche Sorge, für eine vom Gewinn oder von der Furcht gestachelte einzelne Hauptthätigkeit ihres geselligen Verbandes finden. Sie ist möglich bei einem Volk, das in der Lage ist, sich täglich vertheidigen zu müssen, wie die Republiken Griechenlands; sie ist bei leidenschaftlichen und den Erwerb liebenden Ackerbauern, wie in der Schweiz, bei leidenschaftlichen Industriellen, wie in den Niederlanden und in England, bei Handeltreibenden, wie in Holland und Amerika möglich. Jede Nation aber, die sich Zeit zum Träumen lassen darf, die nichts erzielt, nichts hervorbringt, Nationen, wie sie Südamerika, Spanien, Italien, selbst Deutschland bietet, sind unfähig zur Republik.

Die Herzogin erwiderte: Der Italiener liebt den Gewinn mehr, wie Einer.

Italien sind nicht die Gastwirthe! entgegnete Benno und wollte dem Thema ausweichen.

Die Mutter aber hielt es fest und sah in Italien die Republik unter dem Schutz eines verbesserten Papstthums wieder aufblühen. Rom beherrscht noch einmal die Welt! sagte sie. Ich meine, das erhöhte, zur wahren Capitale der Christenheit erhobene Rom!

Mit oder ohne Jesuiten? fragte Benno ironisch.

Ein spanischer Jesuit lehrte, es sei erlaubt, Tyrannen zu morden!

Ketzerische Tyrannen!

Marco hatte sein Souper beendigt, hatte sich in seinen schwarzen Frack geworfen und ging lächelnd und schmunzelnd wie ein
alter Hausfreund drinnen im Salon auf und nieder. Mutter
und Sohn mußten schweigen, weil der Alte näher kam, auf die
Blumenterrasse durch die halbgeöffnete Thür blickte und fragte:
Altezza werden nicht mehr auf den Corso fahren —?

Marco that, als wäre es ganz in der Ordnung, wenn man
hier jeden Abend ein gewähltes Souper fand.

Hier ist unser Corso —! sagte die Mutter.

So will ich die Pferde ausspannen lassen, blinzelte Marco
und ging.

Die Pferde waren gar nicht angespannt gewesen. Ein Miethkutscher in der Nähe lieferte sie nach Bestellung. Wurden sie
nicht bestellt, so war es eine kleine Ersparniß.

Benno, der diese kleinen Manöver, die Marco machte, um
die Armuth seiner Gebieterin zu verbergen, mit Rührung bemerkt
hatte, lenkte, da die Herzogin den Nachtimbiß noch etwas ver-
schieben zu wollen Marco nachgerufen hatte, wieder auf seine Erzählung ein. Er schilderte den Eindruck, den ihm die Brüder
Bandiera gemacht hätten, als einen so nachhaltigen, daß er seit
jenem Besuch des Kriegsschiffs in den Interessen dieser jungen
Männer wie in denen seiner ältesten Freunde lebte. Ich habe,
sagte er, an jungen Bekannten in Deutschland die gleichen Stimmungen und Ueberzeugungen oft bespöttelt und ihnen keine Lebens-
fähigkeit zugestanden; aber selten auch fand ich einen idealen Sinn
in solcher Reinheit, eine dem Unmöglichen zugewandte Ueberzeugung
so fest und als selbstverständlich aufrecht erhalten. Diese Brüder
hatten sich ebenso zu Kriegern wie zu Gelehrten gebildet. Sie
sprachen von den Wurfgeschossen bei Belagerungen mit derselben
Sachkenntniß wie von Gioberti's Philosophie. Sie hatten Ugo

2*

Foscolo, Leopardi, Silvio Pellico, alles, was die Censur in
Oesterreich verbietet, in ihr Lebensblut aufgenommen und bei
alledem blieben sie Jünglinge, die wie aus der Märchenwelt gekommen schienen. Daß sie sich unter den Eindrücken der See,
der rohen Matrosen, des zügellosen Hafenlebens so rein hatten
erhalten können, sprach für die Mutter, die sie bildete, für die
strenge Mannszucht, die der Vater geübt. Den Aeltern, sagten
sie, hätten sie Lebewohl sagen müssen für diese Erde. Der Vater
hätte sie anfangs begrüßt wie — Schurken! Geschieden wäre er
von ihnen wie ihr Bundsgenosse. Er wohne jetzt zu Campanede
wie ein Sklave, der blos zu alt wäre, um noch seine Fesseln zu
brechen. Die Mutter würde ihm die Freude an seinen im Leben
wenig genossenen Blumen und Früchten versüßen und ihn von
seinen jungen Tagen erzählen lassen, da sie fünfundzwanzig Jahre
mit ihm verheirathet gewesen wäre und nicht fünf Jahre ihn
besessen hätte. Mögen Benedigs Gondeln, sprach Attilio, mit
ihren geputzten Sonntagsgästen, mit ihren Stutzern und Damen
unter leuchtenden Sonnenschirmen, an Mestre vorüberfahren und
auf Campanedes kleine Häuser deuten, wo ihr Vater wohne —
sie würden nicht lachen, sie würden ihm — um ihretwillen stille
Evvivas bringen.

Ha ragione! sagte die Mutter fest und bestimmt. Sie hatte
keine Theilnahme für den Vater, sondern nur für die Mutter
und die Söhne. Doch wollte sie diese nicht als Märtyrer, sondern als Sieger sehen. Die Rosse sollten ihnen vom Schicksal so
wild und stolz gezäumt werden, wie den olympischen, die sich
drüben auf dem Monte Cavallo aus des Praxiteles Hand empor-
bäumten. Diese Evvivas, sagte sie, werden bald laut werden
und Sieg bedeuten!

Benno zuckte die Achseln. In seinen Mienen lag der Ausdruck des Zweifels. Es lag aber auch der Ausdruck der Kämpfe

in ihnen, die schon lange in seinem Innern vor sich gingen. Er
war nie ein Ghibelline gewesen im Sinn der Bureaukratie Deutschlands wie sein Bruder, der Präsident — aber ein Welfe zu werden,
wie etwa Klingsohr, Lucinde, andere Abtrünnige, widerstand
ihm ebenso. Der Mutter konnte er seine irrenden Gedankengänge
nicht mittheilen. Er erzählte nur.

Zunächst berichtete er, wie er die Brüder auf dem Kriegsschiff täglich besucht und mit ihnen politisirt und philosophirt
hätte, bis das Schiff die Anker lichtete und nach Malta segelte.
Später, als die Hitze in Sicilien und bei seinen Wanderungen
auf den Aetna zu unerträglich geworden, wäre auch er ihnen
nach Malta gefolgt; er hätte sie auf dem felsigen Eiland wieder-
gefunden wie zwei Engel des Lichtes mitten unter den für
sein Gefühl zweideutigen Elementen der emigrirten Verbannten.
Schreckhaft, fuhr er in seiner Darstellung fort, war die Seefahrt
an sich. Nach Tagen der drückendsten Hitze sprang das Wetter um
und ich erlebte einen Sturm. Die Küste Siciliens wurde ein
einziger Nebelball. Das dunkelgraue, bald nur noch einem weißen
Gischt gleichkommende Meer wälzte sich wie von einem unter-
irdischen Erdbeben gehoben. Das Schiff, ein englischer Dampfer,
sank und stieg, wie von geheimen Schlünden ergriffen, die es
bald hinunterzogen und wieder ausspieen. Jeder Balken ächzte.
Der Regen floß in Strömen. Das Arbeiten der Maschine mehrte
unsere Beklemmung, die den Untergang vor Augen sah. Schreckhaft, wenn nur immer die Räder der Maschine hochauf ins Leere
schaufelten — man fühlte dann die furchtbare Gewalt des Dampfes,
der keinen Gegenstand fand und die Esse hätte sprengen müssen.
Aber in diesem Toben und Rasen des Sturms und des Wassers
erkennt man die allgemeine Menschenohnmacht und ergibt sich
zuletzt — fast wie der Träger einer Schuld, die gleichsam unser
Vorwitz schon seit Jahrtausenden gegen die Natur auf sich ge-

laden hat. Auf dem engen Lager der Kajüte hingestreckt, erfüllte mich zuletzt Seelenruhe, auch wenn in der Nacht das Schiff auf ein Riff oder ein ihm begegnendes Fahrzeug wäre geschleudert worden. Der Tod infolge einer Naturnothwendigkeit hat, wenn man sich daran zu gewöhnen Zeit findet, nichts Schreckhaftes mehr. Ich erzähle das alles, weil Aemilio Bandiera ganz ebenso vom Segeln auf den Wogen der Zeit sprach.

Die Mutter machte alle möglichen Zeichen der Abwehr und des Protestes gegen eine solche Ergebung in das Unglück. Mitgefühl und Aberglaube lagen auf den gespannten Zügen ihres Antlitzes, das jedesmal, wenn eine edle Leidenschaft es erregte, einen lichtverklärten Anhauch ehemaliger Schönheit erhielt.

Attilio setzte hinzu, fuhr Benno fort, bei solchen Schrecken stünden soviel unsichtbare Engel zur Seite und fingen den Streich der Nothwendigkeit auf und soviel Tausende riefen: Uns ging es ja ebenso! Oft, wenn ich mit den Brüdern auf dem Molo von La Valette spazieren ging, rings das weite Meer wie nach beruhigter Leidenschaft in lächelnder Majestät lag, wenn ich mich in allem erschöpft hatte, was die Geschichte und die gesunde Vernunft gegen die italienische Form, die Freiheit der Völker zu erringen, lehrten — antworteten sie: Das mag auf euch passen, aber nicht auf uns! Und auch auf euch paßt es nur den Männern, nicht der Jugend! Die Jugend und ein unreifes Volk folgen der Ueberlegung nicht, sondern dem Instinct. Wir wissen, daß unsere Einfälle, die wir da oder dort in das Erbe der Tyrannen machen, für jetzt noch scheitern müssen. Aber weit entfernt, daß sie darum dem Spott unterliegen, lassen sie immer etwas zurück, was dem nächstfolgenden Versuch zugute kommt. Immer ist dabei wenigstens Ein heroischer Zug, Ein überraschender kleiner momentaner Erfolg vorgekommen, der dann für den nächsten Versuch ermunternd wirkt; man hatte ein

Schiff, einen Thurm erobert, es waren einige der Gegner gefallen — Wenn Sie Recht haben sollten, daß die Freiheit immer
nur eine Folge eines andern historischen großen Impulses ist —
wie Graf Cesare Balbi lehrt, der für Italien erst den Untergang
des osmanischen Reichs als erlösend betrachtet — so muß für
eine solche möglicherweise eintretende Krisis die Gesinnung vorbereitet sein. Wir müssen diese Aufstände, so nutzlos sie scheinen,
nur allein der Anregung wegen machen. Sie werden noch lange
Jahre hindurch scheitern, manche Kugel wird noch die Besiegten
mit verbundenen Augen in den Festungswällen niederstrecken,
manches Haupt wird auf dem Henkerblock fallen. Das thut nichts;
alles das hält nur die Frage wach und bereitet vor für ihre
künftige Entscheidung.

Die Mutter horchte voll süßen Grauens.

Als ich entgegnete: Lehrt durch Schriften und Gedanken —!
lachten beide und erwiberten: Italien und ein Kind begreifen nur
durch Beispiele! Der Buchstabe, Dank der langen Beschränkung
desselben, kommt dem Verständniß unseres ungebildeten, wenn
auch geistesregen Volks nicht bei; hier will man sehen, mit
Händen greifen, die Wundenmale berühren! Von den Jesuiten
erzogen, wird dies Volk belehrt, daß die Patrioten lächerlich und
schwach wären. Aber das Beispiel eines Aufstands in Genua
oder Sicilien oder in der Romagna beweisen deshalb auf einige
Tage doch das Gegentheil. Italien bewundert Räuber um
ihres Muthes willen! ergänzte Attilio. Was ist der Tod! fiel
Aemilio, der jüngere, wieder ein. Schreckhaft nur, wenn man
im Leben Dinge verfolgt, die sich ausschließlich an unsere eigene
Person knüpfen. Aber schon der Krieger gewöhnt sich und sogar
im Frieden durch die Tausende, die mit ihm in gleicher Lage
sind, von seinem Ich als einem Gleichgültigen zu abstrahiren.
Einer da mehr oder weniger — wen darf es schrecken! Vollends,

sprach der ernstere und ruhigere Attilio, wenn man die Philosophie zu Hülfe nimmt! Die Erde ist ein Atom im Weltgebäude; diese Luft, diese Gestirne, diese Welten, diese Bäume, diese Menschen sind nur Schatten eines andern wahren Seins, das mit unzerstörbarer Göttlichkeit über dieser Welt der flüchtigen Erscheinungen thront!

Die Herzogin erhob sich, überwältigt von den angeregten Empfindungen. Sie wollte, wenn von Italien die Rede war, nur vom Siege, nur von Kränzen des Triumphs hören. Der Tod ist nur für die Feigen da, für die Tyrannen! rief sie.

Auch Benno war in höchster Erregung aufgestanden. Auch durch seine Adern pulste das Blut in mächtigerer Strömung. Nach einigen Gängen hin und her auf der dunkelgewordenen Altane beruhigte er sich und fuhr leiser sprechend fort: Ich blieb länger auf Malta als meine Ueberlegung hätte gestatten sollen. Die liebenswürdigen jungen Männer, mit denen ich auch über Deutschland, über unsere Dichter und Denker so gut wie über Italien sprechen konnte, fesselten mich zu lebhaft. Ich wußte nicht, um was ich sie mehr lieben sollte, ob um ihrer Freundschaft und brüderlichen Eintracht willen oder um einen sich so bewundernswerth ruhig gebenden Fanatismus. Was nur Schönes in der Menschenbrust leben kann, diese Jünglinge hatten es sich zu erhalten und auszubilden gewußt. Die Schilderung der Sternennacht auf den Lagunen Venedigs, als sie nach ihrer von London erhaltenen Weisung beschließen mußten, zum Verräther an ihren nächsten Lebenspflichten, an ihres Vaters Ehre, an ihrer eigenen, am Herzen der Mutter zu werden, war erschütternd — Sie erzählten, daß sie unschlüssig gewesen wären, ob sie sich nicht selbst erschießen sollten. Ich nannte im Gegentheil das Marthyrium unserer Zeit: Sich Dem nicht entziehen, worauf uns Geburt, Stellung und das Vertrauen der Menschen angewiesen haben!

Möglich, daß ich dies Axiom zu sehr von Priestern entnahm, die
unter dem Druck ihrer Gelübbe leben müssen und sie nicht brechen
wollen — aus Furcht, einer Sache zu schaden, die sie in ihrem
tiefern Wesen lieben. Mit einem Wort — ich ließ ein Herz voll
Freundschaft in Malta zurück. Und auch voll Dankbarkeit. Das
felsige Eiland fesselte mich mit seinen geschichtlichen Erinnerungen
länger, als ich hätte bleiben sollen; bald bildeten sich unter den
Flüchtlingen zwei Parteien; eine, die das Vertrauen der Brüder
Bandiera zu mir theilte, eine andere, die mich für einen Spion
erklären wollte. Meine Kurierreise von Wien war bekannt geworden und sprach gegen mich. Ich fing an mich vertheidigen zu
wollen und, wie in solchen Fällen geschieht, verwickelte mich nur
um so mehr. Ich fürchtete Concessionen zu machen, die über mein
noch nicht reifes Nachdenken über diese Fragen hinausgingen. Die
Mischung der Charaktere, die ich antraf, war abenteuerlich genug.
Kaum waren reine und consequente Gesinnungen unter Menschen
vorauszusetzen, unter denen ein wankelmüthiger, schwacher, aus
Furcht vor seiner Schwäche tückisch gewaltsamer Mensch wie
Wenzel von Terschka eine Hauptrolle zu spielen scheint —

Auch Pater Stanislaus war zugegen? wallte die Mutter er-
schreckend auf.

Nicht in Person — er dirigirt von London aus!

Wo er dein Nebenbuhler ist —!

Lucinde hat dich gut unterrichtet! sagte Benno. Da sprach
sie sicher denn auch von Thiebold de Jonge?

Auch von ihm —

Thiebold wurde die Ursache, daß ich endlich von Malta und den
immer bedenklicher gewordenen Verpflichtungen aufbrach. Mein
Freund war nach Italien gekommen und wartete auf mich in
Robillante. Wenn ich dir die Versicherung gebe, daß Thiebold
de Jonge zwar das närrischste Italienisch spricht, das je an dein

Ohr gedrungen sein mag, aber das beste Herz von der Welt und eine Freundschaft für mich hat, wie sie nur die Brüder Bandiera gegeneinander besitzen, so wirst du mir vergeben, wenn ich ihn zum Vertrauten — meiner ganzen Lebenslage gemacht habe.

Die Mutter horchte auf.

Noch mehr! fuhr Benno fort. Ich habe nur im vollen Einverständniß mit ihm gewagt hierher zu reisen und einen Plan zu verfolgen, der — mir — eine Sache des Herzens war. Indessen — jetzt —

Welchen Plan? fragte die Mutter, noch immer der letzten Aufklärung harrend.

Marco meldete sich im Eßzimmer mit dem Geklapper seiner Anrichtungen.

Benno sprach leiser: In hastiger, völlig unüberlegter Eile hat mich die Freundschaft für die Brüder Bandiera hierhergeführt. Nachdem ich Malta verlassen, blieben sie mit mir im Briefwechsel. Ich kann sagen, es sind die ersten Männer, die mir im Leben nächst meinem Freunde Bonaventura imponirten. Selbst wo ich ihre Ansichten verwerfen muß, rühren sie mich. Ich ordnete mich ihnen schon in Sicilien unter. Ich möchte diese herrlichen Jünglinge ebenso meinem Leben, wie dem Leben der Menschheit erhalten; ich möchte sie dem Vater, der Mutter erhalten, ihnen, die zwar äußerlich tief gebeugt und voll Demuth an den Ufern der Lagunen wandeln, innerlich aber ihren Stolz auf „die Knaben" behalten haben — Mein Gott! Die Stunden der armen Unglücklichen sind gezählt —

Wie? Warum? rief die Mutter.

In wenig Wochen vielleicht schon — flüsterte Benno.

Ein Aufstand?! fuhr die Mutter empor und hielt Benno's Hand mit ihrer eigenen krampfhaft ausgestreckten Rechten.

Ein umfassend vorbereiteter! sprach Benno leise. Es gilt

Rom selbst! Der Herrschaft Ceccone's! Der Einschränkung dieses
freiheitsfeindlichen Papstes! Man erwartet Mazzini in Genua,
Romarino in Sardinien, erwartet einen Aufstand in Sicilien.
Die Brüder Bandiera sind von Malta aufgebrochen. Sie ließen
zweifelhaft, wohin sie gingen. Einige ihrer Freunde waren weniger gewissenhaft. Sie dirigirten Flüchtlinge, die über die Alpen
aus der Schweiz kamen, nach Robillante. Unter mancherlei Gestalten, als Pilger, als Mönche reisen sie vorzugsweise nach der
adriatischen Küste der Romagna. Dort, bei Porto d'Ascoli, dort,
wo seltsamerweise jener Pilger und der deutsche Mönch verschwunden sind, soll alles vorbereitet sein zu einem Handstreich.
Die Brüder Bandiera werden eine Landung befehligen. Ancona,
Ravenna, Bologna werden von den Verschworenen an einem und
demselben Tage überfallen sein. Der Erfolg kann meiner Ueberzeugung nach kein glücklicher werden!

Warum nicht? rief die Mutter.

Die Brüder werden in die Hand Ceccone's fallen —

Nimmermehr!...

Sie werden das Schaffot besteigen — Die Führer all dieser
Aufstände des „Jungen Italien" sollen, das ist die gemeinschaft-
liche Verabredung der betheiligten Cabinette, auch des Cabinets
der gekreuzten Himmelsschlüssel, den Tod durch Henkershand
finden.

Jesu Maria! rief die Mutter.

Ich sehe diese edeln Jünglinge das Schaffot besteigen! Das
ist die Angst, die mich nach Rom geführt hat!

Die Mutter stürzte an den Hals ihres Sohnes. Nun hatte
sie die Ursache, warum Benno wünschte, sie wäre bei Olympien
und — Olympia begrüßte ihn noch mit ihrer frühern Neigung.
Benno hatte gehofft, so den Brüdern Bandiera das Leben retten
zu können. Marco! Einen Augenblick! Laß doch! Laß doch! rief

die Mutter in den Salon und warf die Glasthür zu. Als sie mit Benno auf der Altane abgeschlossen war, warf sie sich ihm wiederum mit Ungestüm an die Brust. Ich Olympien zürnen! sprach sie. Nimmermehr! Wenn du ihrer bedarfst, hab' ich nie etwas von ihr erduldet! Laß sie mich mit Füßen getreten haben — wenn sie dich nur liebt, wenn sie deinen Wünschen nur Erhörung gibt. — Jesu, nur diese Söhne Italiens vor dem Henkersschwert bewahrt!

Benno stand gedankenverloren.

Die Mutter fuhr fort: Ich weiß es, Ceccone brütet furchtbare Dinge. Er muß es thun. Fefelotti, das Al Gesù, der Staatskanzler, seine eigene Liebe zur Macht treiben ihn dazu. Aber — sei ruhig, mein Sohn! Laß nur Olympien in deinen Armen ruhen! Laß sie die Hände zu deinem stolzen Nacken erheben. O sie sind zart, diese Hände —! Sie mordeten — nur Lämmer. Sie werden dich beglücken, deine Freunde am Leben erhalten. Olympia ist ein Kind! Noch jetzt! Noch jetzt! Vielleicht, daß du, du sie zum Guten erziehst! Vielleicht, daß du mit deinem Liebeskuß das Eis ihres Herzens aufthaust! Sie kann schön sein, wenn sie liebt! sagt' ich dir schon in Wien. Sie kann vielleicht auch gut sein, wenn sie liebt! Mein Sohn, habe Muth, vertraue! Wir Frauen sind alles, was ihr aus uns macht! Fliege hin zu ihr, höre das Jauchzen ihrer gestillten Sehnsucht, fühle die Glut ihrer Zärtlichkeit, sei, sei, was sie in dir besitzen will —!

Es ist zu spät —! erwiderte Benno.

Um meinetwillen zu spät? fuhr die Mutter fort und raunte ihm ins Ohr: Ich beschwöre dich! Ich habe dich hier nie als einen Rächer für mich erwartet. Pah! Attilio Bandiera hat Recht: Was sind denn unsere Personen! Das Vaterland ist die Losung ... Sollen diese Jünglinge, deine Freunde, die Hoffnun-

gen Italiens verderben —? Nimmermehr! Ein Kuß von deinem
Munde und Olympia zerreißt alle Todesurtheile!

Benno strich sich das Haar in wildester Erregung. Seine
Augen glühten. Seine Brust hob sich. Der Raum der Altane
war zu eng für das mächtige Ausschreiten seines Fußes.

Ist es denn aber auch gewiß, fragte die Mutter leise, gewiß,
daß diese Invasion bevorsteht?

Die Küste der Adria ist reif zum Aufstand! flüsterte Benno.
Die Zollbedrückungen Rucca's sollen unerträglich sein. Die acht-
barsten Kaufleute arbeiten der Insurrection in die Hände. Und
hier in Rom —

Zwölf Logen gibt es hier! fiel die Mutter ein.

Benno schwieg. Er schien mehr zu wissen, als er sagte.

Die Brüder Bandiera, fuhr die Mutter fort, sind, wenn ihr
Beginnen scheitert und sie nicht fallen oder entfliehen können, nicht
anders vorm Tode zu retten, als durch Olympia. Ich weiß es,
selbst die Hand des Heiligen Vaters scheut das Blut der Rache
nicht mehr für die, so die dreifache Krone antasten —! Auch das
zweischneidige Schwert Petri ist gezückt —! Laß alles! Geh' zu
dem jungen Rucca! Verständige dich mit deinen wiener Freunden — Auch mit Lucinden! Kenne mich nicht mehr in Rom!
Ich verlange es!

Benno stand, immer in dumpfes Brüten verloren.

Ich verlange es! wiederholte die Mutter. Weiß ich dich nur
in meiner Nähe! Kann ich deine Stirn nur zuweilen küssen!
Laß mich, mein Sohn — Du fühlst wie ein Sohn meines
Landes! Das macht mich allein schon glücklich! Benno — Soll
ich so dich nicht lieber nennen — nicht Cäsar? Wage du dich
aber nicht selbst an Dinge, die mich um das Glück deiner Liebe
bringen müssen. Oder — doch? Thu', wie du mußt! Nur
geh' morgen zum jungen Rucca, den du — in Wien vorm Tode

durch einen Elefanten rettetest! Dein Name, dein Anblick wird Wunder wirken. Ich kenne Olympiens verzehrende Sehnsucht nach dir!

Nach den Begriffen des italienischen Volks ist Größe der Empfindung mit List vollkommen vereinbar. Wie ihr mir, so ich euch! lautet die Moral des Südens. Die Herzogin schilderte die Lächerlichkeit des jungen Ercolano Rucca, sein Prahlen mit jenem Angriff eines Elefanten auf ihn, die Sehnsucht, die er noch immer nach dem Bestätiger seines Muthes aussprächte, seine Sorglosigkeit Olympien gegenüber, die bald über sie gekommene Langeweile, die sie vorläufig im Gebirge in Reformen der Ackerwirthschaft austobe. Zwar wäre sie auf die Grille gekommen, den ehemaligen Pater Vincente, von dem ich dir in Wien schon erzählte, zum Cardinal zu erheben und ihn jetzt wie eine Puppe zu behandeln, die sie schmückt. Aber dein erster Gruß löscht alle diese Flammen aus —

Im Lauf der sich überstürzenden Schmeichel- und Ermuthigungsreden der Mutter bemerkte Benno: Von diesem Vincente Ambrosi hab' ich in Robillante seltsame Dinge gehört. Jener Eremit von Castellungo bekannte sich zu den Lehren der Waldenser, die das erste apostolische Christenthum besitzen wollen. Eine zahlreiche Gemeinde bildete sich. Zu ihr gehörte ein junger Zögling des Collegs von Robillante, der sich zum Priester bilden wollte. Die Lehren des Eremiten zogen ihn an. Oft soll er Tage und Nächte bei ihm im Walde zugebracht haben. Die Gesetze verbieten aufs strengste den Uebertritt zu den Waldensern. Eines Tages verschwand der junge Ambrosi und war Franciscaner geworden. Man schickte ihn zu seiner weitern Ausbildung nach Rom. Seine dortigen Schicksale erzähltest du. Ueberraschend ist es, daß mancher in Robillante glaubt, er hätte sich durch sein Buß- und Leidensleben nur einem von jenem Eremiten ihm ertheilten Auftrag unterzogen und stünde noch jetzt mit ihm in Verbindung.

Die Herzogin hörte nichts mehr. Sie war zu erfüllt von der einzigen Nothwendigkeit, daß Benno zu Olympien müßte. Sie blieb bei ihrem Wort: Olympia läßt von allem, wenn nur du erscheinst! Du bleibst der Sieger!

Wenn sich Benno im Lauf dieser Ermunterungen und Versicherungen allmählich scheinbar für überwunden erklärte, ja sogar dem Ernst seiner Mienen einige Streiflichter des Scherzes folgen ließ, so war ein Gedankengang daran schuld, den die Mutter nicht sofort verstehen konnte. Er sagte, mit dem Kopfe nickend: Bin ich nun nicht glücklich? Ich habe eine Mutter, die mich verzieht und mir gegen alles Verdienst schmeichelt; einen Bruder, der mir bei Torlonia einen Creditbrief offen hält, wovon ich dir die Pension Ceccone's verdoppeln zu können hoffe; einen Oheim, der mich und Bonaventura zu seinen Erben macht, wenn auch Frau von Stülpen bis an ihr Lebensende die Nutznießung seines Vermögens behält; dann hab' ich in meinem jungen Leben vier wahre Freunde gefunden, Bonaventura, Thiebold, Attilio, Aemilio. Nun höre noch dies, Mutter! Ich wollte nicht übermüthig sein. Ich wollte mich in die Strudel des Wiedersehens der jungen Fürstin mit Vorsicht wagen. Hatten wir Stunden der Trauer zu erwarten, mein Freund Thiebold de Jonge sollte uns Erheiterung bringen. Das Idol seines Herzens — schon einmal hat er es mir geopfert. Und auch jetzt wollte er meinem Gewissen einen tapfern Beistand leisten. Mit einer Gemüthsruhe, die nur verständlich ist, wenn man die Bekanntschaft dieses närrischen Menschen gemacht hat, sprach er, als er meinen Kampf und die Furcht sahe, mich nach Rom zu begeben: Bester Freund — —

Noch hatte Benno das Lieblingswort Thiebold's: „Ich kann

mich vollkommen auf Ihren Standpunkt versetzen" nicht ausgesprochen, als es draußen heftig klingelte.

Wer stört uns! rief die Herzogin, stand auf und wollte den
Befehl geben, daß sie für niemand anwesend wäre.

Schon aber klingelte es zum zweiten mal.

Mutter, sagte Benno, das kann nur mein stürmischer Freund
sein! An dieser kurzen Pause zwischen dem ersten und zweiten
Klingeln erkenn' ich Thiebold. Gegen alle Verabredung hat er
sich verspätet. Ich ging zu Land, er den kurzen Weg über Genua
zu Wasser —

Man hörte die laute Stimme eines radebrechenden Fremden,
der nach „Ihrer Hoheit der Herzogin von Amarillas" verlangte.

Er ist es! sagte Benno. Ich bin wenigstens froh, daß er noch
am Leben ist!

Die Mutter wußte, daß der alte Marco die Gewohnheit hatte,
vertraute Gespräche seiner Gebieterin nicht zu unterbrechen. Sie
wußte, daß er solche Störungen mit völlig unklarem Bewußt-
sein, ob Altezza zu Hause wäre oder nicht, zu beantworten
pflegte. So kam er auch jetzt mit einer fragenden Miene. Aber
kaum sah er: Willkommen! im Antlitz seiner Gebieterin, so war
er auch schon wieder draußen und mit den heitersten Scherzen
vernehmbar. Die gute Laune kam wieder, da er sah, es fing
um seine Gebieterin an wieder lebhafter zu werden.

Thiebold de Jonge trat ein. Er sah aus wie ein Räuberhauptmann. Nur mit dem Unterschied, daß dieser einmal gelegentlich, etwa zum Behuf einer ihm von Aerzten vorgeschriebenen Badereise, eine elegantere Toilette angelegt hat. Sonst konnte
er von seiner „Verwilderung kein Hehl machen". Die Gesichts-
farbe war braun „wie ein kupferner Kessel". Sein Bart war
wie die Mähne eines Löwen. Im übrigen trug er sich vom Kopf
bis zu Fuß in Nankingstoffen. Auf dem weißausgelegten Hemd

von bielefelder Leinwand blitzte eine Brustnadel von Diamanten, die abends jedem Räuber eine Auffoderung zu einem kühnen Griff erscheinen durfte. Weste, Pantalons, gefirnißte Stiefel, alles war von jener Fashion, die dem Modejournal und den heimatlichen Gewohnheiten entsprach. Mindestens glich er bei alledem einem „Schiffskapitän, der zweimal die Linie passirte". Mit einem Gemisch von Worten, das wahrscheinlich bedeutete: „Ich muß tausendmal um Entschuldigung bitten, Frau Herzogin!" kam er über die Schwelle des Salons gestolpert. „Noch taumelte das kaum verlassene Schiff mit ihm." An seinem Strohhut, den er, wie er Benno zutaunte, „in erster Verlegenheit" zerdrückte, flatterten zwei rothe Bänder, wie am Hut eines Matrosen. Seine Corpulenz hatte zugenommen. Bei alledem war er anziehend und für Italien als Blondin interessant.

Seinen Freund Benno noch in der Hauptsache ignorirend, radebrechte er, immer zur Herzogin gewandt, daß er eben angekommen wäre und seinen Freund aufgesucht und dessen Spur bei Piazza Sciarra und endlich auf dem Monte Pincio aufgefunden hätte. Bitte, Hoheit, ich bin nur da, um ihm meine Adresse, die auf ein vis à vis seiner Wohnung lautet, zu bringen oder etwa eine Verabredung für morgen zu treffen oder falls Hoheit heute Abend noch Befehle hätten, sie auszuführen. Ich werde überhaupt in Rom lieber Ew. Hoheit, als einem Menschen folgen, der mir den Weg über Genua angerathen hätte, ohne zu wissen, daß die Dampfschiffe von Genua nicht auf Passagiere warten, die sich von den wunderbaren Kaffeehäusern und Hotels in Nizza und Genua nicht gut zu trennen vermögen. So bin ich aus Zerstreuung in Genua sitzen geblieben und wider Verabredung um fünf Tage zu spät gekommen, hoffe indessen, daß der von meinem Freunde beabsichtigte Feldzug auch ohne die Tranchéen, die ich" —

Dies schwierige Bild aus der Kriegstaktik auszuführen scheiterte nicht gerade an Thiebold's Sprachkenntnissen, wol aber an seinem Gedächtniß. Er hatte seine Rede italienisch gehalten und sie offenbar präparirt und auswendig gelernt. Die Ehren, die er der Herzogin ließ, waren ungefähr solche, wie sie etwa in Deutschland einer regierenden Landesmutter von Braunschweig oder Nassau hätten erwiesen werden müssen.

Die Herzogin reichte dem närrischen Signore Tebaldo die Hand und bat ihn, sogleich zum Souper zu bleiben. Sie klingelte, ließ ihr kleines Mahl anrichten, trat am Arm Tebaldo's in ein Eßzimmer, wo die kleine Tafel sinnig geordnet war, und fand sich in ihm so gut zurecht, als hätte sie ihn seit Jahren gekannt. Das Gefühl, in ihm einen Mitwisser des Geheimnisses zwischen ihr und Benno zu sehen, durfte sie nicht stören; Signore Tebaldo war nur durch die ihm nicht geläufige Sprache und die Anwesenheit der Diener verhindert, sofort jeden „Zwang als bei ihm völlig überflüssig" zu bezeichnen und die „Sachlage" und die „vollendete Thatsache" und überhaupt alles auf „seine natürlichen Voraussetzungen zurückzuführen". Sein Sprachgemisch, wozu sich als letzte Aushülfe Französisch gesellte, sein Benehmen gegen Benno, die Art, wie er die Terrasse „himmlisch" und „stellenweise die drei Treppen allerdings belohnend" fand, die Kritik des „kühlen Speisesaals", die Leichtigkeit, womit er seinen Stuhl ergriff und die entzückende Natur Italiens, selbst mit „radicaler Unerträglichkeit" solcher Strecken wie von Civita-Vecchia bis hierher, die Einfachheit der Sitten, die Frugalität der Soupers — „mit Ausnahmen" — anerkannte, Roms Trümmerwelt als einen „das Auge mehr oder weniger beleidigenden polizeilichen Skandal der Jahrhunderte" bezeichnete, alles das hatte etwas so Vertrauenerweckendes und über jede Schwierigkeit sogleich Hinwegsetzendes, daß die Herzogin nicht die mindeste

Scheu vor ihm empfand. Zwischen eine Erzählung über seine Reiseabenteuer von Robillante bis hierher und die ersten Erfahrungen in einem römischen Hotel, das er sofort verlassen hatte, weil sich gegen ihn der „erste Cameriere das Benehmen eines Ministers erlaubte", ließ er bei Abwesenheit der beiden Diener die kühn stilisirten Worte fallen: Altezza, anch' io suon un' filio perduto, ma ritrovato! Auch ich hab' 'nmal eine Mutter gehabt, die in einem Zeitalter gestorben ist, wovon ich mir nur noch eine dunkle Erinnerung bewahrt habe! Jedoch an jedem Sterbetag der frühvollendeten Dulderin hab' ich mit dem alten Mann, meinem Vater, eine Messe für sie lesen lassen und ging in die Kirche, was sonst weniger meine Gewohnheit ist. Gott, das sind jetzt zwanzig Jahre her und oft hat mich schlechten Menschen diese Gewohnheit genirt. Aber ich that's um meines Vaters willen. So lang' ich lebe und es noch Kirchen gibt, setz' ich diese Gewohnheit fort an jedem vierzehnten October, Tag des heiligen Burkard, vorausgesetzt, daß unsere Kalender stimmen, Hoheit! Ich bin nicht ganz so aufgeklärt, wie mein Freund da — Asselyn. Ich kann Ihnen, wenn Sie es wünschen, Herzogin, auf jede Hostie — selbst eine wunderthätige — beschwören, daß ich mir die Ehre, Mitwisser Ihres „übrigens längstgeahnten" Geheimnisses zu sein, durch eine Discretion verdienen werde, die Ihnen möglicherweise selbst auf die Länge peinlich werden dürfte! Unglaublich! Wirklich — der Kronsyndikus —! Na, wissen Sie, Benno, wie wir damals bei dem Leichenbegängniß — Doch kein Wort weiter! In der Kunst, sich dumm zu stellen, hab' ich die Vortheile voraus, die einem gemeinschaftlichen Freund von uns zugute kamen, der eines Tages die Entdeckung machte, daß durch systematisches Ignoriren sich am besten die Ignoranz verdecken läßt! Bruto e muto!... So wahr wie —

Marco's Kommen unterbrach einen, wie es schien, auf Haar-
sträubendes berechneten Schwur.

Die Herzogin verstand aus den französischen Beimischungen
seiner Rede, was er andeuten wollte, und Benno küßte die Hand
der Mutter — Thiebold bat um die gleiche Gunst. Die Glückliche saß, wie sie sagte, wie die Perle im Golde.

Marco schien ihr alles das von Herzen zu gönnen. Er sah
zunächst auf nichts, als auf die Leistungen seiner Kochkunst.

Die trauervollste, ernsteste Stimmung mußte durch Thiebold
de Jonge immer mehr gemildert werden. Thiebold erzählte, bald
italienisch, bald deutsch, bald französisch und noch öfter Benno
zum Uebersetzen veranlassend, von einem aus Paris von Piter'n
vorgefundenen Brief. Er verbreitete schon damit allein über die
Züge der Herzogin den Ausdruck einer Heiterkeit, die sie seit
Jahren nicht gekannt hatte. Thiebold's Humor hatte die seltene
Eigenschaft, beim Scherz dem etwaigen Ernst, der eingehalten
werden mußte, nicht im mindesten seine Würde zu nehmen. Jede
vom ab- und zugehenden Marco und seinem Genossen, der eine
stattliche Livree trug, gelassene Pause benutzte er, die Saiten zu
berühren, die in Benno's Innern zu mächtig nachbebten. Wie
wuchs die Verehrung vor ihrem Sohn, als die Mutter sah, daß
Benno solche Freunde gewinnen konnte! Thiebold äußerte in noch
verstärkterem Grade die Besorgniß, die Benno über das Schicksal
der beiden Männer hatte, die ihm so werth geworden. Er theilte
„unbekannterweise" ganz diese Sympathie für die „Gebrüder Ban-
biera" — und noch dazu „ohne allen Neid". Er sah eine Sorge
im Gemüth des Freundes und suchte ihr abzuhelfen; das war
ihm Aufgabe genug. Ohne selbst Politik zu treiben, konnte er
sich „dergleichen Wahngebilde von einem fremden Standpunkt aus
vollständig erklären". Es war der immer gleiche Trieb der Gefälligkeit, der in Thiebold's Herzen so freundliche Wirkungen her-

vorbrachte. Dieser Trieb verband sich mit dem behaglichen Ge=
fühl seiner sorglosen Lebenslage, seiner reichlichen Mittel, vorzugs=
weise freilich auch — mit dem ungewissen Halt seiner eigenen
Bildung. Sah er kluge Leute von einer Sache interessirt, so
war er seinerseits auch klug genug, ihren Meinungen „vollständig
Rechnung zu tragen". Italien und Rom „waren nun einmal
da"; die Interessen dieses „überhitzten und in einem allerdings
sehr südlichen Klima gelegenen Landes" waren ebenso abzuwarten,
wie der Hemmschuh des Vetturins. Vollends war „die Guillo=
tine kein Spaß". Thiebold besaß jene seltene Toleranz, die eine
fremde Welt um so mehr achtet, je weniger sie selbst davon versteht.

Nur schade, daß die Herzogin der „neuerfundenen Misch=
sprache" Thiebold's nicht immer folgen und so recht die Gegen=
sätze und Natürlichkeiten genießen konnte, die in dieser empfäng=
lichen Seele zu gleicher Zeit Platz hatten.

Die Nacht war herniedergestiegen. Millionen Sterne funkel=
ten am dunkeln Himmel. Auf der Altane, auf die man nach
dem Souper, dem sogar Champagner nicht gefehlt hatte, zurück=
kehrte, brannte eine Lampe. Drei so traulich Verbundene saßen
unter dem Duft der Blumen, umwoben vom Zauber südlicher
Natur, der sich selbst beim nächtlichen Gewirr der Städte nicht
verliert. Glocken läuteten; die Luft, die nach dem Untergang der
Sonne anfangs kühl geweht, hatte wieder ihre alte Weiche ge=
wonnen; die Lampe warf geheimnißvolle Reflexe in das tiefdunkle
Grün der hohen Zierpflanzen und zog schwirrende kleine Käfer
an, die in ihr eine lichtere Schlummerstätte zu finden glaubten,
als die Orangen= und Granatenblüten waren, in deren Kelchen
sie schon gebettet waren. Die Armen! So erliegen wir den
Ausstrahlungen der höhern Ziele, die ein Gesetz unserer schwachen,
dem Irrthum unterworfenen Natur rastlos uns auch dann noch
suchen läßt, wenn wir uns schon längst hätten genügen sollen.

Benno und die Mutter knüpften an die frühere, von Thiebold unterbrochene Stimmung an. Thiebold konnte nun wiederholen, was eben Benno als die von ihm bei einer möglicherweise verhängnißvollen Wiederbegegnung mit Olympien in Aussicht gestellte Hülfe hatte berichten wollen. Ja — Armgart —! seufzte Thiebold. Wir lieben ein und dasselbe Mädchen, Hoheit, und längst hab' ich entsagt zu Gunsten meines Freundes. Ich beanspruche nur noch bei ihm Pathenstelle. Seine Großmuth lehnt nun freilich mein Opfer ab und darin hat er Recht: Der Gegenstand unserer Liebe neckte einen mit dem andern! Diese Cigarrentasche, die von ihr ist — sehen Sie, Hoheit, diese so — höchst mangelhafte Arbeit — deutet auf eine Berechtigung, das Andenken der Geliebten gleichsam zur Lebensgefährtin machen zu dürfen, während mein Freund einen Aschenbecher erhielt, ein Mobiliar, das sich nur innerhalb der vier Wände benutzen läßt. Er vergaß es in Robillante — ich hab's aber mitgebracht, lieber Freund! Andererseits könnte damit freilich das Princip der Häuslichkeit angedeutet sein. Genug — „sei dem, wie ihm wolle" und wie sehr wir besorgen müssen, daß eine raffinirte Natur wie die des Ex-Paters Stanislaus mit Hülfe so fanatisch lichtfreundlicher Aeltern uns beide aus dem Felde schlägt, ich habe meinem Freund als einzigen Ausweg aus dem Labyrinth seiner möglichen Verirrungen mit Fürstin Rucca den Ariadnefaden meiner eigenen Liebe zu ihr vorgeschlagen.

Die Herzogin begriff immer noch nicht.

Altezza! Ich kenne überraschende Wirkungen der blonden Haare in Italien! unterbrach Thiebold Benno, der genauere Auskunft geben wollte. Ich habe haarsträubende Erfolge erlebt! Ich werde noch mehr gewinnen, wenn ich Fortschritte in dieser verdammten — wollt' ich sagen, göttlichen Sprache mache, die mich beschämend genug an mein altes Latein — Secunda — erinnert.

Ich liebe die Fürstin Rucca bereits bis zur Narrheit! Ich werde Benno's Erfolge paralysiren.

Die Herzogin fragte nach dem Sinn dieser Worte und fixirte den Sohn, den Thiebold nicht aufkommen ließ.

Es ist dies, sagte Thiebold: Ich, ich liebe Gräfin Olympia Malbachini bereits aus dem Garten von Schönbrunn, schon aus der Menagerie im Prater! Nämlich die Erzählungen über sie wirkten so auf mich, daß ihr die Wahl zwischen mir und Benno unmöglich werden soll. Schon vor fünf Tagen sollt' ich im Palazzo Rucca meine Karte und einen Empfehlungsbrief von Benno an den jungen Elefantenkämpfer abgegeben haben. Nun ist es später geworden und der Fürst ist auf dem Lande. Ich reise morgen in erster Frühe nach Villa Torresani, auch nach Villa Tibur, wo Lucinde wohnt, bekanntlich im Widerspruch mit allen, die sie verdammen, auch eine leidenschaftliche Neigung von mir. Scherz bei Seite, Hoheit, die Schilderung der Persönlichkeit der Fürstin Olympia hat mehr, als meine Neugier erregt. Grüner Teint, blaue Haare, Wuchs bis Benno's Taille — ich werde Lucinden sofort Erklärungen machen und um die Vermittelung meiner Wünsche bitten. Ich mag diese kleinen Figuren! Armgart ist auch nicht groß. Ich werde der Fürstin zeigen, was bei uns in Deutschland schwärmen heißt. Weiß ich dann allerdings auch, daß mich die spätere Ankunft Benno's, die ich in Aussicht stellen muß, aus dem Sattel heben wird, so werd' ich doch sein Schicksal so lange durchkreuzen, aufhalten und nur über meine Leiche hinweg ihn zum Sieger über diese gebietende Göttin des Kirchenstaates werden lassen, daß darüber das Schicksal der „Gebrüder Bandiera" sich entschieden haben dürfte. Ich weiß nicht, ob ich deutlich gewesen bin, Hoheit?

Die Mutter begriff halb und halb und sah lachend auf Benno, der eine abwehrende Miene machte.

O, fuhr Thiebold auf, ich weiß durchaus nicht, ob es nach genommener Verabredung ist, daß mich mein Freund Asselyn hier in unserm Plan durch ein ironisches Lächeln unterstützt! In Robillante waren wir einig: Wir wagen uns beide in die Höhle des Löwen! Wir bitten die Herzogin von Amarillas um ihre Protection! Wir unterwerfen uns Sr. Eminenz dem Cardinal Ceccone in gebührender Demuth! Wir lassen in dieser großen, vornehmen Welt, in der Sie leben, gnädigste Frau Herzogin, unser Licht leuchten so gut es geht und sollte mir mein Freund Asselyn wirklich von jenem grünen Teint und von jenen blauen Haaren in Gefahr für seine Tugend gerathen, so verderb' ich ihm jedes Rendezvous und setze das so lange fort, bis Rom entweder eine Republik geworden ist oder Ceccone, was mich wahrscheinlicher dünkt, die Sentenz für die „Gebrüder Bandiera" bereits halb und halb unterschrieben hat —

Die Herzogin sah den Irrthum Thiebold's über ihre gegenwärtige Lage, unterstützte aber seinen überraschenden Einfall durch jede Geberde. Sie unterdrückte die Einsprache Benno's, nannte Ceccone ihren Freund, ihren Gönner, Olympia ihr treuestes Pflegekind. Sie ermuthigte beide, mit dieser jungen Frau ihr Heil zu versuchen.

Es schlug nun elf Uhr. Thiebold mahnte zum Aufbruch. Benno blieb traurig und schien keinen Willen mehr zu haben.

Die Mutter ließ ihn nur mit den Beruhigungen scheiden, die sie verlangte. Er mußte versprechen, morgen im Palazzo Rucca nach dem Principe Ercolano zu fragen und seine Karte abzugeben — Thiebold sollte inzwischen schon ins Gebirge hinaus und auf die Villa Torresani reisen.

Das alles stand fest und unwiderruflich. Die Mutter führte Benno an das Medaillon des Herzogs von Amarillas, ergriff seine drei Schwurfinger und flüsterte ihm — „bei Angiolinens

Angedenken!" — einen Schwur zu. Er sollte geloben, daß er sich mit Lucinden verständigte und in die Welt Ceccone's und Olympiens einträte, ohne die mindeste Rücksichtsnahme auf irgendetwas, was ihm in seiner Mutter persönlich begegnet war.

Benno erwiderte: Rom ist die Tragikomödie der Welt! Er gab der Mutter in dem, was sie vorläufig begehrte, nach.

Beim Nachhausegehen war Thiebold entzückt von dieser „seltenen Frau". Er verwünschte seine mangelhaften Kenntnisse im Italienischen, schwur, täglich sechs Stunden Unterricht zu nehmen und erstaunte dann nicht wenig, als ihm Benno beim Herabsteigen von jener großen Treppe, die auf den Spanischen Platz führt, erzählte, daß sich die Stellung seiner Mutter zu Ceccone und Olympia verändert hätte. Nun erst begriff Thiebold die kalte Aufnahme, die er an Piazza Sciarra erfahren hatte, als er dort nach der Herzogin von Amarillas fragte. Er verwünschte die römische Welt nicht wenig.

Dann verglich er „Rom bei Nacht" mit seiner Vaterstadt bei Nacht. Die Beleuchtung war hier „unter der Würde" — Rom verwarf bekanntlich damals als „revolutionäre Neuerung" nicht blos die Eisenbahnen, sondern auch die Gasbeleuchtung.*)

Die Freunde verabredeten sich, morgen in alter Weise gemeinschaftlich zu frühstücken und ernstlich das Weitere zu berathen. Thiebold wollte zu Benno kommen. Den Aschenbecher vergaß ich in Robillante! rief Benno Thiebold nach, als dieser schon an die Pforte seiner Wohnung geklopft hatte, die derjenigen Benno's gegenüber lag. Bringen Sie ihn doch morgen früh mit!

Das war das einzige Wort, womit Benno die zum Tod betrübte Stimmung seines Innern verrieth.

*) Thatsache.

7.

Die Wirkung einer Karte, worauf zu lesen stand: „Monsieur Thiebold de Jonge, recommandé par le Baron Benno d'Asselyn" war auf Villa Torresani außerordentlich.

Sie fiel in die Siestenstunde, wo die junge Fürstin Rucca bei herabgelassenen Jalousieen auf schwellenden Polstern ausgestreckt lag und vielleicht in Liebesschauern vom schönen Cardinal Ambrosi träumte. Sie fuhr empor. Halbentkleidet hatte sie auf einem Ruhebett ausgestreckt gelegen. Dicht war sie gegen die bösen, stechenden „Zanzari" in Musselinvorhänge eingehüllt. Mit halbschlafendem Brüten hatte sie ein Deckenbild des Bettes, eine Amorettenscene von Albani angestarrt.

Villa Torresani war der Mittelpunkt einer durch Kunst und Natur zum reizendsten Aufenthalt bestimmten Schöpfung. Sie lag auf Bergabhängen hingehaucht wie im tändelnden Musenspiel. Alles an ihr war leicht, zierlich und gleichsam ohne Mühe geschaffen. Die Treppenaufgänge waren in ihren Geländern mit zierlichster Symmetrie durchbrochen, auf ihren Wangen mit Statuen, Aloë- und Cactustöpfen geschmückt. Wo sich bei jeder neuen Etage die Treppe zwiefach theilte, plätscherten Springbrunnen oder muschelblasende Tritonen. Oben auf der gekieselten Plateforme erhob sich ein Bau voll Pracht und Schönheit, in zwei Stockwerken, verschwenderisch geziert von Säulen, Nischen,

Statuen, abgeschlossen hoch oben von einer Attila, deren vier Ecken freischwebende Marmorbilder begrenzten. Eine silberweiße Herrlichkeit war es, weithin leuchtend aus einem dunkeln Boschetto von Lorberhecken und urmächtigen Eichen. Hier rauschten die Wasser, dort sangen die Vögel, summten die Käfer. Weit hinaus zur Ebene verfolgte das Auge die gelblichen Fernsichten herbstlicher Stoppelfelder; sie milderten sich durch die quer hindurchlaufenden Weingehänge und die breitastigen, nicht ängstlich beschnittenen Pappeln. In der Ferne erhob sich Rom, die Peterskuppel, sie, der immer hocherhobene Finger, der die Welt aus dem Erdendunst gen Himmel weisen soll. Wer aber schweift hinaus bei so beglückender Nähe —! Hier waltete die Kunst und die in ihren Weihemomenten überraschte Natur. Durch die zur Erde gehenden Fenster des Palastes sah man die an den Capitälen bronzirten schwarzen Marmorsäulen eines großen Speisesaals mit dem weißschwarzen Marmorgetäfel des Fußbodens. Nach hinten empfingen die Schlaf- und Siestenzimmer die Kühle einer angrenzenden Cypressengruppe, den Duft des zur Berglehne reichenden Blumengartens, wo die Pflanzen eines noch tieferen Südens im Winter durch Glasdächer geschützt wurden. Dort reiften Bananen. Dicht am Fenster, wo Olympia schlief, hauchte eine Gruppe Gardenien aus ihren weißen, mächtigen Blütentrichtern und aus der wollüstig feuchten Wärme einer fortdauernd in ihrem Erdreich zu erneuernden Berieselung einen Duft aus, gegen den der Duft der Rose verschwand.

Olympia lachte im Halbschlaf — Sie lachte sogar des Cardinals Ambrosi, der sich ihren Sorgen für eine seiner würdige Einrichtung durch den eifersüchtigen Fefelotti hatte entziehen müssen. Dann erschrak sie, weil den — Cardinal-Conservator der Reliquien nichts als Todtenschädel umgaben. Durch eine nahe liegende Ideenverbindung kam sie auf den deutschen Mönch

Hubertus und Grizzifalcone. Sie warf sich auf die andere Seite und wieder lachte sie ihrer Schwiegermutter, die sie fortwährend hofmeistern wollte. Sie lachte Lucindens, des Carbinals und der Herzogin von Amarillas.

Da eben erscholl das Klopfen des betreßten Dieners — Da kam die Karte. Drei, vier Klingeln gingen durcheinander, als sie die Karte gelesen hatte. Portier, Diener, Kammerzofe — wem hatte sie nicht alles Befehle zu ertheilen! „Recommandé par le Baron d'Asselyn —!"

Die Fürstin, außer sich, weckte ihren nebenan schnarchenden Ercolano. Für diesen war sogar ein Brief von Signor d'Asselyno durch den braußen harrenden mit Extrapost vorgefahrenen Monsieur Thiebold de Jonge selbst überbracht worden.

Jetzt herrschte sie dem schlaftrunkenen Gatten zu, er sollte den Fremdling so lange unterhalten, bis sie sich in Toilette geworfen hätte. Den Brief nahm sie selbst und erbrach ihn sofort. Benno von Asselyn beklagte in diesem Briefe sein bisheriges Loos, das ihn in der Welt hin- und herzureisen gezwungen und erst jetzt nach Rom zurückgeführt hätte. In acht Tagen spätestens würde er dem Fürsten seine Glückwünsche und der Fürstin sich selbst zu Füßen legen! „Zu Füßen —!" So schallen auf der Insel Ceylon plötzlich wunderbare Klänge aus der Luft. So richtet sich die Blume auf, die nach langer Dürre ein stürzender Regen erfrischt. Olympia floh — wie eine Mänade in ihre Garderobe.

Thiebold de Jonge hatte indessen in einer Empfangsrotunde Gelegenheit, die Geschichte der alten Kunst zu studiren. Neun Marmorstatuen, geschmackvoll in Nischen angebracht, zierten dieselbe; sie sowol wie der Mosaikfußboden gehörten dem wirklichen Alterthum an. Das alte Rom war hier noch nicht untergegangen.

Später hat es Thiebold oft erzählt, wie bei ihm der erste Anblick der „kleinen Heuschrecke", die nach einer halben Stunde

in gelbnaturseidenen, mit grünen Blättern und bunten Blüten
bedruckten Gewändern hereinrauschte, Lexikon, Grammatik, Al-
berti's Complimentirbuch in vollständige Verwirrung brachte.
Die „gelbe Hexe" wäre viel, viel anziehender gewesen, als er
erwartet.

Dennoch mußte er sich früh erholt haben. Er „reuffirte"
schon beim ersten Gruße. Benno hätte sich getrost noch acht
Tage in Rom können versteckt halten. Thiebold beschäftigte den
Fürsten und die Fürstin schon am ersten Tag mit all den Er-
folgen, die wir als die gewöhnliche Belohnung seiner geselligen
Talente kennen. Sogar ein Begrüßen der Villa Tibur wurde
ihm am ersten Tage nicht ermöglicht. Das Französische unterstützte die Verständigung. Olympia und Ercolano ließen den
liebenswürdigen „Baron" de Jonge nicht wieder frei.

Der Brief, die Ankunft Thiebold's hatten sich verspätet.
Folglich mußte Benno schon am Tag nach dem Siestentraum
erscheinen. Ercolano holte ihn selbst wie im Triumph aus Rom
ab. Der junge Römer hatte hier nun den Mann, der es möglich machte, die an einen bekannten Vorfall mit König Pyrrhus
von Epirus erinnernde Geschichte von seinem „Kampf mit einem
Elefanten" zu wiederholen. „Dies ist der Herr, der mich damals in Wien —". Ercolano erdrückte Benno mit seinen Umarmungen. Und siehe da! Als Benno auf Villa Torresani ankam, hatten sich — Thiebold und Olympia gerade schon bei einem Ausflug in den Gebirgen verspätet.

Es konnte kein Wunder nehmen, daß in drei Tagen Thiebold
und Benno auf der Villa Torresani selbst wohnten. Im Garten
gab es mehrere, die reizendste Aussicht gewährende Pavillons.
Diese allerliebsten kleinen Häuschen mit den grünen Jalousieen!
hatte Thiebold seltsam kokettirend zur Fürstin gesagt und sogleich
wurde eines aufgeschlossen. Es war die Zeit, wo alles auf dem

Lande lebte. Was wollen Sie in Rom, was in Tivoli! —
wo die Freunde sich eingerichtet hatten im Gasthof zur Sibylle
— Sie wohnen bei uns! jubelte Ercolano. Lucinde wohnte
tausend Schritte weiter an den Wasserstürzen Tivolis. Weder
Benno noch Thiebold hatten sie begrüßt und schon wohnten sie
in dem Pavillon der Villa Torresani. Sonst sind die Italiener
nicht gastfrei. Hier aber traten Gründe ein, bestimmend genug,
um diese beiden jungen Fremblinge nicht wieder frei zu lassen.
Schon das erste Zusammentreffen des Besuchs mit einer Visite
der Schwiegermutter, das Hinzukommen anderer Nachbarschaften
entschied dafür, denn alle sagten: Diese beiden Deutschen werden
die Löwen der römischen Gesellschaft!

Thiebold's Kunst, die Menschen und Verhältnisse in Verwirrung zu bringen, ohne die erstern übermäßig zu reizen und die
letztern zu unglücklich ausgehen zu lassen, bewährte sich auf eine
bestrickende Art. Benno konnte in der That einige Tage zweifelhaft sein, ob nicht Thiebold den Sieg davontrug. Thiebold
hatte sogar den Muth, des Abends sentimental zu werden. Beim
Anblick der Wirkungen, die er damit auf die junge Fürstin
machte, erleichterte sich ihm die anfangs beklommene Brust, er-
heiterte sich sein Rundblick auf die Verhältnisse, in die ihn die
Sorge um zwei Freunde Benno's, die dem Tode bestimmt waren,
wider alle Neigung gezwängt hatten. Benno, dem noch immer
die Fürstin gleichsam schmollte, blieb ernst und düster.

Nun haben wir's, sagte Thiebold, als Benno das reizende
Gartenhaus mit seiner Aussicht auf das vom Kaiser Hadrian
„Tempe" genannte glückselige Thal mit ihm bezogen hatte
und voll Verdruß die glänzende Einrichtung, die bronzirten
Sessel, die Sammetkissen, die Verschwendung an Marmor und
Krystall sah, nun werden Sie ohne allen Zweifel eifersüchtig
auf mich!

Wir streiten uns, entgegnete Benno, wie zwei Fechter, die zum Tode bestimmt sind! Auf dem Programm der Niedermetzelungen geschieht dem einen weniger Ehre, als dem andern! Bin ich etwa darum — traurig?

War allerdings Olympia, als sie mit Benno zum ersten male allein war und von Wien zu reden begann, erblaßt und hatte zitternd, keines Wortes mächtig, das Zimmer verlassen und gab sie sich auch, um nur Fassung zu gewinnen, den Schein mit ihm zu schmollen, so war dies eben nur Schein und Täuschung. Bald stand sie auf dem Gipfel alles Erdenglücks. Sie ritt, sie fuhr, wie in ihrer fröhlichsten Zeit. Thiebold machte sich noch nebenbei zu ihrem dienenden Cavalier und sie ließ sich's mit beiden gefallen. Thiebold plauderte amusant, war immer lebhaft und gefällig — immer „präsent" — so wollen es die Frauen —! Sie konnte vollkommen mit zwei solchen jungen Männern zu gleicher Zeit fertig werden. Thiebold hatte Recht, wenn er sagte: Ihr Embarras de richesses verassecurirt unsre Tugend!

An lange Einsamkeit und an ein ungestörtes Begegnen war dabei wenig zu denken. Die Fürstin war eine Neuvermählte, Ercolano rauchte nicht eine Cigarre ohne sie, trank nicht ein Glas deutscher „Birra" ohne Benno und sein Leben bestand aus Trinken und Rauchen. Reiter und Fuhrwerke belagerten die Thore der Villa Torresani. Zankte auch wol der alte Fürst, der aus der Stadt ab und zu kam, über einen Landaufenthalt, der so gänzlich seinen Zweck zu sparen verfehlte, so war nun einmal Olympia die Nichte des regierenden Cardinals und hatte als solche den Zustrom der Fremden und Einheimischen. Da gab es Monsignori, die Carrière machen wollten; Aebte, Bischöfe kamen von nah und von fern; Fefelotti sogar ordnete sich Ceccone's gesellschaftlicher Stellung unter. Fremde kamen, die aus Kunstinteresse, andere, die aus Frömmigkeit, die meisten, die aus Ge-

seligkeitstrieb nach Rom wallfahrteten. Das Princip der rö=
mischen Aristokratie, so unzugänglich wie möglich zu sein, ließ
sich hier nicht durchführen. Olympia wollte nicht aufhören, die
Beherrscherin Roms zu bleiben.

Und wie war die Zeit bewegt! Kuriere kamen und gingen.
Außerordentliche Botschafter von Neapel, Florenz und Modena
gab es zu empfangen. Schon hörte man von Verhaftungen in
Rom; von Aufhebung einzelner „Logen". Die Gefängnisse der
Engelsburg und des Carcere nuovo füllten sich so, daß die Ge=
fangenen des Nachts, mit starken Escorten, nach Civita-Vecchia
und Terracina geschickt werden mußten. Von ungewöhnlichen
Streifcolonnen hörte man, die durch die Gebirge zogen. Die
Marine Neapels, Sardiniens, Oesterreichs kreuzte in den Gewäs=
sern von Genua, um Sicilien herum und im Adriatischen Meere.
Schon wurden allgemein die Brüder Bandiera als Anführer von
Trupps genannt, die demnächst an verschiedenen Stellen Italiens
landen würden.

Ceccone, der Benno sehr artig begrüßt und dem devoteren
Gefährten Thiebold die Hand zum Kusse dargereicht hatte, war,
das beobachteten beide, in äußerster Aufregung. Seine Kutsche fuhr
hin und her. Sie wurde regelmäßig von zwölf Berittenen der
Nobelgarde begleitet, wenn er nach Castel Gandolfo fuhr, wo
der Heilige Vater eingeschlossen lebte und mismuthig über sein
Körperleiden die Bullen, Breves und Allocutionen unterschrieb,
die man ihm aus den verschiedenen Collegien seiner Weltregierung
überbrachte. Bücher wurden verboten, Excommunicationen aus=
gesprochen. Wächter der Kircheninteressen gab es genug, wenn
auch der Hohepriester selbst nichts las, als medicinische Schriften,
nichts hören wollte, als ärztliche Consultationen. Seine Hoff=
nung war damals, wie bekannt, ein deutscher Arzt geworden.
Olympia hatte in der That jetzt keine geringe Abneigung

gegen die „Erhebung Italiens". Sie räderte und köpfte — „Ein paar Handschuhe monatlich — Ein Bedienter nur — Und deine Hemden selbst flicken —"? Mazzini, Guerazzi, Wenzel von Terschka — jeden erwartete, wenn man seiner habhaft werden konnte, ein eigener Galgen. Bekanntlich unterschreibt der Heilige Vater die Todesurtheile nicht selbst; man überreicht sie ihm und wenn er dagegen nichts einwendet, so hat die Gerechtigkeit ihren Lauf. Man kann die Religion der Milde nicht milder betrügen! sagte Benno.

Als Benno zum ersten mal mit Ceccone beim jungen Rucca dinirte, bedurfte er der ganzen Erinnerung an die Verstellungskunst — des ihm schon einmal in seinem Leid aufgegangenen Hamlet. Er gab jede Auskunft, die der geschmeidige Priester zu hören wünschte. Er widersprach keinem Urtheil, das sich an dieser Stelle nicht berichtigen ließ. Er hörte nur mit Schrecken: Wir wissen alles! Wir sind unterrichtet über die Personen! Wir kennen die Orte —! Wir wissen, wo die Fackel der Empörung zuerst auflodern soll! Zwanzig Mitglieder der „Junta der Wissenden" haben auf die Hostie geschworen, mich binnen einem Jahre zu tödten —! Ich weiß, daß geloost worden ist! Ich weiß, daß in Rom ein Mann, in meiner unmittelbaren Nähe leben soll, der die Aufgabe hat, mich zu ermorden! Nun wohlan! Ich will es aufgeben zu forschen — sonst mistrau' ich noch jedem, der mich grüßt, jedem, der in die Nähe meines Athems kommt!

Eben war bei Tisch gesprochen worden von einigen Königsmördern, die kurz hintereinander in Frankreich guillotinirt worden. Benno horchte, ob bei allen diesen Schilderungen ein Advocat Clemente Bertinazzi würde genannt werden, der ihm als Mittelpunkt der Verschwörer in Rom bezeichnet war und der ihn sogar selbst erwarten durfte. Er erblaßte, als Cola Rienzi genannt, Rienzi's Haus am Tiberstrand geschildert wurde — Bertinazzi wohnte dicht in der Nähe desselben. Niemand jedoch sprach von Bertinazzi.

Benno bedurfte der neuen Anmahnung seiner Mutter, um in dieser peinlichen Lage harmlos und unbefangen zu bleiben. Nur endlich zu Lucinden zu gehen, beschwor sie ihn. Immer noch war er nicht auf die Villa Tibur gekommen. Die Schwiegermutter Olympiens war wieder einmal mit ihrer Tochter in Streit — Lucinde sollte „Farbe halten" und nicht auf Villa Torresani erscheinen. Das verlangte die alte Fürstin. Und die junge verlangte von ihren Hausgenossen das Gleiche. Ceccone emancipirte sich. Das sahen Benno und Thiebold mit Erstaunen — Nach den Diners fuhr Ceccone auf Villa Tibur. Die Voraussetzung, daß dennoch Graf Sarzana dieser Donna Lucinde in redlichster Absicht den Hof machte, hörte Benno in der That. Diesen Cavalier hatte er noch nicht gesehen; aber genug beobachtete er schon die Art, wie in Italien die Ehe geschlossen wird und sich um ihrer Unauflöslichkeit willen mit allen Verirrungen der Leidenschaft verträgt. Lucinde — eine Gräfin! Er konnte sich die Wirkung dieser Nachricht in Witoborn, Kocher am Fall und in der Residenz des endlich freigegebenen Kirchenfürsten vergegenwärtigen.

Thiebold war nicht mehr zurückzuhalten, Lucinden zu besuchen. Er kam von ihr zurück und hatte sie außerordentlich „vornehm" gefunden. Sie gäbe Audienzen wie eine Fürstin. Sie hätte sich höchst bitter über Benno beklagt, der sie nicht zu begrüßen käme. Nur die Nähe eines „Conclaves von Prälaten", darunter Fefelotti, hätte verhindert, daß er sich darüber vollständig mit seiner „alten Freundin" ausgesprochen — mit ihr, die ihm den Streit über die Kreuzessplitter als Ursache ihrer gegenwärtigen Anwesenheit in Rom von Herzen gedankt hätte.

Olympia hörte diesen Bericht voll Neid und sagte grimmig lachend: Benissimo! Die Kammerzofe meiner Schwiegermutter!

Sie aber werden sie nicht sehen! Ich verbiete es Ihnen... wandte sie sich zu Benno.

Benno brauchte sich nicht zu verstellen, wenn er seine Geringschätzung Lucindens andeutete. Endlich mahnte aber sogar der Cardinal um den Besuch in Villa Tibur. Olympia hörte diese Flüsterworte und wollte aufs neue widersprechen.

Benno warf ihr einen einzigen Blick zu und sagte: Ich reite morgen hinüber, Eminenz!

Die junge Fürstin sah empor zu ihm, wollte bitter schmählen, dann schlich sie still davon. Welch ein Glück beherrscht zu werden von dem, den man liebt! Wie gern hätte sie so ihr ganzes Leben ihm zu eigen gegeben —!

Der Cardinal sah alles das und verstand es. Er lachte dieser demüthig niedergeschlagenen Augen, mit denen sein Kind, erst zornig aufwallend, sich beherrschte und hinter den Säulen des Eßsaals verschwand. Dergleichen war ihm an Olympien noch nicht vorgekommen.

Am andern Tage fuhr sie dann aber doch mit Thiebold und ihrem Manne nach Rom — eines Modeartikels wegen, sagte sie — Sie zeigte Benno ein gemachtes Schmollen. Als dieser fest blieb und bat, ihm ein Pferd nach Villa Tibur bereit zu halten, weinte sie und zog ihre Fahrt bis zum Abend hinaus. Lucinde schien ihr die Einzige, die ihren beiden Freunden gefährlich werden konnte.

Benno durfte hoffen, Lucinden allein zu finden. Er hatte gehört, daß auch die alte Fürstin in Rom war, wo sie öfter verweilte als auf dem Lande — Pumpeo's wegen — Seine erste Aufwartung hatte ihr Benno schon in Rom gemacht.

Lucinde, die Benno in so vielen sich widersprechenden Situationen, in Demuth und Glück, in Verzweiflung und Ueber-

4*

muth, schön und häßlich, fromm und heuchlerisch, verführerisch und abstoßend gesehen hatte — Sie jetzt auf solcher Höhe! Ihr sich beugen zu müssen, von ihr durchschaut zu werden, sich und seine Mutter abhängig von ihrer Großmuth, von ihrer Selbstbeherrschung zu wissen — wohl durfte ihn alles das mit Bitterkeit und Mismuth erfüllen.

Er umritt das schon im Abendgold schwimmende Tivoli und suchte dem Bett des Anio von der Seite des rauschenden Sturzes desselben beizukommen. Der Lärm des Städtchens oben, die Schrei-Concerte der Esel, das Lachen und Schwatzen des Volks, das Begegnen der Fremden hätten seiner Stimmung wenig entsprochen. Anfangs mußte er sich vom Rauschen des Wasserfalls in seinen verschiedenen Spaltungen entfernen, dann kam er ihm wieder näher. Vögel flogen über ihn her, wie aufgeschreckt vom Donnerton der stürzenden Gewässer. Sie flogen zur Linken — Unglücksboten, wie er nach antikem Glauben sich sagen durfte beim Anblick des wohlerhaltenen Vestatempels, der oben auf der Höhe schimmerte; auch in Erinnerung an die Sibylle Albunea, die hier einst die Orakel verkündete.

Liegt die Villa Tibur so nahe dem Rauschen des Anio? sprach er zu sich selbst und gedachte — Armgart's, die so einst beim Rauschen der Mühlen von Witoborn Ruhe und ihre Aeltern gefunden hatte.

Die schon dunkle Schlucht mit ihren silbernen Schaumterrassen, ihren feuchtkühlen Grotten, ihrem wilden Baum- und Pflanzengewucher blieb zur Rechten. Villa Tibur lag noch höher in die Berge hinauf. Nur wie ein fernes Meeresrauschen, immer gleich, immer rastlos, nie endend als nur durch die einstige Zerstörung dieser Felsen beim Weltgericht — so mußte der Sturz vernommen werden in der kleinen Villa, die sich durch Olivenwälder und Bergzacken endlich unterscheiden ließ.

Hoch oben glänzte noch der goldene Sonnenschein, der hier unten im Geklüft bereits fehlte. Die Cypressen an der endlich erreichten Thorpforte standen so ernst, wie nebenan einige Hermen. Ein Reitknecht in Livree war zunächst zur Hand, der schon ein Roß am Zügel hielt. Das Roß des Grafen Sarzana! dachte Benno. In der That war dieser der Herr des Knechtes. Er erwartete ihn, sagte er, jeden Augenblick von oben zurück. Gleich an der Pforte lag ein Wirthschaftsgebäude, wo, wie Benno sah, an Dienern kein Mangel war. Ihnen gab er zur Hut das Pferd aus Ercolano's, des jungen Fürsten, Stall.

Ueber sich schlängelnde und terrassirte Wege ging es aufwärts zur Villa, die sich an Großartigkeit mit Villa Torresani nicht messen konnte. Sie war so klein, daß Lucinde hier höchstens nur zwei Zimmer bewohnen konnte. Schön aber war auch sie, wenn auch alterthümlicher, als die auf der andern Seite des Berges. Die Decke des Vestibüls enthielt Lunettenbilder von ersten Meistern. Der Garten bot Laubengänge und Boskets. Man zeigte einen Gang hinunter, den die Weinrebe aus lieblichen Guirlanden gebildet. Dort sollten Donna Lucinda und Graf Sarzana verweilen. Dieser Gang endete in einem Rundbogen von geschnittenen Myrten.

Hob sich hier vom dunkelgrünen Hintergrund in blendendweißem carrarischen Marmor eine in Schilfblättern kniende Nymphe mit einem Schöpfkrug als eine Erinnerung an die Wasserwelt des fernher rauschenden Anio an sich schon bedeutungsvoll ab, so noch mehr die an das Postament dieser Gruppe gelehnte Gestalt Lucindens. Benno sah, was das Glück vermochte. Lucinde, die in St.-Wolfgang von der alten, über die Alpen ihrem Pflegling, dem Bischof, nicht gefolgten Renate verachtet wurde, von Grützmacher nach einem Steckbrief verglichen, von Tante Gülpen aus der Dechanei verwiesen, Lucinde, die sich in der

Residenz des Kirchenfürsten nur durch Rück's Interesse für sie erhalten hatte, die nicht unverdächtig der Theilnahme an einem Verbrechen auf Schloß Westerhof geblieben war (sein Beichtwissen durfte Bonaventura auch an Benno nicht verrathen), sie, die Bonaventura in Männerkleidern nach Wien gefolgt war (so viel hatte Benno von ihm erfahren) sie, ein Kind der Armuth, in ihrer ersten Jugend eine Magd — da stand sie nun — in einem purpurrothen Kaschmirshawl, den sie um beide Arme geschlungen hielt. Ihr weißes Gewand eng sich schmiegend an ihre schlanke Hüfte. Ihr Haar, um den Kopf in Flechten gewunden, war frei. Im starren Auge lag die alte Unheimlichkeit des Blicks, ihre Rache an dieser Welt für etwas, das sie mit näherer Bezeichnung vielleicht selbst nicht angeben konnte. Ihre blinzelnde Augenwimper, ihre leise, zurückhaltende Sprache — letztere schon in der Todtenstille angedeutet, die Benno antraf, obgleich ihr gegenüber auf seinen langen Degen sich stützend Graf Sarzana stand, den bebuschten silbernen Helm in der Hand. Dennoch unterhielten sie sich. Benno konnte den Bewerber erst erblicken, als sein Fuß schon in die Myrtenrotunde eingetreten war. Vorher stand nur Lucinde seinem Auge ersichtlich — Sie, die Richterin über das Geheimste, was mit seinem Dasein zusammenhing!

Herr von Asselyn! sprach Lucinde. Benno dem Grafen vorstellend — ohne einen Schritt weiter zu gehen oder sich in ihrer Stellung zu verändern. Zu Benno sagte sie lächelnd: Kommen Sie also endlich doch noch?

Sie hatte den Ankommenden schon beim Absteigen vom Pferde gesehen und längst ihrem Blute Ruhe geboten.

Graf Sarzana hatte sich eben entfernen wollen.

Benno betrachtete Lucinden, die so ruhig that, als hätte sie ihn erst gestern zum letzten mal gesehen, betrachtete den Cavalier, der in so seltsamer Umstrickung lebte. Er mußte es bei Beiden mit dem größten Befremden thun. Graf Sarzana war ein Mann zwischen den Dreißigen und Vierzigen. Seine Augen ruhten auf Benno mehr finster, als freundlich.

Er verneigte leicht sein Haupt und sagte, daß er schon von Signore d'Asselyno gehört hätte. Auf den nahe liegenden Besitzungen des Cardinals hatte Benno Verwandte des Grafen gesprochen, die da und dort die Oekonomie verwalteten.

Ein Brautpaar konnte Benno kaum zu sehen glauben. Die Kälte und Ruhe Lucindens war der Ausdruck der höchsten Abspannung. Graf Sarzana schien aufgeregter, wenigstens stand ein unausgesetztes Streichen der Haare seines Helms mit seiner scheinbaren Ruhe im Widerspruch. Unwillkürlich bot sich für Benno die Vergleichung mit Paula und dem Grafen Hugo. Wie anders aber dies Gegenbild!

Der Abschied des Grafen verzögerte sich. Benno's scharfes Auge glaubte einen gemachten Zug von Verachtung vor dem sich Empfehlenden auf Lucindens Lippen zu sehen; sie wollte wol nur damit an ihre Liebe für Bonaventura erinnert haben. Aber auch der Graf schien nur eine eingelernte Rolle zu spielen. Zwar blieb er artig und plauderte noch einige Dinge, die einen Fremden interessiren durften. Die Stunden, wo der Heilige Vater seine Segnungen ertheilt, sind jedem Fremden in Rom von Wichtigkeit; sie sind das, was anderswo die Wachparaden und Manöver. Einige Paläste, einige Sammlungen sind schwer zugänglich. Graf Sarzana's Erbieten zur Vermittelung war freundlich. Auch unterrichtet schien er und behauptete Sammler zu sein. Er bewunderte, wie beide Deutsche sich in die italienische Art gefunden hätten, rühmte die deutschen Schulen und schien vorauszusetzen, daß Lucinde eine Erziehung genossen hätte, die ihr die Kenntniß des Lateinischen schon durch die Fürsorge des Staats verschafft hätte. In allem, was er sprach, lag ein Anflug von Ironie.

Graf Sarzana hatte auf ein Convolut von Papieren gedeutet, das auf einer Bank lag. Das sind deutsche Acten! sagte Lucinde und fuhr fort: Der Graf thut, als wenn ich so frischweg die Gedichte lesen könnte, die drüben auf den Wasserfall da Catull gemacht hat! Ich verstehe das Breviarium — Das ist alles!

Der Graf that, als hinderte ihn am Gehen eine Zärtlichkeit, die Benno für gemacht halten mußte. Er wollte Lucinden die Hand küssen, die diese ihm mit Koketterie entzog. Ihre Reserve hatte von je etwas Anlockendes. Der Graf hörte in der Ferne das Stampfen und Wiehern seines neapolitanischen schönen Rosses und konnte nicht fortkommen. Unter anderm sprach er von einem Fest, das der Heilige Vater noch dem jungen Rucca'schen Ehepaar nachträglich zu Ehren geben wollte. Es war eine Gunstbezeigung, die nicht zu selten ertheilt wird, ein Mahl im Braccio nuovo des Vatican. Die dort aufgestellten Meisterwerke der alten Bildhauerkunst werden dann im Glanz der festlichsten Beleuchtung gesehen. Lucinde kannte diese Wirkung noch nicht und bedauerte, daß nur Eine Dame, welche dann die Honneurs macht, dabei anwesend sein durfte — diesmal Olympia selbst. Der Vatican, bestätigte Graf Sarzana, gilt allerdings für ein Kloster. Lucinde kannte viel Ausnahmen von den Regeln der Klöster. Ihr Lächeln könnte beim Nennen der im Braccio nuovo aufgestellten Sculpturen dem Vorfall mit dem von Thorwaldsen restaurirten Apollin gelten. Sie that, als sähe sie ganz die Furcht, die Benno schon in Wien hatte, für die junge Fürstin das zu werden, was dem Uebermuth des Kindes jene Statue gewesen. Ihr Blick blieb forschend. Inzwischen zeigte sich der Graf unterrichtet über die Meister und die Schulen, denen jene Bildwerke zugeschrieben werden.

Endlich ging er und bald hörte man nur noch das Klirren seiner Sporen, bald nur noch den Hufschlag seines dahinsprengenden Rosses.

Nun, endlich! Kommen Sie! sagte Lucinde. Wir haben dort einen bequemeren Platz und ich bin ermüdet —! Sie deutete an, daß sie den Grafen nicht im mindesten liebte und nur von seiner Bewerbung fatiguirt wäre.

Mit einigen Schritten befand man sich in einem ringsgeschlossenen traulichen und völlig einsamen Bosket, wo mehrere gußeiserne Sessel standen. So finden wir uns wieder! ... sprach sie jetzt. Und ich sehe schon — Sie kommen voll Zorn auf mich! Hat mich die Herzogin so verklagt?

Im Gegentheil, erwiderte Benno, des Mädchens, ihrer Umgebung, ihrer Haltung staunend; meine Mutter rieth mir, mit Ihnen Frieden zu schließen! Sie wissen, ich habe das immer als das beste Mittel erkannt — mit Ihnen auszukommen.

Ein Lachen deutete an, daß sie sich nicht verletzt fühlen wollte. Nun, nun, sagte sie, wundern Sie sich nur erst recht aus! Ja, das ist hier Italien, das ist Rom, die Villa des Mäcenas drüben — das hier Villa Tibur! Nicht wahr, wer das alles von Ihrem und unserm Leben geahnt hätte, als ich unreifes Kind auf Schloß Neuhof lebte, unter Männern voll Grausamkeit und Tücke, von denen der allerärgste Ihr Vater war! Der beste von allen — war mein guter, närrischer Jérôme, Ihr — Bruder! Seltsam! Ich hatte dort schon Träume, die mir alles zeigten, was seither eingetroffen ist. Ich sah Ihre Mutter — wie oft! — in den Kellern des Schlosses. Ich sah die alte Hauptmännin Buschbeck mit der Giftschale in der Hand. Ich sah das Dasein Ihrer Mutter in den Visionen Ihres Vaters. Wie ich Ihnen dann zum ersten mal an der Maximinuskapelle begegnete! Wissen Sie noch? Sie trugen den rothen Militär-

kragen jener blonden, hellblauäugigen Sandlandsklugheit, der Sie
Gott sei Dank! Valet gesagt haben. Frau von Gülpen ahnte
schon meine Mitwissenschaft an so manchem und wies mich deshalb aus der Dechanei. Wie ich diese stille Stätte des Friedens
und der Hoffnung verlassen mußte, brach mir das Herz! Denn
ach! Ihr Onkel war so gut. Und Ihnen ist er der Retter
Ihres Lebens geworden! Nun, ich liebe, im Vertrauen gesagt,
die Reue nicht, ganz wie die Spinozisten — alle Magdalenen-
bilder sind mir schrecklich — aber schön und ein ganzes Leben
verklärend war Ihres Pflegvaters Reue über einen schlimmen
Antheil, den er doch wol auch an Ihrem Dasein hatte — denn
der Kronsyndikus war sein intimster Freund! Wie geht es dem
Dechanten?

Er freut sich jeder frohen Botschaft aus Italien.

Grüßen Sie ihn von mir! „Frohe Botschaft aus Italien!"
Kämen ihrer nur mehr! ... Ich fürchte, ihr, ihr gerade siedet
und kocht ihm nichts, was ihn laben wird. Euer Bischof bringt
ein Ungestüm von jenseits der Berge, das diesseits nicht am Platze
ist. Wer ist denn nur jener Eremit, um den er sich noch ins Verderben stürzen wird? Ein Deutscher! Erinnern Sie sich Ihrer
Scherze mit dem Gipsfigurenhändler, als wir über den St.-Wolf-
gangsberg keuchten? Halt! unterbrach sie sich plötzlich ... Ich vergaß die Papiere, wo wir standen. Holen Sie sie mir!

Benno folgte, wie von einem mächtigen Willen regiert. Er
hörte und hörte nur. Ueber den Eremiten hatte sie harmlos
und so zu sagen waffenlos gesprochen. Nach wenigen Schritten
war Benno zurückgekehrt und gab Lucinden ein Pack sauberer
Belinpapierbogen, die deutsche Scripturen enthielten.

Sie war aufgestanden und setzte sich wieder. Sie ahnen
wol nicht, was diese Papiere enthalten! — sprach sie, das Convolut neben sich legend. Sie verwies ihn auf den nächsten Stuhl.

Ich höre, Sie und Klingsohr sind die Referenten der Curie in deutschen Angelegenheiten geworden! erwiderte Benno. Wir haben, Sie wissen es wol, jetzt eine Reformation in Deutschland. Sind das die betreffenden Actenstücke?

Sie schüttelte den Kopf, ließ den angeregten Gegenstand fallen und fixirte nur Benno mit prüfenden Blicken. Seltsam! sagte sie. Ihr Haar ist von der Mutter! Die Augen haben Sie vom Vater! Ihr Blut scheint von Natur langsam zu fließen, wie — durch Kunst bei Ihrer Mutter. Ihr Verstand, der ist hitzig, wie beim Kronsyndikus — und wissen Sie, ich hätte Sie schon in St.-Wolfgang mit ruhigem Blut in allerlei Unglück sehen können — Nicht dafür, weil Sie kein Interesse für mich hatten — Armgart hatte es Ihnen schon damals angethan — Nein, Sie trugen den Kopf so schrecklich hoch — um Ihrer Klugheit willen! Das haben Sie ganz von Ihrem Vater. Der konnte auch jedem einen Thaler geben, wer ihn klug nannte. Ich lästere ihn nicht. Mir war der Schreckliche gütig. Nur zuletzt nicht mehr. Hätt' er mich da noch aufrecht gehalten, ich würde nicht so elend in die Welt hinausgefahren sein. Es — ist — nun alles so —

Dafür machen Sie jetzt Ihren Weg! fiel Benno mit Bitterkeit ein. Wann werden Sie Gräfin Sarzana sein?

Sie hörte auf diese Frage nicht, sondern sagte träumerisch: Wenn ich rachsüchtig wäre —

Manche bezweifeln Ihre Großmuth —

Und wenn ich sie nun nicht hätte, habt ihr mich nicht dahin kommen lassen?

Etwa auch meine arme Mutter?

Der Herzogin, das ist wahr, war ich zu Dank verpflichtet; aber sie war nicht gut gegen mich. Wir Frauen wissen, daß wir Ursache haben, uns im Leben an eine starke Hand zu halten. Nun finde ich hier vielleicht eine solche. Konnt' ich ertragen, daß

Ihre Mutter über mich lachte und ihrem Briefwechsel mit Ihnen, den ich voraussetzen durfte, Ihre und des Bischofs Urtheile über mich entnahm und weiter verbreitete. Ich leugne nicht meine Herkunft und meine ehemalige Lage. Ich weiß auch, daß mich im Leben noch niemand gemocht hat, und habe mir längst dar- über mein System gemacht. Ich ahne sogar — im Vertrauen — daß auch hier diese Herrlichkeit bald zu Ende sein wird. Aber was ich mir an Unglücksfällen ersparen kann, das will ich denn doch nicht unterlassen haben. Ihrer Mutter, einer höchst gefähr- lichen, völlig in sich unklaren, halb ehrlichen, halb listigen Frau, einer echten Italienerin, mußt' ich einen Vergleich anbieten. Ich will wünschen, daß sie die Bedingungen ebenso hält, wie ich sie halte. Sie sind mit der jungen Fürstin Rucca intim, fragen Sie sie in einer Schäferstunde, ob ich geplaudert! Selbst über Armgart werden Sie sie nicht unterrichtet finden — Sie Ungetreuer! Was wird Armgart sagen! Nicht nur Sie, sondern auch Herr de Jonge brechen ihr die Treue! Meine Herren, sie erfährt alles! Darauf verlassen Sie sich! Herr von Terschka wird sie von allem in Kenntniß setzen. Apropos, hüten Sie sich doch vor den politischen Grillen Ihrer Mutter —!

Benno mußte anerkennen, daß ein Ton des Wohlwollens durch alle diese Reden klang. Dennoch lag er auf der Folter und hätte mit einem einzigen Wort die Maske seiner Selbst- beherrschung abwerfen mögen.

Werden Sie den Namen Asselyn behalten? fragte Lucinde nach einer Weile.

Benno konnte die quälende Erörterung nicht mehr pariren. Auch sah er, daß sich ihr Sinnen immer mehr und mehr auf den Bischof richtete. Der Name Asselyn —? erwiderte er. Er klingt dem Italiener nicht fremd —

Der Präsident, Ihr Bruder, ist kinderlos — fuhr sie fort —

Wenn Sie da — Nein, nein — laſſen Sie die Wittekinds aus-
ſterben! Bleiben Sie der räthſelhafte „Sohn der Spanierin“,
der Neffe des guten Dechanten, ein Aſſelyn! Ich habe mir viel
Mühe gegeben, hinter Ihr Geheimniß zu kommen, das iſt wahr.
Aber es wiſſen nicht mehr darum, als der Biſchof, ich, ohne
Zweifel der Dechant und meine alte Freundin, Frau von Gülpen.
Aber Thiebold de Jonge ſcheint eingeweiht. Das iſt thöricht!
Sie müſſen ihn freilich erprobt haben. Ganz ſo dumm, wie
Piter Kattendyk iſt er nicht. Sagen Sie, wie können Sie der-
gleichen Menſchen um ſich aushalten!

Benno erhob ſich und ſagte halb ſcherzend, halb im Ernſt:
Nun wollen wir von den neueſten mailänder Moden ſprechen.
Sonſt erleben Sie, daß ich Sie auf Piſtolen fordere!

Piſtolen! ſagte ſie kopfſchüttelnd. Auch das kommt in Italien
nicht vor. Wer uns hier beleidigt, fällt durch das Stilet eines
Rächers, den man dafür bezahlt. Das iſt ſchrecklich und doch —
iſt es nicht eine unendliche Wonne, aus den deutſchen Verhält-
niſſen erlöſt zu ſein? Rom hat ſeine Lügen, ſeine Schlechtig-
keiten — aber dieſes Uebermaß von ſchwatzhafter Tugend, eitler
Sittſamkeit, biederer Langeweile von jenſeits der Berge gibt es
hier nicht. Erzählen Sie mir aber —! Ja wie geht es Rück?
Ich weiß durch Herrn de Jonge, daß er ohne ſeine Frau in
Wien iſt und noch unentſchloſſen ſein ſoll, ob er nach dem Orient
geht oder nach Rom.

Ein ſolches unentſchloſſenes Umherblicken wird ſeine Hals-
ſchmerzen vermehren! ſagte Benno lachend.

Sie ſind boshaft! Lucinde erröthete und ſchwieg.

Woher erfuhren Sie die näheren Umſtände meines Geheim-
niſſes? begann Benno, der endlich mehr die Oberhand gewann.
Gewiß iſt vorzugsweiſe Rück betheiligt?

In diesem Augenblick läutete es von Tivoli herüber. Lucinde senkte den Blick und sprach für sich den englischen Gruß.

Benno durfte sich der frommen Sitte nicht entziehen.

Darüber hatte sie Zeit gewonnen und kam auf die verfängliche Frage wegen Nück nicht zurück.

Die Dämmerung war hereingebrochen. Ueber die Höhen des Gebirges sah man Streifen des Mondes schimmern, die bald ihr mildes Licht über die dunkelnde Schlucht verbreiteten.

Läßt mir der Bischof nichts, gar nichts sagen? begann Lucinde.

Nein! erwiderte Benno und sprach der Wahrheit gemäß.

So war es ja immer, sagte sie mit stockender Stimme. Lieblos entzog ihr mir die rettende Hand! Hinweggeschleudert habt ihr mich wie ein Wesen ohne Bildung! Wie hab' ich gerungen nach euerer Freundschaft, nach euerer Schonung nur! Kalt, grausam habt ihr mich zurückgestoßen! Nun mußt' ich mir freilich selbst helfen. Das ist die größte Feigheit der Männer: Ein Weib um ihrer Thorheit willen leiden sehen und sie dann auf Vernunft und Besinnung verweisen —! Vernunft und Besinnung haben wir ja nicht. Nur in der That, sei's der That der Liebe, sei's dem Rausch des Wahns oder dem Klaggeschrei der Enttäuschung, nur in Handlungen und Zuständen sind wir, was wir sind. Vernunft und Besinnung! Nachdenken und Reflexion! Was soll das uns!... Dem Bischof vergebe ich doch nie, was er alles, alles an mir gethan hat —!

Benno wußte kaum, was er einem weiblichen Wesen erwidern sollte, das auf einen katholischen Priester Rechte der Liebe zu haben behauptete. Er begnügte sich, die Wildaufgeregte zu beruhigen mit einem einfachen und ironischen: Sie beteten eben in aller Frömmigkeit Ave Maria — und verlangen doch das Unheiligste! Sie haben nie das Gemüth dieses edelsten der Menschen verstanden.

Ein Gemüth ist's, wie das dieser Bildsäule! sagte Lucinde zornig. Als wenn ein Priester von seinen Gelübden sprechen könnte, der sie doch einer andern gegenüber nicht hält! An jenem Abend auf dem Friedhof von St.-Wolfgang schon, wo wir unter den Gräbern wandelten, funkelten die Sterne herab, als wollten sie sagen: Halte sie doch fest, die Stunde der Versöhnung! Sieh, dies wahnsinnige Weib, so sprachen die Sterne, hat zwei Jahre geschmachtet nach Wiedervereinigung mit dir! Nun kommt sie und pocht voll Hoffnung an deine Hütte! Du — du opferst sie aber schon der alten Magd, die dich bedient! Lachen Sie nicht —! Die Sterne sprachen noch mehr. Sie sagten: Du schmähst ihre Verehrung, die so ganz ohne Interesse, nur ein reines Opfer der Liebe ist! Ich bin um diesen Mann katholisch geworden — ich wäre schon glücklich gewesen, nur dann und wann mit ihm sprechen zu dürfen... Daß ich seine Magd hätte sein können, mich wirklich als Bäuerin bei Renate verdingen, davon will ich gar nicht reden. Ich war heimisch in ihm, als ich ihn das erste mal sah. Ich fand einen Menschen wieder, der todt war und in ihm sein Testament zurückgelassen hatte. Schon damals, als Ihr Vetter geweiht wurde, kannte ich seine Zukunft; ich kannte die ganze kommende Zerrissenheit seines Gemüths; wußte, daß er dort enden würde, wo er jetzt steht — an einem furchtbaren Abgrund, den nur noch seine äußere Würde deckt. Ich kannte alles, was ihm über die Leiden dieses Daseins hinweggeholfen hätte. Er verschmähte es! Nun folg' ich dem Ruf in die Dechanei, erlebe die Demüthigung, zum Hause hinausgeworfen zu werden; ich klammere mich an den Saum seines Kleides, an den Teppich der Altäre, die sein Fuß berührt; ich wage mich in die schwierigsten, demüthigendsten Lebensverhältnisse, nur um eine Erhörung meines — um Güte und Vertrauen — Gott, ich sage nicht: nm Liebe — verschmachtenden Herzens zu finden. Keine

Hülfe! Nichts als die kalte Sprache der Lehre und Ermahnung. Mit der Zeit konnt' ich ihm furchtbar erscheinen, konnte ihm drohen, ich that es auch —! Als ich mich dennoch bekämpfte, dennoch von dem beweinenswerthen, rasenden, wahnsinnigen Gefühl für diesen Mann mich beherrschen lasse, alle meine Waffen senke, find' ich noch immer keine Regung der Versöhnung, kein Wort der Güte, keines des Vertrauens! Noch in Wien stößt er den Nachen zurück, auf dem ich mich zu ihm geflüchtet. Das ist wahr — er nahm mir in Wien eine Bürde ab, die mich zu Tod niederdrückte — aber kaum fließen meine Thränen, so läßt er mich auch wieder hinaus auf die stürmende See in ein Leben, das bisher nur Noth und Demüthigung mir gebracht. Jetzt hab' ich einen kurzen Augenblick des Glücks! Er macht — euch alle schwindeln! Mich nicht! Ich weiß, was ich thue! Ja! Wie eine Bettlerin will ich nicht wieder vor euern Thüren stehen —!

Lucinde war aufgestanden. Benno erbebte vor ihrem Blick. Er fürchtete für Bonaventura's schwierig gewordene Stellung. Sie sind bei alledem dem Bischof werth ... sagte er und mit voller Ueberzeugung.

Sie anerkannte diese Aeußerung, fuhr aber fort: Weil er mich fürchtet! Weil ihr alle mich fürchtet! Ich habe mich freilich rüsten müssen gegen euch! Gesucht hab' ich nichts — ich fand alles von selbst. Auf dem Schlosse Ihrer Väter hab' ich schon als Mädchen von sechzehn Jahren die sibyllinischen Bücher aufgeschlagen gesehen und verstand nur noch nicht die Zeichen, die in ihnen wie durchstochene blutige Herzen funkelten. Jetzt liegt mir jeder Traum der Kindheit offen. Ich verstehe das Wimmern und Seufzen unter den Ulmen des Schloßparks von Neuhof, ich sehe die Verwirrung euerer ganzen Familie und euer — tragisches Ende! Mit dem Bischof hab' ich Mitleid. Er liebt, ein umgekehrter Jupiter, statt eines Weibes eine Wolke. Erzählen

Sie mir von Paula! Ich denke, ich verdiene schon, daß Sie sich's etwas kosten lassen, mich ein wenig — zu unterhalten.

Diese Worte waren freundlich. Benno mußte ihr den vorangegangenen Ton des übermüthigen Emporkömmlings vergeben. Sie setzte sich wieder. Benno sollte es ebenfalls thun. Angezogen hatte sie ihn niemals so wie heute. Die Leidenschaft verjüngte Lucinden zu ihrer ersten Jugendschönheit. Ja sie fiel sogar in ihren naiven „Hessenmädchen"-Ton. Also — Paula! Bitte, bitte! ... Erzählen Sie!

Ich kann Ihnen nur erzählen, sagte Benno, was alle wissen! Ich ehre den Bischof zu sehr, als daß ich ihm durch unberufene Fragen Gelegenheit geben sollte, sich über Gefühle auszusprechen, die ihm schmerzlich sind —

Die Wunde nicht berühren, heilt sie euch! schaltete Lucinde ein.

In den meisten Fällen ist es auch so! Ob beim Bischof und bei Paula — ich weiß es nicht. Ich kann nur berichten, daß dieser Ihnen so undankbar erscheinende Bonaventura an Verklärung und Hoheit der Gesinnung von Tage zu Tage wächst. Er entschwebt dem Irdischen und ich mag ihn durch Fragen nicht niederziehen aus seinen reinen Höhen. So viel aber weiß ich, daß Er es doch war, der Sie vor allen mislichen Folgen Ihrer Verbindung mit Rück geschützt hat. Ich weiß, Graf Hugo gab seine Absicht, die Urkunde anzuzweifeln, erst nach einer langen Unterredung mit dem Bischof auf.

Lucinde horchte.

Sagen Sie selbst, fuhr Benno fort, was hätte den Bischof verhindern können, dem Grafen zu rathen: Handeln Sie getrost nach allem, was Ihnen Terschka mitgetheilt hat! Zu offen lagen aller Welt die räthselhaften Vorgänge des Brandes in Westerhof. War ich doch selbst ein Zeuge derselben. Dieser Bruder Hubertus — der — leider — so räthselhaft auch — jetzt wieder verschollen ist —

Den also ich unter die Räuber und Mörder wahrscheinlich schickte? sagte Lucinde verächtlich.

In der That — überall stellen sich seiner Vornehmung eigenthümliche Hindernisse entgegen! Den Dionysius Schneid hat er gerettet, hat die Hälfte seiner Erbschaft aufgenommen und nach London geschickt, wohin jener Bickert oder Schneid, unzweifelhaft der Brandstifter, über Bremen entkommen sein soll —

Also wer und was schützte mich — — vor dem Zuchthause? unterbrach Lucinde.

Wenigstens vor der Anklagebank schützte Sie Graf Hugo von Salem-Camphausen! Er that dies infolge einer Bürgschaft, die ohne Zweifel für Sie nur der Bischof übernahm. Er mag dem Grafen Dinge über Sie gesagt haben, die Ihnen nicht würden gefallen haben; aber sie bestimmten ihn, sich dem Unvermeidlichen zu fügen. Er hat die Urkunde anerkannt —

Lucinde hätte gern gesagt: So kann also euer edler Bischof wirklich auch — lügen? Sie hörte nur voll Spannung über die Folge von Bekenntnissen, von denen Benno nicht einmal zu wissen schien, daß sie in kirchlicher Form stattgefunden hatten.

Dann, fuhr Benno fort, erfolgte die Verständigung mit Schloß Westerhof.

Worin lag zuletzt für Paula die Bürgschaft des Werthes, den Graf Hugo, nach dem Zeugniß, das ihm der Bischof ausstellen sollte, ihr haben durfte? fragte Lucinde. Die Bedingung, die Paula gestellt haben soll, kannte ja die ganze katholische Welt!

Ich denke in der Art, sagte Benno, wie Graf Hugo die Ergebnisse der Rücksprache aufnahm, die Bonaventura mit Ihnen gehalten. Beide Charaktere lernten sich zum ersten mal kennen, sprachen sich aus und schätzten sich.

» Ganz und ohne Rückhalt? zweifelte Lucinde lachend.

Ich traue ihm zu, daß er ehrlich zu Bonaventura sagte: Sie lieben Gräfin Paula!

In der That?

Sie freilich glauben nicht an das Wahre und Gute in der Welt —

Wenigstens nicht an den Sieg des Wahren und Guten ...

So weiß ich keine andere Erklärung! Der Graf kennt ebenso Paula's Empfindungen für Bonaventura wie Bonaventura's für Paula —! Dieser blieb mit jenem nur einen einzigen Tag auf Schloß Salem allein und die Folge war die Reise des Grafen nach Westerhof.

Eine Andeutung, daß der Graf — katholisch werden wird! sagte Lucinde. Er hat unsere Religion in den Bekenntnissen eines Priesters achten lernen! Was sagt seine Mutter dazu?

Benno schwieg eine Weile. Allerdings wußte er, daß der Graf von der tiefsten Verehrung Bonaventura's seit jener Unterredung erfüllt war. Er wußte, daß die alte Gräfin auf Castellungo sich auf Grund dieser Verehrung zum Bischof von Robillante mit bangem Herzen verhielt und die Freundschaft des Grafen für den Bischof deshalb nur nicht nachdrücklicher bekämpfte, weil dieser ihre Theilnahme für die Waldenser und für den Eremiten Federigo theilte.

Benno erstaunte, daß Lucinde, die alles wußte, was ihn und Bonaventura betraf, nicht in diesem Eremiten den Vater Bonaventura's erkannte. Alle diese Rückhaltsempfindungen verbarg er unter den Worten: Die beste Religion, die wir haben könnten, wäre eine auf die Erkenntniß der tiefsten und edelsten Möglichkeiten und Fähigkeiten unserer Menschenbrust begründete! Liebe, Freundschaft, Vertrauen, alles Edle im Menschenherzen — ich dächte, das ist die einzig wahre Bürgschaft der Gottesnähe!

5*

Lucinde zeigte auf den kleinen Vestatempel, der über dem Katarakt auf der Höhe des Gebirges wie ein weißer Nebelring schwebte. Sogar Benno von Asselyn schwärmt! sagte sie. Nein, diese Religion, die Sie da nennen, ist keine! Oft schon hat die Gottheit versucht, ob sie sich im reinen Menschenthum offenbaren könne. Die Götter kamen auf die Erde in allem Reiz menschlicher Phantasie. Da verwilderten sie! Dann kamen sie noch einmal im Reiz des menschlichen Duldens. Auch das — im Vertrauen gesagt — erlag — für den Denker! Die Götter wohnen in jeder Beziehung jenseits dieser Welt!

Es war still ringsum. Das Dunkel mehrte sich. Lucinde warf ihre religiöse Maske ab. Sofort aber, als wenn sie darüber Reue befiel, ergriff sie die Papiere, erhob sich und deutete auf einen Weg zur Villa, wo es heller war. Dabei sprach sie: Sie haben ganz Recht! Paula, Graf Hugo und Bonaventura gehören einer einzigen Kirche an. Doch die Kinder? sagte sie plötzlich, zu den Religionsformen der Erde zurückkehrend und des ihr immer gegenwärtigen Bundes gedenkend, den der heilige Franz von Sales gerade mit einer verheiratheten Frau, mit der Stifterin der Visitandinen geschlossen — Aber sie beantwortete sich selbst ihre Frage. Nein! Nein! Kinder werden nicht kommen! Wenigstens nach dem Urtheil der Aerzte nicht — Die Gräfin hat ihre Visionen noch immer. Sogar jetzt in Witoborn, wohin sie nach dem wiener Winter mit dem Grafen gereist ist. Die in Salem heftig eingetretene Rückkehr ihrer Visionen, die Aufregung derselben für Wien, das Andrängen der Aerzte, die Neugier der Forscher und Träumer brachten beim Grafen den Entschluß zur Reise, seine Güter um Westerhof zu besuchen. Vielleicht regte sich in Paula die Sehnsucht nach des Obersten von Hülleshoven magnetischer Hand.

Ueberraschend! entgegnete Benno. Die Nachrichten hatten wir noch nicht in Robillante. Woher wissen Sie das alles?

Unwillkürlich fiel sein Blick auf die Papiere, die ihm Lucinde entzog. Seine Neugier mußte sich steigern, als sie fortfuhr: Auch Sie sollten nun doch für immer in Rom bleiben und sich hier nützlich machen! Sie sollten Partei ergreifen! Wem kann das Glück mehr lächeln als Ihnen? Fürchten Sie sich doch nicht so sehr vor einem Roman mit Olympia Rucca! Die Zeiten sind vorüber, wo böse Frauen ihre ausgenutzten Liebhaber vom Thurm zu Nesle stürzten. Jetzt geben sie ihnen Anstellungen und manchmal sogar noch ein hübsches junges Mädchen dazu. Bleiben Sie in Rom! Nehmen Sie hier eine Stelle, die nicht zu gebunden ist! Schon ließ Sie der Staatskanzler, hör' ich, in eine verlockende Zauberlaterne blicken. Für Ihre Heimat haben Sie seit Ihrer Kurierreise den Credit verloren. Auf dem Venetianischen Platz kann ich das große schöne Haus mit dem schwarzgelben Banner nicht ansehen, ohne die Stelle wenigstens eines österreichischen Legationssecretärs an Sie zu vergeben. Rom ist die Welt! Und selbst wenn Sie Rom nur studiren wollten — ich kenne Ihr Verhältniß zu Ihrem Bruder, dem Präsidenten von Wittekind nicht — so brauchen Sie dazu ein Leben. Sie können hier jeden Tag eine andere Inschrift, jeden Tag einen andern Marmorstein vornehmen. Und verstellen Sie sich nicht! Ganz gleichgültig ist Ihnen Olympia nicht. Man flieht nicht so eifrig vor etwas, das man verachtet. Wär' ich ein Mann, mich würd' es vollkommen reizen, diesen Panther zu bändigen. Oder schwärmen Sie in der That noch immer für die lindenwerther — Kindereien?

Da Sie alles wissen, erwiderte Benno mit dem Ausdruck jener Toleranz, die Männer ein für allemal der kecken Rede aus Frauenmund nothgedrungen gewähren müssen, was wissen Sie von Armgart?

Von den englischen Cardinälen, entgegnete Lucinde, von jenen beklagenswerthen, die sich alle drei Jahr dem Martyrium aussetzen müssen, sich in England von den Roheiten John Bull's beschimpfen zu lassen, hat Cardinal Talbot Armgart in London gesehen. Bei guter Laune verglich er sie dem Heiland, der als Kind im Tempel predigte. Sie legt die Bibel aus, wie ihre Mutter. Eine englische Krankheit das — nur findet Armgart bisjetzt noch immer das in der Bibel, was die Engländer erst sehen, wenn sie in den Katakomben waren. Wenn sie nicht auf die andern Thorheiten der Engländer einginge, würde man sie kaum dulden. Glücklicherweise reitet sie nicht nur und schießt, sie schwimmt und angelt auch. Sie könnte die Herzogin von Norfolk sein, hör' ich, wenn die Auswahl ihrer Bewerber nicht zu groß wäre. Ob sie für die beiden jungen Männer, die ihr einmal eine Flucht aus der Pension erleichterten, noch die alte Pietät bewahrt, bezweifl' ich fast. Im Bericht des Cardinals erfuhr ich nichts davon. Mit Baron Terschka hat sie sich ausgesöhnt. Ja, ja, auch die Gefühle junger Mädchen wollen ihre Nahrung haben. Thut man durchaus nichts, lieber Herr, um sie an sich zu erinnern, so unterhält solche kleine Koketten mehr noch der Haß, den sie auf manche Menschen werfen, als eine bald verklingende Liebe aus der Pension.

Benno widersprach nicht. Er war in die Erinnerung an sein zu Armgart gesprochenes Wort, sie würde einst noch lange in der Irre gehen und dann voll Wehmuth an ihn zurückdenken — so versunken, daß Lucinde eine Frage wiederholen mußte, die sie an ihn gerichtet hatte: Was halten Sie von Paula's Visionen?

Ich glaube nicht an sie, aber sie können zutreffen, sagte Benno.

Das ist ein Widerspruch!

Niemand kann für gewöhnlich sehen, was die Zukunft erst ins Leben rufen muß. Aber ein Auge wie Paula's blickt van den

Verhältnissen, die uns andere zerstreuen, unbeirrt. Wir würden
alle ein wenig so zu sagen allwissend sein, schärften wir nur
mehr unser inneres Auge, das auch nicht mit dem Verstand,
sondern mit dem Herzen sieht.

Nun — dann hoffen Sie! Paula sieht Armgart in ihren
Visionen — immer nur mit Ihnen verbunden! Sie staunen?
Ueber diese Papiere?.... Nun ja freilich, das sind Abschriften
der Visionen Paula's. Genau gesammelt seit einer Reihe von
Jahren und fortgeführt bis in die neueste Zeit. Ich erwarte
schon morgen aus Witzhorn eine neue Sendung. Wer sie nieder-
schreibt, weiß ich nicht. Frau von Siding — oder Norbert
Müllenhoff in ihrem Auftrag — möglich. Sie wissen vielleicht
nicht, daß Fefelotti die Frage zu entscheiden hat, ob das magne-
tische Leben innerhalb des Christenthums Berechtigung hat. Ich
fürchte, man wird den Magnetismus verwerfen. Die Concilien
sprechen nichts davon. Mich ängstigen die Gefahren des Bischofs,
wenn ich auch beim Lesen dieser Blätter lachen — freilich auch
viel mich ärgern muß. Ich sehe die Zipfelmütze des alten Onkels
Levinus und seine gelehrten Forschungen — sehe die Tante Be-
nigna und ihre Schweinemast. Aber auch vieles Andere. Nur
seltsam! Die wahren Verhältnisse der Asselyns und Wittekinds,
wie ich sie kenne, sind Paula trotz ihrer Allwissenheit unbekannt.

Benno wurde eben von einem der näher gekommenen Diener
mit einem Blick befragt, ob sein Pferd in Bereitschaft gehalten
werden sollte. Im Wandeln waren sie schon dicht am Pforten-
thor angekommen. Reiten Sie jetzt zurück! sagte Lucinde. In
Italien ist die Nacht unheimlich.

Und Sie, Sie übersetzen diese Visionen ins Italienische? fragte
Benno erstaunt.

Im Auftrag Fefelotti's! bestätigte Lucinde. Fefelotti ist es,
der die Kirche regiert.

Und glauben Sie nicht, daß man dem Bischof hier die Kerker der Inquisition öffnet und jenen greisen Bewohner des Thals von Castellungo herausgibt?

Das ist nicht möglich — und zwar deshalb nicht, weil man ihn nicht in Gewahrsam hat!

Das glaubt der Bischof nicht!

Es ist aber doch so. Als es hieß, Pasqualetto hätte den Vielbesprochenen in Gestalt eines Pilgers von Loretto gefangen genommen, freuten wir uns des Beweises, den jetzt die Dominicaner nicht mehr zu geben brauchten, indem sie ihre Gefängnisse öffneten. Letzteres thun sie ohnehin nicht. In Rom gewiß nicht, verlassen Sie sich darauf! Hubertus wurde entsandt, den Pilger aufzusuchen. Leider sind seither beide verschwunden. Warnen Sie den Bischof, diesen Streit nicht wieder aufzunehmen! Fordert man ihn vor die Schranken eines geistlichen Gerichts, schlägt man hier in den Archiven nach, wo über Tausende von Seelen der katholischen Welt — Geständnisse und Aufklärungen liegen —

Lucinde hielt inne. Sie konnte nicht wissen, ob nicht in der That die Curie von Witoborn von Leo Perl's Geständnissen damals nach Rom Bericht gemacht hatte.

Daß man die Frage über den Magnetismus anregt, ist mir schon ein Beweis, wie man in unsers Freundes Vergangenheit einzudringen sucht — fuhr sie nach einiger Besinnung fort. Ich wünsche ja aufrichtig, daß Bonaventura hier eine ganz andere Krone als die des Märtyrers trägt! Wäre er darum nach Italien gekommen, um hier — in einem Kloster elend unterzugehen —?

Die Wasser des Anio rauschten so mächtig, daß das Gespräch durch sie übertönt wurde. Beide hatten die Eingangspforte mehrmals umkreist. Das Roß scharrte ungeduldig im Kieselsande.

Es wird zu spät! sagte sie. Ich lade Sie nicht ein, bei mir zu einem Nachtimbiß zu bleiben. Auch ist die Fürstin Ihnen gram. Sie hat ihrem Sohn Vorstellungen gemacht über die Aufführung seiner jungen Frau. Sie verlangt — hören Sie's nur — daß Sie und Thiebold von Villa Torresani wegziehen. Das alles stndet sich — besonders wenn Sie der guten Dame selbst ein wenig den Hof machen. Ach, wir haben soviel gemein= schaftliche Sorgen! Warum denn nicht auch Freuden! Glückauf in Rom! Geben Sie mir die Hand! Lassen Sie uns Ver= bundene bleiben!

Benno reichte die erstarrte, kalte Hand.

Lucinde schied mit einer Miene der Protection, mit wirklicher Theilnahme und — Koketterie. Sie sagte: Versprechen Sie mir, daß Sie auf Villa Torresani nie anders von mir reden, als so, daß ich Männern noch in einer einsamen Abendstunde gefähr= lich werden könnte — Sie kalter Mensch! — Damit schlug sie nach ihm mit einer Päonienblüte, die sie am Wege abgebrochen hatte und in ihrer gewohnten Weise zu zerzupfen anfing.

Der Diener hatte den Rücken gewendet. Die deutsche Unter= redung schützte beide vor dem verfänglichen Inhalt ihrer Worte. Benno schwang sich in den Sattel ... Lucindens „Auf Wieder= sehn!" war wie ein Gruß zu einer Reihe der unterhaltendsten und vertraulichsten Beziehungen auf lange, lange Zeit.

Benno schied halb aufs neue gefesselt, halb in der Hoffnung, binnen wenig Wochen vom giftigen Hauch dieser ganzen Atmo= sphäre befreit zu sein — Der Weg war dunkel und abschüssig. Er mußte langsam reiten. Hinter der finstern, scheinbar vom Silber des Wassersturzes mehr als vom Mond erleuchteten Schlucht unterhalb Tivolis wurde der Weg breiter. Die Krümmungen des Anio hatten hier Anbau. Zur Linken ragten die Trümmer der zu einer Schmiede gewordenen Villa des Mäcenas mit dem Schimmer der Cascatellen, die aus ihren Fenstern gleiten, und mit Feueressenglut auf. Ringsum war es still, doch nicht ein=

sam. Einzelne Wanderer hielten am Wege inne. Da und dort
erhob sich aus den hohen, noch nicht abgeernteten Maisfeldern
ein spitzer Hut.

Benno ritt tief in Gedanken verloren. Paula, Bonaventura,
alles was ihm theuer war, umschwebte ihn. Welche Welt ge-
staltete sich in seiner Brust! Welches Chaos rang zum Lichte!
Es waren nichts als glühende Tropfen, die Lucinde auf seines
Herzens geheimste Stätten hatte fallen lassen.

Allmählich belästigte es Benno, von drei Reitern, in der
Tracht römischer Landbesitzer, mit hohen Flinten auf dem Rücken,
ledernem Gürtel, Gamaschen bis weit übers Knie, auf unruhigen,
ohrspitzenden Maulthieren, fast in die Mitte genommen zu werden. Eben wollte er seinem Roß die Sporen geben, um sich
dieser unfreiwilligen Begleitung zu entziehen, als die Reiter inne-
hielten, wie der Blitz abschwenkten und zur Schlucht zurückritten.
Hatten sie sich in seiner Person geirrt? Wenige Secunden und
Benno begriff, daß ihr Auge und Ohr schärfer als das seinige gewesen. Er hörte den gleichmäßigen Trab bewaffneter
Reiter. Bald sah er einen Trupp Carabinieri, denen in einiger
Entfernung eine Kutsche folgte.

Es war die Kutsche des Cardinals Ceccone. Benno gab seinem Pferd die Sporen. Windschnell suchte er vorüberzufliegen.
Er mußte vor einem zweiten Reitertrupp abschwenken, der die
Arrièregarde des Wagens bildete. In die unheimlichsten Gespenster schienen sich ihm jetzt rings die Bäume und Felsen zu
verwandeln. Wie von einem Höhnen der Natur verfolgt, sprengte
er dahin. So schuldlos ihm sein eigenes Innere erscheinen durfte,
immer mehr Schrecken begehrten Einlaß in seine Brust. Ist das
Rom, das gelobte Zauberland der Christen —! Ceccone fuhr
soeben zu Lucinden, die der Mann im Purpur ohne Zweifel in
der Villa allein wußte. Die Unterredung mit ihr hatte Benno's

ganzes Interesse gewonnen. Er hatte erkannt, daß Lucinde in
der That, wenn der Trieb ihrer Liebe zu Bonaventura sie be=
seelte, auf Wegen wandeln konnte, wo man ihr die Anerkennung
nicht versagen durfte. Nun stürzte wieder alles zusammen. Er
sah nur noch das Zweideutige.

Wie glücklich war er, als er die hohen spitzen Aloes und
Statuen erblickte, welche die Treppengelände der Villa Torresani
zierten, und sich überzeugte, daß in den Sälen kein Licht war.
So war Olympia doch noch nicht von Rom zurück. Und sie
blieb wol über Nacht dort. Er sprang vom Pferde und flüchtete
sich in die Einsamkeit seines Pavillons.

Wer waren die drei Reiter? Schwerlich Räuber. Man
kennt dich in den geheimverbundenen Kreisen als einen Freund
der Bandiera — du hast die Begrüßungsformeln des „Jungen
Italien" und dennoch weilst du in der Nähe eines Mannes, den
— Mord und Verrath umschleichen —!

In seiner gewagten Doppelstellung glaubte Benno sich nicht
mehr lange halten zu können. Es mußte zu Entscheidungen, zu
Entschlüssen fürs Leben kommen.

So suchte er die Ruhe, von der er wußte, daß er sie nicht
finden würde. Man brachte ihm noch einen Brief, der während
seiner Abwesenheit angekommen war. Die verstellte Handschrift
war die seiner Mutter. Die Mutter schrieb, daß sich in seiner
Wohnung, dann bei ihr selbst der berühmte Advocat Clemente
Bertinazzi hatte erkundigen lassen, ob Herr von Asselyn nicht
bald aus dem Gebirge zurückkehrte.

Das war eine Mahnung, der er sich entschließen mußte, Folge
zu leisten. Sie konnte gefährliche Folgen nach sich ziehen, wenn
er nicht darauf hörte.

———

8.

Als Olympia doch noch nach Mitternacht von Rom zurückgekommen war und sie ihm in der Frühe beim Wandeln im Garten begegnete — immer Thiebold in der Nähe und heute, komisch genug, mit dem Begießen von Blumen beschäftigt — sah Benno wol ein, daß auf die Länge des Freundes Beistand nicht mehr vorhalten konnte. Mit der Gießkanne und ähnlichen Hülfsmitteln konnte er nicht überall hin folgen. Olympia wollte heute sogar ihre Schmähungen über Lucinden Benno nur allein anvertrauen.

Menschen wie Thiebold können für den Umgang unentbehrlich werden; doch erfüllen sie nicht die Phantasie. Sie lassen sich als Freunde und als Gatten, weniger als Liebhaber denken. Benno erhielt wieder seinen vollen Platz in Olympiens Herzen und die Stunde rückte näher und näher, wo die zunehmende Vertraulichkeit um so mehr eine schwindelnde Höhe erreichen mußte, als sein „bester Freund" Ercolano plötzlich schüchtern und verlegen zu werden anfing. Die Mutter hatte in der That seine Eifersucht mächtig angeregt. Das Wohnen auf seiner Villa hatte sie einen lächerlichen Beweis von Schwäche genannt. Olympia trotzte der Zumuthung, die deutschen Freunde aus ihrer Nähe entfernen zu sollen. Darüber ging Ercolano wie in der Irre.

Thiebold war bald nur noch der Vertraute ihres Geheimnisses mit Benno. Er wurde nichts als eine „schöne Eigenschaft" seines Freundes mehr. Thiebold übernahm die Commissionen ihrer Launen, wofür sie den Angebeteten selbst zu hoch hielt. Thiebold mußte „das Verhältniß zum Cardinal Ambrosi" lösen, d. h. die letzten Aufmerksamkeiten und Geschenke überbringen, die für dessen Einrichtung noch bestimmt waren. Sonst aber ärgerte sie sich schon lange über Thiebold's Allgegenwart. Bald hatte der Unbequeme gerade an derselben Stelle, wo von ihr niemand anders als Benno erwartet wurde, seine Brillantnadel, bald sein Portefeuille verloren; er suchte und fand den Freund immer an einer Stelle, wo sie mit Benno allein zu sein gehofft. Wenn sie geneigt wurde, beide aus dem Pavillon der Villa Torresani nach einer ihr noch bequemeren Besitzung des Cardinals umzulogiren, so war es, weil Thiebold Benno's Schatten blieb.

In Rom spielte selbst im Sommer eine Operntruppe. Olympia besuchte diese Vorstellungen wieder. Das Sitzen in den Logen bot Zerstreuung, Gelegenheit zu koketter Unterhaltung, neckendem Fächerspiel, zum Hin- und Herfahren, Abholen, Sichbegleitenlassen, Verfehlen u. s. w. Da die Freunde trotz der Schönheiten des Landlebens von den Merkwürdigkeiten Roms gefesselt sein mußten und manchen Tag in der Stadt blieben, so wollte die junge Fürstin zu gleicher Zeit mit Villa Torresani auch die „Brezel" an der Porta Laterana bewohnen. Die Aeltern waren entschieden dagegen und beriefen sich auf die Ehepacten, die jeden Punkt der Vergünstigungen bezeichneten. Sie verlangten, daß ihre Schwiegertochter die Villa Torresani bis zu einem bestimmten Tage nicht verließ. Manchen Menschen, sagte Lucinde zu Thiebold, der diesen Streit vermitteln sollte, ist es Bedürfniß, sich zu ärgern. Wenn die Fürstin ihre Tochter in ihrer Nähe entbehren sollte, entgeht ihr ein Motiv der Aufregung.

Die Mutter ist so gut gewachsen, daß sie sich gern ihrer Schwiegertochter als Folie bedient. Wir Frauen heben ja nicht den Arm
auf, ohne zu berechnen, wie unser herabströmendes Blut ihn
weißer machen muß! Bester Herr de Jonge, heirathen Sie
niemals!

Vierzehn Tage — drei Wochen gingen in dieser Weise vorüber. Zum Glück hatte man Anzeichen, daß die Nachricht einer
Insurrection jeden Augenblick von der Küste des Adriatischen
Meers kommen mußte. Kuriere gingen und kamen; die bewaffnete Macht war aufgeboten, vervollständigt, marschfertig. Die
Consulta hielt täglich Sitzungen. Der Verkehr mit den aus-
wärtigen Gesandten nahm Ceccone's ganze Aufmerksamkeit in
Anspruch. Von Angst und Sorgen sah er in der That nieder-
gedrückt aus.

Wie beim herannahenden Sturm jede Hand ihr Haus ver-
schließt und den Gefahren der Zerstörung vorzubeugen sucht, so
zeigte sich auch jetzt in den Umgebungen dieser Machthaber mehr
politisches Leben, als sonst. Mancher Mund sprach sogar beredt
und frei. Manche geheime Hoffnung sah eine Erfüllung voraus
und verrieth vorschnell ihre Freude. Jene große Mehrzahl von
Menschen, die als Ballast nur den ruhigeren Gang der Fahrt
entscheidet, gleichviel unter welcher Flagge ihre Fahrzeuge segeln,
warf sich hin und her. Vorahnend machte sie gleichsam nur ihr
Gepäck leichter, um bequemer von einem Lager ins andere über-
laufen zu können. Wie richtig hatten diese Bandiera die Italiener
beurtheilt! sagte sich Benno. Der Erfolg ist hier alles! Der
Muth zu einer That entscheidet ihre sittliche Berechtigung!

Nur in der Priestersphäre waltete unerschütterliche Zuversicht.
Dort stand es fest, daß ein Kampf mit dem Interesse „Gottes"
Jeden zerschmettern müsse — „Selbst die Pforten der Hölle wer-
den dich nicht überwinden!" lautete der tägliche, seit dreihundert

Jahren im Mund der Katholiken übliche Refrain, der auch hier
über das Antlitz der jungen und alten Prälatur einen lächelnden
Sonnenschein verbreitete. Den „bösen Mächten" gehört ja die
Welt, dem Zufall, der Intrigue, der Selbstverstrickung alles
Guten — Wie kann — gesetzt die Revolution wäre das Gute —
„in dieser Welt das Gute siegen!" Das hatte Lucinde ganz im
Geiste der Jesuiten gesagt.

Unter den Freigesinnten gab es zwei Richtungen, die sich mit
Schärfe bekämpften. Für die ausführlichere Begründung ihrer
Ansichten fanden sich in England, in Frankreich, in der Schweiz
und auf den Inseln um Italien Gelegenheiten zum Druckenlassen.
Die eine Partei wollte ein einiges Italien, an dessen Spitze der
Heilige Vater als wahrer Friedensfürst und Verbreiter aller Segnungen stehen sollte, welche durch die Christuslehre dem Menschen
verbürgt und nur noch nicht genugsam anerkannt sind. Die andere sah im apostolischen Stuhl die gefährlichste Anlehnung der
Despotie, verwies den Papst aus den Reihen der Souveräne,
ließ ihm nur allein noch die Bedeutung, Pfarrer einer Metro-
politankirche der Christenheit, der Peterskirche, zu heißen und
nahm seinen irdischen Besitz in die allgemeine Verwaltung eines
republikanisch regierten Italiens hinüber. Freiheit von Oesterreich wollten beide Parteien. Die Souveräne und Würdenträger
der Hierarchie waren auf die Hülfe dieses Staates angewiesen;
die Väter der Gesellschaft Jesu machten die Vermittler zwischen
Wien und allen denen, deren Besitz in Italien bedroht war. Da
die Jesuiten dem Staatskanzler zu wesentliche Dinge überwachten,
da sie ihm zu viel Dämonen der Weltverwirrung mit gebundenen
Händen überlieferten, so hatte er sich wohl gewöhnen müssen,
sie zu schonen und ihnen über seine eigene Macht hinaus den
Paß zu gewähren, den sie gewinnen wollten für die ganze Welt.
Das übrige Deutschland, selbst im Norden, gehörte schon den

Jesuiten. Der Kirchenfürst war freigegeben worden. Der Pro-
testantismus schien alles Ernstes zur Unterwerfung wieder unter
Rom durch die Innere Mission und die Wiederaufnahme der
Romantik vorbereitet zu werden.

Das Wunderlichste war der Contrast, in welchem die Rücksichten der Geselligkeit zu den Zerwürfnissen in der Rucca'schen
Familie standen. Selbst wenn Ceccone keine Fremden zu be-
wirthen hatte, keine Prälaten aus der Provinz, keine Gesandten
und hohe Reisende, so fehlten doch auf Villa Torresani Ercolano's Freunde nicht, die jeunesse dorée Roms, Aristokraten,
deren Leben nur von Liebesabenteuern und von den neuesten
Moden erfüllt wurde. Der Baron d'Asselyno und der Marchese
de Jonge wurden in alle Geheimnisse dieser Gesellschaftssphäre
eingeweiht. Niemand verbreitete mehr Geräusch von seinem Dasein, als die jungen Prälaten. Diese geistlichen Stutzer machten
das Glück der Familien zweifelhaft. Der Eine nahm dabei die
Miene eines Tartüffe, der Andre die stolze Zuversicht eines künftigen Papstes an. Ehrgeiz und Selbstgefühl drückte jede ihrer
Lebensäußerungen aus. Einige Jahre hatten sie in der Gefangenschaft der Jesuiten gelebt, nachdem diese wieder die Leitung der Studien an sich gerissen haben; dann traten sie in die Welt mit all den
Ansprüchen, die unter einem Volk voll Ignoranz schon eine geringe
Bildung geben darf. Sie standen spät des Morgens auf, machten
wie Frauen ihre Toiletten, ließen sich stutzerhaft frisiren, schlugen
in ihren Listen nach, wo sie seit lange in diesem oder jenem
Hause nicht zum Besuch gewesen — Den Tag über rannten sie
müßiggängerisch durch Rom und seine Kirchen. Manche ihrer
Liebesabenteuer nahmen sie ernst und führten duftende, nicht selten
versificirte Correspondenzen. Alles das verband sich auf das leichteste
mit einer ununterbrochenen Ehrfurcht vor diesem Altar, jenem
Crucifix, vor jeder geweihten Stelle, welche zu küssen die Sitte

verlangte, selbst wenn damit kein besonderer Ablaß verbunden war. Die Religion ist in Rom ein Gesetz der Höflichkeit, wie bei uns das Hutabnehmen und Grüßen der Hochgestellten oder guten Bekannten.

Nach einer heftigen Scene mit seiner Mutter hatte Ercolano vorgezogen, dem Baron d'Asselyne als Ehrencavalier seiner Gattin eine legitime Stellung zu geben. Das ist in Italien eine sociale Position wie die jedes geschäftlichen Compagnons. Ercolano wollte keinen Bruch. Er war im Stande, außer sich in den Gartenpavillon zu rennen und Benno zu beschwören, „besser" mit seiner Frau zu sein, nachgiebiger, aufmerksamer. Sie drohte, krank zu werden, wenn Benno Zerstreuung, Abwesenheit, Melancholie verrieth und sie vernachlässigte.

Zwei Tage vor dem glänzenden Fest im Braccio nuovo des Baticans war eine große Gesellschaft auf Villa Torresani. Olympia saß in den Reihen ihrer Geladenen und lebte nur für Benno. Ihre Augen sogen sich den seinigen mit dem zärtlichsten Verlangen ein. Die Mutter Ercolano's verließ voll Verdruß darüber sogleich nach Tisch die Villa Torresani. Herzog Pompeo eilte ihr nach, um sie zu beruhigen. Sogar Thiebold wollte folgen. Er hatte die Absicht, Lucinden's Rath zu befolgen und die feindselige Stimmung der alten Fürstin durch ein neues „Opfer seiner Tugend" zu paralysiren. Lucinde hielt ihn jedoch zurück. Der Augenblick war nicht günstig; Herzog Pompeo galt für einen Raufbold. Sarzana war ebenfalls anwesend und führte Lucinde zu Tisch. Sein Benehmen war lebhafter, denn je. Ausgelassenheit stand ihm aber nicht. Lucinde mußte sagen: Benno überragt alle!

Nach der Tafel besuchte die Gesellschaft eine der großartigsten Trümmerstätten, die in jener Gegend das Alterthum zurückgelassen hat; die nahe Villa des Kaisers Hadrian. Weitverzweigt ist dieser

Riesenbau, den Benno in elegischer Reflexion das Sanssouci jenes alten Kaisers genannt hatte. Thiebold begann, diesen Gedanken seines Freundes in die entsprechenden Einzelheiten zu zerlegen. Er sah die Zimmer, wo Kaiser Hadrian nach Tisch den Kaffee getrunken und junge hoffnungsvolle Dichter und Künstler ermunterte, in ihren Studien fortzufahren. Hier blies Hadrian die Flöte! sagte er. Hier lägen seine Lieblingshunde begraben! Dort spielte er wahrscheinlich Billard! In der That war hier das Leben eines Kaisers jener Universalmonarchie in allen Momenten beisammen. Raths- und Erholungssaal, Bäder, sogar die Kasernen fehlten nicht, in denen die zur Bewachung commandirten Legionen untergebracht wurden. Für allzu heiße Tage schien gesorgt durch einen halbunterirdischen, bedeckten Gang, den einst die kostbarsten Mosaikfußböden, die schönsten Frescobilder und eben jene Statuen geziert hatten, die sich jetzt im Braccio nuovo des Vatican versammelt finden.

Hier nun war es, wo sich plötzlich die Gesellschaft in den Gängen verirrte und beim Lachen über die Vergleichungen des Marchese de Jorge, der eine ganz neue Art von Alterthumskunde lehrte, auseinander kam. In einem Seitenraum dieser Gänge blieb Benno mit Olympia allein zurück. Thiebold's Stimme klang in weiter Ferne; kein Fußtritt wurde noch hörbar. Der Augenblick, den Benno immer noch verstanden hatte, nur durchaus flüchtig andauern zu lassen, der entscheidende, den seine eigene Selbstbeherrschung immer noch vermieden und Thiebold's List durchkreuzt hatte, schien heute gekommen zu sein. Jetzt, wo es vielleicht nur noch acht Tage währte, daß die siegreiche oder gescheiterte Unternehmung der Gebrüder Bandiera dieser falschen Position des Herzens und der Gesinnung ein Ende machte.

Olympia hielt Benno zurück und sagte mit einer einzigen Geberde, die einem Strom begeisterter Worte gleichkam: Wir — sind

— allein —! Und ihr Flammenblick schien diese Trümmerwelt wieder zu beleben. Die verwitterten Moose und Schnecken an den feuchten Wänden verschwanden. Die hier und da noch erkennbaren Farben der alten Wandgemälde blühten zu Bildern der Mythenwelt auf. Amor und Psyche, Venus und Adonis schwebten daher. Selbst der Fußboden belebte sich zum lustvollsten Mosaik. Wohl konnten der beglückten Phantasie noch die goldenen Armsessel vor Augen stehen, vor denen einst die schöngefleckten Felle der Leoparden und Tiger gebreitet lagen.

Benno mußte seinen Arm um die luftige Gestalt winden, mußte ihre Linke, eine Kinderhand, weich wie Flaum, an sich ziehen und sie küssen. Die junge Frau blickte zu ihm auf mit jenem Ausdruck der Liebe, der in der That ihre Züge verschönte. Ihr Mund zitterte; ihre Augen waren von einem so hellen Glanz, als spiegelten sich die Bilder, die sie aufnahmen, in einer reineren Seele. Mit weicher zitternder Stimme, die ihre Worte wie aus einem für die Welt ganz an ihr fremden Register der Stimme ertönen ließ, hauchte sie: Ja, ich sollte dich hassen, du Treuloser! Wüßtest du — was ich alles um dich gelitten habe — um dich für Thorheiten beging. Rom, die Welt hätt' ich zerstören mögen und am meisten mich selbst!

Benno hatte schon allerlei zu seiner Entschuldigung gesagt. Auch wollte sie jetzt nichts mehr vom Vergangenen hören. Ihre Lippen wollten keine Worte. Sie verlangten nur die Berührung der seinigen. Die blendend weißen Zahnreihen blieben wie einer Erstarrten geöffnet stehen. Liebe verklärte jede Fiber ihres Körpers, wurde das Athmen der Brust, das ersterbende Wort ihres Mundes — Das Geheimniß der Welt war Liebe, Religion war Liebe, Leben Liebe. Sie senkte die langen Wimpern über die in träumerisches Vergessen verschwimmenden, ihren

6*

Stern ganz innenwärts und hoch hinauf einziehenden Augen. Leicht lag sie ihm im Arm wie eine Feder.

Benno, kaum noch seiner Sinne mächtig, zuckte absichtlich wie über eine Störung. Da die Fürstin nur in den Bewegungen des Geliebten lebte, machte sie die gleiche Geberde. Jeder Zug der Schönheit verschwand auf eine Secunde. Das Ohr spitzte sich. Das Auge blitzte groß und starr.

Doch blieb alles still. Nur über die feuchten Mauertrümmer sickerte draußen ein Wässerchen. Und im Nu, wie von unsichtbarer Musik regiert, verwandelten sich ihre Züge zur seligsten Harmonie. Ihr Sein war nur Eine Hingebung, Eine Hoffnung. Die zartesten Sylphenglieder schwebten in Benno's Armen. Er hätte sie aufheben können; wie ein Kind würde sie sich mit den Armen um seinen Nacken festgehalten haben. Auf diesen ihren entblößten Armen schimmerte ein großmächtiges goldenes Armband — eine einzige Spange nur, von unverhältnißmäßiger Größe. Das Gold blitzte in Benno's Augen. Er küßte den Arm um dieses goldenen Glanzes willen, der wie ein Zauber auf ihn wirkte. Seine Kniee wankten. Erst jetzt war er in gleicher Höhe mit ihr. Er verlor die Besinnung.

Olympia war es, die sein glühendes Antlitz mit Küssen bedeckte. Sie nannte ihn Verräther! Treuloser! Geliebter! Sie versicherte, ihn nicht mehr lassen zu können, ihn bis in den Tod lieben zu müssen. — Benno! sagte sie dann, fast die Buchstaben zählend, und nichts anderes weiter sprach sie.

Aber dennoch will das Glück seinen vollen Ausdruck haben. Diese Statuen, die hier einst standen, rief sie endlich, kann ich nicht mehr zurufen; Zeugen unserer Liebe und Hörer unserer Schwüre zu sein! Vernimm, mein Freund! Im Braccio nuovo bin ich auf dem Fest des Heiligen Vaters! Ich bin von den Frauen nur allein dort! Nur bis elf Uhr darf im Vatican der Fuß eines Weibes verweilen! Die Männer werden sich ja zeitig nicht vom Bacchanal Sr. Heiligkeit trennen wollen! Geliebter, mein Auge sieht dich auf dem Fest in allem, was die Statuen Schönes bieten. Antinous, Apollo, das bist du! Das genügt — gehe du selbst nicht auf das Fest! Sei aber um die elfte Stunde an Villa Rucca, wo ich übernachten will! Dort, an der Stelle, wo Pasqualetto Lucinden und die Herzogin entführen wollte, ist ein leicht zu gewinnender Eingang in die Villa. Ersteige die Mauer! Du kennst die Stelle an der Veranda. Dorthin begeb' ich mich, wenn ich vom Fest zurückgekommen bin. Ich werde vorschützen, im Garten noch frische Luft schöpfen zu wollen und find' ich dann dich — so bleibst du in meinen Armen — Schwöre mir's, daß du kommst! Zwei Nächte noch bis dahin — Schwöre!

So einst lag Armgart an Benno's Brust — Sie „das Vögelchen" in seiner Hand, wie er sie damals genannt. Die Genien senkten die Fackeln. Keine Störung, keine Hülfe kam. Feuer loderte durch Benno's Adern; die Berührung hatte die Glieder seines Körpers mit elektrischen Strömen erfüllt. Auf der Lippe brannte ihm der Ausruf: Ich komme! Nur Olympia's Lippen hinderten ihn, ihn wirklich auszusprechen.

Da zuckte sie aber plötzlich selbst auf. Diesmal war es nicht der sickernde Tropfenfall am moosbewachsenen Gestein, es war der Fuß eines eilend Daherschreitenden. Ich komme! war noch nicht ausgesprochen. Die Fürstin nahm jedoch ihr Ja! aus seinen Augen und von seinen Lippen. Die Störung verdroß sie nicht mehr. Das junge Paar fuhr auseinander und gab sich die Miene, als wär' es hier nur aufgehalten worden von gleichgültiger Absicht. Benno ließ die Fürstin frei, trat seitwärts, suchte etwas Blinkendes unter den Steintrümmern an der Bogen-

lichtung des Gemäuers. Die Fürstin that, als wartete sie nur
auf ihn, um weiter vorwärts zu schreiten.

Der Zeuge, der sie überraschte, war Lucinde. Da ihr Antlitz
glühte, so war sie rasch gegangen. Als sie sah, daß sie das Paar
zu stören fürchten mußte, kam sie wie auf einer harmlosen Pro-
menade und that, als suchte auch sie nur, selbst eine Verirrte,
auf diesem Weg zur übrigen Gesellschaft zurückzukommen. Sie
leuchtete im festlichen Glanz. Ein leichter Sommerhut mit kleinen Federn schwebte lose auf ihrem gescheitelten Haar. Ueber
dem hellfarbigen seidenen Kleid trug sie einen großen breitge-
webten Shawl von phantastisch bunten, grünen, rothen und
gelben Querstreifen. Indem sie scheinbar ruhig die Hände über-
einander legte, schlugen die beiden Flügel dieses Shawls zusammen und machten den Eindruck einer Erscheinung aus der
Zigeuner- oder Zauberwelt.

Sie wollte Olympien nicht erzürnen, vermied auch die leiseste
Spur eines Lächelns und sagte nur athemlos: Ich suchte Sie,
Herr von Asselyn. Ich bekam eben vom Cardinal, der sich
empfohlen hat, Mittheilungen, die nicht gut sind —

Worüber? fragte Olympia ohne allen Verdruß. Sie bot
Benno den Arm, um weiter zu wandeln.

In der Ferne hörte man die Annäherung der Gesellschaft.
Lucinde beherrschte ihre Erregung. Konnte sie doch diesen Augen-
blick der Leidenschaft Olympiens für Benno zu irgendeinem Vor-
theil benutzen. Ich höre, sagte sie, daß die Gefahren Ihres
Vetters, des Bischofs, immer drohender heraufziehen. In der
That ist er förmlich nach Rom beordert und befohlen worden.

Was kann ihm geschehen? fragte Olympia, sich an Benno's
Arm pressend.

Benno wiederholte, wie mit Beschämung: Der Bischof von
Robillante ist nach Rom beordert worden?

Ich kann nicht sagen, fuhr Lucinde fort, ob wegen Prüfung des Magnetismus von der Pönitentiarie oder wegen der Dominicaner und seiner Vorwürfe gegen die Gerechtsame der Inquisition.

Der Bischof von Robillante? sagte Olympia leicht und obenhin. Was thut das ihm und was uns! Tod seinen Feinden! Fefelotti soll ihm sein eigenes Erzbisthum abtreten müssen! Das will ich! Ich! Ich! Der Hut des Cardinals soll ihn für jede Kränkung entschädigen. Das will ich! Ich schütze ihn — und seine Freunde!

Sie blickte voll Zärtlichkeit auf Benno.

Lucinde hielt ein Papier in Händen, das sie halb in ihrer Brust verborgen getragen und zaghaft halb hervorgezogen hatte. Es war ein in lateinischer Sprache gedruckter kleiner Zettel. Die an alle Cardinäle vertheilte Anfrage des Domcapitels von Witoborn über den Magnetismus! erklärte Lucinde, als ihr Olympia dies Papier abgenommen hatte.

Benno nahm das Blatt, versprach, es Bonaventura zu senden und fragte, ob es nicht möglich wäre, den Freund nur zu einer schriftlichen Vertheidigung zu veranlassen.

Nein! Nein! Er soll persönlich kommen! sagte Olympia. Er soll seine neuen Würden selbst mit nach Hause tragen! Ein Asselyn und hier Kampf? Divertimento! Wer sind seine Gegner? Und nach einem Augenblick des Nachdenkens sagte sie lachend: Ha, ich besinne mich, die Dominicaner! Wohlan, reisen wir selbst nach Porto d'Ascoli, um den deutschen Mönch und den Pilger zu suchen! Ich weiß, worauf hier alles ankommt.

Olympia kannte die geheimnißvollen Umstände, unter denen Pasqualetto nach Rom gekommen war. Sie kannte das Interesse, das ihr Schwiegervater an dem Vermittler dieses Wagnisses, am Pilger von Loretto hatte. Sie kannte die Botschaft und die Aufträge, welche der deutsche Mönch Hubertus übernommen,

konnte die mannichfachen Deutungen, die man jetzt dem spur-
losen Verschwinden, sowol des Suchenden, wie des zu Findenden
geben wollte.

Mein Oheim soll alle seine Zweifel lösen! fuhr die Fürstin
fort. Noch ist, denk' ich, Cardinal Ceccone, was er war. Man
sagt, eine Revolution ist im Anzuge. Nun wohl! Sie wird
mit dem Schaffot endigen! Wer will uns hindern, die Gesetze
zu handhaben! Ich danke Ihnen, Signora, für Ihre Theilnahme zum Besten der Asselyns. Niemand soll diesem Heiligsten
der Priester, der unter meinem Schutze steht, ein Haar krümmen.
Nicht das erste mal, daß ich nicht früher vom den Fußzehen des
Heiligen Vaters aufgestanden bin, bis ich die Gewährung meiner
Bitten erhielt — und — die Zahl derer, die nach mir knien
wollten — war nicht klein. Haha!

Das alles, mit dem Ton des größten Uebermuthes gesprochen, klang wie beruhigende Musik. Lucinde fühlte ganz die
Erquickung, welche ihr diese Worte geben durften. Auch Benno
stellte sich, sie zu fühlen. Olympia weidete sich an den Wirkungen ihrer Macht.

Schon war inzwischen der nachgebliebene Rest der Gesellschaft
sichtbar geworden. Graf Sarzana kam auf Lucinde fast schmollend
zu und erklärte, sie überall gesucht zu haben. Er bot ihr den
Arm und entführte sie fast wie mit Eifersucht.

Thiebald bildete den Mittelpunkt der Lustwandelnden. Er
war in einem nationalökonomischen Streit mit dem alten Rucca
begriffen und zeigte sich als „Marchese" nicht im mindesten be-
fangen, seine Kenntnisse der Holzcultur zu verrathen. Sah er
doch nach allen Seiten hin diesen römischen Adel mit Specula-
tionen beschäftigt. Einige der nähern Verwandten Ercolano's,
welche die Nacht über auf Villa Torresani bleiben wollten, glichen
vollkommen den Zickeles und den Fulds.

An ein ungestörtes Alleinsein für den Ablauf des Tags mit Olympien war für Benno glücklicherweise nicht mehr zu denken. Der unheimliche, Benno zuweilen mit zweideutigem Blick fixirende Garzana war zwar mit Lucinden auf Villa Tibur gefahren, andere fuhren nach Rom, die Nachbarn zerstreuten sich in ihre Villen, aber noch genug blieben zurück, und Olympien in Anspruch zu nehmen, genug, die auch unbefangen darüber plaudern konnten, daß Donna Lucinda und Graf Garzana sicher in kurzer Zeit durch das Band der Ehe verknüpft sein würden. Schon im Herbst würden sie das kleine Palais bei Plazza Sciarra beziehen, hieß es! Olympia hörte wenig darauf — Sie ließ allen ihr Glück; hatte sie doch ihr eigenes. Jeder Blick aus ihren Augen bewies auf die erste Stunde nach — noch zwei Sonnenuntergängen. Für Benno, waren es die ausgelöschten Fackeln seines Lebens, denen ewige Nacht folgen müßte.

Einen Punkt in sich zu wissen, wo es nicht hell und rein im Gemüth ist, wird dem edeln Sinn zum tiefsten Schmerz. Jeder unbelauschte Gedanke fällt dann in ein Grübeln zurück: Wie kannst du diesen Flecken von dir tilgen! Wie kannst du Ruhe und Zufriedenheit mit dir selbst gewinnen! Jünglinge, Männer können zuweilen in die Lage kommen, an Frauen Empfindungen zu verrathen, die nur formelle Strohbewegungen ohne wahre Betheiligung des Herzens sind. Irgendeine Schonung fremder Schwäche galt es da, irgendein mildes Entgegenkommen gegen einen Wahn, der sich so schnell, wie wol die Wahrheitsliebe mochte, nicht im verirrten Frauengemüth heilen ließ. Verstrickt dann zu sein in die Folgen solcher Unwahrheit, die sich das Herz, um seiner thörichten Schwäche willen, vorwerfen muß, leiden zu müssen um etwas, was man in dieser Weise gar nicht empfunden, in dieser Weise gar nicht gewollt hatte, das sind Qualen der Seele, die an ihr brennen wonnen wie das Kleid des Nessus.

Nach dieser Scene in den dunkeln Gängen der Villa Hadriani saß Benno am Whisttisch bei den geöffneten Fenstern des schönen Gesellschaftssaals der Villa Torresani. In einem Seitenflügel waren die Zimmer ganz zur nächtlichen Herberge der Verwandten und Gäste bestimmt; eine große Gesellschaft saß noch im Saal bis zur neunten, zehnten Stunde zusammen. Die milden Düfte der Orangenbäume zogen in die Fenster ein. Phalänen mit durchsichtigen Flügeln schwirrten um die Glasglocken zweier hoher bronzener Lampen, die, aus dem Boden zwischen den Säulen sich erhebend, hier einen Atlas vorstellten, der die Weltkugel trägt, dort eine schwebende Eos, die zwei Leuchtgläser auf ihren Fingerspitzen balancirt. Auf schwellenden Ottomanen rings an den Wänden des Saals entlang streckten sich die ermüdeten Schönen, die halbschlafend sich keinen Zwang mehr anlegten. Andere schlürften Sorbet und wehten sich mit ihren Fächern Kühlung, hingegossen an den offenen Fenstern auf niedrigen Sesseln, die kaum einen Fuß hoch über dem Marmorboden sich erhoben. Weich und lind zog die Nachtluft herein. Bis in die Fenster wuchsen die üppigen Beete ausgewählter Pflanzen mit ihren seltsamgestalteten Blütenkelchen, an sich schon Symbolen der Freiheit der Natur, Symbolen des allbindenden allentfesselnden Liebestriebs — wer kann Blüten von Orchideen, Lilien, Nymphäen, Gardenien sehen, ohne an die Mysterien des Lebens erinnert zu werden —! Ein fernes leises Rauschen konnte vom Sturz des Anio kommen — es konnte auch der Sang der Cicaden sein.

Trenta due! schnarrten die Methusalems der Rucca-Familie beim Spiel. Der Alte selbst war bei seinem Sohn geblieben und nicht nach Villa Tibur gefahren, wo er überhaupt selten nur verweilte, weil er dort nicht morgens zum Auszanken all seine Arbeiter beisammen hatte. Aber auch letztere genossen abendlich

ihrer Lebenstraum. — Einige sangen in schmelzenden Tenortönen:
„Amore rè del mondo!" Andere spielten bei Laternenschimmer
Morra. — leidenschaftlich und wild und wie alles in Italien
gleich auf Tod und Leben.

Felicissima notte! sprach endlich gegen halb elf Uhr Olympia zu Benno, als sie Ercolano's Arm entführte. Es klang wie
der letzte Gruß — einer Braut vor dem Hochzeitstage.

Gegen Thiebold konnte sich Benno nicht mehr aussprechen.
Die Loose waren zu ernst, zu furchtbar bestimmend gefallen. Thiebold sprang dem zum Pavillon Voraneilenden von der Gesellschaft angeregt und lachend nach.

Benno erzählte, als sie durch den Garten huschten, von Bonaventura's Gefahr, von seiner Berufung vor ein geistliches Gericht,
vom Stab, der für immer über Paula's Seelenleben gebrochen
werden sollte.

Thiebold fand sich aus seinen römischen Verwickelungen mit
Schwierigkeit in die eigentliche Aufgabe der Freunde zurück. Die
aus Thiebold's Vaterstadt gekommene, an sich wohlwollende, die
Anschuldigungen der Frau von Sicking und des Cajetan Rother
sogar zurückweisende Anfrage enthielt Stellen, die in deutscher
Uebertragung lauteten *):

„Ist die Person, über welche die Magnetisirte gefragt wird,
abwesend, so ist dazu eine Haarlocke von deren Haupte vollkommen
hinreichend. Sobald die Haarlocke in ihrer Handfläche ruht, sieht
sie schlafend und mit geschlossenen Augen, wo diese Person verweilt und was sie thut —"

Eine Haarlocke! sprach Benno. Schon ergrauten des theuern
Freundes Locken ... Und seine eigenen —? Er sah den Aschen=

---

*) Dieser Anfrage wörtlich entlehnt.

becher Armgart's, gedachte des Abschieds — des Briefwechsels durch — „ausgetauschtes Blut" —

Thiebold deutete sich Benno's heute so düsteres Leid nur aus Bonaventura's Gefahr und vertröstete, übermüdet von den Huldigungen, die seine Galanterie so vielen Contessinen und Principessen dargebracht hatte — und die wiederum auch ihm zu Theil geworden waren, auf Olympiens und Crecone's Schuß.

„O so wolle!", übersetzte Benno eine andere Stelle, „eine hohe Curie nach deren Weisheit, zur größern Ehre des Allmächtigen, zur größern Wohlfahrt der Seelen, die unser Heiland so theuer erlöst hat, entscheiden, ob alles das eine göttliche oder nur satanische Einwirkung ist" —

Benno schleuderte das Papier von sich. Die Versicherung Thiebold's, daß Olympia sie alle schützen würde, konnte wenig nachhaltigen Trost gewähren.

Mit größter Spannung sprach Thiebold noch von dem Fest im Braccio nuovo, worauf er sich nicht nur in der Toilette, sondern sogar mit einem Handbuch der Antiquitäten gründlich vorzubereiten gedachte.

Am folgenden Morgen kam wieder ein Brief der Mutter und — unter dem mit verstellter Handschrift geschriebenen Couvert wieder die kurze Anzeige, daß sich Advocat Clemente Bertinazzi aufs neue nach Signore d'Asselyno hatte erkundigen lassen.

Benno kleidete sich rasch an, ließ im Stall des Fürsten ein ihm immer zu Gebot gestelltes Roß satteln, verbarg sich vor jedermann, selbst vor Thiebold, und sprengte sofort und in höchster Eile nach Rom.

9.

Unterwegs hatte Benno mit seinem Pferde einen Unfall. Es verstauchte sich den Fuß. Er mußte ihm mitten auf der Haide, in einer Schäferhütte der Campagna, einige Stunden Ruhe gönnen.

So war es schon spät Nachmittag, fast Abend geworden, als er in Rom ankam. Er mußte sogleich das kranke Pferd im Palazzo Rucca den Leuten des alten Fürsten übergeben. Dann eilte er in seine Wohnung.

Sein Zustand war der der Verzweiflung. Für morgen erwartete ihn die junge Fürstin auf Villa Rucca. Zu gleicher Zeit mahnten ihn die Freunde der Gebrüder Bandiera —! Nicht umsonst war er in die Kreise der Revolution getreten. Unsichtbare Geister nicht nur, nicht nur die Stimmen seines Innern, sondern Personen, die ihn beobachteten, ihn vielleicht richteten, verlangten eine Entscheidung.

Todt blickte ihn heute die „Stadt der Städte" an. Nur Opfer des geistigen Despotismus sah er. Jeder Abbate, der an ihm vorüberhuschte, lächelte ihm wie mit geheimem Hohn. Die Menschen gingen und kamen gedankenlos und leer. Die Trümmer des Alterthums waren ihm mehr denn je nur Gräberstätten — und was war — die lebendige Gegenwart? Aus Gebet-

büchern an den Schaufenstern der Buchläden sprach sie ihm genugsam für — ein Leben nur des Scheins.

Es war fast Abend. Er fürchtete sich, zur Mutter zu gehen.
Die Scham, eingestehen zu müssen, wie weit er mit Olympien
gekommen, hielt ihn zurück. Dennoch, dennoch mußte er
nach einer Trennung von mehreren Tagen sie begrüßen, mußte
auch um die auffallenden Mahnungen Bertinazzi's eine nähere
Erkundigung einziehen.

Er nahm ein leichtes Mahl in der Nähe des Corso. Im
Winter besuchte er, um den Kaffee zu trinken, öfters das Café
Greco. Sonst setzte er sich gern zu den deutschen Malern, die im
Café Greco zu hausen pflegen. Aber auch hier war es ihm unheimlich geworden. Die Monotonie klappernder Dominosteine,
das harte Rascheln der Tassen auf den schmuzigen Marmorplatten
der Tische, die rauhen Kellnerstimmen, die in den lächerlichsten
Tonschwingungen Erfrischungen, die aus der Küche heraufgebracht
werden sollen, ausschreien, die phantastisch aufgeputzten Bettler
an der Schwelle, die sich als Modelle vermiethen zu jener un-
wahren Welt, die noch immer die Romantik der Maler in ihren
Ateliers mit südlichen Staffagen gruppirt, während Italien diese
Trachten und Sitten naturwüchsig nur noch an wenig Stellen
bewahrt hat — vollends die Künstler selbst konnte Benno schon
lange nicht mehr sehen, ohne auch sie der Fortpflanzung jener
falschen Zauber anzuklagen, mit denen Rom die Welt gefangen
hält. Er beklagte, daß ihnen schon die Akademie sage, was sie
allein in Rom finden sollten. Selten, daß sich eine Urkraft gegen
die Tradition erhebt und von Rom nicht blos Lehren, sondern
auch Warnungen mitnimmt. „Eine phrasenhafte Welt, in die
ich alle diese Künstler verstrickt gefunden habe! Klingsohr — wäre
ihr Mann! Klingsohr müßte auch hier mit der Cigarre sitzen
und orakeln!"

Benno begab sich, da er auf den Monte Pincio wollte, in ein Café am Spanischen Platz. Er konnte da eine deutsche Buchhandlung übersehen, besucht von ab- und zukommenden Geistlichen, die sich nur Schriften kauften, die in Wien, München, Regensburg, Münster und Köln erschienen. Er sah die augsburger „Allgemeine Zeitung", auf welche ihn der Staatskanzler angewiesen hatte. Er fand in allem Deutschen nur noch die Spuren Klingsohr's. Es war ihm jener fortgesetzte Vatermord, dessen sich dieser fast in Wirklichkeit schuldig gemacht hatte. Er sah in Deutschland überall vom hohen Roß, auf das die gelehrte doctrinäre Anmaßung sich geschwungen, die Saaten der Neubildungen im Geistesleben der Völker zertreten und was gab den geheimen Druck der Sporen? Das egoistische Interesse der Fürsten, des Adels, der Geistlichkeit. Die Bewegung um den „Trier'schen Rock" hatte immer mehr um sich gegriffen. Die „Allgemeine Zeitung" verrieth ihm, wie selbst nach Witoborn die Bewegung hinüberzuckte. Er dachte an Monika, Ulrich von Hülleshoven, Hedemann — an Gräfin Erdmuthe und — ihre apokalyptischen Bilder über Rom, deren Erfüllung auch er immer näher gekommen glaubte.

Es gibt Naturen, die vom Zweifel und von einer überwiegend ironischen Weltauffassung in überraschender Plötzlichkeit zu Leidenschaftlichkeiten überspringen können, die an ihnen völlig unvermittelt erscheinen; Naturen, die sogar jede Voraussetzung, die von ihrer Besonnenheit gehegt werden durfte, plötzlich durch die thörichtsten Handlungen Lügen strafen.

Die Umstände hatten Benno aus der Bahn des heimatlichen Lebens und Denkens hinausgeworfen. Jene Kurierreise, von den Umständen so harmlos dargeboten, gab ihm den Anstoß zu einer immer mehr um sich greifenden Revolution seines Innern. Auf dem Capitol beim Gesandten seines engern Vaterlandes wurde er wegen dieser dem großen Kaiserstaate erwiesenen Gefälligkeit, die bekannt geworden war, beim Jahre kalt empfangen. Aber auch auf dem Venetianer Platz beim Gesandten Oesterreichs, wo man ihn ausgezeichnet hatte, erwartete man vergebens seine Wiederkehr. Durch ein zufälliges Begegniß, durch einen Antheil seines Herzens, genährt durch die Erinnerung an seine Mutter, genährt durch die Mahnung, daß in seinen Adern römisches Blut floß, hatte er sich den hervorragenden Erscheinungen des „Jungen Italien" genähert. Schon hatte man ihm mehr Vertrauen geschenkt, als er begehrte und als vielleicht von andern gutgeheißen wurde. Und dennoch lebte er in vertraulichster Beziehung zu Menschen, die er haßte und die er aus Grund der Seele hätte meiden müssen. Diese Gegensätze unterwühlten seine Ruhe und brachen seinen Muth. Auf seinem Antlitz fühlte er eine brennende Maske, ein Mal der Scham. Sein Glaubensbekenntniß des Sich-Ergebenmüssens in Lagen, in die uns die Laune des Zufalls gestellt hätte, war dahin. Nimm Partei! riefen ihm geheimnißvolle innere Stimmen schon seit jener Stunde, als sich ihm die Mutter in Wien in der ganzen Einseitigkeit ihrer Nationalität offenbart hatte. Als er dann Italien selbst gesehen, als er auch Bonaventura in so wunderbarer Schnelligkeit auf den gleichen Boden verpflanzt gefunden, da führten die gemeinschaftlichen Anschauungen, die übereinstimmenden Ergebnisse des Nachdenkens beide auf die feste Ueberzeugung, daß nur in Italien und vorzugsweise aus der römischen Frage heraus die Entscheidung der weltgeschichtlichen Schicksale Europas zu suchen sei.

„Die Zeit Deiner großen Revolutionen", hatte Bruno noch vor kurzem an den Onkel Dechanten geschrieben, „ist näher, als Du in Deinem friedlichen Asyl ahnst! Die Frage, um die sich Beda Hunnius so erhitzt, die Frage eines Bruchs der deutschen Kirche mit Rom, ist nur ein Symptom. Rom und die große

Sache der Geistesfreiheit können zu ihrem Abschluß nur durch die politischen Schicksale Italiens gelangen. Wird dem Stellvertreter Christi der Schemel der irdischen Macht unter den Füßen weggezogen, dann kann ihm nichts mehr von seinen alten, den geistigen Druck der Welt unterstützenden Machtansprüchen bleiben. Eine Weile wird er sich noch Patriarch von Rom nennen dürfen; aber jede neue Phase der Geschichte nimmt ihm eine Würde nach der andern. Damit bricht der Bau der Hierarchie und das schon halbvollendete Werk der Jesuiten zusammen."

Ob auch der Katholicismus —?

Benno hatte seinen zwischen Katholicismus und Protestantismus in der Mitte liegenden Standpunkt offen dargelegt. Er hatte dem Onkel geschrieben: „Ich glaube nicht an die propagandistische Kraft des protestantischen Geistes; ich zweifle sogar an dem entscheidenden Ausschlag, den überhaupt noch für die Geschichte die Völker der germanischen Zunge geben werden. Das germanische Mutterland ist in zwei Hälften gespalten: Oesterreich hat die Gedankengänge der romanischen Welt angenommen; Preußen hat die kühne Neugestaltung Friedrich's des Großen nicht zu verfolgen gewagt. Die germanische Welt wäre nur insofern kraftvoll, wenn ausschließlich mit ihr der Protestantismus ginge. Eine durch Oesterreich vertretene germanische Welt ist keine oder der Name Deutschland wird zum Schrecken jeder Nation, die ihre Freiheit anstrebt. Nun aber lieb' ich Deutschland, liebe seine Bildung, anerkenne seinen Beruf. So seh' ich keine Hülfe, die ihm geboten werden könnte, als den Untergang Roms, die Zertrümmerung derjenigen Bestandtheile der katholischen Kirche, die uns Katholiken von einer engern Gemeinschaft mit den Protestanten trennen. Ein gestürztes Papstthum wird Deutschland einigen; ein frei gewordenes Italien wird Oesterreich daran erinnern, wo Kaiser Joseph die Kraft des Kaiserstaates suchte — in einer Fortsetzung des Friedericianischen Zeitalters der Preußen. Gibt es einen Katholicismus ohne den Papst? Das ist die große Frage der Befreiung der Gewissen. Und wird sie in dem Sinne beantwortet, daß Rom aufhört, die Metropole der katholischen Kirche zu sein, was kann, das ist die zweite Frage, von Ihrem Leben gegerinbleiben, um die Schranken zwischen ihr und den Protestanten niederzureißen? Bonaventura will die Bibel und eine geläuterte Messe. Es sind seine täglichen Gedanken — sie erfüllen ihn durchaus. Ich selbst besitze zu wenig das Bedürfniß des Cultus, um darüber ein Urtheil zu haben.“

Als Bruno auf den Pincio gelangte, fand er die Mutter nicht daheim. Marca, der ihn bei jedem Besuch mit größerm Befremden musterte, versicherte, er würde sie beim Kloster der „Lebendigbegrabenen“ oder vielleicht jenseits der Tiber finden. Sie hätte Santa Cecilia, der heiligen Sangesmuse, ihrer alten Schutzpatronin, „der sie so vieles Gute dankte“, ihre Verehrung bezeugen wollen. Von bedenklichen Vorfällen meldete Marca nichts. Der Advocat Bertinazzi hatte zweimal anfragen lassen.

Was ist Religion? sagte sich Bruno — als er sich auf den Weg machte zu den „Lebendigbegrabenen“. Bei ihnen war heute die Mumie ausgestellt! Die Menschen standen noch bis auf die Straße hinaus und jeder hatte dem gläsernen Kasten ein Leiden vorzutragen. Starr hing das braune Schreckbild der Eusebia Recanati an seinen goldenen Klammern. Die Menschen berührten den Glasschrank und erwarteten Hülfe. Selbst aus der Zahl der Falten ihrer Kleider suchten sie sich die Nummern heraus — die sie für die nächste Tombola setzen wollten! Die Masse ist unverbesserlich! sagte sich Bruno. Die Eingeweide der Vögel oder die Gewänder einer Mumie — Gleichviel! Auch in der protestantischen Kirche läßt die Hebamme unter dem Kissen des Täuflings die Nabelschnur der Gebärerin mittaufen —! Nur auf die Ver-

theilung der Herrschaft kommt es an, nur darauf, was im Gesetz den Vorzug hat, die Vernunft oder die getaufte Nabelschnur — Alles andere macht die Strömung der Luft, der Wind,
das ansteckende Beispiel — Ohne den Widerstand der Priester und
der Doktrinäre könnte der Deutschkatholicismus sogar den Natio-
nalismus zu einer Art von Mystik erheben, welche die Menschheit,
wie es fast scheint, nicht entbehren kann.

Weder vor der Kirche, noch im Kloster bei Olympiens Mutter
fand sich die Herzogin. Equipagen gab es genug; eine mit dem
Wappen des Marquis Don Albufera de Henares, Herzogs von
Amarillas, ein Wappen, das der Miethkutscher auf seine Wägen
zu setzen gestattet hatte. Benno wollte nach Santa-Cecilia, zu
welcher Kirche gleichfalls ein Kloster gehörte.

Es war nun in den Straßen dunkel geworden, obgleich die
Abendröthe noch schimmerte. Das Volksgewühl begann in dieser
Gegend wie täglich bei Untergang der Sonne. Da wogten die
Menschen durcheinander, da erscholl jener Lärm des Südens —
um ein Nichts, um ein Paar alte Schuhe, um ein Bund Schwe-
felfaden, um etwas Wasser mit einem Stückchen Eis. Immer
glaubt man im italienischen Volksgewühl, eben wäre ein Kauf-
fahrteischiff angekommen und lüde die Schätze beider Indien aus.
Schon dampften Maccaroni in den auf offener Straße errichteten
Küchen. Fische wurden gesotten in Pfannen, über die — wende
dich ab, deutscher Geschmack! — der aufgekrümpte rothnackte Arm
der Volksköchin die große Oelflasche ausgießt. So mancher Arbeiter
hält jetzt erst sein Mittagsmahl auf Piazza Navona. Die Fleischer-
buden bieten noch feil. Seltsam geformt und fast an die alten
Arenen erinnernd sind die zertheilten Stücke, an denen die Knochen
mehr als bei uns zurückbleiben. „Unsere Sitten das und unsere
Sitten sind gut!" — liegt auf den Mienen dieser schreienden,
singenden, schmausenden — dann auch dazwischen wieder betenden

Welt. Die Thüren der erleuchteten Kirche Santa-Agnese stehen
weit offen. Auf ihren Stufen im herausströmenden Weihrauch-
duft lagert sich in bequemster Behaglichkeit das südliche Abendleben.

Vorüber schritt er am Pasquino — am Palazzo Rucca — am
Ufficio delle SS. Reliquie e dei Catacombe, wo Cardinal Ambrosi
wohnt. Benno hatte schon zu mehreren malen an dem grauen
spanischen Gebäude mit den vergitterten Fenstern gestanden und
gedacht: Da hinten im düstern Hofe wohnt ein Mensch, der auch
ein Geheimniß ist! Bonaventura erfuhr von mir, was ich von
seinem Leben wußte. Er floh vor einem Sektirer — hatte die
Mutter erzählt. Und doch soll er mit Frà Federigo im Einverständniß leben! Wie reimt sich das? Aber so bilden sich die
Sagen, so verknüpft der Volksglaube. Das Volk kann das
geistig Seltene sich nicht denken ohne gleich eine unmittelbare Beziehung zu Gott und das Edle kann ihm nie ohne Wunder bleiben;
zwei große Menschen können ihm nicht ohne das Band des Ein-
verständnisses leben! Dieser einfache, ascetische Mönch erhielt eine
Geschichte, wovon er schwerlich selbst eine Ahnung hatte. Benno
mußte auch auf den Beistand dieses Cardinals rechnen für den
Fall, daß sich Bonaventura in Rom zu stellen hatte. Es ließ
sich bei ihm eine Regung der Dankbarkeit für Frà Federigo und
Bonaventura's Bemühungen zu dessen Gunsten voraussetzen.

Und Frà Federigo selbst! Benno's eigene Erinnerungen trugen
von Friedrich von Asselyn kein Bild. Nur aus Bonaventura's
Charakter, aus dem Bestreben seines Vaters, seinem Weibe zu
Liebe für die Welt ein Gestorbener sein zu wollen, konnte er sich
die Züge erklären, die von jenem Einsiedler unter dem Laubdach
eines waldensischen Eichenhains allgemein erzählt wurden. Von
Gräfin Erdmuthe wußte er, daß sie eines Tags vor längern
Jahren aus einem waldensischen Gottesdienst zu Fuß nach Hause
gekommen war und mit einem ihrer Diener auf dem Heimweg

beutsch sprach. Darüber wurde sie von einem Mann angeredet, der hinter ihr her ging, sich als Deutscher zu erkennen gab, auf einer Fußwanderung nach den Seealpen begriffen zu sein erklärte und durch Zufall jener Predigt beigewohnt haben wollte, die ein Geistlicher gehalten, der keinen katholischen Ornat trug. Der Fremdling konnte diese fast altlutherischen Sitten des Gottesdienstes nicht unterbringen. Er ließ sich über die Waldenser von einer Dame unterrichten, in welcher er mit Ueberraschung einer geborenen Freiin Hardenberg, aus altem norddeutschen Geschlecht, begegnete. Ihm selbst, sagte er, wären die Gedichte eines Hardenberg (Novalis) von Anregung gewesen. Dann — bei einer Kapelle — zur „besten Maria", wo sie vorüber mußten — bekannte er sich der über die Anerkennung eines Verwandten freudigerregten Frau zwar als Katholiken, sagte aber: Was hat wol Ihr frühvollendeter Vetter unter jener Maria verstanden, die er zum Anstoß der Seinen so oft besungen hat! Doch wol nur Sophia von Kühn, die er liebte und die ihm starb, noch ehe sie die Seine geworden! So wird unser eigenes Leben zuletzt die lauterste Quelle unserer Religion! Hardenberg-Novalis sang, fuhr er fort:

„Wenn alle untreu werden,
So bleib' ich dir doch treu —!"

Er sang diese Versicherung in so persönlicher Freundschaft für den Erlöser, daß ich diesem Lied mein Glaubensbekenntniß verdanke. Die Religion muß für jeden Einzelnen sein eigenes persönliches Verhältniß zu Gott werden und die Kirche soll nur so viel dazu mitthun und mithelfen, wie ein Wächter, der ein Stellbichein der Liebe hütet! Alles andere, jede andere Einmischung in unsere innere Welt ist vom Uebel! Benno kannte die Folgen dieser ersten Begegnung. Die Gräfin, die ihren herrnhutischen Glauben annähernd richtig gedeutet sah, bat den Fremdling, auf Castelluugo einige Tage Rast zu halten. Anfangs zögerte er,

folgte, aber doch, da er ermüdet und offenbar im Beginn einer
Krankheit schien. Diese überfiel ihn auch, als er das stolze Schloß
beschritten und die erste freundliche Bewirthung der Gräfin erfahren hatte. Sein überreizter Zustand gab sich sogleich in
einem heftigen Strom von Thränen kund, dem ein Fieberfrost
und eine lange Nervenkrankheit folgte. Die Gräfin widmete ihm
die größte Sorgfalt und erfüllte zugleich die Bitte, die sich in
einzelnen lichten Momenten von seinen Lippen stahl: daß sie keine
Nachforschungen über seinen Namen und seine Herkunft anstellen
möchte. Er hätte keine Verwandte mehr, wollte todt sein und
bäte, ihn nicht anders zu nennen als Friedrich — Das Reich
des Friedens, sagte er, find' ich nicht mehr auf dieser Erde, ich
zöge gern hinüber; mir selbst aber den Tod zu geben, wäre ver-
messen; unsichtbare Fesseln halten mich auch noch — doch bin ich
nicht mehr, was ich war — ich bin allerdings schon ein Todter!
Die Gräfin hatte es Benno selbst erzählt, daß damals der Fremdling wenig über vierzig Jahre gezählt haben mochte, eine seltene
Bildung besaß und mit den Lehrsätzen seiner Kirche um persönlicher Erlebnisse willen in Spannung schien. Oft hätte sie ihn
für einen flüchtigen Priester gehalten. In ihn zu drängen und
von ihm Namen und Stand zu begehren, widersprach ihrer
Sinnesart, ja die Verehrung vor dem „Signor Federigo", wie
ihn sogleich die Schloßbewohner nannten, wuchs bei ihr zu einer
so innigen Freundschaft, daß die schon gereifte Frau, damals
Witwe, sein Scheiden nur mit größter Betrübniß würde gesehen
haben. Und seinerseits faßte auch er die gleiche Neigung für die
edle Dame, deren religiöse Denkweise nicht ganz mit der seinigen
übereinstimmte, die jedoch Verbindungsglieder gemeinschaftlicher
Ansichten und Stimmungen dafür bot. So knüpfte sich zwischen
beiden ein seelisches Band, das mehr, als ihre Worte schilderten,
aus den Erzählungen der Gräfin geahnt werden konnte. Sie

daß die jedenfalls auf Friedrich von Asseln passende Aeußerung fallen, der Fremdling hätte die Wappen und Farben ihres Hauses von der ältern Linie her gekannt und sie oft mit Rührung betrachtet und selbst wol geäußert, daß er dem Adel angehöre. Fast wie aus Furcht vor Begegnungen, die gerade auf diesem Schlosse nicht unmöglich waren, hätte der Fremde sowol den langen Bart, der ihm in seiner Krankheit gewachsen war, nicht entfernen, noch auch auf dem Schlosse länger wohnen mögen. Unter dem Schutz der Gesetze, die aus aufgeklärtem Zeiten, als die unsrigen, stammten und den sich die Städte so mühsam zurückerobert hatte, verweilte er eine halbe Meile vom Schlosse entfernt in einem Hause, das er sich im Wald aus Baumstämmen selbst gezimmert hatte. Die Menschen der Umgegend nannten ihn „Frà Severigo".

Benno hatte sich im Thal von Castellango erkundigt und des Fremdlings Kenntnisse in der Heilkunde, in Sachen des Ackerbaus und der Güterbewirthschaftung rühmen hören. Er kannte das Recht, die Geschichte, die Lehnsverhältnisse in allen europäischen Gesetzgebungen. Anfangs ließ er sich von den Umwohnenden nur mit Widerstreben besuchen. Zuletzt, wenn die Gräfin auf längere Zeit nach Wien mußte, war sein Rath allen und ihren eigenen Verwaltern unumgänglich. Unter seiner Eiche hielt er eine Bienenzucht und nahm noch eine Ziege und einen Hund dazu als Gesellschafter, indem er immer mehr die Weise eines Eremiten sich aneignete, der, geschieden von der Welt, auch sein Aeußeres nicht mehr nach den Gesetzen der Welt einrichtet. Briefe empfing er nicht; ebenso las er anfangs keine Zeitungen; später jedoch desto theilnehmender, bis er sich diese Lectüre versagte, um nicht bei sich den Reiz der Rückkehr in die Welt zu mehren.

Benno wußte, daß es an Anfechtungen durch die Geistlichen und Behörden nicht gefehlt hatte. Seine Anspruchslosigkeit und der Schutz der Gräfin bewahrte ihn vor größern Unbilden. Bis dann freilich die Jesuiten immer mächtiger und mächtiger wurden und die Eifersucht der Dominicaner reizten. Hof und Cabinet von Turin kamen in die Hände der Jesuiten. Nun begannen Verfolgungen, Einkerkerungen von zwei Seiten. Bald nach Feselotti's Erscheinen verschwand der inzwischen zum Greise gewordene gütige und allgeliebte Waldbewohner. Eines Morgens fand man seine Siedelei leer; seine Ziege hatte noch ihr Futter für einige Tage, ebenso sein Hund, der angebunden zurückgeblieben war. Als man das kläglich winselnde Thier losgeschnitten hatte, rannte es schnurstracks nach Coni bis in das dortige erzbischöfliche Ordinariat, wo die übrigen Gefangenen saßen. Dort wurde es festgehalten und wieder eingesperrt. Als man es eines Tages losgerissen und aus seiner Haft entflohen fand, behauptete man, das treue Thier in Robillante gesehen zu haben und zwar, wie die Gräfin versicherte, trauernd mit eingeklemmtem Schweif, herabhängenden Ohren, hinter einer düstern und verschlossenen Kutsche herlaufend, die von zwei Gensdarmen begleitet wurde. Die Kutsche kam aus dem Officium der Dominicaner zu San-Onofrio und fuhr der großen Straße gen Osten zu.

Das Thier, hatte die Gräfin Benno erzählt, hatte die Witterung seines Herrn und konnte ihm in seiner verschlossenen Kutsche nicht beikommen. Selbst als man später vom Auftauchen Frà Federigo's bei Loretto und unter den Räubern der Mark Ancona gehört hatte, ließ sich die Gräfin nicht nehmen, daß jene noch an einigen andern Orten auf ihrer geheimnißvollen Fahrt gesehene Kutsche ihren Freund nach Rom abgeführt hätte — eine Ansicht, die niemand mehr als Bonaventura theilte — er, der sie mit einem Schmerz nachfühlte, dem Benno in Gegenwart der Gräfin nur einen unvollkommenen Ausdruck geben konnte. Benno's Ansicht: Dein Vater erfuhr deine wunderbare Ernennung zum

Bischof von Robillante und floh nun aus eigenem Antrieb, floh vor einem möglichen Wiedersehen deiner Mutter und Friedrich's von Wittekind! — ließ Bonaventura in einem Augenblick gelten, im andern trat ihm wieder das Bild des verschlossenen, von Gensdarmen nach Rom geführten Wagens wie eine Mahnung entgegen, nicht eher zu ruhen und zu rasten, bis sein greiser Vater gefunden war.

Benno wurde aufs mächtigste von diesen Räthseln ergriffen beim Hinblick auf San-Pietro in Montorio, wo Bruder Hubertus gewohnt hatte. Er hatte die Mutter in Trastevere gesucht. Aber auch in Santa-Cäcilia, bei den Benedictinerinnen, fand er sie nicht. Nun wollte er einen Miethwagen nehmen und nach Monte Pincio zurückfahren. Da im allerletzten Abendsonnenstrahl leuchtete so schön und verklärt San-Pietro in Montorio auf —! Wo konnte er sich bessere Kunde vom Bruder Hubertus holen, als dort oder vielleicht — bei Sebastus in Santa-Maria? Letztern zu meiden drängte ihn alles.

Er erstieg den Hügel, wo die Paolinischen Wasserleitungen sich sammeln, klopfte an das Kloster, neben einer Kirche, der einst Rafael seine Transfiguration gemalt hat. Von den beim Nachtimbiß sitzenden Alcantarinern kam einer an das Sprachgitter und sagte auf Benno's Fragen: Wir wissen von dem deutschen Bruder nur, daß man ihn in Ascoli sah. Die Leiden des Bischofs von Macerata sind im Druck erschienen und Ihr werdet sie gelesen haben. Seine Befreiung ist dem wunderthätigen Marienbild von Macerata beizuschreiben, das eines Tages spurlos verschwand.*) Das Volk gerieth in Aufregung und beschuldigte das Capitel von Macerata, das Bild weggeschlossen zu haben, um auf diese Art die Räuber zu zwingen, den Bischof freizulassen.

---

*) Thatsache.

In der That bemächtigte sich um das fehlende wunderthätige Marienbild eine solche Unruhe der ganzen Gegend, daß die Genossen des Grizzifalcone Angst bekamen und sich herbei ließen, lieber den Bischof auf freien Fuß zu stellen. Der Heilige hatte viel dulden müssen, und das Marienbild ist dann wieder erschienen.

Der Bruder Pförtner erzählte ferner, daß von dem Bruder Hubertus, der es selbst gewesen sein soll, der dem Domcapitel jene Hülfe angerathen hatte und so ohne alle Mühe den Bischof rettete, seither nichts mehr vernommen worden. Wir wissen, sagte er, er hat den Grizzifalcone getödtet in einer Nacht, wo wir ganz andere Dinge von ihm erwarteten —! Ein Tollkopf ist's. So auch nur allein konnte sich unter Räuber begeben, deren Hauptmann er getödtet hat —! Auch von dem Pilger wißt Ihr, der dem Grizzifalcone für seine Belehrung hat lesen und schreiben müssen? Ein Franciscanerbruder sprach vor einigen Tagen bei uns vor und hat ausgesagt, man hätte den Mönch mit dem Todtenkopf und mit ihm zugleich den Pilger weit jenseits der Grenze in den Abruzzen gesehen —!

Auf Benno's dringenderes Forschen und seine Freude, die er darüber bezeugte, daß der Pilger und Hubertus wenigstens zusammen verbunden genannt wurden, rief der Pförtner den Guardian. Dieser kam und versicherte seinerseits, beide Verschollene wären in Calabrien, wo sie ein Wallfahrer in dem schluchtenreichen Silaswalde wollte gesehen haben. Im Silaswalde —! An der äußersten Grenze Italiens, — Auf den meerumbuchteten Landzungen Neapels schon — in den ältesten Hainen der Welt von Eichen- und Kastanienbäumen —! Immer weiter und weiter rückte die Beruhigung des aufgeregten und selbst so düster bedrohten Freundes in Robillante. Würde sich Benno freier bewegt haben, er hätte sich an Ort und Stelle begeben, um selbst nach dem geheimnißvollen Pilger zu forschen. Die Ungewißheit, der Einfall der Gebrüder Barbiera, die Furcht vor Olympia's Rache, Bangen vor den Mahnungen Bertinazzi's hielten ihn von der Ausführung dieses Vorsatzes ab.

Benno kämpfte mit sich, ob er die Mutter heute aufgeben und nicht lieber sofort zu Bertinazzi gehen sollte, den er erst morgen in erster Frühe hatte besuchen wollen. Die volle Nacht war hereingebrochen, als Benno von San-Pietro niederstieg. Die Einsamkeit des Weges beflügelte seine Schritte. Schon im zweifelhaften Abendlicht sind die nächsten Trümmerhaufen und Gartenmauern Roms unheimlich.

Er wandte sein Auge vom Anblick der Peterskuppel ab. Das Bild: Morgen um diese Stunde werden dort die marmornen Bilder des Vatican lebendig! machte ihm das Blut erstarren. Er kannte diesen Braccio nuovo! Hundert lachende Priester sah er in festlichen Gewändern, bei Fackel- und Kerzenschein, durch die mit den Marmorsärgen der ersten Christen geschmückten Corridore dahinschreiten. Die Statuen der römischen Kaiser wurden lebendig und schlossen sich ihnen an — Im Saal des Braccio nuovo schimmerten Bankettische; Vasen voll Blumen, silberne Urnen voll Eis mit dem „Bier der Franzosen", wie Sarzana gesagt; alles im glänzenden Licht, ausgeströmt von zahllosen Kerzen —! Die Julien, die Livien und Agrippinen der Imperatorenzeit kamen mit ihren faltenreichen Gewändern in den Saal und setzten sich zu den Zechenden —! Da thront Ceccone, mit dem Rücken gelehnt an die berühmte Gruppe des Nil —! Sechzehn kleine Genien tangeln sich übermüthig auf dem kolossalen Sinnbild der Üppigkeit und Fruchtbarkeit —! Der lachende Silen blickt auf den neugeborenen Bacchus dicht vielleicht neben dem Bischof Camuzzi —! Fefelotti liebäugelt mit der berühmten Statue des Demosthenes, die soviel zierliche Fältchen wirft; mehr, als

ein Redner voll Natürlichkeit seiner Toga erhalten kann, wenn
er gegen Philipp von Macedonien donnert —! Nun trommelt
die Schweizergarde —! Immer neue Gäste kommen im Purpur
vorgefahren und die Medusenhäupter nicken ihnen den Gruß; die
discuswerfenden Athleten erheben sich, die Isispriesterinnen ver-
neigen sich —! Olympia — läßt lachend vor Erwartung den
Arm auf dem Sockel ihres Apollin ruhen —! Oder blickt sie
finster wie die „verwundete Amazone" —? Benno ahnte, daß
sie diesmal seiner Flucht aus Villa Torresani nicht im mindesten
zürnte, sondern ihn für morgen fest und sicher erwartete.

Die Qual der Entschlußlosigkeit trieb Benno, wie von Furien
gepeitscht, dahin. Er kam der Tiber näher. Die Brücken, welche
in die innere Stadt führten, waren entlegen. Hie und da ging
eine Treppe niederwärts an den Fluß, wo sich dann in einem
angebundenen Kahn ein Schiffer streckte und auf einen Verdienst
wartete. Benno wollte sich übersetzen lassen.

Er blickte wie ein Träumender um sich. Hier in der Nähe
liegen die Spitäler. Es konnte ihn nicht befremden, daß jene
gespenstischen Gestalten der Todtenbruderschaft da und dort auf-
tauchten. Die Begräbnisse finden des Nachts statt. Memento
mori! Benno erblickte einige dieser bald weißen, bald schwarzen
Kutten in Kähnen auf dem gelblichen Strom dahingleiten.

Die Via Lungaretta schien ihm heute endlos. Er hatte übersehen, daß er die Abbiegung zur Bartolomäusbrücke schon hinter
sich hatte und sich an Ponte Rotto befand, einer Gegend, wo es
schwerlich noch Fiaker gab. Sollte er den Besuch der Mutter
heute aufgeben? Sollte er sich bei Bertinazzi melden?

Da schritt wieder vor ihm her ein schwarzer Todtenbruder.
Er kam aus dem engen Winkelwerk der Häuser heraus und stieg
eine auch hier an den Fluß führende Treppe nieder. Hell glänzte
die Tiber auf. Im Abenddunkel boten die Lichter am Ufer und

die in den Strom hineingebauten Mühlen einen besonders lebhaften Anblick. Eine Schar von Bettlern und Straßenjungen
zeigte Benno hinter einem Gebäude den Kahn, den auch der
Todtenbruder gesucht.

Auch Benno zog es zum Tode. Er musterte die stolze Haltung seines Gefährten. Oft verbargen sich unter diesem Kleide
die angesehensten Nobili, wenn sie die Reihe des Dienstes in der
Bruderschaft ihres Viertels traf.

Benno rief dem Schiffer, ihn noch mitzunehmen und stieg die
Stufen nieder.

Der schwarze Leichenbruder, eine hohe, schlanke Gestalt, hatte
eben zum Abfahren winken wollen. Jetzt erst, da er noch einen
Passagier sich nachkommen sah, setzte er sich nieder.

Auf dem trüben, ungleichen, strudelreichen Bett der Tiber
glitt der leichte Kahn dahin, geführt von einem jungen halb-
nackten Burschen, der den vom Kopf bis zu Fuß verhüllten
Todtenbruder scheu betrachtete und vor Freude über die glückliche
Eroberung zweier Passagiere statt eines eine Weile sprachlos blieb.
Rings funkelten immer heller und zahlreicher die Lichter von den
Ufern auf. Auch bei den Benfratellen drüben war Licht. Mancher Leidende mochte dort eben seinen letzten Seufzer aushauchen,
mancher Genesende die Hände zum Dankgebet erheben. Die hie
und da auftauchenden Sterne spiegelten sich nur matt in den
trüben Wogen, auf deren Grund so tausendfach die Reste der
Jahrhunderte schlummern, so mancher Fund, dessen Entdeckung
das Entzücken des Forschers sein würde. Auf der Quattro-Capi-
Brücke war es so lebhaft wie auf Piazza Navona. Noch stachelten
verspätete Fuhrleute ihre riesigen weißen Ochsen, deren stolz-
gewundene Hörner nur eines Kranzes bedürften, um den Opfer-
thieren Griechenlands zu gleichen. Noch zankten Treiber mit ihren
schreienden, in Italien so heißblutigen Eseln. Die Glocken läuteten.

Ein solcher Abend scheint im Süden erst das Erwachen zum Leben zu sein. Kähne glitten dahin mit unzählbaren Gemüsen und Früchten schon für den morgenden Markt. Die Ruderer mußten Acht haben; von den Tausenden von Trümmersteinen, die in dem Bett des geschichtlichsten aller Ströme ruhen, ist die Fahrt auf ihm keine ebenmäßige.

Benno, nielenmüde, redete den Todtenbruder, von dem er nur die Augen sehen konnte, mit den Worten an: Dieser Dienst in der Nacht hat sicher seine Beschwerlichkeit. —

Der Todtenbruder antwortete nicht. Die Römer sind sonst höflich. Benno glaubte, nicht verstanden worden zu sein, wiederholte seine Worte und setzte hinzu: Aber Sie lösen sich häufig ab?

Statt der Antwort zog der Todtenbruder jetzt sogar seine schwarze Kopfbedeckung so, daß selbst seine feurigen Augen verdeckt blieben.

Seltsam! dachte Benno. Der Mann ist schwerlich taub. Er trägt vielleicht ein Geld wie du —?

Benno schwieg nun und hörte auf den Schiffer, der in italienischer Gewohnheit schon für jede andere Gelegenheit sich empfahl, wo die Herrschaften vielleicht wieder die Tiber befahren wollten. Er nannte sich Felice und beschrieb seinen Vater, der den Stand drüben an Quattro-Capi hätte und der beste Schiffer von der Welt wäre. Benno kannte, was man bei solchen Gelegenheiten in Italien alles zu hören bekommt; jede neue Kundschaft wird vom Arbeiter sogleich fürs ganze Leben festgehalten.

Benno war nicht in der Stimmung, die Unterhaltung mit Felice fortzuführen. Er sah auf den Todtenbruder, der vielleicht das Gelübde des Schweigens abgelegt hatte. Vielleicht war es ein Vornehmer, den sein nächtliches Amt verdroß.

Wieder glitt eine Barke mit zwei Beichtstühlen, die von der Bartolomäusinsel kamen, vorüber. Auch diese hatten ihre Kapuzen über den Kopf gezogen. Sie wurden von einer dritten Barke gekreuzt, die gleichfalls ein Mitglied der Todtenbruderschaft führte — in weißer Verhüllung.

Der Gedanke lag nahe, eine große Sterblichkeit vorauszusetzen, die über Rom gekommen wäre. Im Herbst pflegte sich seit einigen Jahren die Cholera einzustellen.

Felice besaß den angebornen Scharfsinn der Italiener. Eine angeschnittene Melone, die neben dem Mantel Felice's lag, betrachtete Benno mit einem Blick, der bei so vielen Todesereignungen keinen Appetit danach ausdrückte und Felice las sogleich die Gedanken in der Seele seines zweiten Passagiers, denn er sagte: Eh! Sie kommt dies Jahr nicht wieder!

Benno wußte, was Felice meinte, mochte aber die Conversation nicht fortführen.

Felice aber im Gegentheil. Signore, flüsterte er, als handelte sich's um einen Gegenstand der größten Discretion, ich stehe drüben bei Capo di Bocca — dicht an der Apotheke. Da, wo meine Mutter die Melonen verkauft. Saftige, Herr! Sehen Sie, versuchen Sie! Signore! Nein, sie kommt dies Jahr nicht wieder... Die Krankheit mein' ich, Signore! Der Padrone der Apotheke hat es selbst an unsre Leute gesagt. Signor, bei Capo di Bocca — Rufen Sie nur immer: Felice!

Woher weiß der Padrone der Apotheke, daß die Cholera diesmal nicht wiederkommt? fragte Benno, um dem Redestrom ein Ende zu machen.

Signore! Weil sie kein Gift mehr verlangen dürfen. Er sagt' es gestern erst dem Wirth der Navicella. Signore, das ist das Kaffeehaus drüben, wo mich jeder findet, der nur am Ufer nach Felice —

Gift verkaufen? Wozu Gift —? unterbrach Benno, der sich die Pein dieser Kundschaftsempfehlungen abkürzen wollte.

Haha! lachte Felice und stieß sein Ruder auf ein hartes Gestein, das vielleicht der Torso einer Statue des Praxiteles war. Die Brunnen vergiften sie nicht mehr. Das glauben die dummen Leute ... Eh —! Die Brunnen! Haha, Signore! ... Aber machen Sie eine Partie, Herr — Nach Ceri, Herr — Ceri ist die älteste Stadt der Welt — Ich nehme meinen Bruder mit. Morgen? Meinen Bruder Beppo ...

Warum sagt ihr: He? und lacht — Was glauben denn die klugen Leute über die Cholera —?

Felice machte eine Miene, als durchschaute er alle Geheimnisse der Welt.

Was ist's, wenn die Apotheken kein Gift mehr verkaufen dürfen? wiederholte Benno.

Gift? Nicht verkaufen? Die Apotheker sagen's und die armen Leute glauben's —! Aber die Reichen — die bekommen Gift, soviel sie wollen. Und die Aerzte — die brauchen's gar nicht aus der Farmacia zu kaufen, die haben selbst genug —!

Die Armen? Die Reichen? Die Aerzte —? Wie hängt das alles zusammen?

Felice machte Mienen, die Benno allmählich verstand. Er ließ nur einfach die eine Hand vom Ruder los und fuhr damit hinters Ohr mit ausgespreizten Fingern. Eine Miene, die etwa sagte: Wir sind nicht so dumm, wie wir aussehen — die Aerzte vergiften zur Zeit der Cholera auf Befehl der Reichen die Armen —! Signore — nach Ceri! fuhr Felice fort, als Benno verstanden zu haben schien und seinerseits gleichfalls eine Geberde machte, die mit südländischer Offenheit etwa soviel sagte, als: Felice, du bist ein Esel —! Ceri ist die älteste Stadt der Welt! Viel-

leicht morgen — ich nehme noch meinen andern Bruder mit —
Außer Beppo noch den dritten, den Giuseppe!

Die Cholera ist also eine Krankheit, die von oben her befohlen
wird! unterbrach Benno. Alle Jahre soll der Staatskörper einmal von seinem Ungeziefer gereinigt werden! Nicht so, ihr
Thoren?

Die Miene und Betonung Felice's drückte das starrste Festhalten an seiner Meinung aus. Wie wenig ihm daran lag, seine
Gesinnung über die Aerzte, die Apotheker und die Reichen in Rom
geändert zu bekommen, sagte die Mahnung: Herr, die Tiber
kennen selbst die Römer noch nicht alle! Gewiß, Herr, selbst
wenn Sie ein Römer sind, haben Sie noch nicht Castellana gesehen —! Civita-Castellana ist das Wunder der Welt! Wenn
wir Morgens um vier Uhr einen Kahn nehmen — mit Beppo,
mit Giuseppe und Francesco — Francesco, Herr, ist mein
vierter Bruder —!

Das erzählt man allerdings aus der Cholerazeit, unterbrach
Benno mit Entschiedenheit. Wer einen Feind hatte, tödtete ihn
bei dieser Gelegenheit: schlechte Frauen vergifteten ihre Männer,
schlechte Männer ihre Frauen, ruchlose Kinder ihre Aeltern.
In dem allgemeinen Klagen und Sterben ging eine Leiche mit der
andern, ohne daß man danach fragte, ob das Gift, woran sie
den Geist aufgeben mußten, aus der schlechten Luft oder — aus
den Kellern kam, wo nur die Ratten daran sterben sollten. Sagt
man nicht das?

Diese Frage richtete Benno an den schwarzen Tödten-
bruder.

Fast wie getroffen von Benno's Worten hatte sich dieser von seinem Sitz erhoben. Vom Nachthimmel sich abzeichnend stand die

Gestalt in schöner, langer, schlanker Haltung — ein Bote des Minos, ein Abgesandter des Richters der Unterwelt!

Benno hatte noch einmal geglaubt den Versuch machen zu sollen, den stummen Passagier zu einer Antwort zu bringen.

Der Todtenbruder sprach jetzt in der That auf seine Frage ein leises und hohles: Man — sagt — es —

Benno horchte der Stimme und fuhr fort: Eine entsetzliche Vorstellung, sich Mörder denken zu müssen, die in solchem Grade feige sind, daß sie eine Zeit der allgemeinen Auflösung des Vertrauens, eine Zeit der Trauer benutzen, um mit gedecktem Rücken einen dann wahrscheinlich vor Entdeckung sichern Mord auszuführen —!

Wieder schien der Todtenbruder von diesen Worten eigenthümlich berührt. Er schwieg, fiel nicht zustimmend ein, drückte keine Verachtung eines so feigen Mordes aus, sondern wandte sich nur ab, um durch seine kleinen Augenöffnungen auf die nunmehr bald erreichte Brücke der „Vier=Häupter" zu sehen.

Als sich auch Benno erhob, gerieth der Kahn in ein Schwanken. Felice spreitete die Beine aus und hielt das Gleichgewicht. Um seine ohnehin wie auf der Flucht vor dem Schmerzlichsten befindlichen Gedanken nicht zu sehr aufzuregen, fragte Benno: Kennst du das Haus des Rienzi, Felice —?

Im selben Augenblick brachte nun auch der Todtenbruder noch eine Antwort auf Benno's Aeußerung von vorhin. Sie kam verspätet, dumpf und hohl aus der kleinen Oeffnung der Kapuze, die nur allein dem Mund und der Nase das Athmen erlaubte.

O gewiß — es gibt — genug der Falschheit — in der Welt —! sagte der Todtenbruder.

Diese Worte klangen seltsam. Sie klangen wie von einem Ergrimmten. Wenigstens wurden sie wie durch die Zähne gesprochen.

Benno, der eben selbst gesprochen hatte, verstand nicht sogleich und fragte: Es gibt —? sagten Sie? —

Genug der Falschheit in der Welt! wiederholte der Todtenbruder scharf und gereizt.

Benno horchte auf. Diesen Ton der Stimme glaubte er zu kennen. Noch kürzlich, vielleicht erst gestern hatte er diese Stimme gehört. Wer ist das —? sagte er sich staunend und haftete auf einer Erinnerung an einen der bei Olympien gesehenen Gäste — Zunächst an den Fürsten Corsini — der in der That seinen Palast jenseits der Tiber hatte.

Der Todtenbruder kehrte ihm jetzt den Rücken.

Eben fuhren sie unter der Brücke Quattro-Capi hinweg.

Wo liegt das Haus des Rienzi? wiederholte Benno noch einmal, sich zu Felice wendend. Er mußte dabei immer noch dem Klange der Stimme nachdenken.

Signore, das Haus des Rienzi kenn' ich nicht, erwiderte Felice eiligst, aber ich versichere Sie, nach Civita-Castellana ist es die schönste Reise von der Welt —! Auch Cicero hat da gewohnt. Es geht gegen den Strom, aber wir nehmen noch meinen fünften Bruder —

Euere Brüder sind unzählig! unterbrach Benno ungeduldig. Dann nach dem Todtenbruder sich wendend, sagte er: Wo hat nicht alles in Italien Cicero gewohnt —! Cicero und Virgil sind dem Italiener geläufig wie die Heiligen. Aber Cola Rienzi, euer Volkstribun, ist euch unbekannt geblieben, Felice?

Jetzt glaubte Benno für bestimmt annehmen zu dürfen, daß der schwarze Leichenbruder unter seiner Kapuze lachte. Es war ein Lachen des Hohns. Prinz Corsini konnte es nicht sein. Corsini gehörte zu den Freimüthigen, aber er war in seinen Manieren höflicher.

Unter dem ersten Hermenkopf der „Vierhäupterbrücke" stieg

der Todtenbruder aus. Er schien voll Ungeduld die Steintreppe
erwartet zu haben. Beim Abschied bot er Benno auch nicht den
leisesten Gruß. Seinen kupfernen Obolus warf er dem Schiffer
in die Mitte des Kahns wie ein Almosen. Felice's Grazie Eccellenza! folgte ihm als Beweis guter Sitten, wofür nach dieser Richtung hin beim Volke die römischen Priester sorgen.

Benno zahlte mehr, als üblich. Da durfte er sich nicht wundern, daß Felice, den er fragte, ob er den Todtenbruder kenne,
behauptete, diesen nicht blos öfters, sondern alle Tage zu fahren.
Er nannte ihn einen Herzog, einen Principe, „wenn er auch
nur zahlte, was in der Regel". Daß er Cardinäle fahre, offen
und geheim, Principessen, mit und ohne Schleier, setzte er er-
muthigend hinzu. In jener Unermüdlichkeit, womit der Italiener einen Gedanken des Gewinns, und darin ganz dem Juden
gleich, festhält, kam er wieder auf die Reize einer Strom-
fahrt von zwei Tagen bis zu dem Ort zurück, zu deren Merkwürdigkeiten nun auch noch der Eingang in die Hölle gehören
sollte.

Benno war endlich von ihm befreit und ging, umrauscht
vom Lärm der Straßen. Das Benehmen des Todtenbruders,
sein stolzes, festes Dahinschreiten am Quai, das Benno noch
hatte beobachten können, sein höhnisches Lachen, die scharfe Betonung über die Falschheit der Welt veranlaßte Benno, dem
Unfreundlichen einige Schritte weiter als nöthig zu folgen.
Er hatte Worte gehört, die sein Innerstes erschütterten. Wan-
delte er denn allerdings auf Wegen, die offene und gerade
waren?

In wenig Augenblicken war die gespenstische Erscheinung verschwunden. Benno sah ein offenes Thor, durch das mit seinem flatternden schwarzen Gewande der Todtenbruder verschwand.

Benno befand sich hier bei den Hinterpforten größerer Häuser, die nach vorn dem Theater des Marcellus zu liegen. Hier gibt es kleine Gärten, kleine Pavillons. Die Dunkelheit verbarg den unschönen Anblick italienischer Hinterfronten mit ihren schmuzigen Galerieen, ihren ausgehängten alten Teppichen, ihrer aufgehängten zerrissenen Wäsche, ihren schmuzigen Geräthschaften und jenem Colorit der Wände, dessen vorherrschender Ton ein verfängliches Gelb ist. Alles das vergißt man freilich in Italien um einer einzigen Palme willen, die aus irgendeinem kleinen Hausgärtchen über solches Gewirr emporwächst.

Auch hinter jener Pforte, wo der Todtenbruder verschwunden war, lag, wie jetzt Benno sah, ein solches Gärtchen. Wer wohnt hier? fragte er einen am Wasser mit dem Ausladen eines verspätet angekommenen Kahns Beschäftigten.

In diesem Palazzo —? erwiderte der Angeredete und bot statt der Antwort, auf die er sich die Miene gab, sich gründlich besinnen zu wollen, sofort vorerst seine Waaren an, die der Herr gerade hier am zweckmäßigsten angetroffen hätte: Walzbreter zur Bereitung von Nudeln, hölzerne Löffel, einen Steinkrug zur Aufbewahrung seines Oels. Wer in Italien handelt, glaubt, daß man sich zu jeder Zeit aus dem Gebiet gerade seiner Branche assortiren könne; in die Eilwägen hinein reicht man zinnerne und blecherne Küchengegenstände, „die man jetzt gerade wohlfeil haben könnte." Und auch dieser Mann wahrte erst seinen Vortheil und zeigte auf hundert Schritte weiter seinen Laden. Aber den Besitzer des „Palazzo" konnte er zuletzt denn doch nicht nennen. Dann war es eine großmüthige Regung von ihm, daß er, als Benno keinen Steinkrug für sein Oel mitnahm, doch einen andern Mann anrief und diesen fragte: Wer wohnt in dem Palazzo?

Nach vorn hin, hatte Beuno inzwischen gesehen, stand allerdings ein stattliches Gebäude.

Ein Advocat ... Ein reicher Mann — hieß es im Munde des Angerufenen, der inzwischen schon Miene machte, auch seinen Vortheil zu wahren.

Ein Advocat? Vielleicht Bertinazzi? dachte Benno und sah sich nach einem mittelalterlichen alten Hause, dem des Rienzi, um. Wie auch bei uns die Kinder in die Läden treten und fragen können: Wollen Sie mir nicht sagen, wie viel die Uhr ist? und, wenn sie's gehört haben, als Zugabe ihrer Frage ein paar Rosinen verlangen, so tauschten sich auch hier mit den paar Worten die Interessen der sich versammelnden Italiener aus. Benno bekam so viel Anerbietungen von Waaren, so viel Verlangen nach Bajocci, so viel Anerbietungen zum Führen, zum Tragen, zum Helfen, daß er zu dem seiner Natur wenig entsprechenden Mittel greifen mußte, aus der Geberdensprache der Italiener eine Miene zu wählen, die einzige, um dieser unerträglichen Zudringlichkeit auszuweichen. Macht jemand diese Miene, so ist der Italiener gewiß, einen Landsmann vor sich zu haben, von dem er nichts zu erwarten hat. Benno streckte nicht gerade die Zunge aus, was in solchen Fällen, um vor dem italienischen Bettelgesindel Ruhe zu bekommen, das allersicherste Mittel ist; er warf nur einfach den Kopf in den Nacken mit der Miene eines gleichsam vor Hochmuth halb Närrischgewordenen. Da, aus Angst, einen Verrückten zu sehen, ließ man ihn gehen.

In der That hatte er nun doch erfahren, daß dieser Hausbesitzer, dieser reiche Mann und Advocat — Signore Clemente Bertinazzi war. Wieder blickte er auf die Pforte, und siehe da, wieder trat dort jemand, diesmal ein Mönch mit heraufgezogener Kapuze ein.

Das sind Verschworene! sagte sich Benno sofort.

Der Gedanke überlief ihn wie siedende Glut. Er sann und sann nun um so mehr: Wer war der schwarze Todtenbruder, der dich offenbar kannte, der dir seine Verachtung ausdrückte — trotz deiner Erwähnung Rienzi's —!

Benno wandte sich in größter Aufregung wieder der Brücke zu. Hier hatte er einen Fiaker zu finden gehofft. Schon suchte er diesen nicht mehr. Es trieb ihn in die Straße, wohinaus das Wohnhaus des Advocaten seine Vorderfront hatte.

Auch hier bemerkte er, rasch nacheinander kommend, zwei weiße Todtenbrüder, die in dem offenen Thorweg des Hauses verschwanden.

Bertinazzi hält eben seine Loge. Diese Vorstellung stand nun bei ihm fest. Sollte er folgen?

Er hatte das Losungswort! Er trug in seinem Portefeuille ein Zeichen von Silberblech mit einem aus den Flammen sich erhebenden Phönix! Beides hatten ihm die Brüder Bandiera für den Fall mitgegeben, daß er in Rom die Bekanntschaft des Advocaten Bertinazzi machen wollte, dem sie aufs wärmste über ihn geschrieben zu haben behaupteten.

Mit bantklopfendem Herzen kehrte er zur Flußseite zurück. Hier war es jetzt stiller geworden. Ruhig wogte der Strom. Den Besuch der Mutter gab er auf. Schon schlug es zehn. Im Hause des Advocaten, dem er von der Gartenseite näher zu kommen suchte, war alles still und dunkel. Das Haus mußte eine gewaltige Tiefe haben; die Entfernung vom Ende des Gärtchens bis zur Vorderseite war eine ansehnliche.

Wieder näherte sich ein Schatten der Gartenpforte — Wieder huschte dieser an Benno vorüber und ging in Bertinazzi's Haus,

Benno stand — wie am Scheidewege seines Lebens. Der

Gedanke an morgen war ihm an sich schon der Tod — was verschlug es, wenn er den letzten Anlauf nahm und sich in den Abgrund stürzte? Wo sollte er die Stimme, den Wuchs, den Gang des schwarzen Todtenbruders hinbringen! Eine fieberhafte Ideenverbindung zeigte ihm die drei Reiter, die ihm im Gebirge so seltsam den Weg hatten abschneiden wollen. Erschien sein Umgang mit den Tyrannen Italiens denen verdächtig, an welche er empfohlen war? Voll Unruhe begab er sich abermals nach der Hauptstraße.

Jetzt sah er einen Kapuziner zu Bertinazzi eintreten. Und nur ihm schien alles das aufzufallen; die Straße hatte ganz ihr übliches Leben. Schon griff Benno nach seinem Portefeuille und überzeugte sich, daß er das Symbol des Phönix bei sich hatte.

Einen in Hemdärmeln vor der Thür seiner Taverne stehenden Wirth fragte er: Ist das — da drüben — ein Kloster?

Nein, Signore! war die Antwort. Das Haus des Advocaten Bertinazzi.

Ich sehe Mönche eintreten —

Bei einem Arzt und Advocaten, Herr, sagte der Wirth lachend, hat alle Welt zu thun. Und nicht jeder zeigt's dann gern. Mancher Principe wartet auf den Abend, wo er die Kutte des Todtenbruders umlegen darf — Und — nun — gar die Pfaffen —!

Der Wirth machte eine Miene, als wäre ja Rom die Stadt des Carnevals und der Carneval stünde nicht blos im Februar im Kalender, sondern zu jeder Zeit und dann trügen die Larve am lustigsten die Priester.

Die Geberdensprache des Südens ist die Sprache der größten Deutlichkeit. Benno mußte, um dem vertrauensvollen Manne zu danken, seinen Wein versuchen. Es war nicht der Wirth der nahen Goethe=Campanella. Der Orvieto, den Benno begehrte, war gut. Stürmisch rollte das Blut in seinen Adern auch ohne den Wein. Er war in einer Stimmung, um die Welt heraus=zufordern.

In dem dunkeln Gewölbe der Kneipe saßen beim qualmenden Licht der Oellampe Männer aus dem Volk. Die Unterhaltung drehte sich um Grizzifalcone. Einige Häuser weiter hatte der Räuber gewohnt, als er die Courage gehabt, nach Rom zu kom=men. Man erzählte seine Heldenthaten. Man rühmte aber auch den Muth der beiden deutschen Mönche.

Benno horchte und horchte. Der Wirth pries sich glücklich, den Pasqualetto nicht beherbergt zu haben. Die Polizei hätte jeden Winkel der Herberge an der Tiber nach dem Tode des Räubers durchsucht. Alle Welt wußte, daß niemand durch die=sen Tod glücklicher war, als die Zollbediente, auf deren Strafe der alte Rucca es durch die Zähmung des Pasqualetto abgesehen hatte. Die Pfiffigen und Klugen haben hier immer Recht. Um den Grizzifalcone blieb es „Schade, daß er nicht — Gonfalo=nere in Ascóli geworden".

Benno hörte lachen — die Gläser aufstampfen — hörte Ge=sinnungen, die denen der Lazzaroni Neapels entsprachen. In seinem Innern klangen die Worte des Attilio Bandiera: „Man muß manche Völker zur Freiheit zwingen!" Damals hatte er noch erwidert: „Mit der Guillotine?" Neue Welten waren seither in ihm aufgegangen.

In jenem Hause konnte er das Schicksal der Freunde erfah=ren, um die er sich in so große Gefahren des Lebens und der Seele gewagt hatte. Der Tag, vielleicht die Stunde konnte ihm dort genannt werden, wo die Brüder in Porto d'Ascoli landen mußten, Ravenna, Bologna sich erheben würden. Er sagte sich: Es ist der Weg des Todes! Sollst du ihn beschreiten?

Und gehst du ihn nicht schon? antwortete eine Stimme seines
Innern. Bleib' auf deiner Straße — des Verhängnisses —!
Wild mit der Rechten durch seine Locken fahrend erhob er sich.
Stürmenden Muthes verließ er die Schenke. Sie rufen mich!
sprach er vor sich hin und sah — jene Geister des Beistands,
von denen Attilio gesprochen hatte. Auf der Höhe seines Lebens war er angekommen! Dahin also hatten alle Ziele seines
Schicksals gedeutet —! Er sah seine ersten Anfänge wieder —
fühlte den Kuß jener schönen Frau, die sich trauernd über ihn
gebeugt, wenn sie aus dem Wagen gestiegen — Die in Spanien
erworbenen goldenen Epauletten seines Adoptivvaters Max von
Asselyn blitzten vor seinem Auge auf. Zigeunerknabe, du bist
in deiner Heimat! klang es um ihn her wie aus tausend silbernen Glöckchen. Dann wieder waren es Geigentöne — wie sie
der bucklige Stammer damals zwischen seinen Erzählungen von
der Frau, die nur die deutschen Worte: „Tar Teifel!" kannte,
auf dem Finkenhof strich. Du gehst! sagte er sich und schritt
dem Hause näher.

Und dennoch würde Benno vorübergegangen sein, wenn nicht
die menschlichen Entschließungen unter dämonischen Gesetzen stünden. Der eine Flügel des offen stehenden Hausthors war soeben
von einer nicht sichtbaren Hand von innen geschlossen worden.
Eben bewegte sich der andere Flügel, um gleichfalls zuzufallen.
Der Anblick dieser kleinen, noch eine Secunde offen gelassenen
Spalte bestimmte den wie vom Schwindel Ergriffenen und halb
Besinnungslosen rasch vorzutreten und die beiden Worte zu sprechen: Con permesa!

Eine Stimme antwortete: Que commande?

Eine kurze Pause folgte —

Die Schlange wechselt ihr altes Kleid! sagte Benno.
Das Erkennungswort des „Jungen Italien" war gesprochen.

Es war kein freier Wille gewesen, der diese verhängnißvollen Worte von Benno's Lippen brachte. Es war ein fremder Geist, der aus ihm sprach, ja — der ihn sogar diese Losung ganz deutlich und fest aussprechen ließ. Er trat in den wiedergeöffneten Flügel und befand sich in einem dunkeln Gange. Die Thorpforte fiel hinter ihm zu.

———

10.

Kommen Sie aus der Schweiz? fragte aus dem Dunkel heraus eine heisere rauhe Stimme und das menschliche Wesen, dem die Stimme angehörte, entwickelte sich erst allmählich seinem Auge als eine Frau. Ich will Sie dem Herrn anmelden, lautete die seinem Schweigen folgende Rede.

Ein Schlorren, ein asthmatisches Keuchen folgte, ein langes Verhallen der Schritte. Diese Räume schienen endlos zu sein.

Es ist geschehen! sprach Benno zu sich selbst und sagte fast hörbar: Also nur die aus der Schweiz Kommenden erkennt man an diesem Losungswort, das ich von den Bandiera weiß!

Benno zog sein Portefeuille, um das Zeichen des Phönix zur Hand zu haben. Auch ihm hatten die Flüchtlinge, die sich in Robillante in allerlei Verkleidungen weiter kommen zu können an ihn wandten, ein solches Zeichen entgegengehalten.

Wenn die ohne Zweifel in diesem Augenblick hier versammelte Verschwörung entdeckt — wenn er selbst mit den Mitgliedern derselben aufgehoben würde! Die Zerrüttung seines Innern, die Hoffnungslosigkeit seiner Seele sah darin kein Unglück mehr.

Beim Suchen nach dem Portefeuille fand Benno ein Mittel, sich Licht zu machen. Nach italienischer Sitte führte er ein Streichfeuerzeug bei sich. In den finstern großen Häusern Itatens hilft man sich auf diese Art gegen den fast überall stattfinden Mangel an Beleuchtung. Kleine brennende Wachsenden reichen dann aus für jeden zu erkletternden vierten Stock.

Benno sah eine Halle, die in einen gedeckten und überbauten Hof führte. Da hingen alte Bilder an den feuchten Wänden. Sollte hier die Tiber zuweilen so weit austreten, um die Häuser überschwemmen zu können?

Er unterschied nun die mit einer Lampe zurückkehrende Alte. Sie war gekrümmt und schien aus dem Reich der Nacht zu kommen. Mit der Lampe den Fremdling beleuchtend, sagte sie: Der Herr soll wiederkommen —!

War dem Losungswort eine Beschwörung, die nicht kräftig genug wirkte? sagte sich Benno und überreichte sein zweites Creditiv, das Zeichen von Silberblech und eine Karte mit seinem Namen.

Die Alte nahm beides, betrachtete es flüchtig und entfernte sich wieder.

Inzwischen ging Benno in den Hof, der überbaut war. Wieder sah er einen langen Gang. Sessel standen in diesem an den Wänden; ohne Zweifel waren sie für die Clienten vom Lande bestimmt, die an jedem Markttag die Schreibstuben der Advocaten belagern. Er verglich Mid's Lage mit derjenigen Bertinazzi's. Jener der leidenschaftliche Freund der Jesuiten und allen Umtrieben derselben wie ein geheimer Verschwörer zugethan; dieser, wie er wußte, ein Angehöriger der Familie jenes Ganganelli, der als Papst die Jesuiten aufgehoben hatte, und fortwirkend im Geist seines Ahnen. Das System der Menschen- und Lebensverachtung mußte bei beiden das gleiche sein.

Die Alte kam wieder zurück und winkte nun schweigend. Sie zeigte nach hinten, kehrte noch einmal in den Hof und zur Pforte um, die sie mit einem eisernen Querbalken verschloß, und beden-

tete Benno, der bei einer Stiege angekommen war, diese nicht
zu betreten, sondern auf eine Thür zuzugehen, die sie öffnete.
Es war eine jener südlichen Matronen, wie sie die Freude eines
Balthasar Denner gewesen wären, des Runzelnmalers.

Durch einige mit Büchern und Landkarten gefüllte Zimmer
hindurch kam Benno an eine Treppe, die er ersteigen mußte,
um endlich bei dem unter den Römern hochberühmten Doctor
der Rechte Clemente Bertinazzi einzutreten. Dieser trat ihm lächelnd entgegen. Benno fand einen langen, hagern Mann. Der
Ausdruck seiner Gesichtszüge war jene fanatische und träumerische
Beharrlichkeit, die sich zunächst als mathematische, oft pedantische
Strenge zu geben pflegt. Ebenso verband sich auch bei Luigi
Bianchi, dem armen Gefangenen von Brünn, die Pedanterie mit
Schwärmerei, ebenso leidenschaftlich war in seiner träumerischen
Welt der trockene Püttmeyer. Diese Menschen mußte Benno
unterzubringen. Sie hatten nicht die Schönheit der Willens-
äußerung, die Grazie der Lebensformen Bonaventura's; doch
war der feste und beharrliche Sinn derselbe. Bertinazzi hätte
in seinem langen Hauskleide, das ihm bequem um die magern
Glieder hing, ebenso einen alten Geizhals darstellen können, der
über seinen Schätzen wachte und sich nächtlich mit einer alten
Dienerin in diesem weitläufigen Hause ängstlich abschloß. Doch
die allmählich erglühende Kraft seiner Augen verrieth edlere Ei-
genschaften. Bald sah Benno, daß dem Manne über seinen Augen und den untern Anfängen seiner Stirn ein eigenthümlicher
Flor lag, jener geistige unbestimmte Dämmer, der sich vorzugsweise bei mystischen Naturen findet.

Endlich, endlich, Signore d'Asselyno! sagte der Advocat und
streckte dem Ankömmling die rechte Hand entgegen zum traulichen
Gruße und zugleich den Eindruck prüfend, den ihm der junge
Mann in Gestalt und Haltung machen würde.

Benno d'Affelyn! erwiderte dieser bestätigend und legte seine Hand in die des Advocaten.

Warum kommen Sie erst jetzt? Ich weiß von Ihnen schon seit lange über Malta her, wo sich die Brüder Bandiera für Sie verbürgt haben! Man hat Sie dort verdächtigen wollen. Allerdings kann man Ihre Beziehungen zu unsern Tyrannen zweideutig finden. Ich hörte aber, Sie lernten unsere Machthaber in Wien kennen und da dachte ich: Um so besser, wenn Sie diese Menschen beobachten. Ich vertraue jeder Bürgschaft, die uns von den Bandiera kommt!

Kennen Sie meine Freunde persönlich? sprach Benno noch in Befangenheit und ausweichend.

Das nicht, erwiderte Bertinazzi und zog, um das Bild eines alten Garçon zu vervollständigen, eine Tabacksdose. Aber ich habe Ursache von Ihnen das Beste zu denken. Ja auch sonst hab' ich das Princip gehabt, fuhr er schnupfend und von unten her Benno musternd fort, nicht zu weise sein zu wollen. Die Verschwörer, die überall Spione wittern, haben nie mein Vertrauen gehabt. Haben Sie noch ein drittes Erkennungszeichen außer dem Gruß und dem Phönix?

Benno verneinte.

So gehören Sie den Vertrauten an, nicht den Wissenden!

Die Zahl dieser Vertrauten, wußte Benno, war in Italien so groß, wie bei uns die der Freimaurer.

Sind die Wissenden die oberste Spitze? fragte er.

Die oberste noch nicht! entgegnete Bertinazzi. Sie haben durch den Phönix den zweiten Grad — den vorbereitenden — und vielleicht gar ohne Schwur. Die Wissenden sind erst der dritte. Der vierte sind die Leitenden. Erst der fünfte ist der höchste. Das ist der Grad der Namenlosen. Zu diesem gehör' ich nicht einmal selbst und weiß kaum, ob in Rom ein „Namenloser" existirt.

Diese Organisation kann sich halten und wird nicht verrathen? fragte Benno — unwillkürlich der Worte Ceccone's — über seinen Mörder gedenkend.

Sie kann in einzelnen Theilen verrathen werden und wird es auch, antwortete Bertinazzi. Aber die Theile sind nicht das Ganze. Auch noch nicht auf dem Standpunkt der Wissenden kennt einer den andern. Derjenige, der wie ich den Grad der „Leitenden" hat, kennt immer nur zwölf Wissende. Diese, die eine Loge bilden, sind sich untereinander selbst völlig unbekannt. Die Gruppe, zu der Sie gehören, ist groß und an Vertrauten mögen wir wol in Rom allein dreitausend haben. Der erste Grad vollends, derjenige, der die Losung kennt, ist dem Verrath am meisten ausgesetzt. Sie werden genug Priester und Verdächtige in diesen Reihen finden. Ich würde Ihnen auch noch auf den Phönix nicht Gehör gegeben haben in so später Stunde, wenn ich nicht glaubte, daß Sie irgendeine wichtige Sache zu mir führte. Weiß man in den hohen Kreisen, daß in diesen Tagen —

Der Advocat hielt forschend inne.

Ich beunruhige mich über das Schicksal der Brüder Bandiera, sagte Benno. Man erwartet ihren Einfall. Wann findet er statt?

Bertinazzi's Miene drückte eine Verlegenheit über diese Frage aus. Er sagte: Für solche Dinge haben Sie den Grad noch nicht — Dann aber und gleichsam, um seine Ablehnung zu mildern, kam er auf Benno's Lebensverhältnisse ... Seltsam — Sie werden, hör' ich, von der Unseligen, der kleinen Fürstin Rucca gefesselt! Nun, nun — Sie sind jung und pflücken die Kirschen, wo sie reif sind. Von Geburt sind Sie ein Deutscher ...

Meine Mutter ist eine Italienerin.

Gut — gut —! Und Sie bringen nichts, was mit Ceccone — Fefelotti — Rucca oder irgendeinem unserer Tyrannen zusammenhängt?

Benno schwieg.

Einige Zimmer weiter schien laut gesprochen zu werden. Ohne Zweifel hatte Benno die Loge unterbrochen und störte nur Bertinazzi. Dieser nahm dann auch eine Lampe vom Tisch und sagte aufhorchend und mit ausweichender Miene: Ich habe mich gefreut — Sie besuchen mich wieder?

Auf Benno's Lippen brannten die Fragen: Befindet sich hinter jenen Wänden nicht jetzt die Loge —? Wer war jener schwarze Todtenbruder? Was hab' ich zu thun, um die Stunde des beabsichtigten Aufstands zu erfahren?

Natürlich, daß seine Erwägung diese Fragen unterdrückte.

Aber sein Zögern gab dem Advocaten Veranlassung, leicht die Worte hinzuwerfen: Treten Sie in den dritten Grad! Sie schwören, die Unabhängigkeit und Freiheit Italiens mit jedem Mittel zu fördern, das von den Führern Ihnen vorgeschrieben wird!

Auch mit dem Morde —? sagte Benno nach einiger Ueberlegung.

Das ist der vierte Grad!

Zu dem Sie gehören? wallte Benno auf.

Der vierte Grad anerkennt nur zuweilen die Nothwendigkeit des Todes für Verräther und Tyrannen. Erst der fünfte Grad vollzieht ihn. Ich sagte schon, ein „Namenloser" befindet sich vielleicht in diesem Augenblick weder in Rom noch in Italien.

Ceccone weiß, daß ihn ein Verschworener tödten soll! sagte Benno.

Bertinazzi horchte auf, schüttelte dann den Kopf und sagte: Das spricht nur aus ihm die Furcht! Sein Tod ist, meines Wiſſens, noch von niemand beſchloſſen worden. Er hat Feinde, die der ſonſt Allwiſſende vielleicht an ſeinem eigenen Buſen nährt. In Italien ſterben die Menſchen zuweilen, etwa wie bei der Cholera, aus gelegentlichem Verſehen. Ja, er ſoll ſich in Acht nehmen. Aber nun bitt' ich — mich in der That zu entſchuldigen. Ich habe mich gefreut, daß Sie an uns dachten —! Wirken Sie in Ihrem Kreiſe durch die Geſinnung, ſoviel es geht und — verweilen Sie nicht zu lange in ihm! Man könnte Sie doch falſch beurtheilen wie ſchon einmal in Malta geſchehen.

Benno's Blut ließ ſich nicht mehr beruhigen.

Wann landen die Brüder Bandiera —? ſprach er mit drängender Haſt.

Bertinazzi zuckte die Achſeln und erwiderte: Darüber — muß ich ſchweigen.

Die Landung wird in Porto d'Ascoli ſtattfinden ...

Haha! erwiderte Bertinazzi. Das erwartet Ceccone —?

Der Advocat ſtand von plötzlichem Zorne geröthet. Ein krampfhaftes Zucken glitt über die Züge ſeines Antlitzes. Doch Sie verſtehen meinen Unwillen nicht — beruhigte er Benno und zugleich ſich ſelbſt. Die Loge erwartet mich. Bleiben Sie treu der Geſinnung, deren mich zwei edle Menſchen von Ihnen verſichert haben. Und in allem Ernſt — theilen Sie mir aufrichtig die Gefahren mit, die uns von den Tyrannen drohen, wenn Sie dergleichen durchſchauen ... Für heute nun — gute Nacht!

Benno hielt den Arm des Advocaten, der ihm freundlich hinausleuchten wollte. Ein fernes Geräuſch, das aus der Loge gekommen ſein mußte, feſſelte ſeine Aufmerkſamkeit. Warum nur wallte Bertinazzi ſo auf über die Erwähnung jenes Hafens an der adriatiſchen Küſte? Alle Verwickelungen ſeines vergangenen, ſeines künftigen Lebens ſah Benno in einem einzigen Augenblick wie mit magiſcher Helle. Durch ein Verbrechen geboren, geboren ohne einen Vater, auf den er sich mit Ehren berufen konnte, ohne eine Mutter, die sorglos sich die seine nennen durfte, gehegt, gehütet von Frauen, von Priestern, hatte er eine Einwurzelung im deutschen Leben um so weniger finden können, als auch daheim die Knechtschaft waltete. Alles, was in Deutschland damals rang und zum Lichte strebte, war in diesem Augenblick sein Bundesgenosse. Deutschland wollte von demselben Geiste, dessen Consequenzen Italien gefesselt hielten, frei sein. Von Italiens Thyrannen gingen die Bannflüche über Freiheit und Aufklärung in die Welt hinaus. Drei Gestalten traten ihm schon immer aus der Geschichte vors Auge — sie lebten und wirkten gleichzeitig: Friedrich Barbarossa, der Kaiser — Hadrian IV., der Papst — Arnold von Brescia, der Tribun von Rom. Wer sollte nicht die Größe des Hohenstaufenkaisers bewundern — und doch schloß Barbarossa Frieden mit Hadrian, mit seinem wahrhaften Feinde, und überlieferte ihm zur Besiegelung eines Actes der Falschheit, den der nächste Augenblick zerriß, einen der edelsten Menschen, einen Schüler Plato's, Petrarca's, einen Weisen, der nach langen Irrfahrten in Frankreich und auf dem Boden der Schweiz elf Jahre lang Rom ohne die Päpste regierte, die Kirche verbesserte, der Vorläufer der Waldenser und der Reformatoren wurde. Barbarossa sah mit seinen bluttriefenden Söldnerscharen den Scheiterhaufen auflodern, womit sich, unter dem schützenden Banner des deutschen Adlers, Hadrian an seinem geistigen Todfeind rächte. Unsere Zeit kann nicht mehr mit Friedrich Barbarossa, sie muß mit Arnold von Brescia gehen. Auch Benno's Vater war kein Ghibelline — er war ein Welf, aber im schlechten Sinne. Wie der Kronsyndikus wollte sich Benno nicht zu Roß schwingen und die eigene Fahne und die Freiheit seiner Hufe wahren im Geist Heinrich's des Löwen, vor dem einst Barbarossa kniete und vergebens um Hülfe bat. Auch der welfische Geist Klingsohr's

9*

war nicht der seine. Er wollte die Vernichtung des Ichs zum
Besten des Allgemeinen. Die Form der Freiheitsthat, das lehrten die Bandiera, ist in unsern Tagen die Verachtung der ma-
teriellen Welt. Diese, die nur anerkennt, was in Glanz und
Würde steht, diese, den Widerschein der regierenden und mit momentaner Macht ausgestatteten Thatsachen in hohler Gesinnung
liebedienerisch auch auf sich zu lenken suchend, diese für äußerstes
Unglück haltend, gehässig gekennzeichnet zu werden durch den
Widerspruch mit dem Gegebenen, hatte Benno längst schon verachten lernen. In diesem einen magischen Augenblick hörte er
eine himmlische Musik der Ermuthigung. Boten des Friedens
schwebten über die Erde und retteten ihn von allen Folgen seiner
falschen Stellung — retteten ihn vor den Schrecken — vielleicht
des nächsten Tags. Bonaventura war unter diesen Seligen —
Bonaventura, umringt von den Erfüllungen seiner Träume,
den Tröstungen seiner Klagen. Was in so vielen stillen Nächten
von Robillante nur von des Freundes beredten Lippen gekommen,
schien in himmlischen Gestalten verkörpert zu sein. Bertinazzi's
erwartungsvoller Blick sagte: Ich rette dich vor dir — vor
Olympien — vor dem geistigen Tode —! Und fändest du auch
den wirklichen, wäre er nicht besser als solch ein Leben —?
Benno entschloß sich, nur noch Italiener zu sein und der Revolution den Schwur des dritten Grades zu leisten.

Wenn Bertinazzi über diese Erklärung lachte, so war es ein
Lachen ohne Falsch. Es war nun das Lachen über einen erwarteten
und zutreffenden Erfolg. Er hob von der Wand über seinem
Schreibtisch einen Spiegel und stellte ihn auf die Erde. Dann
drückte er auf die scheinbar leere Wand. Sie öffnete sich. Benno
sah einen Schrank mit verschiedenen Schubfächern. Das sind die
Acten meiner Loge! sagte Bertinazzi und ließ Benno in Papiere,
die mit allerhand mystischen Zeichen beschrieben waren, einblicken.

Ohne Zweifel waren letztere eine Chiffreschrift, die ohne den dazu gehörigen Schlüssel nicht gelesen werden konnte. Den Schlüssel behauptete Bertinazzi in seinem Kopf zu tragen — nur mit diesem allein würde man seine Geheimnisse entziffern. Die Handbewegung auf seinen Kopf als Preis der Eroberung seiner Geheimnisse war der Ausdruck höchster Entschlossenheit.

Benno sah in den Fächern einen leeren Raum, der künftig seinem Schicksal bestimmt sein konnte. Bertinazzi schrieb verschiedene Adressen auf, die ihm Benno gab und wieder andere, die dieser für Mittheilungen an ihn empfing. Dann verbrannte er vor Benno's Augen alles, was Benno selbst geschrieben hatte, auch seine Visitenkarte. Hierauf legte er ihm das Formular eines Eides vor und gab ihm als Erkennungszeichen des dritten Grades einen gußeisernen Ring, den er auf den kleinen Finger der linken Hand Benno's anpaßte mit den Worten: Ein Stück der gebrochenen Sklavenkette der Welt! Ich werde Sie den Versammelten unter dem Namen Spartakus vorstellen —! Auch Spartakus, der zuerst in Italien das Wort: Freiheit! ausgesprochen, war ein Fremder. Den Eid müssen Sie in der Loge selbst leisten. Lesen Sie ihn zuvor!

Benno nahm ein Papier, das ein Gelöbniß enthielt, dem „Jungen Italien" als ein „Wissender" zu dienen — mit Leib und Seele, mit Wort und That, mit der Spitze des Schwerts im offenen Kampf, mit dem Beistand bürgerlicher Hülfsmittel bis zum Betrag des vierten Theils seines eigenen Vermögens — endlich mit steter Werbung zur Mehrung des Bundes. Alles das auf die Unabhängigkeit Italiens von fremder Herrschaft, Einheit im allgemeinen, Freiheit im besondern. Die republikanische Form blieb unerwähnt. Der Eid wurde auf christliche Symbole geleistet.

Es gibt eine Partei, sagte Bertinazzi, welche den Schwur,

der nur allein auf den Todtenkopf geleistet werden soll, vorziehen möchte.

In Benno's Ohr klang das Wort des alten Chorherrn wieder, der ihm in Wien gesagt: Das Kreuz des Erlösers wird die Reform immer noch mittragen müssen! Auch Bonaventura dachte so. Ihm selbst waren all diese Formeln gleichgültig.

Nun erschloß Bertinazzi einen andern Schrank und nahm ein Hemd der Todtenbruderschaft heraus, ein weißes, dazu eine gleichfarbige Kopfverhüllung — nur mit zwei Oeffnungen für die Augen und einer für den Mund. Nehmen Sie diese Kleidung! sprach er. Legen Sie sie inzwischen an! Wenn Sie eine Klingel hören, treten Sie in diese Thür, durch welche ich Sie jetzt verlasse, um in die Loge zu gehen. Sie haben Zeit genug, sich umzukleiden. Niemand wird Sie erkennen. Ich führe Sie unter dem Namen „Spartakus" ein.

Bertinazzi ging und ließ Benno allein.

Benno legte die Tracht an — sie erschien ihm — sein Todtenhemd. Der Schlag der Stunden von den Thürmen klang nicht so geheimnißvoll, wie der leise, singende Ton einer Pendeluhr über dem Spiegel, den Bertinazzi wieder an seine alte Stelle gehängt hatte.

Ob du deinen Begleiter von der Tiber finden wirst? dachte Benno und sah seine völlig unerkennbare Gestalt im Spiegel. Es war ihm, als gliche er erst jetzt dem Hamlet, erst jetzt dem Brutus. Er schöpfte Muth — nicht blos für den nächsten Augenblick, sondern für morgen, für alles, was die Zukunft in ihrem Schose trug.

Die Klingel erscholl. Benno öffnete die Thür. Anfangs nahm ihn ein Gemach auf, das des Advocaten Schlafzimmer schien. Ein grünseidener Vorhang trennte den kleinen Raum in zwei Theile. Eine Lampe zeigte ihm die Thür, die er noch mit seinem flatternden Kleide zu durchschreiten hatte. Vor seinem gespenstischen Bilde, das ihm ein anderer Spiegel zurückwarf, erschrak er selbst.

Nun betrat er einen hellerleuchteten Saal, wo um einen Tisch, auf dem sich ein Crucifix, ein Todtenkopf und ein Rosenkranz befanden, auf Stühlen im Kreise eine Anzahl der wunderlichsten Gestalten saß. Alle, die Benno das Haus hatte betreten sehen: Todtenbrüder, wie er selbst, Mönche in Kutten, einige als Bettler, andere als Kohlenbrenner, die Unverhüllten mit schwarzen Masken. Bertinazzi war allen erkennbar in seiner gewöhnlichen Haustracht geblieben.

Schwarze Todtenbrüder erblickte er zwei. Benno konnte den, mit welchem er über die Tiber gefahren war, nicht sogleich von dem andern unterscheiden.

Bertinazzi begann, man möchte das Omen nicht übel deuten, daß sie ihrer dreizehn wären. Der vierzehnte fehle einer Reise wegen. Doch auch unser Spartakus — wandte er sich zu Benno — ist vorurtheilslos genug, einen Aberglauben zu verachten, der nur die Thoren schrecken kann.

Benno konnte sich nicht von dem Eindruck dieser Voraussetzung bei den Genossen des nächtlichen Rathes überzeugen. Ihre Mienen blieben ihm verborgen.

Inzwischen hatte er sich gerade einem Sessel gegenüber gesetzt, auf welchem er die äußere Gestalt des Todtenbruders zu erkennen glaubte, mit dem er über die Tiber gefahren. Dieser selbst konnte nicht im mindesten annehmen, daß ihm gegenüber sein Mitpassagier saß. Bertinazzi hatte niemand sagen dürfen, wer Spartakus war.

Den Schwur leistete Benno, indem er sich an den Tisch stellte und die ihm schon bekannten Worte, die ihm von Bertinazzi jetzt noch einmal vorgesagt wurden, mit einem Ja! bekräftigte.

Das Kreuz war ein Symbol der Leiden, die man für seine Ueberzeugung nicht abzulehnen gelobte; der Todtenkopf drückte die Verachtung jedes Erdenlooses aus, falls die gemeinschaftlichen Hoffnungen scheitern sollten; der Rosenkranz bezeichnete all die Freuden, die im Siege der Freiheit lägen. Auch die Bewillkommnung durch die übrigen sprach Bertinazzi vor und überließ den Anwesenden nur die Bekräftigung durch ein Ja!

Die nächste Verhandlung knüpfte sich an einen während Bertinazzi's Abwesenheit ausgebrochenen Streit. Diese Männer schienen nicht mehr das volle Bedürfniß zu haben, sich gegenseitig unbekannt zu bleiben, obgleich die Masken und Umhüllungen die Stimme dämpften und veränderten. Man sprach nach dem Act der Aufnahme eines neuen Mitgliedes lebhaft durcheinander. Kaum eingetreten, sah Benno in der Einheit schon die Verschiedenheit. Die schönen italienischen Laute wurden mit Reinheit gesprochen, ein Beweis für die Bildung der Genossen. Der Gedanke an den Fürsten Corsini kehrte Benno wieder. Er erwartete die Stimme zu hören, deren Klang er nicht vergessen konnte.

Aber die schwarzen Todtenbrüder Benno gegenüber enthielten sich ihrerseits des Austausches der Meinungen, die über manches nicht die gleichen waren, ganz wie schon Bertinazzi angedeutet hatte. In der That schien man über die Brüder Bandiera gesprochen zu haben. Benno glaubte von einer Aenderung der Pläne der Brüder zu hören. Mehrfach wurden die Jesuiten genannt.

Ein wie ein Kohlenbrenner Gekleideter und demnach wol ein alter Carbonaro stieß einen Stab auf den Fußboden und sagte, die Maske nur lose mit der Hand haltend: Und noch gibt es Stimmen, die das Heil Italiens, ja der Welt von Rom erwarten? Diese dreifache Tiara soll der Friedens- und Freiheits-

hut der Völker werden? Die Schlüffel Petri follen die Zukunft
der Menschheit erschließen? Ehe nicht der letzte Beichtstuhl der
Peterskirche verbrannt ist, kann über die Erde kein Friede
kommen —!

Wie immer schüttet Ihr das Kind mit dem Bade aus! hieß
es unter einer der mehreren, diese Meinung abwehrenden Kapuzen.

Und Ihr könnt Euch nicht trennen von dem Blendzauber
Euerer Theorieen! fuhr der Kohlenbrenner fort.

Sagt vielmehr, nicht von den Beweisen der Geschichte! erwiderte sein Gegner.

Das Vergangene! sprach der Kohlenbrenner erregter. Ha, die
Abendröthe ist schön, sie verklärt zuweilen einen stürmischen
Regentag; aber sie geht der Nacht voran. Wo Ihr hinseht,
leidet die Menschheit an der Macht und an dem Einfluß, den sie
noch dem römischen Zauberwesen gestattet! Von dem Tag an,
wo sich ein einziger Bischof über die Rechte der andern erheben
konnte, gestützt auf das alte Ansehen Roms und auf so manche
Fälschung, welche der Uebermuth damals schon wagte, hat das
Christenthum seine Segnungen für die Menschheit verloren. Was
die Christuslehre der Menschheit brachte, ist allmählich für unsere
Zeit wie Lesen, Schreiben, Rechnen ein Erforderniß der allgemeinen Bildung geworden; die Institutionen, die uns die Herkunft dieser Bildung, ewig ihre erste Geburt gegenwärtig erhalten
wollen, sind das Verderben der Jahrhunderte. Einen Hirten
empfehlt Ihr mit Wölfen statt treuer Hunde? Einen Hohen-
priester mit Scheiterhaufen und Schaffoten? Wir Römer, wir
gerade müssen die Welt zum dritten mal erobern, erobern durch
die Vernichtung der Hierarchie! Durch einen einzigen Messer-
schnitt müssen wir vollbringen, was Europa durch Tausende von
Büchern, Kathedern, Kanzeln nicht hervorbringen konnte! Wir
kennen das Papstthum nur als eine weltliche Behörde; als solche

muß sie fallen; mit ihr fallen müffen die Carbinäle, die Generale
der Orden, die höchsten und mittelsten und untersten Spitzen
dieser Anstalten der Verdunkelung — erst dann ist die christliche
Welt erlöst! Kommt uns nicht diese Losung von unsern Obern,
so ist alle Mühe vergebens! Ihr seht's an der ruchlosen Intrigue
von Porto d'Ascoli —

Benno konnte die leidenschaftliche Rede nicht mit der ihm auf
der Lippe schwebenden Frage unterbrechen, was in Porto d'Ascoli geschehen wäre. Mehrere Stimmen riefen durcheinander:
Sie wird kommen!

Sie wird kommen und ihr Erfolg wird dennoch ausbleiben!
sprach zur Widerlegung des Kohlenbrenners mit einer feinen,
eleganten Betonung eine andere Maske, deren äußere Tracht
einen Kapuziner vorstellte. Ist der Sitz des Papstthums nicht
schon einmal in Avignon gewesen? War nicht Napoleon der
Schöpfer eines weltlichen Königthums von Rom? Mit je größerer
Demüthigung die dreifache Krone getragen wird, mit desto helle-
rem Heiligenschein umgibt sich die Theokratie. Die Menschheit sieht
nun einmal im Papstthum einen zum ersten Königsrang Er-
wählten aus dem Volke und kehrt immer wieder darauf zurück.
Sie sieht einen Monarchen, den nur seine Tugenden auf den
Thron beriefen. Sie hat an ihm einen Beistand gegen die
Mächtigen der Erde. Napoleon ras'te gegen Pius und Pius
sprach ruhig: Du Komödienspieler! Als Napoleon noch heftiger
tobte und mit dem Aeußersten drohte, sagte er noch verächtlicher,
wenn auch mit gesteigertem Schmerz: Du Tragödienspieler!
Wenn den Papst der Despotismus tödtet, so bietet er ruhig die
offene Brust; der Begriff lebt wieder auf in seinem Nachfolger.
Aendert die Gesetze Roms, beffert die Sitten, laßt den apostolischen Stuhl theilnehmen an allen Fortschritten der Zeit, macht
unmöglich, daß die Greuel von Porto d'Ascoli die Kunst des

Regiments in Italien heißen und wieder ein Segen kann der Menschheit werden, was man jetzt nur zu voreilig ihren Fluch nennt!

Benno staunte der Dinge, die in Porto b'Ascoli vorgefallen sein mußten. Wenn er nun auch zu fragen gewagt hätte — so war die Aufregung der Streitenden ein Hinderniß. Sie war zu groß geworden.

Ich höre die träumerische Weisheit eures gemäßigten Fort= schritts! sprach der Kohlenbrenner von vorhin.

Und von den beiden schwarz verhüllten Leichenbrüdern fiel der eine jetzt, ihn unterstützend, ein: So habt ihr seit dreißig Jahren für die Freiheit Italiens declamirt, geschrieben, gedichtet, gewin= selt, gebetet! Das sind die frommen Wünsche eurer freisinnigen Barone, eurer aufgeklärten Bischöfe! Da soll das Weihwasser nur von unreinen Bestandtheilen gesäubert, der Katholicismus nur wahrhaft zu einem Liebesbund der Menschheit erhoben wer= den. Und in dieser Gestalt behaltet ihr alles, was ein Fluch der Menschheit geworden ist! Ihr behaltet die Gebundenheit der Gewissen, die Gelübde, die Unfreiheit des menschlichen Willens — alles, wovon eine kurze Weile die Praxis einen milden Sonnen= schein verbreiten kann, aber auf die Länge wird alles wieder wie die schwarze dunkle Nacht werden! Ihr wollt die Hierarchie, Rom und die Cardinäle — nur nicht die Jesuiten mehr? Werdet ihr die allein ausrotten können? Wodurch? Durch ein Verbot? Wenn alles übrige bleibt? Hat das Zeitalter der Aufklärung, hat Voltaire sie ausrotten können? Ich spreche nicht von dem Gift, an dem ein Ganganelli starb; ich spreche von jener List, die aus Wölfen Schafe machte, von jener List, die sich der Mensch= heit so unentbehrlich zu geben wußte, daß sogar die aufgeklärtesten Staaten, Borussia unter Friedrich, Russia unter Katharina, die Jesuiten als Lehrer beriefen! Sie sind unvertilgbar durch das

Princip der Wissenschaft, dessen Lüge sie als Fahne aufstecken. Ob sie nun diesen oder jenen Namen tragen, sie bleiben unvertilgbar, solange überhaupt unsere Kirche besteht! Diese katholische Kirche, unter deren heiligster Oriflamme Menschen wie Grizzifalcone für den Bestand des apostolischen Stuhls wirken durften!

Der Sprecher war nicht der Mitpassagier von der Tiber gewesen. Nun war es also der, welcher fortdauernd schwieg. Brütend sah dieser vor sich hin, blieb unbeweglich und zog nur zuweilen seinen Fuß in die schwarze weite Umhüllung zurück und streckte ihn dann wieder vor. Letztere Geberde wiederholte sich, je lebhafter der Streit wurde.

Wollt ihr deshalb die katholische Kirche zerstören? riefen mehrere Stimmen auf einmal.

Eine andere setzte hinzu: Sie ist wenigstens dem Italiener nicht zu nehmen. Schreibt das nach London, wo man glaubt uns protestantisch machen zu können!

Wer will das? riefen andere Stimmen und unter ihnen aufs heftigste die des Kohlenbrenners.

Der Italiener, fuhr der letzte Sprecher für die Kirche fort, ist und bleibt Katholik. Ich sage nicht: Geht und seht das Volk sich beugen vor einer Mumie, die es anbetet! Geht und seht den Aberglauben, der die Stufen der heiligen Treppe mit den Knieen hinaufrutscht! Seht, sag' ich nur, den Schmerz, der sich einer ganzen Stadt bemächtigen konnte, als ihm ein geliebtes Marienbild abhanden kam! Ich finde den Aberglauben überall, selbst bei Sokrates, der an seinen Dämon, selbst bei Voltaire, der an sich selbst glaubte. Nicht an sich selbst zu glauben, das ist der Katholicismus, der unausrottbar ist, solange das Christenthum die Lehre von einem Mittler zwischen Gott und dem Menschen aufstellt. Hat Italien irgendeinen politischen Reformator gehabt, den ihr euch ohne Verehrung vor dem Mysterium der

Messe denken könnt? Selbst Savonarola war kein Huß und kein Luther. Der frostige Gedanke des Zweifels konnte nie die Oberherrschaft über Gemüther gewinnen, die nur Phantasie und Leidenschaft sind. Und wo sich nun der Katholicismus nicht ausrotten läßt, da —

Da ließe sich nicht die Hierarchie ausrotten? riefen andere Stimmen. Das bestreiten wir!

Rom ist das reine Priesterthum — fuhr der Vertheidiger der Hierarchie fort und ließ sich nicht irre machen. Rom kann der Duft, der höchste Auszug des katholischen Priesterthums bleiben. Alles, was für die schweren Pflichten des katholischen Priesters seine Belohnung, seine Erquickung, sein Entzücken ist, ist der Blick auf die Würden, die er erklimmen kann — auf das letzte Ziel, das ihm vom Tabernakel der Peterskirche in Rom leuchtet. Die Theokratie ist kein Gedanke der Macht, der Herrschaft, kein Gedanke der reinen Aeußerlichkeit und Weltlichkeit — sie ist —

Ein Wahngebilde der Phantasten! Ein Schlupfwinkel der Räuber und Mörder! donnerte der Kohlenbrenner. Wie könnt ihr von einem geläuterten Papstthum sprechen! Wie könnt ihr den Papst an die Spitze unserer Reform stellen! Das wird vielleicht die Frauen gewinnen, die weichmüthigen Seelen, aber nie gibt es ein Fundament für die Hoffnungen Italiens. Ein Menschenalter verrinnt und wieder tauchen Ceccones und Fefelottis auf — Sie, die beiden Arme des Papstthums, die sich verschränken konnten in Thaten, wie dieser teuflische Plan gegen die Brüder Bandiera war —

Die Bandiera? sprach jetzt Benno laut und vernehmlich dazwischen.

Die streitenden Principien — den Kampf der Lehren Gioberti's und Mazzini's — verstand er, aber die gegenwärtige Veranlassung zur Erneuerung dieses Streites blieb ihm fremd.

Alle wandten sich). Benno war es fast, als regte sich sein Gegenüber, der zweite der schwarzen Leichenbrüder, noch lebhafter als bisher.

Aber die stürmende Rede des Kohlenbrenners übertönte alles — auch eine Antwort auf Benno's Frage. Rom bleibt so lange das Verderben der Welt, fuhr dieser fort, als seine Gestalt nicht eine rein weltliche, der geistliche Hof für immer aufgehoben wird. Ich bin im Princip für die Republik. Doch ich werde gegen sie sein müssen, weil leider sie es ist, die, auf die Massen und deren geringe Bildung gebaut, uns immer und immer wieder in Rom die Macht der Päpste zurückgeführt hat. Ich muß aus praktischen Gründen gegen sie sein. Wir müssen nach Rom ein weltliches Königthum in den Formen der Neuzeit verpflanzen. Ha, die Könige! Die, die ich so liebe, und besonders die, die mit der Lüge der constitutionellen Formen gekräftigt sind, die wissen sich auszudehnen und zu befestigen —! Das sind Schmarotzerpflanzen, die Boden und Luft brauchen und beides nur zu bald gewinnen werden —! Die pflanzen an die Stelle der geistlichen Legitimität ihre weltliche; die sorgen für ihr Geschlecht, für die, welche ihm dienen —! Wir müssen Rom einem Könige schenken, selbst wenn keiner die Hand danach ausstreckt! Wir müssen ihm den Köder unserer eigenen Freiheit bieten, die wir ihm eine Weile opfern! Ich gebe Rom an den, der das Meiste bietet und das Wenigste verlangt. Dem Türken, wenn er es begehrt! Nur nicht einem Volkstribunen, der sich bisjetzt nur noch durch den Aberglauben der Masse hat halten können und zuletzt so regiert, wie die Ceccones regierten — durch die Räuber. In hundert Jahren hat der Italiener eine Bildung und Erziehung gewonnen, dann —

Zwei Anhänger der Republik — einer darunter hatte deutlich die Stimme eines Buonaparte, den noch vor kurzem Benno an Rucca's Tafel gesehen — stellten diese retrogade Wendung, die auch noch jetzt die Republik nehmen würde, in Abrede. Die Mehrzahl widersprach aber allen diesen Anschauungen. Sie blieb bei dem Glauben, daß gerade durch die dreifache Krone Italiens Zukunft am ehesten gewinnen würde. Die Fürsten böten keine Bürgschaft. Die Läuterung des Papstthums von seinen unreinen Elementen, die Sicherung einer bessern Wahl der Umgebungen des Heiligen Vaters, die Auflösung des Jesuitenordens schien der Mehrzahl die sicherste Aussicht für die Verwirklichung ihrer Hoffnungen. Ueber die nothwendige Abwehr der Fremden waren alle einig. Diejenigen, die der Hierarchie überhaupt, dem Priesterwesen und der katholischen Kirche abgeneigt waren, blieben in der Minderzahl. Und jetzt lachten alle darüber, daß in Italien besonders erhebliche Wirkungen durch Volksunterricht, Verbesserung der Schulen, die Verbreitung nützlicher Schriften zu erreichen wären.

Benno sah, daß er sich unter Männern der höheren Gesellschaft befand, die sich in der Mehrzahl noch vor äußersten Schritten hüteten. Die Idee des Papstthums möglichst von weltlichem Einflusse zu reinigen, die nächst bevorstehende Wahl auf einen Italiener voll Nationalgefühl und politischer Aufklärung zu lenken, die Cardinäle, die jetzt den meisten Einfluß hätten, unschädlich zu machen und den Volksgeist so zu beleben, daß er an allem, was zur Erhebung Italiens geschähe, ein Interesse nähme — das blieb die Losung der Majorität. Unter den Hoffnungen für die Papstwahl wurde auch Cardinal Ambrosi genannt, den freilich wieder andere eine Creatur der Intriguanten und Tyrannen nannten. La morte a Ceccone! La morte a Fefelotti! war die Schlußbekräftigung. Dieser Ausruf kam einstimmig. „Tod" drückte hier eine moralische Verurtheilung, wie unser Pereat! — keine Losung zum Morde aus.

Dennoch folgte Todtenstille.

Jetzt fragte Benno, was den Unwillen der Versammlung in Betreff Porto d'Ascoli's und der Brüder Bandiera veranlaßt hätte. Er hatte nicht verstellt, wenn auch leise, gesprochen.

Alle horchten dem wohllautenden Klang der Stimme des neuen „Spartakus".

Bertinazzi nahm das Wort und sagte: Die Brüder Bandiera werden nicht in den Kirchenstaat einfallen.

Das überrascht mich! sprach Benno voll freudiger Wallung überlaut und vergessend, seine Stimme zu verändern.

Bertinazzi reichte Benno einen Brief Attilio's. Benno übersah ihn. Jede Zeile bekundete seine Echtheit.

Lest ihn! sprach Bertinazzi. Ihr seid neu in unserm Kreise und wißt nicht, wie tief Rom und die Welt, die sich noch von Rom beherrschen läßt, gesunken sind.

Benno las mit starrem Auge. Seine Hand zitterte. Ceccone, Olympia entschieden also nicht über das Leben der Freunde —?

Inzwischen ließ Bertinazzi einige Schriften circuliren und theilte an jeden ein Exemplar aus. Benno war seiner fieberhaften Erregung solange allein überlassen. Er las, daß die Lenker des Kirchenstaats gemeinschaftlich mit den Jesuiten einen Plan angezettelt hatten, demzufolge die „Verjüngung Italiens" als der Wunsch — nur der Räuber und Mörder erscheinen sollte! Grizzifalcone war ausersehen worden, dies Werk in Ausführung zu bringen.*) Bis nach London hin verzweigte sich eine falsche Fährte, durch welche die Verschwörer in die Lage kommen sollten, Bundesgenossen nur der Schmuggler und der Räuber zu werden. Man hatte vom Vatican aus eine falsche Correspondenz mit Korfu angezettelt, um das dortige Comité glauben zu machen, an der Küste des Adriatischen Meers,

---

*) Thatsache.

in Porto d'Ascoli, wäre alles reif, eine Invasion zu unterstützen. Während der alte Principe Rucca nur seine Zölle im Auge hatte, richtete Ceccone seine Blicke weiter. Auch ihm war das Erscheinen des Räubers in der Hauptstadt der Christenheit willkommen. Auch seine Verhandlungen mit ihm, die gleichfalls jener Pilger geleitet hatte, bezweckten eine große Anerkennung des Reuigen. Die Liste, deren wesentlichen Inhalt er lange schon vor dem alten Rucca kannte, sollte den Schrecken, den Grizzifalcone's Verrath unter den Zollbedienten und Schmugglern verbreiten mußte, zum Verderben der Revolution ausbeuten. Ceccone ließ die Ortschaften, wo, wie ihm durch londoner Verrath bekannt geworden, die Brüder Bandiera landen sollten, so durch die Anzeigen, die dem Fürsten Rucca gemacht wurden, einschüchtern, daß die Räuber, die Schmuggler, die Zollbediente die Fahne des Aufstands als Hülfe und Rettung begrüßen mußten. Wie diese Elemente die Revolution verstehen würden, lag auf der Hand. Hier konnte nur Mord, Brand, Plünderung im Gefolge der dreifarbigen Fahne gehen. Die reinsten, edelsten Zwecke mußten von Brandschatzungen, lodernden Flammen, Zerstörung der Wohnstätten des Friedens begleitet sein. Dies Mittel, die Revolution zu entstellen, hatte man in Europa schon überall anzuwenden begonnen. Die Bauern Galiziens, entlassene Sträflinge hatten Mord und Brand über Paläste und Hütten verbreitet. Was Szela, der Schreckliche, später in den Eichen- und Graswäldern des östlichen Oesterreich wurde, sollte schon Grizzifalcone in der Romagna sein. Den Communismus schürten die Jesuiten, alle Extreme der freien Ideen förderten sie, um die öffentliche Meinung vor den Neuerungen zu erschrecken. Im Kirchenstaat sollten alle, die durch das Strafgericht Rucca's bedroht waren, auf das Signal warten, die Fackel der Anarchie zu schwingen. Fermo,

Ascoli, Macerata sollten in Feuer aufgehen. Italien sollte sich mit Schaudern von Freiheitsbewegungen abwenden, die für die Welt solche Schrecken brachten. Aus dem ergreifenden Gemälde dieser von den Cardinälen der Christenheit, von den Rathgebern des Heiligsten der Heiligen angezettelten Intrigue erhob sich der Protest Attilio's Bandiera, wie die Taube weiß und rein am dunkeln Gewi.terhimmel aufsteigt — Attilio erklärte, noch zeitig genug gewarnt worden zu sein.

Wie Benno mit bebenden Lippen diesen Protest gelesen und gesehen hatte, daß sich die Losung verändert hatte — wie er gelesen, daß eine Schar von entschlossenen Männern den Versuch machen würde, von Calabrien aus nach Neapel vorzudringen — wie der Silaswald genannt wurde — ja wie sich ihm ein Flor vors Auge legte — als die Namen Frà Hubertus — Frà Federigo auf dem Papier wie Irrlichter auf dunkelm Moore tanzten — wie er ein Wort von einem „abgesandten Franciscanerbruder" noch mit den letzten Stunden in San-Pietro in Montorio in Verbindung bringen konnte und — ihn die Aufklärung über alles zu belohnen schien, was Bonaventura's nächste und peinlichste Sorge war, da hörte plötzlich sein Ohr ein dumpfes Murmeln um sich her. Er blickte auf. Die Männer waren schon vorher aufgestanden. Jetzt befanden sie sich in einer Gruppe. Der schwarze Todtenbruder stand mitten unter ihnen in heftiger Gesticulation. Bertinazzi bat um Ruhe. Vergebens. Das Durcheinanderflüstern mehrte sich. Timoleon! rief Bertinazzi. Nehmen wir unsere Plätze ein! Nein, nein! riefen andere. Laßt Timoleon reden!

Der schwarze Todtenbruder schien ungern lauter zu sprechen. Doch er mußte nun es thun. Alles stand erwartungsvoll.

Ich hatte nur die Absicht — — eine neue Loge zu stiften ... sagte er dumpf und hohl.

Benno hörte die Stimme von dem Nachen. Die Augen des
Sprechers funkelten unheimlich durch die beiden Lücken seiner
Kapuze. Sie waren auf Bertinazzi gerichtet, der mit diesem
Wunsch einer neuen Logenbildung nicht einverstanden schien und
beschwichtigend rief: Laßt das! Laßt das!

In diesem Augenblick streifte ein Rockärmel Benno's Wange.

Der Freund der Päpste, der Kapuziner war es, der seine
Hand ausgestreckt hatte, Attilio's Brief ergriff und das Papier
in die Flamme eines der Lichter hielt.

Benno, betäubt noch von dem nicht vollständig überlesenen
Inhalt, erbebend vor dem Anblick der Namen, die sein Innerstes
erfüllten — vor dem Silaswald, in dessen Nähe jetzt, an Punta
dell' Allice, die Invasion stattfinden sollte — zu gleicher Zeit mit
einer Erhebung in Sicilien und Genua — Benno wollte dies
Beginnen, ein Zeichen wol gar des Mistrauens gegen ihn, verhindern und sprach: Soll ich diesen Brief nicht so gut kennen
wie ihr?

Da hatte die Flamme schon den Brief verzehrt. Benno sah,
daß das Flüstern vorhin, dies Entziehen des Briefes aus dem
Erkennen seiner Stimme durch den schwarzen Todtenbruder entstanden war. Er richtete vor Aufregung seine Augen so zu Bertinazzi hinüber, daß diese wie Flammen ihm entgegenglühen
mußten. Denn auch ihm war der Ton seines Anklägers immer
bekannter geworden. Es fehlte nur noch ein einziges mal, daß
jener sprach, und ein unglaublicher Name, der Name eines offenbaren Verräthers, brannte ihm auf der Zunge.

Bertinazzi hatte sich in der That zu seinem Beistand erhoben.
Wieder drangen die Stimmen in den Leichenbruder, zu reden.
Dumpf sprach dieser: Wir sind in diesem Augenblick zu dreizehn.
Der vierzehnte, unser Franciscaner, fehlt. Wir dürfen eine neue

Loge bilden. Ja, das will ich auch. Ich thu' es. Die dazu nothwendigen Zwölf werd' ich finden —

Benno starrte den Sprecher an. Er wußte jetzt, wer gesprochen — —

Dann ist Bertinazzi's Loge verpflichtet, Euch eine Hülfe zu geben! sprach der Kapuziner.

Einer von uns trete zu Timoleon's neuer Loge! riefen mehrere.

Loost! Loost!... erscholl es von anderer Seite.

Warum loosen! erwiderte der schwarze Todtenbruder, der den Namen „Timoleon" führte. Ich nehme jeden von euch, der sich freiwillig dazu erbietet — nur — nicht — euern Spartakus da!

Wieder sprangen alle von ihren Sitzen. Was vorhin nur einzelnen angedeutet worden zu sein schien, erscholl nun vor aller Ohr. Die Verschworenen zogen dichter ihre Hüllen vor die Augen. Sie traten auf Benno zu. Schon streckten sich einige Hände nach seiner Kopfverhüllung.

Zurück! rief Bertinazzi mit einer Stimme, die an den Wänden widerhallte. Ich bürge für Spartakus!

Für einen Verräther?! Einen Deutschen?! Einen Spion Oesterreichs?! rief Timoleon.

Verräther — ich? Graf Sarzana! Wer ist hier — der Verräther?

Sarzana! rief die Loge voll Entsetzen.

Ein Augenblick und vier, fünf Dolche blitzten auf. Sie blitzten nicht nur Spartakus, sondern auch Timoleon entgegen. Der Name „Sarzana" klang geradezu wie: Eine Creatur Ceccone's! Kaum hatte auch Benno jetzt noch den Beistand des Meisters der Loge für sich. Einen Namen zu nennen war ein Bruch der Gesetze. Bertinazzi trat den gezückten Dolchen entgegen und rief: Die Loge ist aufgelöst! Friede! Friede! Friede!

Die Lichter wurden ausgelöscht.

Eine kraftvolle Hand drängte Benno aus dem wilden Tumult. Eine Thür sprang auf. Mit dem Ausruf: Unglücklicher! stieß ihn sein Retter — der Kohlenbrenner, wie Benno zu erkennen glaubte — in das Dunkel eines engen Corridors.

Ein Augenblick der Besinnung folgte. Benno griff nach einer der kleinen Wachskerzen, die er in der Tasche trug. Damit tastete er vorwärts, um eine Mauer zu finden, woran er das Wachslicht durch Anstreifen entzünden konnte.

Er fand sie; er hatte Licht, er blickte um sich. Aber am Ende des langen Corridors stand auch — ein Trupp Gensdarmen, der sich mit angeschlagenen Carabinern lautlos auf die Loge zu in Bewegung setzte.

Ende des siebenten Buchs.